Là où le diable dit bonne nuit

Dit bonne nuit

K.A. Merikan

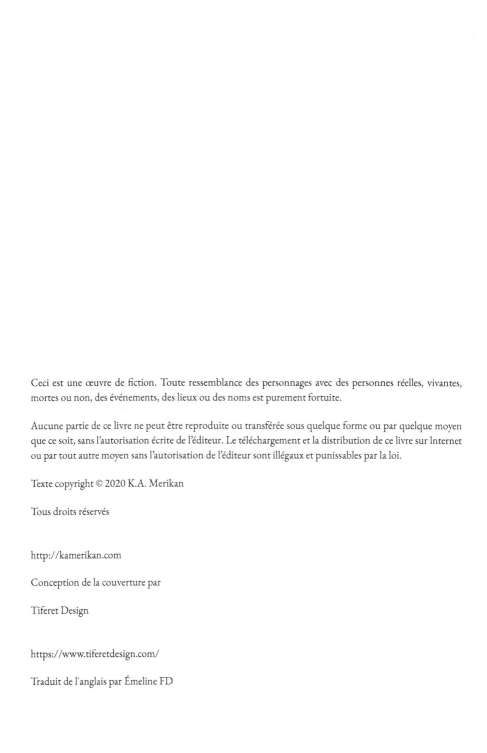

http://kamerikan.com

Conception de la couverture par

Tiferet Design

https://www.tiferetdesign.com/

Traduit de l'anglais par Émeline FD

TABLE DES MATIÈRES

Note de l'auteur

Au cours de votre lecture, vous serez peut-être déconcerté par la façon dont certains personnages s'adressent les uns aux autres. En effet, en Pologne, le niveau de formalité est important dans la communication quotidienne et est parfois utilisé pour exprimer certaines attitudes. L'utiliser de manière incorrecte est généralement considéré comme une insulte, et même si le roman est écrit en anglais, nous avons voulu honorer le pays par de petites différences. Le niveau de formalité utilisé pour reconnaître l'autorité (utilisation de titres tels que docteur, révérend, etc.) est fréquemment utilisé en anglais, mais vous trouverez ci-dessous trois autres formules pour s'adresser à quelqu'un qui sont d'usage courant :

- Informelle (tu/utiliser le prénom de quelqu'un) - c'est ainsi que l'on s'adresse aux amis, aux connaissances et à la famille. Les jeunes s'adressent également à des personnes de leur âge ou plus jeunes de manière informelle dans le cadre d'interactions non professionnelles.

- Semi-formelle (M./Mme Prénom) - cette formulation permet aux gens d'exprimer un certain degré de familiarité tout en maintenant une distance sociale. Elle est traditionnellement utilisée par les collègues de travail (bien qu'aujourd'hui la forme informelle soit également fréquemment utilisée), les voisins qui ne sont pas assez proches pour être amis, etc.

- Formelle (M./Mme Nom de famille) - utilisé pour s'adresser à des personnes que l'on ne connaît pas bien ou que l'on ne connaît que de manière formelle, mais il peut également s'agir d'un signe de respect.

Bonne lecture ;)

Kat & Agnes Merikan

CHAPITRE 1

ADAM

Le magazine porno gay s'éleva dans les airs lorsque l'archevêque Boron se leva et l'agita devant le visage d'Adam, comme s'il s'apprêtait à lui gifler la joue avec le sexe en érection montré sur la couverture.

— Pouvez-vous me dire comment ceci s'est retrouvé sous votre lit ? demanda-t-il, ses yeux pâles se posant sur le visage enflammé.

Adam s'enfonça dans le fauteuil inconfortable, et les murs lambrissés du bureau semblèrent se refermer sur lui, non plus seulement intimidants mais oppressants.

— Je ne sais pas, Votre Excellence. Je...

Les sourcils broussailleux du prélat s'abaissèrent et il jeta le magazine sur le bureau, mettant Adam face à ses propres goûts obscènes. Il n'avait même pas acheté ce foutu magazine. Il l'avait trouvé par hasard dans le local de recyclage et l'avait pris sur un coup de tête. Cela avait été un moment de folie plutôt qu'une décision consciente. Comme si le diable en personne avait bougé sa main.

— Vous ne savez pas ?

Boron s'adossa à son fauteuil en cuir, son visage rond était rouge comme le homard de la nature morte peinte sur le mur derrière lui.

La sueur imprégnait le dos de la soutane d'Adam, mais sa tête restait pleine de mensonges improbables.

— C'est peut-être une farce ? Vous savez comment les jeunes sont parfois...

— Les jeunes ? Vous avez vingt-cinq ans, Kwiatkowski. Êtes-vous en train de dire que vous avez amené des « jeunes » dans votre chambre privée, et qu'ils ont peut-être caché de la pornographie homosexuelle sous votre lit ? L'Église subit suffisamment de pressions en ce moment !

L'archevêque se leva et frappa ses paumes contre le bureau, montrant ses dents comme un monstre sur le point d'arracher la tête d'Adam.

Tout le corps d'Adam s'affaissa sur la chaise, si petit et si insignifiant face à la colère de l'archevêque. Dans ses vaines tentatives d'échapper à la responsabilité d'un crime, il en avait suggéré un beaucoup, beaucoup plus grave. Les mots de Boron sonnaient comme une accusation non seulement de dépendance à la pornographie, mais aussi de penchants inappropriés envers les jeunes et les personnes vulnérables.

— N... non. Je n'ai jamais invité personne dans ma chambre. Mais une farce n'est pas impossible, dit Adam, déterminé à répéter le mensonge jusqu'à ce qu'il devienne vrai.

Il ne regarderait plus jamais le recyclage des autres ni ne laisserait son regard s'égarer vers ce coin laid de tous les kiosques à journaux, où étaient planqués les magazines les plus sales.

L'archevêque Boron l'observa longuement, ses larges narines se dilatant pour laisser apparaître de longs poils gris qu'Adam trouva distrayants.

— C'est extrêmement décevant. Vous avez été ordonné il y a seulement trois mois.

La poitrine d'Adam implosa et il se recroquevilla en avant, son esprit imaginant les pires scénarios. Les temps changeaient, et les dignitaires de l'Église n'étaient peut-être pas très enclins à supporter des prêtres susceptibles de mettre en péril la réputation de l'Église. Sa transgression n'était pas suffisamment grave pour justifier son renvoi de l'état clérical, mais s'il ne se conformait pas à ce qu'on attendait de lui, Boron avait le pouvoir de rendre la vie d'Adam misérable.

L'Église avait été une présence stable dans la vie d'Adam depuis le jour de son baptême. Sa vocation était arrivée tôt et l'avait aidé à surmonter les désirs de jeunesse qui l'avaient effrayé et troublé. Il avait rencontré la plupart de ses amis dans des organisations ecclésiastiques, et lorsqu'il avait révélé ses projets d'avenir à ses parents, ils l'avaient tous deux soutenu sans poser de questions. La prêtrise était synonyme de sécurité et de paix, de liberté par rapport aux problèmes quotidiens qui affligeaient les laïcs. Tant qu'Adam obéirait et servirait, il n'aurait jamais à se soucier de son avenir, car des hommes plus sages et plus expérimentés lui montreraient le chemin à chaque carrefour.

Il ne pouvait pas se permettre de perdre cela.

Sa pauvre Mère serait morte de honte si elle avait découvert les sombres désirs qu'Adam cachait derrière son beau visage et ses yeux bleus. Il n'avait pas voulu lui dire quand ces sentiments indésirables étaient apparus pour la première fois, et il ne le ferait jamais. Personne ne devait jamais découvrir ce qui était arrivé à Adam lorsqu'il aimait trop la compagnie d'un homme.

Personne.

Il avait eu suffisamment de temps depuis la puberté pour se rendre compte qu'il ne s'intéressait pas aux femmes, donc en ce sens, le célibat forcé était une bénédiction pour lui. Personne ne lui demanderait jamais pourquoi il n'avait pas de petite amie ou pourquoi il ne se mariait pas. Le statu quo ne serait jamais ébranlé et Adam pourrait consacrer toute sa vie à Dieu et à son troupeau. Il n'y avait rien de péché dans le fait d'être né gay, seul le fait d'agir selon ces désirs l'était, et quand Adam avait réalisé pour la première fois quelle était sa nature, il l'avait acceptée comme une épreuve de son destin. Et comme toute autre bénédiction déguisée, cela l'avait finalement rapproché de Dieu, car si le Seigneur l'avait empêché de fonder une famille, alors son intention pour Adam était évidente.

Il avait suivi cette vocation toute sa vie et ne laisserait pas ce moment de faiblesse le définir !

Adam leva la tête, prêt à se protéger à tout prix. Il devait renverser la vapeur, sinon Boron et tous ceux qui connaissaient l'existence du magazine le regarderaient toujours avec méfiance.

— Le magazine n'est pas à moi, insista-t-il, mais je ferai tout ce qu'il faut pour me racheter.

Le magazine avait conduit Adam à pécher la nuit à trois reprises au total, et l'archevêque l'avait jeté là où il devait l'être, dans la poubelle.

— Je suis heureux que nous soyons sur la même longueur d'onde. J'esPère que cela vous servira de leçon. L'Église doit toujours passer en premier.

Les muscles d'Adam se détendirent lorsqu'il comprit qu'il était sur le point d'être tiré d'affaire, et il se leva, inclinant la tête en signe de gratitude, déjà affamé par les gâteaux à la crème vendus juste au coin de l'archevêché. Il méritait bien un peu de douceur après cette rencontre aMère.

— Asseyez-vous, dit Baron.

Adam se laissa tomber dans le fauteuil, comme si la voix basse l'avait poussé vers le bas.

— Bien sûr, dit Adam, reconnaissant qu'il n'y ait personne pour assister à ce moment d'humiliation.

Boron ouvrit un tiroir de son bureau et en sortit un dossier représentant la Vierge noire de Czestochowa. Il resta silencieux, torturant Adam par l'attente avant de lui proposer une pile de documents.

— Je crains que rester dans cette ville ne soit pas bon pour quelqu'un comme vous. Quelqu'un... aux prises avec le péché. Je crois que vous vous sentirez mieux quelque part où la tentation n'est pas aussi facilement accessible.

Des fourmis rampaient sous la peau d'Adam à l'idée de devoir rester dans un monastère pendant une longue période. Oui, il voulait éviter la tentation, mais à condition que cela ne se fasse pas au prix d'une déconnexion totale avec la réalité. Ou pire encore, que se passerait-il si Boron soupçonnait Adam d'être gay et voulait l'envoyer dans un monastère pour cette raison précise, pensant qu'il ferait une faveur à Adam en le plaçant parmi les hommes et à huis clos ?

Loin des yeux. Loin du cœur.

Non. Ce n'est pas possible. Pas à notre époque.

Boron frotta son front ridé.

— Avez-vous déjà entendu parler de Dybukowo ? C'est un village dans les montagnes Bieszczady.

La bouche d'Adam s'assécha. Il n'avait jamais entendu parler de Dybukowo, mais cela ressemblait à un endroit si petit qu'il ne pouvait pas avoir son confort personnel. Il attendit, même si le soupçon de ce dont il s'agissait s'insinuait déjà dans ses tripes et faisait crier ses entrailles.

Adam adorait Varsovie. C'était là qu'il était né et avait grandi, et où il avait commencé à travailler comme prêtre il y a trois mois à peine. Il adorait s'acheter un beignet à la confiture de roses chez Blikle, il adorait faire son jogging dans les magnifiques jardins du palais Lazienki le matin, il adorait s'asseoir dans un tramway bondé et regarder les gens vaquer à leurs occupations. Il adorait l'animation des restaurants et des cafés, et l'obscurité des vieux immeubles d'habitation de la rive orientale du fleuve. Il ne voulait pas partir. Pas encore, en tout cas. Un jour, peut-être, mais pas à vingt-cinq ans et au début de son sacerdoce.

Boron croisa le regard d'Adam.

— Je veux que vous restiez là-bas pendant les six prochains mois. J'en ai déjà parlé à l'archevêque Zalewski, qui a informé le prêtre local. Ils vous attendront vendredi. Tous les détails sont dans ces documents. C'est un endroit paisible, entouré d'une nature magnifique. Je pense qu'il vous offrira la paix dont vous avez besoin pour réfléchir à vos actes. Et sur votre place dans l'Église.

La sentence d'Adam, même si elle n'était pas aussi horrible que ce qu'il avait craint en venant ici, lui donnait le sentiment d'être un raté. On le considérait comme immature, incapable de respecter son corps et ses pensées sans conseils. Il savait qu'il ne devait pas voir les choses de cette façon, car les supérieurs pouvaient déplacer un prêtre où bon leur semblait, mais cela lui paraissait tout de même injuste, étant donné qu'il avait aperçu deux prêtres se tenant la main dans les jardins du séminaire la semaine dernière.

Et que dirait Mère de tout cela ?

— Je ne comprends pas. Tu nous as dit que l'archevêque t'avait assuré que tu resterais ici pendant la première année de ton service.

Adam piqua la viande dans son assiette avant de lever les yeux vers sa Mère.

— Le deuxième prêtre de cette paroisse est tombé malade et ils ont besoin d'un remplaçant. Quelqu'un de jeune, qui puisse s'adresser aux moins de trente ans, mentit-il.

Il essaya d'ignorer l'énorme illustration de Jésus sur la croix. Elle était au-dessus de la table à manger depuis toujours et, en tant que prêtre, elle n'aurait pas dû le déranger, mais les veines saillantes et les stries rouges sur la peau pâteuse rendaient la représentation si réaliste qu'elle lui donnait toujours la chair de poule.

Père grogna et essuya la sauce sur sa moustache.

— Quel genre de population de moins de trente ans peut-il y avoir à... quel est le nom déjà ? Dybukowo ? Où est-ce que c'est ?

Mère fit tomber son verre, renversant de l'eau sur la table. Elle saisit une serviette et tenta de l'absorber, mais ses mains tremblaient tellement que Père prit le relais.

Cette journée ne faisait qu'empirer.

— Bien sûr que tu connais Dybukowo. Nous avons campé près de ce village pendant nos dernières vacances avant la naissance d'Adam, dit Mère en se frottant les bras, comme si le souvenir d'avoir dormi dans une tente lui donnait des frissons.

Un petit sourire se dessina sur les lèvres d'Adam.

— Était-ce agréable ?

— C'est un charmant petit village, dit Père avant que Mère ne lui coupe la parole.

— Ce n'est pas le cas, insista-t-elle, devenant si pâle dans la lumière qui traversait les vieilles fenêtres en bois qu'Adam craignait qu'elle ne s'évanouisse à tout moment.

Père soupira et déposa la serviette humide dans un plat vide.

— Ce que ta Mère veut dire, c'est que c'est une région très isolée et que les habitants cultivent encore de nombreuses traditions païennes. Tu auras du pain sur la planche, mais les gens ont le cœur sur la main.

Mère saisit la main de Père et lui offrit un sourire si faux qu'Adam eut mal aux dents en signe de sympathie.

— Chéri, pourrais-tu nous apporter de la compote de cerises ? Je suis sûre qu'Adam apprécierai une compote maison pour le dessert.

C'était évidemment un moyen pour elle d'avoir quelques minutes en tête à tête avec Adam, mais tous les trois prétendirent que le court trajet jusqu'à leur cave était en fait une question de cerises.

Les ombres semblaient plus sombres que d'habitude sur le visage anguleux de Mère. Les lèvres pincées, les sourcils baissés sous la frange, elle ne leva même pas les yeux vers Adam et ne prit la parole qu'une fois la porte de l'appartement refermée derrière Père.

— Tu ne peux pas aller là-bas.

Adam se racla la gorge et enfourna un morceau de viande dans sa bouche. Il détestait décevoir sa Mère, mais il n'avait pas son mot à dire sur l'endroit où il travaillait, et elle le savait. Lorsqu'il était venu dîner plus tôt, il avait craint qu'elle ne soit dévastée par une séparation de six mois, mais sa réaction était bien plus dramatique que ce à quoi il s'attendait.

— Ce n'est que pour six mois. Peut-être pourriez-vous me rendre visite là-bas ?

Mère se massa les tempes et ses mèches blondes remuèrent lorsqu'elle secoua la tête avant de fixer Adam avec des yeux presque aussi bleus que les siens.

— Tu ne comprends pas. Il y a le diable dans cet endroit. Je sais que cela peut paraître étrange, mais je jure que c'est vrai.

Adam souhaitait ardemment que Père revienne. Que se passait-il cette fois-ci ? Il avait déjà été surpris lorsque Mère avait prétendu avoir senti des roses dans la chambre après avoir terminé une biographie de Père Pio, mais là, c'était le pompon. Même ses affirmations selon lesquelles le somnambulisme d'Adam était dû à une possession démoniaque étaient négligeables en comparaison.

— Maman, Satan ne fonctionne pas de cette façon. Je suis prêtre. Je m'en sortirai.

Elle lui prit la main, et il ne put s'empêcher de remarquer l'anneau de rosaire qu'elle portait au doigt, avec une petite croix à la place d'une sorte de pierre et dix petites bosses le long de sa circonférence.

— Reste silencieux et écoute-moi. C'est à cet endroit que tu as été conçu, après que nous ayons essayé pendant quatre ans sans succès !

Adam se racla la gorge.

— Et c'est... mauvais ?

Les pattes d'oie de ses yeux s'accentuèrent lorsqu'elle se renfrogna.

— Nous étions là pour passer du temps dans la nature. Faire des randonnées, et ce genre de choses. Les villageois semblaient normaux, mais ils perpétuaient de vieilles traditions païennes. Tu sais, comme suspendre des rubans rouges au-dessus du berceau d'un bébé pour le protéger des mamunas, ou sauter au-dessus d'un feu de joie la nuit de la Saint-Jean. Tout cela semblait si innocent, et nous nous sommes tous les deux laissés prendre au jeu.

Adam resta immobile par respect, mais l'inquiétude le gagna lorsqu'il réalisa que si la dévotion religieuse n'était pas dans la norme sociale, les gens auraient pu considérer sa Mère comme un peu folle. Mais il l'écouta quand elle continua, entrelaçant ses doigts tremblants.

— Nous avons installé notre tente dans la nature et, un matin, je me suis levée très tôt. Il faisait si beau que j'ai décidé de cueillir des framboises dans les buissons que nous avions vus à proximité. Quelque chose m'a fait sursauter, et j'ai vu une religieuse, là, au milieu de la forêt. Mais ce n'était pas le plus étrange. Elle était enceinte.

Adam fronça les sourcils. Il n'était pas impossible qu'une religieuse tombe enceinte, mais il doutait qu'il y en ait qui choisissent de sortir et de se promener en robe une fois que leur état est devenu évident. Mais il écouta, regardant maman tourner l'anneau du chapelet à son doigt, comme si elle priait.

— Je ne voulais pas être insensible et j'ai fait semblant de ne pas voir son ventre, mais alors qu'elle me rejoignait et qu'elle ramassait elle-même des fruits, elle a commencé à parler de bébés. C'était une expérience étrange, mais je lui ai parlé de nos problèmes de conception. Elle a touché mon ventre et m'a dit que j'aurais certainement un fils très bientôt. Et puis... elle s'est retournée et a pris le chemin qui s'enfonçait dans la forêt. Je l'ai appelée, et quand elle s'est retournée, son ventre était complètement plat, comme si j'avais imaginé son renflement de femme enceinte. Et un mois plus tard, j'ai appris que j'étais enceinte de toi, dit-elle, la voix tremblante.

Adam avait la tête pleine de pensées chaotiques lorsqu'il croisa son regard rougi. Elle était saine d'esprit, même si son zèle frôlait parfois la frontière entre la dévotion religieuse et la fantaisie. Mais il réalisa aussi que ce n'était pas la première fois qu'elle lui déconseillait de se rendre dans cette région reculée du pays.

— C'est pour ça que tu ne m'as pas laissé partir en voyage scolaire aux Bieszczady ? Écoute, Mère, je ne veux pas dire que tu n'as pas vu ce que tu as vu, mais il y a peut-être une explication logique à cela. Père et toi avez mangé des baies sauvages. Peut-être que certaines d'entre elles n'étaient pas ce que tu pensais qu'elles étaient ? proposa-t-il, en faisant de son mieux pour ne pas avoir l'air accusateur, car maman méprisait toutes les drogues.

Elle saisit les doigts d'Adam dans sa propre main moite.

— Je ne suis pas folle. Je te supplie de ne pas y aller. Rien de bon ne t'attend là-bas. Nous ne saurons jamais comment tu es réellement né, mais c'est pour le mieux. Laissons cela derrière nous et espérons que le Seigneur te protège.

La chaleur transforma la tête d'Adam en cocotte-minute. Sa propre Mère venait-elle de suggérer qu'il avait été une sorte de bébé démoniaque qui avait besoin d'une protection spéciale pour rester dans le droit chemin ? Était-ce la raison pour laquelle elle avait tant insisté pour qu'il reste proche de l'Église depuis aussi loin qu'il s'en souvienne ?

— Mère, tu es probablement tombée enceinte parce que Père et toi vous êtes détendus...

— Non ! Adam, écoute-moi. Ton Père a été testé quand nous avons essayé d'avoir un deuxième enfant, et il... lui est impossible d'avoir des enfants.

Adam fronça les sourcils.

— Je suis donc un enfant miracle. Restons-en là.

— Tu es né avec une queue !

Adam s'immobilisa, la regardant avec les entrailles bouleversées, et la cicatrice sur son coccyx le démangeait.

— Quoi ?

Père choisit ce moment pour revenir avec le pot de fruit.

— Et voilà le dessert.

— Père ! Mère vient de me dire que je suis né avec une queue ! Quoi ? C'est vrai ?

Adam s'attendait à ce que Père en rigole, et il se figea sur sa chaise lorsque cela ne se produisit pas. Qu'est-ce que ses parents cachaient ? Pourquoi ne lui avaient-ils jamais rien dit de tout cela ?

Le froncement de sourcils de mon Père était profond et contemplatif.

— Hum. Eh bien... oui, mais c'était vraiment petit. Les médecins nous ont dit que cela arrivait plus souvent qu'on ne le pensait.

La voix de Mère devint plus aiguë.

— Ce n'était pas le cas ! Ça faisait la longueur de tout son corps !

Père posa le grand pot de compote au milieu de la table avant d'ouvrir le meuble à vaisselle et d'en sortir les bols en porcelaine les plus précieux de Mère.

— Chérie, tu paniquais et n'étais pas bien. Je te dis que ce n'était pas aussi long que son corps.

— Je n'arrive pas à le croire. Et la fois où il a fait du somnambulisme jusqu'à la gare ? Et qu'il a réussi à se faufiler à bord d'un train pour Sanok ? Où penses-tu que le diable conduisait notre Adam, si ce n'est là-bas ? Je vais être malade, dit-elle.

Les larmes aux yeux, et elle se précipita hors de la pièce avant de claquer la porte de la chambre.

Adam voulut la suivre, mais son Père lui attrapa le bras.

— Elle ira bien. C'est juste un sujet très sensible. Pour l'anecdote - parce que je suis sûr qu'elle t'a raconté cette histoire - je n'ai pas vu de religieuse enceinte. Il n'y a pas non plus de couvents dans la région. Si tu veux mon avis, je pense qu'il s'agissait d'hallucinations. Nous avons participé aux festivités nocturnes d'Ivan Kupala et bu un bouillon de champignons offert par la sage locale. Nous n'avons pas réfléchi et avons bu une tasse entière chacun. C'est embarrassant, mais si cette boisson nous a permis de te concevoir plus facilement, c'est tout ce qui compte.

Il sourit et tapota l'épaule d'Adam.

— Je déteste que tu sois si loin, mais... peut-être que cette pause loin de l'agitation de la ville te fera du bien ? Un peu de temps pour faire ton introspection. Voir par toi-même si c'est la vie que tu veux.

— Qu'est-ce que je voudrais d'autre ? demanda Adam, choqué que sa famille la plus proche remette encore en question sa vocation.

Père dû sentir l'accusation dans son ton, car il ne voulait pas regarder Adam dans les yeux.

— Nous avons toujours pensé que tu étais... différent. Pas parce que tu es né avec une queue, mais parce que tu es un jeune homme très sensible, et je crains que... le chemin que tu as choisi ne soit une façon de rester dans ta zone de confort. Parfois, embrasser ce que nous sommes au lieu de le combattre est le seul chemin vers le bonheur.

Un frisson glacial parcourt l'échine d'Adam. Père utilisait-il des euphémismes pour suggérer qu'il pensait qu'Adam était homosexuel ? Était-ce aussi la raison pour laquelle Mère l'avait encouragé à choisir la prêtrise depuis qu'Adam était entré dans l'adolescence ? Les possibilités lui firent cogner à la tête, et il recula, attrapant le pot.

— Je... merci. Puis-je l'emporter avec moi ? Je ne pense pas que Mère soit encore prête à prendre le dessert, dit-il, désireux de changer de sujet.

Dybukowo semblait être l'endroit idéal pour échapper à cette conversation. Et peut-être que l'archevêque avait raison ? Peut-être qu'une vie simple, à l'abri de la tentation, pourrait enfin guérir l'obsession d'Adam pour le péché ?

S'il y avait une chose dont Adam est sûr, c'était qu'il n'y aurait pas d'homosexuels à Dybukowo.

CHAPITRE 2

ADAM

Il faisait si sombre qu'Adam ne voyait rien d'autre que les gouttes d'eau qui ruisselaient sur les vitres du vieux bus. Le voyage depuis Varsovie, qui devait durer sept heures, en avait déjà pris onze, et les routes de montagne sinueuses ne promettaient pas d'abréger ses souffrances. À un moment donné, Adam et quelques autres hommes avaient dû pousser le bus à travers une profonde flaque de boue sous une pluie battante, et maintenant il était coincé derrière une dame âgée qui mangeait un sandwich aux œufs, ses dents claquant au contact glacé de ses vêtements.

Rien de tout cela ne serait arrivé si le prêtre, ou quelqu'un d'autre du village, était venu le chercher à la gare de Sanok. Mais comme personne ne répondait au téléphone du presbytère de Dybukowo, il n'avait eu d'autre choix que de prendre le dernier bus.

Il est presque 23 heures lorsque le véhicule s'arrêta et que le chauffeur regarda l'allée qui traversait au milieu du bus.

— Quelqu'un descend à Dybukowo ?

Adam ravala un juron et se leva d'un bond. Il enfila rapidement sa veste noire légère, passa le sac à dos sur son épaule et prit le lourd sac de sport qui contenait la plupart de ses affaires.

— Allez, les autres passagers attendent de prendre place, insista le chauffeur en secouant la tête lorsqu'Adam passa devant lui.

Adam choisit d'ignorer l'impolitesse de l'homme, mais se renfrogna lorsque les premières gouttes d'eau tombèrent sur sa tête exposée. Si la pluie était mauvaise, le vent qui soufflait des aiguilles glacées sous la veste ouverte d'Adam était bien pire. Les rafales rapides tentaient de lui arracher le sac des mains, si bien qu'il courut directement dans le petit abri couvert, soulagé d'avoir froid au lieu d'être gelé. L'odeur caractéristique d'urine lui piquait le nez, mais les mendiants ne pouvaient pas choisir.

Adam se détourna des graffitis obscènes et des déclarations d'amour au moment où le bus avançait, révélant un petit immeuble aux fenêtres remplies d'affiches sur la nourriture.

Son cœur n'aurait pu être plus chaud au moment où il réalisa qu'il s'agissait d'un magasin et que les lumières à l'intérieur étaient encore allumées.

Il rabattit la capuche de sa veste sur sa tête, prit une grande inspiration pour se donner du courage et se mit à courir sur la route déserte. L'eau s'infiltra dans ses chaussures lorsqu'il marcha dans une flaque profonde, mais il atteignit la toiture en tôle qui recouvrait la façade du magasin au moment où une femme sortait du bâtiment.

Elle se tourna face à Adam, tenant un gros trousseau de clés comme une arme et le scrutant dans un silence parfait. La honte s'insinua dans les muscles d'Adam lorsqu'il réalisa qu'il avait dû l'effrayer. C'était son premier jour à Dybukowo et il avait déjà fait mauvaise impression.

Il laissa tomber le sac et leva les mains avant de repousser la capuche, parce qu'il savait que son visage était l'image de l'innocence et qu'il lui rapportait souvent des points dès le départ.

— Je suis vraiment désolé. Je ne voulais pas vous effrayer. Je cherche l'église.

Les yeux de la propriétaire du magasin se rétrécirent et elle rangea les clés dans la poche du pantalon rose qu'elle portait avec un blazer assorti. La petite lampe au-dessus de l'entrée adoucissait les lignes de son visage, mais il était impossible de ne pas remarquer que même si elle se comportait d'une manière qui suggérait qu'elle était d'âge moyen, son visage était dépourvu de rides sous l'épais maquillage. C'était l'apparence qu'Adam associait aux mondains de Varsovie, et non aux femmes d'affaires d'une petite ville, mais elle avait quand même l'air normale. Pas de pentagrammes. Pas de runes. Et à moins que ses traits lisses ne soient le résultat de la sorcellerie, et non du Botox, les histoires de Mère sur Dybukowo étaient largement exagérées.

Comme elle ne répondit pas tout de suite, Adam se racla la gorge.

— Je m'appelle Adam. Je suis le nouveau prêtre chargé d'assister le Père Marek, dit-il en regardant le SUV noir moderne garé près du magasin.

Par un temps aussi mauvais, elle lui proposerait sûrement de le conduire à destination. Il était logique d'honorer un nouveau berger et de l'accueillir avec plus de chaleur que le prêtre ne l'avait fait jusqu'à présent.

Elle fronça les sourcils et repoussa ses courtes boucles sur le sommet de son crâne.

— Je croyais que vous deviez arriver samedi. Je suppose que les horaires ne sont pas aussi importants à Varsovie.

Elle était donc au courant de son existence. C'était une bonne chose. Le commentaire négatif sur son passé de citadin, lui, ne l'était pas vraiment. Il s'attendait à ce que ses nouveaux paroissiens le repoussent, mais le fait de se l'entendre dire de nuit, alors qu'une tempête faisait rage dans le ciel, le blessa plus que de raison.

— Oh, c'est probablement un malentendu. Je ferais mieux d'arriver au presbytère dès que possible.

Il laissa les mots en suspens, mais comme la femme n'avait pas mordu à l'hameçon, il lui offrit un large sourire.

— Pourriez-vous m'y emmener en voiture ?

Elle baissa les sourcils.

— Je suis désolée, mais je suis déjà en retard pour aller chercher mon petit-fils. Vous devez aller tout droit sur la route jusqu'à atteindre l'église. Vous ne pouvez pas la manquer dit-elle en ouvrant un parapluie, laissant le jeune homme stupéfait tandis qu'elle trottinait vers la voiture.

Où était la fameuse hospitalité campagnarde ? Peut-être devrait-il aborder cette question dans son premier sermon ? Mais, comme il était un étranger, les gens du pays verraient sûrement cela comme une insulte. Il pourrait choisir une autre voie en faisant un grand remerciement passif-agressif qu'une seule personne comprendrait.

Il se reprimenda pour ces deux idées. Ce n'était pas du tout lui. Il était amical et ne gardait pas de rancune, même à l'égard d'une dame qui conduisait une voiture de luxe et qui refusait de le dépanner par ce temps exécrable. Il resta immobile, regardant les feux arrière disparaître dans l'obscurité dispersée seulement par les fenêtres illuminées des maisons éparpillées dans le paysage, comme des morceaux de viande dans une soupe fine.

Le ciel était gris asphalte au-dessus de deux collines imposantes, mais c'était là que la femme lui avait dit d'aller. Il enfila donc sa capuche, ferma sa veste et commença à marcher, en espérant que le chemin était aussi direct qu'elle l'avait dit. Son téléphone portable avait perdu le signal bien avant que le bus n'arrive à Dybukowo, et Google Maps ne lui serait d'aucune aide.

Avec des chaussures pleines d'eau - et il avait mis les plus belles pour faire bonne impression sur ses hôtes - il avança péniblement sur la route étroite, observant les maisons en bois de chaque côté. Certaines avaient des granges ou des hangars attenants, mais il n'y avait pas de décorations rustiques, de faux puits ou de jardins fleuris élaborés en vue. C'était la vraie campagne, trop éloignée de la « civilisation » pour devenir la cité-dortoir d'une ville quelconque, et toujours habitée par des montagnards de souche.

L'eau éclaboussait dans deux fossés qui couraient de part et d'autre de l'asphalte, mais les oreilles d'Adam percevaient un calme inquiétant malgré le sifflement de l'orage. Un homme surgit brièvement de derrière un rideau lorsque son chien l'alarma du passage de quelqu'un dans le village si tard dans la nuit, mais il laissa Adam à ses pensées dès qu'il l'aperçut.

C'était une bonne chose. Personne n'était obligé de demander à un voyageur s'il avait besoin d'aide, même s'il était trempé jusqu'aux os.

Adam maintint un rythme rapide et se rendit compte qu'il était sur le point de laisser le village derrière lui quelques minutes seulement après le début de la marche. Il s'arrêta devant le panneau d'affichage local, regardant l'ensemble des bâtiments qui constituaient Dybukowo, mais lorsque le vent le poussa vers l'avant, il décida qu'une femme du village ne pouvait pas se tromper sur les directions à prendre pour se rendre à l'église qu'elle fréquentait sûrement tous les dimanches.

Il devait se calmer, serrer les dents et continuer jusqu'à ce qu'il atteigne sa destination. Quel autre choix avait-il ? À ce stade, ses vêtements dégoulinaient d'eau de toute façon, et il était heureux d'avoir investi dans une housse imperméable pour son ordinateur portable. Le prêtre ne serait pas impressionné par le fait qu'Adam arrive un jour plus tôt, mais peut-être que la boîte de chocolats qu'il avait apportée en cadeau pourrait adoucir l'affaire.

Tandis que le vent jetait la pluie sous la capuche d'Adam, lui giflant le visage encore et encore, l'espoir d'un lit chaud était la seule chose qui lui permettait de tenir le coup. Il était à la toute fin de son voyage infernal, alors autant se dépêcher de mettre fin à sa misère.

Les deux rangées de peupliers qui se dressaient de part et d'autre de la route comme des soldats criaient au-dessus de sa tête avec leurs troncs grinçants et leurs feuilles tourbillonnantes, mais la tempête était d'une force si écrasante qu'Adam décida d'ignorer tout ce qui l'entourait et se concentra sur le mouvement de ses pieds.

La route grimpait vers l'une des collines lorsqu'elle atteignit la lisière d'une dense forêt de conifères. Les arbres formaient un long tunnel, mais lorsqu'il s'engagea dans le passage entre les murs de bois et de feuilles, un frisson lui parcourut l'échine. Et c'était le genre de frisson qui n'avait rien à voir avec les vêtements trempés d'Adam.

Quelque chose observait Adam. Quelque chose qui se cachait dans l'abîme noir de goudron au-delà de la première rangée d'arbres. Ce ne pouvait être que son imagination qui lui jouait des tours dans cet environnement inconnu, mais alors qu'il accélérait le pas, impatient de traverser la forêt et d'atteindre l'église, l'obscurité s'animait, parlant en craquements et en sifflements tandis que le vent soufflait dans le dos d'Adam et faisait s'incliner les cimes des arbres au-dessus de lui. Il peinait à se tenir sur ses pieds, mais se mit à courir, luttant à chaque fois que le sac de voyage se balançait et sciait la chair de la paume glacée d'Adam avec sa poignée en tissu.

Les pins, les mélèzes, les sapins et les épicéas s'unirent dans un cri de colère et s'agitèrent au-dessus de lui, l'exhortant à quitter leur domaine. Il s'apprêtait à jeter le sac de voyage sur son épaule et à trottiner vers la clairière devant lui quand un éclair déchira le ciel en morceaux et transforma la nuit en jour.

Adam laissa tomber ses bagages en poussant un cri lorsque le grondement fit bourdonner ses oreilles, mais au moment où il les ramassait, frissonnant de froid et se demandant s'il était même sûr de marcher par ce temps, le sentiment d'être surveillé revint.

Et puis, dans le calme qui suivit le tonnerre, il entendit des bruits de sabots.

Adam se figea. Les bras serrés autour du sac de voyage trempé, il lutta contre le sentiment irrationnel que quelqu'un l'avait suivi jusqu'ici depuis le village. Il voulait se retourner pour s'assurer que ce n'était qu'une vache qui s'était faufilée hors de son enclos, mais tout son corps se raidissait, lui criant de ne pas regarder en arrière, trop effrayé par ce qu'il pourrait voir.

Il fit donc un pas en avant, puis un autre, jusqu'à ce qu'il s'installe dans une marche rapide qui l'amènerait éventuellement à sortir de l'obscurité qu'il craignait pour la première fois depuis son enfance. La clairière se rapprochait de plus en plus, mais l'animal inconnu restait en retrait, n'essayant jamais de dépasser Adam, comme si son seul but était de l'escorter jusqu'à l'extérieur.

L'orage s'éloigna, ses grognements s'atténuèrent et, alors que la route s'enfonçait vers les champs ouverts au-delà de la forêt, Adam plongea dans un brouillard si épais que la pluie tombante n'avait pas d'effet sur sa présence. Il s'étendait sur l'asphalte comme une couche de crème fouettée sur un café et se répandait entre les arbres, créant un arrière-plan blafard pour leurs formes tordues.

Mais le claquement rythmique derrière lui ne faiblit pas et s'accéléra lorsque la lisière de la forêt ne fut plus qu'à une courte course.

Adam se mordit la joue et se mit sur le côté de la route, essayant de garder un langage corporel décontracté, mais lorsque la route le mena entre deux pentes où l'air était épais avec des tourbillons blancs de brouillard, son cœur s'accéléra.

Il en allait de même pour les bruits de sabots.

Il se retourna, prêt à se défendre, mais la route était vide, comme s'il avait tout imaginé.

Les épaules d'Adam s'affaissèrent. Tout cela était la faute de sa mère. C'est elle qui l'avait bombardé d'histoires étranges sur son nouveau lieu de résidence, alors que Dybukowo était un village comme les autres, et qu'il ne serait jamais devenu aussi paranoïaque s'il était arrivé en plein jour.

Gémissant de mécontentement lorsque la capuche de sa veste se retroussa et exposa son visage aux éléments, il fit face à l'étendue grise et sombre au-delà des arbres. Mais dès qu'il mit un pied devant l'autre, une forme noire fendit le brouillard comme si l'air était de l'eau gelée et la créature, un brise-glace. Adam s'attendait à voir des cornes sur la tête du démon, mais lorsque la bête frappa l'asphalte de ses sabots, fonçant droit sur lui, Adam réalisa qu'il s'agissait d'un cheval.

Grand comme une camionnette, volumineux, avec une longue crinière et des poils autour des sabots, le cheval de trait hennit en signe d'avertissement, et Adam se précipita hors de la route juste avant que l'animal ne lui fonce dessus. Il poussa un cri étranglé lorsque sa chaussure glissa et qu'il roula dans un fossé rempli de mousse et de fougères humides. Mais au moins, il était en sécurité.

Les dents d'Adam claquèrent lorsqu'il se traîna hors de la boue, mais il cessa de respirer lorsque, dans le noir parfait des arbres, il vit le cheval faire demi-tour, comme s'il ne s'engageait plus dans une guerre imaginaire qu'il menait avec le brouillard. Un éclair fendit à nouveau le ciel, à distance cette fois, mais sa lueur blanche peignit un tableau gothique parfait en illuminant la monture massive qui se cabra inconfortablement près d'Adam.

Il aspira l'air à grandes bouffées, regardant l'animal ramener ses pattes avant sur l'asphalte. Les yeux de fouine du cheval se fixèrent sur Adam comme s'il faisait face à un prédateur. Mais il ne courait pas et se contentait d'observer.

Le temps ne semblait pas avoir beaucoup d'effet sur le géant, mais lorsque le vent souffla derrière lui, l'eau accrochée à la crinière du cheval aspergeait le visage d'Adam.

Il resta immobile, pour ne pas déclencher plus d'agressivité chez l'animal, mais lorsque le cheval se pencha plus près, inhalant l'odeur d'Adam, la tension quitta lentement son corps et s'imprégna dans la mousse.

— Euh... Bonjour, dit-il, ne sachant comment procéder.

Mais lorsque la peau douce comme celle d'un bébé du museau du cheval frotta sa joue, Adam toucha l'encolure ferme.

— Bon garçon.

— Jinx[1] ! Jinx, espèce de salaud, revient ici ! cria un homme quelque part au-delà du brouillard, martelant l'asphalte de ses lourdes bottes à un rythme effréné.

Adam était tellement trempé que toute chance de faire une bonne première impression au prêtre se trouvait dans les chocolats, mais au moins il y avait quelqu'un à qui il pouvait demander s'il n'avait pas pris le mauvais chemin après tout.

Une lampe de poche lui éclaira le visage au moment où il s'éloigna de derrière l'animal, le forçant à fermer les yeux.

— Euh... Ce cheval est à vous ?

Il écarquilla les paupières lorsque le rayon lumineux pointa sur ses chaussures abîmées.

L'inconnu secoua la tête, sa silhouette encore floue alors qu'il s'approchait à grandes enjambées.

— Qu'est-ce que vous faites ici la nuit ? Assis dans les fossés pour effrayer les gens comme un noyé ? Putain...

Adam perdit la voix sous l'assaut des jurons, mais lorsqu'il vit le visage de l'étranger, il devint impossible de dire quoi que ce soit, même s'il essayait.

---

1. Porte-malheur

Des yeux encadrés de longs cils l'épinglaient si fermement en place qu'il avait l'impression que les fougères s'étaient enroulées autour de ses pieds comme des tentacules et le maintenaient en place. Si cet homme prononçait le mot, Adam serait prêt à lui faire l'amour sur-le-champ. Sous la pluie, dans un fossé, avec le vent qui hurlait au-dessus d'eux et la foudre qui frappait chaque fois que l'un ou l'autre poussait ses hanches à la recherche d'un plaisir illicite. Et sans aucune raison, il était sûr que leurs baisers auraient un goût de framboise et de sang.

Les bottes de combat de l'homme étaient attachées à mi-hauteur, et il portait un pantalon de survêtement et un T-shirt entièrement noirs, sur lesquels fig-uraient le mot BEHEMOTH et une croix à l'envers. Adam crut d'abord qu'il avait des manches longues, mais il se rendit vite compte que les motifs noirs et blancs qui couvraient l'ensemble de ses bras étaient en fait des tatouages. Les cheveux de l'étranger étaient aussi longs que la crinière de son cheval, et le vent jetait les mèches sur son visage, pour ensuite les faire tomber et découvrir la beauté dévastatrice de ses traits masculins. Il était difficile de dire quel âge il avait, mais Adam pensait qu'il avait une trentaine d'années.

— J'ai glissé, dit Adam d'une petite voix, en se penchant brièvement lorsqu'un autre éclair traversa le ciel sombre, se reflétant dans les yeux verts de l'étranger.

L'homme plaça la lampe de poche entre ses cuisses et passa rapidement un licol sur la tête du cheval avant de tirer sur les rênes attachées, afin qu'ils se fassent face.

— Qu'est-ce qui t'a pris, Jinx ? Tu es tout mouillé, dit-il en tapotant l'encolure de la bête et en reprenant la lampe de poche avant de jeter un coup d'œil dans la direction d'Adam.

La lueur froide révéla une cicatrice qui traversait le sourcil gauche de l'homme, séparant les poils, et une petite bosse au milieu de son nez, comme s'il avait été cassé dans le passé. Mais lorsque le regard d'Adam glissa plus bas, il remarqua un anneau en argent qui perçait le septum de l'étranger, avec une petite boule suspendue dans le creux tentant au-dessus des lèvres. Il était aussi magnifique que son animal. Grand. Large au niveau des épaules, ses yeux étaient tout aussi sauvages et ses mouvements tout aussi gracieux. Et comme l'homme et la bête se tenaient côte à côte, Adam n'avait aucun doute que ces deux-là étaient aussi des frères d'esprit.

— Vous allez bien ? Cet enfoiré est sorti de la grange comme s'il était en feu.

La question fit sortir Adam de sa transe et il croisa les bras sur sa poitrine, ne cherchant même plus à se protéger de la pluie.

— Je pense que oui, dit-il, ne sachant comment réagir à la tension insistante qui s'exerçait sur ses muscles.

C'était comme si chaque fibre de son corps voulait s'enrouler autour de l'étranger, et la panique s'installait déjà.

— Pourriez-vous m'indiquer le chemin de l'église ?

— Cela prendra vingt minutes par ce temps de folie. Je peux vous y emmener. C'est le moins que je puisse faire pour m'excuser pour ce monster qui vous a fait peur. Je m'appelle Emil.

Il tendit la main, un sourire espiègle se dessinant sur son beau visage, et Adam s'arrêta, mortifié d'inviter le diable dans son cœur s'il la serrait.

Mais rejeter la main offerte aurait été un affront qui aurait pu nuire à jamais à sa relation avec les locaux, alors il fit un pas en avant et la serra, regardant en arrière un peu trop longtemps lorsqu'il sentit de la viande fraîche dans l'air.

La main était souple, mais ferme, et si chaude sous cette peau froide qu'il s'agissait peut-être de ce qui avait été cuisiné pour son plaisir. Il en eut l'eau à la bouche, et quand Emil retira enfin ses doigts, Adam se figea comme si Dieu l'avait transformé en pilier de sel.

— A... Adam.

Emil sourit et entrelaça ses doigts, créant ainsi un panier. Adam ne comprenait pas de quoi il s'agissait jusqu'à ce qu'Emil se penche vers lui et l'incite à monter.

Jinx souffla, secoua la tête et pressa son museau contre le côté de la tête d'Adam.

— Quoi... sur le cheval ?

Mais avant qu'Adam n'ait pu prendre une décision, Emil lui saisit le pied et lui fournit un escabeau compose de mains. Adam s'exécuta et, malgré la maladresse de la situation, réussit à glisser une de ses jambes sur l'arrière-train de Jinx et à se mettre à califourchon sur l'animal. Il ne pensait pas qu'Emil avait besoin de lui toucher les fesses pour l'aider à se hisser, mais... peut-être y avait-il une raison ? Adam ne connaissait rien aux chevaux.

Il faisait sombre, mais dès qu'il se redressa sur le dos sans selle, la peur de la hauteur le frappa comme une batte de baseball.

— Je... peut-être que ce n'est pas une si bonne idée.

Emil repoussa ses cheveux mouillés et passa son sac à Adam.

— Où est passé votre sens de l'aventure ?

Lorsqu'il claqua la langue, le cheval se pencha en avant, faisant craindre à Adam pour sa vie, mais il parvint à garder l'équilibre jusqu'à ce qu'Emil saute devant lui.

Après quelques secondes de silence, Emil se racla la gorge.

— Il n'y a pas de selle, Adam. Vous devez vous accrocher à moi.

Adam s'efforça de respirer. L'excitation n'était plus un simple détail. Elle remontait le long de ses cuisses et tirait sur ses testicules, aussi importune qu'une éruption cutanée qui démangeait, mais il fourra son sac de voyage devant son entrejambe pour réduire au minimum le potentiel de mort sociale dans le village de Dybukowo. Il approcha ses mains des épaules d'Emil, parce qu'il avait un peu trop envie de les toucher, mais lorsque l'homme se retourna et croisa son regard avec un sourire coquin, Adam n'eut d'autre choix que de sentir ses muscles fermes.

Dès que le cheval accéléra, Adam passa ses mains sous les bras d'Emil et autour de sa taille. La peau de l'homme n'était plus qu'à une couche de coton mouillé, et seul le tampon de décence du sac entre eux sauva Adam du feu de l'enfer qui léchait déjà sa peau.

Il n'avait jamais vraiment réfléchi à son « type », puisqu'il n'aurait pas dû en avoir. Il valait mieux éviter de penser à ce genre de choses, mais s'il y réfléchissait longuement, il doutait de considérer un métalleux aux cheveux longs avec une bosse sur le nez comme le fantasme par excellence. Mais assis derrière Emil, le touchant, Adam ne pouvait s'imaginer avoir un autre type que lui.

Dans l'esprit d'Adam, il n'y avait même plus de type. Il n'y avait qu'Emil.

Ce qui était insensé, puisqu'il venait de le rencontrer et qu'ils avaient à peine échangé quelques mots.

Les pensées d'Adam rattrapèrent la réalité lorsqu'il réalisa qu'Emil ralentissait à un carrefour dans les champs, mais la vue qui s'offrait à lui repoussa les pensées indécentes dans les coins les plus sombres de son esprit.

Le visage de la Vierge Marie resta dans l'ombre du petit sanctuaire de campagne, mais pendant un bref instant, il craignit qu'elle ne sorte de la sécurité de sa maison et ne le réprimande pour les images qui lui avaient traversé l'esprit depuis qu'il avait vu Emil pour la première fois.

— Alors...

La voix d'Emil fit sortir Adam de son état de pétrification.

— L'église est par là.

Il montra la droite.

— Ma maison est par là.

Il montra la gauche.

L'esprit d'Adam devint vide. Pourquoi Emil lui disait-il cela ?

— C'est bon à savoir, dit-il, confus jusqu'à ce que la réalité de la déclaration d'Emil s'impose à lui. Ce type l'invitait-il chez lui ?

— Vous pourriez faire sécher vos vêtements et y passer la nuit. De toute façon, l'église sera fermée jusqu'au matin.

Emil regarda par-dessus son épaule, cherchant le visage d'Adam, mais l'éclat des canines dans son sourire fut l'appel au réveil dont Adam avait besoin. Il n'avait pas été sauvé, mais traqué par un loup à peau humaine.

Et le corps d'Adam voulait tellement offrir sa chair à mâcher.

Son souffle se bloqua tandis qu'il luttait contre une force d'attraction qu'il n'avait jamais connue auparavant. Comme la faim, elle transformait son estomac en un puits d'avidité sans fond, et le poussait à se concentrer sur l'endroit où des cheveux humides s'accrochaient au cou nu d'Emil, le tentant de s'enfoncer entre ses dents. Emil sentait la pluie, la terre humide, les feuilles en été. Irrésistible. C'était comme s'il avait pris un bain de phéromones, et l'arôme qu'il laissait sur sa peau rendait Adam impuissant.

Mais il avait encore son cerveau. Il n'était pas un animal qui se contentait de faire ce que ses hormones lui dictaient à tout moment.

— Merci, mais le prêtre m'attend.

Emil poussa un profond soupir, mais poussa le cheval vers la droite.

— Dommage.

Adam ne savait même pas comment répondre à cela, alors il garda la bouche fermée tandis qu'Emil dirigeait Jinx loin du sanctuaire et vers la forme imposante de l'église, Emil le remarqua lorsque des éclairs illuminèrent à nouveau la nuit.

Perchée au sommet d'une pente douce, son unique tour se profilait au-dessus d'un chaume d'arbres, mais c'est vers un petit bâtiment situé à l'arrière qu'Adam se dirigeait en réalité. Il avait hâte de s'éloigner de ce bel inconnu qui lui offrait des choses qu'aucun homme ne devrait jamais offrir à un autre.

Adam n'attendit pas l'aide d'Emil et jeta son sac à terre dès qu'ils atteignirent la porte de la cour de l'église.

— Merci pour le trajet, dit-il.

Il descendit du cheval, ses orteils se recroquevillèrent lorsqu'Emil lui saisit le bras pour le guider hors de l'énorme animal.

Au moins, si l'on en croyait la croix renversée sur le T-shirt d'Emil, Adam ne verrait pas cet homme à l'église.

Emil l'observait du dos de son énorme monture, majestueux comme un prince regardant un humble serviteur travailler dans les champs. Un sourire arrogant se dessina sur ses lèvres, comme s'il connaissait les pensées d'Adam. Qu'il aille au diable !

Adam entra directement dans la cour devant l'église.

Le vent lui souffla au visage dès qu'il passa sous l'arche en fonte au-dessus du portail, le repoussant vers Emil, comme si Dieu connaissait aussi ses pensées et ne voulait pas qu'il soit le berger du troupeau de Dybukowo. Mais Adam serra les dents et brava le mauvais temps jusqu'à ce qu'il dépasse l'église et atteigne les marches menant à la porte d'entrée du bâtiment blanc qui se trouvait derrière. Il n'était pas aussi grand que le presbytère où il avait vécu jusqu'à hier et était certainement beaucoup plus vieux, mais il avait l'air accueillant, même si toutes les lumières étaient éteintes.

Douloureusement conscient que personne ne l'attendait ce soir, il baissa la tête et frappa.

Il s'y reprit à deux fois avant que la porte en bois ne s'ouvre. Une femme âgée se présenta, fronçant les sourcils, comme si elle n'était pas sûre de le reconnaître ou non.

— Qui est en train de mourir ? aboya-t-elle en touchant son casque de cheveux gris et de bigoudis bleus, comme si elle craignait de ne pas être assez présentable pour accepter les appels.

Ses yeux étaient enfoncés si profondément que l'ombre les cachait à la vue d'Adam, et la moitié inférieure de son visage semblait creusée, suggérant qu'elle avait déjà enlevé son dentier pour la nuit. À la faible lumière de la lune, ses traits semblaient presque trop anguleux, trop semblables à un crâne tout droit sorti de l'étiquette d'une bouteille de mort-aux-rats, et Adam se prépara à un déluge d'acide.

— Personne.

— Il n'y a que le diable qui se promène ici à cette heure indue, dit-elle en sortant en pantoufles de cuir, comme si elle était le chien de garde de ce presbytère. Qui êtes-vous ?

Adam était bien trop fatigué pour faire des remarques spirituelles.

— Je suis Adam Kwiatkowski. Le nouveau prêtre. Je sais que je suis ici un peu tôt...

— Un peu ? Vous deviez arriver demain. Eh bien, je suppose que vous êtes ici maintenant, alors c'est tout, souffla-t-elle en s'écartant pour le laisser entrer. Je suis Janina Luty, la gouvernante. Le prêtre aurait dû venir ici lui-même, mais il dort malgré le vacarme, comme il le fait toujours, grommela-t-elle.

Adam prit note de son attitude. S'il voulait s'intégrer, il devait apprendre ce qui faisait tiquer les personnes les plus importantes du village, et dans son cas, la gouvernante était peut-être encore plus importante que le prêtre.

— Je suis vraiment désolé, dit-il en essuyant la semelle de ses chaussures sur le paillasson avant de les enlever. Le sol carrelé était comme de la glace contre ses pieds humides, mais au moins il était à l'abri de la pluie. La femme regarda les traces humides qu'il avait laissées et secoua la tête en expirant faiblement. Ce n'est qu'à ce moment-là qu'Adam s'aperçut qu'elle ne lui avait pas offert de nourriture, visiblement peu amusée par l'insolence de quelqu'un qui perturbait son sommeil.

— La chambre est prête pour vous, dit-elle.

Elle ouvrit un couloir bien entretenu, mais démodé, avec des images religieuses accrochées aux murs blancs et des poutres en bois au plafond. Adam fut heureux de découvrir que ses nouveaux quartiers étaient proches de la salle de bain, mais la chambre elle-même l'accueillit avec un souffle d'air glacial.

— Nous en parlerons demain matin, dit Mme Janina en lui tendant une serviette. Ce presbytère a des règles.

Adam ne doutait pas que « ne réveillez jamais Mme Janina » était en tête de liste, mais il remercia abondamment la gouvernante, s'excusa une fois de plus et s'assit sur une chaise en bois dès qu'elle le quitta.

Ce serait donc sa nouvelle maison. Deux lits simples de part et d'autre du petit espace. Une chaise et un bureau. Une photo encadrée du Pape Jean-Paul II, jaunie par le soleil. Et, bien sûr, un vieux poêle en faïence, qui semblait avoir été emprunté au décor d'un film historique. Jusqu'à présent, il ne lui avait pas réservé un accueil chaleureux.

Il ouvrit son sac à dos pour en retirer l'ordinateur portable, mais constata que la boîte de chocolats avait été écrasée.

L'impuissance enfonça ses doigts osseux dans la chair d'Adam et il se frotta le visage, n'étant même pas encore prêt à enlever ses vêtements. La chaleur aurait pu être trop tentante après… après avoir été si proche d'un autre homme pendant que Jinx les avait transportés au presbytère.

Il fit face à la porte, toujours dans ses vêtements mouillés, mais sa nuque picota, comme s'il avait été touché par une main chaude, et il se retourna, plaçant ses paumes de part et d'autre de la petite fenêtre. Le cavalier solitaire qui s'était arrêté sur le chemin du retour vers les bois n'aurait pas pu le regarder de loin, mais Adam sentait encore son regard vert traverser les vêtements et frotter la chair froide jusqu'à ce qu'elle soit chaude.

Il ne pouvait pas laisser ces pensées l'envahir.

Adam recula, ses poumons fonctionnant comme des soufflets jusqu'à ce que l'étincelle du désir se répande dans tout son corps, et il fourra ses mains dans le bagage ouvert, cherchant frénétiquement son bien le plus précieux. Le manche en bois semblait être le prolongement de sa main, et lorsqu'il sortit le fléau, la vue des trois queues terminées par des perles de bois promettait un soulagement bienvenu.

L'ami le plus fidèle d'Adam.

CHAPITRE 3

EMIL

E mil n'utilisait pas souvent sa vieille moto Yamaha. C'était la fierté et la joie de son Grand-père, une machine des années 1970 de la couleur d'une coccinelle, mais depuis que le prix de l'essence avait fortement augmenté, elle prenait la poussière dans le hangar d'Emil. Il aurait peut-être été plus pratique de la vendre à un collectionneur de véhicules de collection - et cela aurait également été une injection de liquidités indispensable au budget en difficulté permanente d'Emil - mais il ne pouvait pas se résoudre à le faire. Non seulement parce qu'elle appartenait à Grand-père, mais aussi parce que Radek aimait beaucoup s'asseoir sur le siège de cette garce.

Mais aujourd'hui, il n'y avait aucune joie à avoir le corps mince de Radek contre le sien. Emil essayait de ne pas trop y penser, mais une fois que Radek serait monté dans le bus, ils risquaient de ne plus se voir pendant une éternité. Il reviendrait sûrement pour la Nuit de Kupala en juin, puis pour Noël, mais entre l'université et le travail à temps partiel que Radek avait déjà prévu à Cracovie, les visites ne dureraient pas plus de quelques jours à la fois.

Il n'était pas amoureux de Radek, mais il y avait une véritable étincelle dans leur amitié, le genre qu'Emil n'avait connu qu'avec une poignée de personnes. Malgré leur différence d'âge de neuf ans, ils étaient sur la même longueur d'onde, aimaient la même musique et avaient trop de blagues intimes pour les compter.

Pour Emil, Radek était plus un ami avec des avantages qu'un partenaire, ce qui était rare dans ce village reculé, où leur sexualité était secrète. Si le signal du téléphone portable était assez bon pour prendre en charge Grindr, l'application lui montrerait sûrement les quelques personnes avec lesquelles il s'était déjà connecté un million de fois, faute de meilleures options.

Il y a deux ans, Emil avait envisagé que Radek devienne une présence plus stable dans sa vie. Il s'était demandé s'ils pourraient passer à un autre niveau, défier l'attitude conservatrice des habitants et vivre ensemble, mais il n'avait pas eu l'occasion d'exprimer ces pensées avant que Radek n'annonce joyeusement qu'il avait l'intention de s'inscrire à l'université de Cracovie. Peut-être était-ce mieux qu'il n'ait rien dit, car Radek avait vingt ans et n'était pas prêt à s'installer.

Et le fait qu'il ait raconté en détail à Emil tous ses exploits sexuels était un autre indicateur de la façon dont il considérait leur relation. Emil n'avait pas le droit d'être jaloux et il n'y pensait plus à ce stade, mais Radek lui manquerait en tant qu'ami. Leurs relations sexuelles, les bricolages qu'ils faisaient ensemble et regarder Radek ajouter des entailles au montant de son lit juste sous le nez de son père homophobe.

Insaisissable comme un jeune renard, Radek fréquentait des inconnus pendant les vacances en famille, au vu et au su de tous, mais le chef du village aimait trop son fils unique pour remarquer ses transgressions. Il avait même justifié les cheveux longs et les jeans serrés de Radek en disant qu'il était une « âme artistique » chaque fois que quelqu'un osait le regarder de travers. Personne ne voulait être en conflit avec l'homme le plus riche du village et l'un des principaux employeurs de la région, ce qui conférait à Radek le privilège d'être intouchable.

Mais la vie était ainsi faite. Radek avait eu la chance de naître dans une famille aisée, tandis qu'Emil avait appris à ne pas attendre grand-chose et à être heureux quand la réalité était supportable. Il n'avait donc pas beaucoup de perspectives à Dybukowo, mais il ne mourrait pas de faim tant qu'il pourrait chasser, fourrager et effectuer de petits travaux dans le village. Cela comptait pour quelque chose.

— J'ai pensé louer un studio, mais ce sera plus amusant de partager. Tu sais, avoir des amis instantanés dans un nouvel endroit, dit Radek en resserrant ses bras autour de la poitrine d'Emil tandis qu'ils roulaient entre les fermes éparpillées dans la vallée, nichées entre les pentes boisées des montagnes.

Le soleil était encore bas. Comme l'humeur d'Emil.

Il lui arrivait de caresser l'idée de partir. Il pouvait rassembler les quelques objets de valeur qu'il possédait, fermer la porte à clé et laisser la ferme pourrir. Il pourrait prendre un bus longue distance pour Cracovie, y trouver un emploi et repartir à zéro. Trouver quelqu'un à aimer. Rencontrer des gens comme lui, qui ne seraient pas que de passage. Ne pas avoir à cacher qui il était tout le temps.

Mais il ne pouvait pas. Pas quand il devait s'occuper des animaux. Les poulets pouvaient être vendus, la chèvre aussi, mais se débarrasser de Jinx n'était pas une option qu'il voulait envisager. Le cheval était la seule chose spéciale dans sa vie, un cadeau personnel de son grand-père, et un animal exquis - fort et agile malgré les nombreuses cicatrices qu'il avait accumulées au fil des ans. La seule créature qui n'abandonnerait pas Emil, et un fantastique appât à touristes tout à la fois. Emil ne pouvait même pas compter le nombre de types qu'il avait séduits en les faisant monter sur Jinx. Ce genre de partenariat méritait la loyauté.

Les pensées d'Emil dérivèrent vers l'étranger timide qu'il avait rencontré la nuit précédente. Adam. Le temps qu'ils avaient passé ensemble avait été bref, atténué par l'obscurité, la boue et la pluie qui avait eu l'effet d'aiguilles glacées mordant la peau, mais il sentait encore la chaleur laissée par les étincelles volant entre leurs corps alors qu'ils chevauchaient sur le dos de Jinx.

Emil n'aurait pas qualifié son gaydar d'incroyable, mais à moins qu'Adam ne soit un psychopathe qui voulait littéralement se régaler de la chair d'Emil, il y avait là quelque chose à marquer.

Seul l'avenir nous dirait si Adam visitait Dybukowo en passant ou s'il resterait au presbytère quelques jours de plus. Mme Janina Luty, la gouvernante du prêtre, n'aimait pas les gens, surtout les étrangers, ce qui amena Emil à se demander si Adam n'était pas un membre de sa famille. Si tel était le cas, il pourrait faire d'une pierre deux coups en séduisant le précieux neveu de la vieille dame.

Mais il allait trop vite en besogne. Il y avait un beau garçon assis à l'arrière de sa moto, et leur temps ensemble était presque terminé.

— Ce n'est pas amusant de vivre seul, cria-t-il par-dessus le bruit de sa moto, faisant référence à la remarque de son ami sur le fait de partager un appartement avec des inconnus.

Radek resta silencieux pendant quelques secondes, mais alors qu'Emil ralentissait, s'approchant de l'arrêt de bus en face du magasin général, la voix veloutée lui taquina les oreilles.

— Peut-être pourras-tu me rendre visite une fois que je serai établi là-bas ?

Il se gara devant l'arrêt de bus couvert de graffitis, qui n'était en fait qu'un hangar puant la pisse et le vomi, mais comme il n'y avait pas de banc, ils restèrent tous les deux près de la moto et regardèrent les corbeaux se rassembler sur l'arbre voisin comme la plus effrayante des décorations de Noël.

Emil soupira et secoua la tête en voyant les oiseaux. Ils le suivaient partout depuis toujours, à tel point que les autres enfants avaient peur de passer du temps avec lui. Une raison de plus d'être mis à l'écart.

Le petit-fils de la sorcière. Le garçon sans parents. Gardé par des corbeaux jaloux. Et qu'ils aient vu le mal dans son cœur, comme l'avait dit une fille, ou qu'ils soient amoureux de lui, comme le disait Grand-père quand il était encore aux côtés d'Emil, les conséquences étaient les mêmes.

Il s'alluma une cigarette et se rapprocha d'un centimètre de la forme élancée de Radek. Le personnel du magasin général les surveillerait à un moment aussi calme, de sorte que toute démonstration d'affection était hors de question, mais comme personne d'autre n'attendait le bus, ils pouvaient au moins parler franchement.

— Cracovie est à six heures de route, sit u as de la chance. Personne ne peut s'occuper des animaux au pied levé.

Radek gémit, paraissant un instant beaucoup plus jeune que ses vingt ans. Il manquerait à Emil - la façon dont son nez couvert de taches de rousseur se plissait lorsqu'il souriait, et les cheveux d'un roux ardent qui s'éparpillaient sur les vieux oreillers monogrammés d'Emil.

— Oh, allez ! Tu ne peux pas prendre un gardien d'animaux pour une semaine, ou quelque chose comme ça ? Je parie que quelqu'un meurt d'envie de passer quelques jours dans une maison couverte de chaume à Bieszczady, à caresser un magnifique cheval. Je pourrais prendre des photos de l'endroit la prochaine fois que je viendrai.

Emil aspira une longue bouffée de fumée, s'efforçant de ne pas hausser la voix contre Radek pendant ces quelques précieuses minutes passées ensemble. Tout semblait si facile pour lui. C'était peut-être ce qui arrivait quand votre famille avait de l'argent à dépenser pour des « gardiens d'animaux ». Emil, lui, était un piège à malchance. S'il demandait à quelqu'un de s'occuper de sa maison, il reviendrait sûrement pour constater que ses biens les plus précieux avaient disparu.

— Non, la maison est vieille et elle a toutes ces bizarreries, tu sais. C'est difficile à gérer pour quelqu'un qui ne la connaît pas.

— Et Airbnb ?

Emil gémit.

— Qu'est-ce que je viens de dire ?

Les épaules de Radek s'affaissèrent.

— C'est vrai. Pas d'Internet. Ça craint vraiment, dit-il, et sa main frotta discrètement la colonne vertébrale d'Emil.

Personne ne pouvait le voir, même à travers les grandes vitres du magasin.

— Mais ce serait bien que tu viennes. Il n'y a pas d'autre gay dans le coin, non ? Je me sens mal de te laisser derrière moi, dit-il en expirant et en regardant de l'autre côté de la route vide la propriétaire du magasin, Mme Golonko, qui sortait, toujours en train de parler à quelqu'un à l'intérieur.

Emil haussa les épaules et fit un sourire à l'intention de Radek.

— Je n'ai pas de problème. Tu sais que j'ai l'œil pour repérer les touristes assoiffés.

Radek rit et poussa le bras d'Emil.

— Tu es tellement obscène.

— Et tu adores ça, murmura Emil avec un sourire.

Il baissa la voix lorsque Mme Golonko ajusta sa veste de velours et traversa un trou dans l'asphalte, s'approchant de l'arrêt de bus avec des talons si hauts qu'ils risquaient de lui tordre la cheville si elle faisait un faux mouvement. Il semblait que la récréation avec Radek était terminée.

— Bonjour. Tu vas quelque part, Emil ? demanda-t-elle en essayant de froncer les sourcils, mais son front lisse ne fit que se contracter.

— Pourquoi ? Vous me surveillez, Mme Golonko ? Je suis flatté, mais qu'en est-il de votre mari ?

— Je m'étonnais juste que tu aies assez d'argent pour un billet. Ou de l'essence.

Ah, les joies d'être indigne de la reine officieuse du village.

Radek se racla la gorge.

— Pourquoi seriez-vous intéressée par le contenu du compte bancaire d'Emil ?

Elle renifla et repoussa ses cheveux permanentés en arrière.

— Il n'en a pas. Je le sais. Je l'emploie parfois. N'est-ce pas vrai ? demanda-t-elle en plantant son regard dans la poitrine d'Emil.

Emil éteignit sa cigarette contre le mur de l'arrêt de bus.

— C'est exact, Mme Golonko. Je ne serais rien sans vous.

Il savait que Radek apprécierait le sarcasme, mais le fait qu'elle ne mentait pas lui tordait les entrailles de honte. Emil n'avait aucune chance de trouver un emploi à temps plein et vivait au jour le jour, si bien que les petits boulots qu'il effectuait pour les Golonko lui permettaient souvent de survivre. S'il la contrariait trop, il n'aurait plus qu'une option : chercher un emploi dans la ferme de fourrure de renard appartenant au père de Radek et à elle, ce à quoi il s'était promis de ne jamais s'abaisser.

Mme Golonko leva le menton, comme si elle n'était pas sûre de savoir comment prendre sa réponse, mais Jessika, la fille de Mme Golonko, choisit ce moment pour rappeler sa mère dans le magasin.

— Ne mords pas la main qui te nourrit, grommela-t-elle avant de retraverser la route en sautillant dans ses chaussures à semelles rouges, dans lesquelles elle n'était manifestement pas à l'aise.

Emil sourit à Radek, impatient de savourer le peu de temps qu'il leur restait, mais ses oreilles percevaient déjà les gémissements fatigués du vieux bus.

— Je suis vraiment content que tu m'aies déposé. La prochaine fois, je t'emmènerai faire un tour dans la nouvelle voiture que papa a promis de m'offrir, dit Radek, inconscient du clou qu'il enfonçait dans la fierté d'Emil.

— Tu n'auras plus l'occasion de te frotter discrètement à mon cul en public lorsque papa t'aura acheté une Porsche, dit néanmoins Emil, déterminé à garder le menton haut.

Radek rit et ses doigts se glissent brièvement sous le bas du T-shirt d'Emil, caressant sa peau.

— Je suis sûr que ton cul va me manquer, M. Mentor, dit-il.

Et pendant un instant choquant qui fit dresser les poils du dos d'Emil, il sembla que Radek allait briser le code tacite du secret et se pencher vers lui pour l'embrasser. Mais il ne le ferait pas. Pas à Dybukowo. Pas devant le magasin de Mme Golonko. Même si Radek était prêt à se dévoiler, la rencontre malheureuse d'Emil avec une bande de skinheads, il y a quelques années, lui avait donné une leçon suffisamment douloureuse pour qu'il ne l'oublie jamais.

Il s'éloigna.

— Prends soin de toi.

Mais alors que le bus émergeait derrière une colline, Radek glissa un billet de banque roulé dans la main d'Emil.

— Pour l'essence.

Le besoin de rejeter l'argent était comme la pire des brûlures d'estomac, mais Emil était dans une situation trop difficile pour être orgueilleux.

— Merci, mais je t'offrirai des saucisses de sanglier la prochaine fois que tu viendras, d'accord ?

— Toujours partant pour une saucisse.

Radek sourit, mais il avait déjà ramassé son gros sac à dos et se dirigeait vers le bus, qui s'arrêta, tremblant des efforts déployés jusqu'ici. Le soleil brillait à travers les mèches rousses de Radek, les transformant en un halo qui attirait Emil dans un besoin impuissant de garder l'un de ses rares amis près de lui. Mais il ne voulait pas être un obstacle dans la vie de Radek et lui fit signe avec un léger sourire.

Il observa son ami s'asseoir près de la fenêtre et ils se regardèrent jusqu'à ce que le bus disparaisse entre les arbres.

Le cœur d'Emil battait à tout rompre en signe de protestation, le tentant d'enfourcher sa moto et de suivre le bus jusqu'à Cracovie, mais il savait que tant que Jinx était en vie, sa place était ici. Et il ne pouvait pas quitter Jinx. Peu importe à quel point il aimait la bête, son cheval était l'une des choses qui le retenaient à Dybukowo. À vingt et un ans, il était encore en pleine forme, et parfois Emil se demandait comment sa vie pourrait changer si un jour Jinx s'éteignait paisiblement. Il doutait de pouvoir vendre la maison de ses grands-parents même s'il le voulait, mais peut-être pourrait-il la louer une partie de l'année et voyager, n'étant plus prisonnier des conditions et des obligations.

Mais il lui faudrait de toute façon économiser pour cela, et ses poches étaient comme des passoires.

Lorsque Mme Golonko l'appela depuis son magasin, il fit semblant de ne pas l'entendre et s'élança vers sa maison, faisant rugir la moto qui laissait derrière elle un nuage de poussière et de fumée. Cette journée avait déjà commencé sur une mauvaise note, et il pourrait toujours écouter ses insultes une autre fois.

Il passa devant le minuscule bâtiment en bois qui abritait une école primaire avant l'avènement des bus scolaires, le tableau d'affichage, les maisons des voisins qui savaient tout de ses échecs, mais faisaient rarement quelque chose pour l'aider, et sortit du village en trombe, de façon à ce que personne ne puisse voir la grimace sur son visage.

Il ne retrouva une respiration normale que lorsqu'il s'élança entre deux champs, s'approchant du carrefour entre l'église et sa propre maison.

Peut-être que l'étalon pourrait trouver un autre propriétaire, mais il n'était pas le beau cheval que la plupart des gens voulaient pour le divertissement ou le sport, et l'idée que Jinx finisse dans un abattoir quelque part en Italie ou en France lui faisait mal au cœur. Et de qui se moquait-il ? Il avait beau se dire que ce n'était qu'un cheval, il avait promis à Grand-père de ne jamais s'en débarrasser, de toujours garder Jinx près de lui, et il ne pouvait pas rompre cette promesse, même s'il désirait ardemment laisser Dybukowo derrière lui.

Mais le pire, c'est qu'il ne savait même pas s'il voulait vraiment s'installer dans une grande ville. Habitué à avoir la nature à sa porte et beaucoup d'espace pour lequel il n'avait pas à payer de son sang, il risquait de ne jamais s'habituer au bruit et au rythme de vie d'un endroit comme Cracovie.

Il était peut-être pauvre, solitaire et son avenir n'était pas prometteur, mais au moins il pouvait aller se baigner dans le lac voisin ou faire de longues promenades à cheval dans les forêts denses qui sentaient la mousse, le pin et la pluie. Car lorsqu'il était seul ou avec des gens qui le traitaient bien, il ne se sentait pas du tout coincé. Le soleil le saluait chaque matin et l'embrassait sur la joue pour lui souhaiter une bonne nuit, et lorsque l'herbe lui chatouillait les orteils, il savait que son âme était liée à ces montagnes et qu'il ne trouverait jamais le bonheur ailleurs.

Sans Radek pour l'occuper, les pensées d'Emil dérivèrent vers le beau touriste que Jinx avait effrayé la nuit dernière, et il jeta un coup d'œil vers l'église. Il pourrait s'enquérir d'Adam - un peu de courtoisie de petite ville à l'égard d'un étranger égaré, mais son humeur était encore sombre, et il préféra la sécurité de sa maison, avec son toit de chaume, ses petites fenêtres encadrées de peinture bleue, et ses animaux.

Mais tous ses espoirs de passer une matinée tranquille à se morfondre s'envolèrent lorsqu'il aperçut une camionnette vert foncé garée dans l'étroit passage qui séparait son jardin de la forêt.

Il laissa sa moto sur le chemin de terre et poussa du pied le petit portail en bois pour entrer dans la propriété. Ses poules se promenaient tranquillement, mais dès qu'il s'approcha du poulailler, la porte de l'étable s'ouvrit et Filip Koterski en sortit, vêtu de sa tenue verte de garde forestier.

— Hé, tu cherches quelque chose ? demanda Emil, mais son sang se glaçait déjà.

— Je ne savais pas que tu avais un fumoir, dit Filip en enfonçant ses mains dans ses poches.

Il était beau, dans le genre moyen, avec d'épais cheveux noirs et un bronzage qu'il avait obtenu en étant constamment à l'extérieur. La tache de naissance triangulaire sur sa joue gauche, de la taille d'une petite pièce de monnaie, était un atout plutôt qu'un défaut, car elle le distinguait des autres hommes moyennement beaux des environs.

Et malgré le malaise qui s'insinuait sous la peau d'Emil, il ne pouvait s'empêcher de remarquer les choses qui l'avaient attiré chez Filip au départ.

— Je te l'aurais montré si tu l'avais demandé, dit-il, mécontent que quelqu'un, même une relation, vienne fouiner dans sa propriété.

Il aurait juré avoir fermé le fumoir avec un cadenas. L'avait-il oublié ?

— Le voudrais-tu cependant ? Où as-tu trouvé le sanglier ?

Emil fronça les sourcils.

— Oh, allez, tu sais où j'ai trouvé le sanglier, dit-il en faisant un geste vers la forêt

Filip fit claquer sa langue et secoua la tête.

— Le braconnage est illégal.

Étaient-ils sérieusement en train d'avoir cette conversation ? Le jour où Radek quittait la vie d'Emil ?

— Tu sais que je respecte les règles. Je ne laisse jamais souffrir les animaux, je ne mets jamais en danger les jeunes et je ne chasse pas hors saison.

Filip poussa un soupir théâtral.

— Pourtant, tu n'as pas de permis. Tu n'es pas membre de l'Association des Chasseurs.

— Je n'ai pas les moyens pour l'instant, dit Emil, s'efforçant de garder son sang-froid face à une telle impolitesse.

Filip savait très bien que ce genre de choses n'était pas rare dans la région, alors pourquoi s'en prenait-il à lui, alors qu'ils se connaissaient bien ?

— Alors tu ne peux pas chasser, dit Filip.

Il retourna dans le fumoir, pour en ressortir avec toute une série de saucisses faites maison accrochées à son avant-bras. Le sang quitta la tête d'Emil et alourdit ses poings.

— Vraiment ? Tu préfères me voir mourir de faim plutôt que de regarder ailleurs quelques fois ?

Filip laissa tomber les saucisses qu'Emil avait si durement préparées dans une boîte en plastique ouverte qu'il avait dû placer au milieu de la cour un peu plus tôt. À ce moment-là, Emil aurait aimé avoir un chien pour pouvoir le lancer sur ce bâtard perfide.

Filip leva les yeux.

— La loi est la loi. Considère cela comme un avertissement. Je ne préviendrai personne et j'en ferai mon cadeau de mariage.

Le cerveau d'Emil se creusa malgré la colère qui couvait encore dans son sang.

— Quel mariage ?

— Le mois prochain. Ma fiancée, Judyta, n'est pas originaire d'ici, mais tu la rencontreras bien assez tôt. Il faut avoir de bonnes relations avec la femme du garde forestier.

Emil secoua la tête.

— Qu'est-ce que tu racontes ? Je t'ai sucé il y a trois semaines.

Filip roula des yeux.

— Et alors ? Je faisais des expériences.

Emil ne comprenait plus ce qui se passait autour de lui. Filip était devenu bizarre avec lui l'année dernière, après la mort de son père, mais là, c'est vraiment le pompon.

— Quoi, depuis trois ans ? Mais... ce ne sont pas mes affaires. Je n'ai pas besoin de savoir. Mais tu ne peux pas laisser les saucisses ? En souvenir du bon vieux temps.

Filip sourit.

— Je pourrais peut-être fermer les yeux si tu m'invitais à entrer, demanda-t-il en adoptant une position plus large, comme s'il voulait attirer l'attention d'Emil sur son entrejambe.

Fils de pute.

— Je ne baise pas les escrocs. Et pour ton information, je ne baise pas non plus les voleurs, alors tu ferais mieux de prendre ces saucisses et de ne plus jamais te montrer ici.

Filip roula des yeux, mais saisit la boîte contenant le sang, la sueur et les larmes d'Emil.

— Bien. Comme tu voudras. Et pour information, tu n'es pas invité au mariage.

Emil serra les poings, car sa main était bien trop proche d'une hache, en regardant Filip charger les viandes et les saucisses à l'arrière de son pick-up.

— Félicitations à la mariée de ma part. J'espère que vous serez très heureux tous les deux en mangeant la saucisse d'un autre.

Filip renifla et s'installa sur le siège du conducteur.

— J'aurais pu le signaler, tu sais ? En fait, je te fais une faveur.

Emil se mordit la langue cette fois-ci, ne voulant pas gaspiller sa salive avec ce tas de merde. Une fois Filip parti, il attrapa la hache et commença à couper du bois, parce qu'il avait besoin de canaliser sa fureur quelque part, mais chaque bûche qu'il fendait semblait aggraver sa colère.

Il était un ours enragé enfermé dans une cage appelée Dybukowo, et certains jours, son ventre était plein, ses besoins de jeu satisfaits, et le soleil faisait briller sa fourrure à travers les barreaux métalliques, mais en ce moment, il aurait pu se frapper le crâne contre les barreaux encore et encore dans une tentative désespérée de s'enfuir.

S'il avait eu de l'argent, se faire prendre cette viande n'aurait pas été une si grosse affaire, juste une perte de temps et d'efforts, mais en l'état, les saucisses avaient déjà été commandées et il allait devoir dire à Mme Sarnowicz qu'il ne pourrait pas les livrer. Ce qui le ramenait à la case départ lorsqu'il s'agissait de rembourser la dette qu'il avait contractée envers son mari qui avait réparé son toit de chaume l'hiver dernier.

Le village était un réseau de connexions compliquées et désagréables, et il était la mouche qui essayait, impuissante, de se frayer un chemin vers l'extérieur. Mais il n'était pas encore prêt à abandonner.

— Bouh ! cria-t-il aux corbeaux qui se rassemblaient sur le toit de sa maison et qui se moquaient de lui en poussant des cris stridents.

Il était tellement habitué à leur présence qu'il n'aurait pas vu d'inconvénient à ce qu'ils le suivent partout s'ils ne chiaient pas partout. Le plus souvent dans sa propriété.

Peut-être que Radek avait raison et qu'Emil pourrait quitter cet endroit. Filip avait été si triomphant de sa découverte qu'il n'avait pas remarqué la trappe menant à une petite cave sous le hangar à viande. Et comme le prêtre local adorait les alcools arrangés qu'Emil préparait selon la recette de son grand-père, il y avait peut-être là une chance d'obtenir un peu d'argent et d'adoucir cette journée de merde.

Le prêtre Marek n'était pas un mauvais bougre, mais il critiquait souvent Emil pour son apparence. Emil noua donc sa crinière en une tresse et enfila un simple haut noir qui couvrait ses tatouages, afin que ses goûts en matière de heavy métal ne heurtent pas les sensibilités sacerdotales. Il s'apprêtait à quitter sa maison lorsqu'il se rendit compte qu'il y avait une petite chance qu'il croise Adam au presbytère, alors il resta un peu plus longtemps pour se raser et se mettre de l'eau de Cologne pour faire bonne mesure. Il n'abandonnerait pas ce jour si facilement.

Il prit une bouteille de liqueur de cerises qu'il avait produite l'année dernière, et une autre d'advocaat[1] maison pour faire bonne mesure, sella son cheval pour éviter de gaspiller de l'essence, et prit un raccourci à travers les vastes prairies.

Le matin révélait les montagnes lointaines dans toute leur splendeur, le brouillard s'attardant encore sur les peupliers d'une manière qui rendait Emil mélancolique même s'il avait observé ce spectacle de la nature toute sa vie. Jinx était particulièrement fringant aujourd'hui, et si désireux de galoper qu'Emil décida de se détendre et de le laisser faire.

La vie d'Emil était pleine d'incidents malheureux et de surprises qui lui glaçaient le sang, aussi ne voulait-il pas faire de plans trop lointains. Les détails sur ce qu'il fallait faire de son cheval ou de sa maison n'auraient pas d'importance tant qu'il n'aurait pas l'argent nécessaire pour y remédier, alors pour l'instant, il profita de l'air frais qui sentait la rosée et chevaucha Jinx en direction du presbytère.

Il passa devant deux gars du coin, qui l'avaient traité de sataniste pendant tout le lycée, simplement parce qu'il portait du noir et écoutait du heavy métal. Heureusement pour Emil, maintenant qu'ils avaient la trentaine, les tentatives d'intimidation de leur adolescence étaient devenues des blagues inoffensives.

— Tu es sûr que tu ne veux pas acheter le noir ? dit Dawid en riant, désignant l'un des moutons du troupeau qu'il conduisait.

C'était une allusion au fait qu'Emil était la brebis galeuse du village, mais Emil ne s'en formalisa pas.

— Attention, ou j'envoie mes corbeaux à tes trousses, cria-t-il en retour avant de se mettre en route, jusqu'à la clôture en fonte qui entourait le terrain de l'église.

Emil attacha Jinx à l'un des grands peupliers plantés autour du périmètre et entra dans la cour pavée. Il n'y avait qu'une seule messe en semaine, et le grand espace était donc vide, à l'exception des pies et des moineaux qui se rassemblaient autour des morceaux de pain que Mme Luty avait dû éparpiller pour eux.

Le temps étant encore clément, Emil choisit un banc au soleil et s'assit derrière l'église, attendant le Père Marek. L'homme était le prêtre de Dybukowo depuis plus de dix ans maintenant, et bien qu'il ne soit pas lui-même croyant, Emil connaissait les habitudes du curé. Le Père Marek était réglé comme une horloge et il quittait le presbytère vers neuf heures. Bien sûr, Emil aurait pu simplement

---

1. Liqueur onctueuse d'origine néerlandaise, faite de jaune d'œuf, de sucre et d'alcool, elle a un léger goût d'amande.

frapper, mais il y avait le « petit » problème de Mme Luty, la gouvernante qui le détestait. Il préférait ne pas faire d'esclandre.

— Bouh ! hurla-t-il de frustration lorsqu'un énorme corbeau descendit sur le dossier du banc et manqua de peu sa tête avec son aile. Il commençait à envisager de changer d'eau de Cologne à l'avenir, parce qu'il était devenu de l'herbe à chat pour ces foutus oiseaux ces dernières semaines, et il n'arrivait pas à comprendre pourquoi.

— Emil ?

Le prêtre surgit de nulle part, faisant sursauter Emil qui se leva, comme s'il avait l'intention de le saluer.

— Loué soit le Seihneur.

Il se força à sourire. Il n'aimait pas parler de Dieu, mais à situation désespérée, mesures désespérées.

— Vous avez une minute, mon Père ?

Le prêtre acquiesça avec un sourire satisfait qui semblait encore un peu gras de son petit déjeuner. Il était rond - tant au niveau du visage que du corps - doux sur les bords et agréable, mais simple comme un beignet glacé au sucre sans garniture. Le Père Marek était le genre de prêtre qui s'en tenait aux sermons les plus classiques et ne prenait pas la peine de sauter dans le train de la controverse en critiquant l'« l'idéologie LGBT » et tous les autres « ennemis » de l'Église Catholique moderne. Et même si Emil n'aimait pas trop la complaisance, il était heureux que le prêtre ne veuille pas remuer le couteau dans la plaie, surtout dans un endroit comme Dybukowo, qui avait déjà si peu de compréhension pour l'altérité.

D'autre part, qui aurait l'énergie de combattre les hérétiques en mangeant régulièrement les plats délicieux de Mme Luty, alors que le lit l'appelait après le petit-déjeuner et à l'heure de la sieste ?

Emil se souvenait encore de l'époque où il n'avait pas à se débrouiller seul, avant la mort de son Grand-père. En tant que vieille amie de sa défunte Grand-mère, Mme Luty les avait toujours invités à déjeuner, lui et son Grand-père, puis les renvoyait chez eux avec des boîtes en plastique remplies de nourriture pour le dîner. Si elle était d'humeur, elle ajoutait un dessert, et même s'il n'y avait plus d'amour entre lui et Mme Luty, il devait admettre que ses gâteaux étaient divins.

Il suivit le Père Marek jusqu'à la petite église remplie de bancs et d'une odeur d'eau bénite éventée. C'était une petite structure, construite presque entièrement en bois sombre, et son plancher grinçait, demandant à être rénové. Un seul lustre en bois de cerf était suspendu au-dessus de l'autel, qui, bien que petit, était impressionnant dans cet espace douillet. Mais la vue de ses élégantes pierres, de ses ornements dorés et de ses fleurs ne remplissait pas l'estomac d'Emil.

— Je sais que c'est beaucoup demander, mais je voulais savoir s'il était possible d'obtenir un prêt, dit-il, décidant d'affronter le problème de front au lieu de commencer par lui passer de la pommade.

Le prêtre lui fit face, son visage rougi était plein de compassion.

— C'est encore le toit ?

— Oui. Et non.

Emil détestait devoir demander de l'aide. Il méprisait ça, mais avec le départ de Radek, il cherchait désespérément une chance de respirer.

Le prêtre s'assit sur l'un des bancs et tapota le bois à côté de lui.

— Qu'est-ce qu'il y a, Emil ? Tu sais que tu peux me parler.

Non, il ne pouvait pas. Et il n'en avait pas envie. Il ne voulait pas parler au prêtre du départ d'un de ses rares amis pour une grande ville, ni du fait qu'il se sentait seul dans une vieille maison qui renfermait tant de bons souvenirs, mais qui était devenue le musée d'une époque plus heureuse, depuis longtemps révolue.

Emil sourit et sortit les bouteilles de son sac à dos pour faire oublier le ton sérieux du prêtre.

— Je voulais vous les montrer, mon Père. Elles sont fabriquées selon les recettes de Grand-père.

La lueur d'intérêt dans les yeux du Père Marek fut le soulagement qu'il attendait.

— Je ne peux pas en faire plus sans un peu d'investissement, et nous sommes presque dans la saison des fraises.

— Oh. Tu sais, tout le monde est tellement avare de nos jours. L'église a déjà du mal à s'en sortir. Je vais voir ce que je peux faire, mais je ne peux rien promettre, dit le prêtre, mais il n'hésita pas à prendre les deux bouteilles des mains d'Emil.

Si seulement Emil avait été prêt à offrir au Père Marek une histoire larmoyante, à pleurer, à se retourner pour montrer son ventre blessé, peut-être aurait-il obtenu ce qu'il était venu chercher, mais lorsqu'il pensa à partager la réalité de sa situation, la nausée lui serra la gorge comme un nœud coulant. Et il ne dit rien, laissant le Père Marek prendre le fruit de son travail, comme s'il s'agissait d'un cadeau, et non d'une monnaie d'échange évidente.

Mais il ne dit rien, lié par une fierté qu'il ne pouvait pas se permettre.

Lorsque le prêtre partit vaquer à ses occupations, Emil se sentit stupide de ne pas avoir pensé à s'enquérir du touriste qui logeait au presbytère. Il quitta l'église les épaules basses, certain de n'avoir rien fait, mais lorsqu'il sortit dans la cour, Adam était là, un balai à la main.

Et vêtu d'une soutane.

Emil fixa le beau prêtre, le sang battant à tout rompre dans sa tête. Si Emil avait eu des limites morales, il se serait éloigné, gêné d'avoir flirté avec un homme d'Église la nuit dernière.

Mais comme il ne croyait pas à la religion, il n'avait aucune objection à baiser des prêtres. Lorsque leurs regards se croisèrent de l'autre côté de la cour, sa tête se remplit immédiatement d'images obscènes d'Adam penché sur le puits voisin, jetant un coup d'œil par-dessus son épaule tandis qu'il relevait l'épaisse soutane noire pour découvrir des jambes galbées et des fesses rondes. Dans le monde réel, Adam portait probablement un pantalon sous tout ce tissu, mais Emil était le maître de ses fantasmes.

Dans la lumière du soleil, les yeux d'Adam étaient aussi brillants que le ciel bleu, et ses cheveux, de la couleur du blé au plus fort de l'été. Il était légèrement bronzé et bien trop beau pour porter un collier du clérical, mais il y avait aussi quelque chose d'autre chez lui qui attirait Emil. Quelque chose qu'il n'arrivait pas à cerner, quelque chose qui allait au-delà de l'envie de sucer les longs doigts ou de découvrir à quoi ressemblait la queue d'Adam.

Comme si Adam cachait des secrets non seulement sous la soutane, mais aussi au-delà de ses traits lisses. Il portait un masque qu'Emil avait hâte de lui enlever.

Chapitre 4

Adam

Adam se réveilla plus en sueur que lors de sa dernière grippe. Il avait apprécié la lourde couette en duvet sous laquelle il s'était glissé la nuit, mais dès que la température de l'air avait augmenté, la chaleur emprisonnée autour de son corps avait fait de même.

Mais il n'était pas au lit. Ses pieds nus refroidissaient sur le parquet, et il se tenait au milieu de la petite pièce, incapable de trouver une raison logique pour laquelle il ne transpirait pas encore sur le matelas moelleux ou pourquoi il y avait un arrière-goût âpre sur sa langue. Il fit claquer ses lèvres, essayant d'identifier la saveur, pour finalement arriver à la conclusion qu'elle lui rappelait celle des radis. S'était-il rendu à la cuisine en somnambulant et en avait-il mangé ?

Cela faisait un moment que cela ne s'était pas produit, mais peut-être que le lit inconfortable et le stress des derniers jours l'avaient plus mis à rude épreuve qu'il ne le pensait.

Il s'approcha de la petite fenêtre dans l'espoir que le temps soit meilleur qu'hier, et le soleil qui apparaissait à travers les minces rideaux à carreaux lui arracha un petit sourire. La semaine écoulée avait été un cauchemar, mais il pouvait repartir à zéro ici et passer tout l'été dans un beau coin de pays. Que pouvait-il arriver de pire ?

Il écarta les rideaux et poussa un cri lorsque quelque chose de sombre se dirigea droit sur lui et heurta la vitre. La surprise se transforma en effroi glacé lorsqu'il réalisa qu'il s'agissait d'une pie morte que quelqu'un avait accrochée à l'avant-toit, juste devant sa fenêtre.

Le cœur d'Adam battait vite, comme s'il était au bord d'une crise de panique.

— Qu'est-ce que c'est que ce bordel ? murmura-t-il en fixant la pauvre bête, qui n'était même pas capable de nommer son assassin.

Les lèvres d'Adam s'asséchèrent lorsqu'il se concentra sur les rayons du soleil qui s'infiltraient à travers les longues plumes de la queue et des ailes, mais alors que l'oiseau continuait à se balancer, comme un pendule sur une corde rouge, le regard d'Adam captura la lueur dorée au-delà de l'oiseau.

La fenêtre s'ouvrait sur une prairie luxuriante parsemée de fleurs rouges, bleues et violettes. Deux pentes couvertes d'une épaisse forêt descendaient au loin pour former un « V » irrégulier. Il semblait y avoir deux entrées étroites dans la vallée et, à leur point culminant, les hautes collines de chaque côté faisaient penser à des murs érigés par un être ancien pour protéger son domaine.

Les eaux d'un lac scintillaient au loin et ce miroitement provoquait une profonde impression de déjà-vu. Adam ne se souvenait pas que quelqu'un lui ait parlé de la prairie, mais il ne pouvait s'empêcher de penser qu'il avait déjà marché dans cette même herbe, que les fleurs et les gros épis avaient caressé ses paumes, et qu'il s'était baigné dans l'eau fraîche, à l'ombre d'arbres bien plus anciens que les murs du presbytère.

Il prit une profonde inspiration, jetant un coup d'œil au soleil, mais avant que sa lueur n'ait pu poignarder ses yeux, la pie frappa à nouveau contre la vitre, arrachant Adam à sa transe. L'image était sinistre, mais en fin de compte, ce n'était qu'un animal mort, probablement laissé par un enfant cruel.

Le premier réflexe d'Adam fut de demander des gants à la femme de ménage et d'enlever l'oiseau, mais un coup d'œil sur les taches sombres à l'endroit où son tee-shirt gris collait à sa poitrine le poussa plutôt à se diriger vers la salle de bains.

Une fois propre, habillé, rasé et coiffé, il vérifia son téléphone portable, pour constater qu'il n'y avait pas de réception. C'était pour cela que les téléphones fixes existaient encore.

Malgré l'état déplorable de l'emballage, Adam décida de poursuivre son plan initial et d'offrir les chocolats au prêtre. Il les emporta donc avec lui lorsqu'il s'aventura au-delà de sa chambre à la recherche de l'homme lui-même.

Le bruit des assiettes qui s'entrechoquaient dans le couloir le fit réfléchir dès qu'il se souvint de la colère de Mme Janina la nuit dernière, mais il ne pouvait pas se faufiler indéfiniment dans le presbytère. Parce qu'il avait sa place ici maintenant, et qu'il ne fuirait pas sa vue comme un cafard.

Il s'apprêtait à entrer dans la cuisine par une porte blanche avec des panneaux de verre mat dans la partie supérieure lorsqu'une forte sonnerie se fit entendre. Le cliquetis rapide des ustensiles métalliques le fit se figer, et il se plaqua contre le mur lorsque quelqu'un traversa la pièce en traînant les pieds et décrocha le téléphone.

— Presbytère de Dybukowo. Janina Luty à l'appareil.

La confiance qu'Adam avait eue auparavant s'estompa en lui. Il aurait pu profiter de sa distraction, mais après le mauvais départ qu'ils avaient eu la nuit dernière, il ne voulait pas non plus déranger la conversation de Mme Janina, alors il resta immobile dans l'espoir qu'elle appelle le prêtre.

— Oh, oh, mon petit garçon ! Comment te traitent-ils là-bas ? s'exclama Mme Janina, mettant définitivement fin aux espoirs d'Adam.

Il ne devrait pas écouter les conversations privées, mais s'il bougeait, le vieux plancher de bois risquait de craquer, révélant qu'il avait déjà écouté, ce qui le mettait dans un dilemme qu'il avait lui-même créé.

Même en n'entendant qu'un côté de la conversation, Adam réussit à recueillir beaucoup d'informations sur Mme Janina. Son petit-fils s'appelait Patryk et il avait récemment déménagé à l'étranger pour étudier. Cela n'avait rien d'étonnant, mais lorsque Mme Janina et Patryk parlèrent d'argent, Adam se dit qu'il aurait vraiment dû annoncer sa présence.

— Ce sera donc cinq mille dollars américains, n'est-ce pas ? J'irai à la poste et transférerai le tout à ta mère. Je ne sais pas bien gérer les paiements internationaux. Leurs comptes bancaires n'ont même pas le bon nombre de chiffres, dit-elle avant de rire de la manière la plus douce qui soit. Oh, ne t'inquiète pas. Tu sais que je ne manque de rien. Je ne pourrais jamais dépenser tout ce que j'ai, et je ne peux pas laisser mon unique petit-fils se sentir pauvre.

Il n'y avait rien d'étrange à ce qu'une grand-mère offre de l'argent à la prunelle de ses yeux, mais comment la femme de ménage d'un prêtre à Dybukowo, un endroit où il n'y avait pas de réception de téléphone portable, pouvait-elle avoir cinq mille dollars en trop ?

Ce n'était pas son affaire... mais comment ?

Adam attendit le reste de la conversation, mais une fois que Mme Janina retourna à ses tâches, il fut heureux de se débarrasser de la poussière glacée que son corps avait accumulée et fit un peu de bruit avant d'entrer dans la cuisine.

La gouvernante leva les yeux de l'évier. Elle avait l'air beaucoup plus soignée, vêtue d'un tablier et les cheveux tirés en arrière par un foulard bleu, qui reposait sur un chignon à l'arrière de sa tête, la mettant ainsi à l'abri des regards. À la lumière du jour, sa peau ridée semblait délicate, presque translucide, mais ses lèvres étaient aussi fermes que la dernière fois qu'Adam l'avait vue.

— Est-il d'usage à Varsovie de dormir jusqu'à si tard ? demanda-t-elle en s'essuyant les mains sur une serviette. Je sers le petit-déjeuner à 7 h 30 précises.

— Est-ce mon nouveau protégé ? dit une voix grave mais amicale provenant d'une porte située de l'autre côté de la cuisine démodée mais bien rangée.

Mme Janina respira profondément et croisa le regard d'Adam.

— Le prêtre est réveillé. Vous pouvez le rejoindre, dit-elle d'une manière qui laissait entendre que c'était elle qui menait la barque au presbytère. Mais qui était Adam pour changer le statu quo, s'il ne restait que six mois ?

Il se racla la gorge et entra dans une salle à manger décorée dans un style qui rappelait la maison de ses grands-parents à la campagne. Simple, avec des murs blanchis, un tapis fin au milieu d'un plancher en bois et un lustre en métal bon marché comme pièce maîtresse. Une tapisserie encadrée représentant la crucifixion était suspendue face à une fenêtre aux rideaux diaphanes, mais il remarqua de nombreuses autres images encadrées. Toutes n'étaient pas de nature religieuse, et Adam remarqua que des photos de groupe de divers événements occupaient une place importante sur l'un des murs. Il n'eut pas le temps de regarder les détails que son regard s'arrêta sur le prêtre qui lui souriait de derrière une grande table de chêne tronant au milieu.

— Adam Kwiatkowski, c'est ça ? demanda-t-il en repoussant maladroitement la chaise de la table avant de se lever.

Quelles que soient les inquiétudes qu'Adam aurait pu nourrir, elles moururent au moment où le Père Marek lui serra la main. L'homme était l'incarnation du curé de village gâté mais gentil, avec un visage rond qui aurait pu avoir plus de rides s'il avait été plus mince, et une grosse bedaine qui poussait sur le devant de sa soutane. Mais surtout, il semblait heureux d'avoir de la compagnie. Pas étonnant s'il partageait la maison avec un tyran comme Mme Janina.

— Je suis vraiment désolé de cette confusion...

Le prêtre agita la main.

— Vous ne devriez pas. J'ai vérifié la lettre, et il s'avère que c'est moi qui ai fait une erreur. J'espère que vous êtes arrivé ici sans trop de problèmes ?

Les épaules d'Adam se détendirent et il présenta les chocolats au Père Marek.

— C'est vraiment la seule chose qui a souffert tout au long de mon voyage. C'était un cadeau pour vous, alors j'espère qu'ils ont encore bon goût, dit-il, heureux de voir le sourire du prêtre s'élargir.

— C'est l'intention qui compte, mais je ne mentirai pas. Quand il s'agit de dessert, je suis un peu connaisseur. Et vous le serez aussi, une fois que vous aurez goûté auc célèbres pâtisseries de Mme Janina.

— Vous ne vous attirerez pas mes bonnes grâces avec des compliments exagérés, mon Père, dit-elle en entrant dans la cuisine avec un plateau contenant deux tasses de thé fumantes et de grosses tomates coupées en tranches et saupoudrées de sel et de poivre.

C'était un autre ajout à la richesse des aliments déjà sur la table, mais Adam n'était pas du genre à se plaindre d'être trop gâté pour son premier jour dans la nouvelle paroisse.

La sélection proposée était ahurissante. Des œufs à la coque étaient disposés dans un bol en forme de poule en osier méticuleusement fabriquée. Trois types de pain et de brioches tentaient Adam avec leur extérieur croustillant, tandis que le fromage et le jambon l'invitaient à goûter à toutes les sortes proposées. Laitue, radis, concombres et oignons nouveaux étaient tous coupés et ajoutaient de la couleur à la table, tandis que le miel et la confiture promettaient une fin de repas parfaite.

Peut-être que rester ici pendant six mois ne serait pas si mal après tout ? Il voyait bien comment le Père Marek avait obtenu son ventre rond, mais Adam s'en sortirait bien s'il s'en tenait à son programme de course et s'il goûtait à tout avec modération. Et s'il prenait quelques kilos ? Bon sang, on ne vivait qu'une fois.

— Comment appréciez-vous notre village jusqu'à présent ? Je suis sûr que vous trouverez la paix et la tranquillité reposantes après avoir vécu dans la grande ville, déclara le prêtre.

Adam sourit, il s'occupa poliment de la nourriture, même s'il savait qu'il en mangerait de nombreuses petites portions avant de quitter la table.

— Je voulais envoyer un message à mes parents, mais mon téléphone portable ne capte pas le signal.

— Oui, nous sommes dans une vallée. Il y a une réception au sommet du clocher de l'église.

Le Père Marek but du thé et sortit l'un des chocolats écrasés de la boîte en carton avant de le placer sur sa langue.

— Et quel est votre mot de passe Wi-Fi ? demanda Adam en préparant une énorme tartine sur du pain au levain.

Le prêtre fronça les sourcils, observant Adam comme s'il lui avait poussé une deuxième tête.

Mme Janina soupira.

— Vi-fi, mon Père. Internet sans câble. Mon fils l'a chez lui.

— Oui, mais c'est à Sanok. Je suppose que nous pourrions accéder à Internet par le biais de la ligne fixe, mais nous n'en avons jamais eu besoin.

Adam cligna plusieurs fois des yeux, trop concentré sur le fait de garder son expression neutre pour dire quoi que ce soit.

Mme Janina acquiesça et les rejoignit à table, sans toutefois apporter d'assiette.

— Il y a tant de mauvaises choses sur Internet...

Adam était impatient de changer de sujet avant que cela ne dégénère.

— En parlant de mauvaises choses, quelqu'un a accroché une pie morte à ma fenêtre.

Mme Janina regarda le prêtre d'un air renfrogné.

— Mon Père ! Ce n'était pas nécessaire !

Adam fixa le prêtre, la bouche pleine de la délicieuse tartine.

— Quoi ?

Le Père Marek éclata d'un rire grinçant qui le fit presque s'étouffer.

— Désolé, Adam. Je n'ai pas pu m'en empêcher.

— Mais... pourquoi ?

— Détendez-vous. C'est de la taxidermie. Une plaisanterie inoffensive.

— Se moquer des traditions des gens n'est pas drôle, déclara Mme Janina avec sévérité, en s'adossant à sa chaise.

Le prêtre se gratta la tête à travers ses cheveux gris clairsemés.

— Les habitants de Dybukowo sont de bons chrétiens, mais ils sont superstitieux. Certains essaient encore d'éloigner les mauvais esprits des berceaux, en laissant de la nourriture pour leurs ancêtres, et ces pies semblent être la décoration folklorique incontournable de nos jours. Autrefois, les gens les utilisaient pour éloigner le Chort.

Devant le regard fixe d'Adam, le prêtre expliqua :

— Le diable.

Mme Janina resta étrangement silencieuse, et tandis que l'horloge sur le mur comptait encore quelques secondes, le prêtre se leva et frappa dans ses mains :

— Bien. Je dois préparer le sermon d'aujourd'hui. Nous parlerons davantage pendant le déjeuner, Adam.

— J'ai hâte d'y être, mon Père.

Une fois seuls, Adam craignit que le silence de Mme Janina ne se prolonge, mais elle prit la parole dès que le prêtre partit.

— Ce que le Père Marek ne comprend pas, c'est que Chort ne fera pas de mal à ceux qui vivent avec lui en bons termes.

Adam fronça les sourcils. Parlait-elle du… culte du diable ? Il ne s'attendait pas à cela de la part d'une femme âgée qui travaillait au presbytère.

— Comme dans… ?

— Oh, vous savez, lui laisser des offrandes, ne pas l'effrayer pas avec les pies, et il ne vous dérangera pas.

Adam posa sa tartine et avala un peu de thé, car le pain lui semblait étrangement grossier dans la gorge, tout à coup.

— Pourquoi essayer d'apaiser le diable ? C'est le travail de Dieu.

Ses yeux pâles et vifs se tournèrent vers les siens.

— Chort n'est pas Satan.

Adam décida d'en rester là et continua son petit déjeuner pendant que Mme Janina ouvrait un livre sur une mission catholique en Tanzanie. Au moins, elle ne le surveillait plus comme un faucon, mais les pensées d'Adam dérivaient vers des choses beaucoup moins agréables. Le jus d'orange frais n'arrivait pas à effacer le souvenir du dernier dîner chez ses parents. Il devait encore les appeler, mais il n'avait pas encore envie de parler à Mère. Et compte tenu du fait qu'au cours des douze dernières heures, il avait été suivi par un cheval qui n'était pas là, qu'un autre homme lui avait proposé des relations sexuelles et qu'il vivait dans un presbytère où le prêtre suspendait des pies mortes à l'avant-toit et où la gouvernante croyait aux démons du folklore, il savait qu'il allait devoir lui mentir, sinon elle allait paniquer.

Il frissonna lorsque son nez perçut une odeur riche et inattendue de bois de cèdre, de fumée et de quelque chose de musqué, mais peu importe ses efforts, il ne parvenait pas à en déterminer l'origine. Ses gencives le démangeaient et il salivait un peu trop, même si la nourriture était devant lui depuis un moment déjà. Mais qu'est-ce que c'était que ça ?

— Pourquoi vous agitez-vous ? demanda Mme Janina.

Mais avant qu'Adam n'ait eu le temps de trouver une réponse, quelqu'un frappa à la porte et la gouvernante se dirigea vers l'entrée principale du presbytère.

Adam continua de manger en captant une autre voix féminine. Quelques instants plus tard, Mme Janina fit entrer une femme corpulente aux cheveux noirs et au bronzage qui venait sûrement d'une bouteille. Le produit accentuait ses pattes d'oie, mais des mouvements énergiques rajeunissaient son apparence.

— Je suis tellement heureuse de rencontrer notre nouveau berger ! Ceci est pour vous, dit-elle en lui offrant une boîte en carton recouverte d'un napperon.

— Mme Stępień.

La gouvernante la présenta avant de verser du thé dans une tasse supplémentaire et de la pousser devant la nouvelle venue en s'asseyant.

Adam sourit en voyant que la boîte était pleine de biscuits au beurre faits maison.

— C'est très gentil. Je commence à comprendre que la prise de poids pendant mon séjour ici est inévitable.

— Ici à Dybukowo, tout le monde est très amical. Vous verrez, dit Mme Stępień en se servant du thé.

Adam sourit, et le visage d'Emil sortit du fond de son esprit pour se retrouver sous les feux de la rampe. Il déglutit.

— J'ai remarqué. Jusqu'à présent, je n'ai rencontré que quelques paroissiens, mais ils ont tous été très gentils.

À l'exception de la propriétaire grincheuse de la boutique.

— Un homme m'a même emmené ici sur son cheval, alors qu'il pleuvait des cordes la nuit dernière.

Le visage de Mme Stępień se figea.

— Un cheval noir ? Ce doit être Emil Słowik, mon Père. Cet homme n'est pas bon. C'est le petit-fils de la vieille Słowikowa, que Dieu ait son âme. Elle se retournerait dans sa tombe si elle voyait ce qu'il est devenu.

Mme Janina acquiesça.

— C'est bien vrai. Un garçon pourri. Il n'a pas accepté de visite pastorale à Noël dernier.

Adam expira de soulagement. Il n'avait donc plus à se soucier du fait qu'Emil le regarderait avec insistance pendant la messe. C'était déjà ça.

— Ce n'est pas le pire, dit Mme Stępień. L'ami de mon fils a dit qu'il l'avait vu avec un homme. Vous voyez ce que je veux dire, dit-elle en baissant la voix.

Adam allait être malade. Ce n'était donc pas seulement ses propres pensées qui avaient entaché l'invitation innocente d'un étranger. Emil avait vraiment pensé ce qu'Adam avait soupçonné. Et le pire, c'est qu'au fond de lui, cela l'agaçait. Emil avait probablement fait des propositions à de nombreuses personnes, ratissant large pour voir qui s'y laisserait prendre.

Mme Janina acquiesça.

— Nowak devrait veiller à garder un œil sur son fils. Emil et Radek semblent beaucoup trop proches, si vous voulez mon avis. Mme Golonko m'a dit qu'Emil l'avait déposé à l'arrêt de bus ce matin.

La tête d'Adam tournait à cause de tous les noms des personnes impliquées dans les ragots, mais comme il n'avait aucune idée de qui les femmes parlaient, il choisit de rester silencieux et de s'empiffrer.

Mme Stępień s'éclaircit la gorge.

— Nous ferions mieux de ne pas parler d'une telle dépravation devant le Père Adam.

La pire des phrases poussait aux lèvres d'Adam. Détester le péché, aimer le pécheur, elle était terrible, mais Nous péchons tous pourrait être encore pire, car cela pourrait rendre les gens méfiants à son égard. Il se leva donc avec un sourire.

— Je crois que je dois me familiariser avec ma nouvelle église. Poursuivez, s'il vous plaît. Merci encore pour les biscuits, Mme Stępień.

Adam avait besoin de se vider son esprit de la saleté, mais comme il n'était pas habillé pour faire du jogging, il entra dans le couloir et prit un balai caché dans un coin, avec l'intention de balayer la poussière et les feuilles tombées dans la cour de l'église. Il était à la porte lorsqu'il remarqua un petit bol, qui était auparavant caché derrière le balai en poil naturel. Rempli de radis et de cornichons soigneusement coupés, il n'avait pas sa place sur le sol, mais il décida de ne pas le faire remarquer à Mme Janina pendant qu'elle bavardait avec une amie.

Il avait l'eau à la bouche comme s'il regardait un steak juteux servi sur un plateau d'argent.

Il secoua la tête devant les légumes poussiéreux et s'avança vers le soleil. Des morceaux de boue entre les pavés étaient la seule trace de l'orage de la nuit dernière, et lorsqu'il leva les yeux vers les grands peupliers qui entouraient l'église, leur murmure silencieux l'incita à fermer les yeux et à se détendre.

Il n'avait rien à craindre ici, si ce n'est des villageois curieux et une horde de corbeaux. Ce qu'il devait faire, c'était prendre à cœur le conseil du prêtre et se détendre. Il avait envisagé de payer un accès à Internet, si personne d'autre au presbytère n'en avait besoin, mais peut-être qu'une désintoxication numérique serait bénéfique. Il était déjà un peu accro à Facebook et aux sites de potins, qu'il lisait sans relâche dans les transports en commun, en espérant que les étrangers croient qu'il lisait la vie des saints. Il lui suffisait de rester positif et de laisser l'atmosphère de la campagne prendre le dessus.

L'Église prendrait soin même d'un mouton noir comme lui. Tout irait bien.

Comme l'unique messe de la journée n'avait lieu que le soir, il n'y avait personne, et il apprécia le silence en se rendant devant l'église et en observant le désordre de feuilles et de branches cassées éparpillées dans toute la cour.

Il y avait encore cette odeur. Du bois jeté dans un feu, du cèdre, addictif comme la nicotine était censée l'être. Adam n'avait jamais essayé de fumer, cragnant de devenir accro en un instant.

Un grognement aigu déchira le silence, suivi d'un hennissement qui exprimait une telle excitation que l'esprit d'Adam le fit remonter dans le temps, jusqu'à ce moment, sur la route boueuse, où l'énorme étalon émergeait de la nuit et s'élançait droit sur lui.

Sa poitrine se raidit jusqu'à ce qu'il ne puisse plus respirer aussi profondément que nécessaire, mais avant d'avoir pu retourner au presbytère, évitant une confrontation pour laquelle il n'était pas prêt, Emil sortit de l'église. La brise peignait ses doigts dans les cheveux au sommet de sa tête, et lorsque son regard rencontra celui d'Adam dans la lumière éclatante de la fin de matinée, un sourire sournois se dessina sur sa bouche pécheresse.

Il s'avança vers Adam, sans même une trace d'embarras pour la nuit dernière. Adam avait l'impression qu'un gros boa constrictor se glissait vers lui à la place d'un homme - aussi hypnotisant que mortel.

Vêtu d'un jean suffisamment serré pour exciter l'imagination d'Adam, de bottes de combat à hauteur de mollet et d'une veste de pilote marron foncé bordée de fourrure, il était l'incarnation du sex-appeal décontracté. Un James Dean des temps modernes.

Le cœur d'Adam saigna lorsqu'il se rendit compte que les longs cheveux noirs étaient attachés et ne pouvaient pas être balayés par la brise, mais lorsque le vent souffla l'odeur d'Emil directement sur Adam, il réalisa qu'il s'agissait du même arôme qu'il avait senti depuis le début, ce qui le fit reculer.

La nuit dernière lui revint en mémoire, et pendant une fraction de seconde, il se retrouva sur l'énorme cheval de trait, ses mains touchant la poitrine ferme d'Emil, et ses genoux s'enfonçant dans l'arrière des cuisses d'Emil. Il n'avait jamais beaucoup aimé porter une soutane, mais peut-être que le vêtement emblématique des prêtres pourrait être son armure.

Il était devenu prêtre parce qu'il ne pouvait pas mener une vie honnête aux côtés d'une femme. Il avait donné sa vie à Dieu, conscient de tout ce que cela impliquait, alors pourquoi le Seigneur le tentait-il ainsi ? S'agissait-il d'une épreuve, comme celle de Job, et Adam devra-t-il souffrir beaucoup pour prouver son engagement ?

Sa bouche s'humidifia, comme s'il sentait des biscuits au beurre dans le four, et non l'homme qui lui avait fait une proposition la nuit dernière, mais le temps qu'Emil s'approche, il n'y avait plus d'endroit où fuir. Une voix derrière sa tête lui dit que quelque chose n'allait pas. Comment avait-il pu sentir Emil dans la cuisine ? La partie stupide de son cerveau lui suggéra l'odeur des roses et du Père Pio, mais Emil n'était pas vraiment un saint.

— Bonjour, Père Adam. Pourquoi n'avez-vous rien dit hier ? Vous avez peur que je ne morde pas si je sais que vous êtes prêtre ?

Même sa voix était douce. Et intéressante. Et tentante. Comme du chocolat noir infusé à la liqueur d'orange.

Adam plaça le balai entre eux, au cas où Emil voudrait dépasser les limites de son espace personnel.

— Ce n'était pas pertinent. J'ai demandé de l'aide et vous m'avez aidé. Cela n'a rien à voir avec mon sacerdoce.

La lumière crue devait jouer des tours à Adam, car il aurait juré que les canines d'Emil brillaient au soleil.

— Je sais garder les secrets, Adam, et vous vous ennuierez ici tôt ou tard.

Le feu brûlait au creux de l'estomac d'Adam, réchauffant son sang et le faisant circuler dans tout son corps. Mais il n'était pas un animal. Il ne suivait pas ses caprices quand ils allaient à l'encontre de toute raison et de tout code moral.

— J'essaie de ne pas juger les gens qui ne partagent pas mes croyances, mais ce n'est pas acceptable. Je vous conseille de suivre mon exemple. Et pour information, votre jean est beaucoup trop serré pour être approprié dans la maison de Dieu, dit-il, bien que ses paumes transpiraient autour du manche en bois.

— Vous avez remarqué. Merci.

Emil sourit et, avec toute l'audace d'un renard prenant d'assaut un poulailler, il écarta les bras et se tourna lentement, montrant à quel point son cul était beau dans ce pantalon.

Adam sentit la rougeur remonter le long de son cou et émerger sur son visage comme une bannière d'embarras, mais il ne recula pas et garda ses yeux sur ceux d'Adam.

— Quel est le but de tout cela ?

Emil saisit le manche du balai si près de la main d'Adam que la chaleur lui brûla la peau. Et ce n'était pas seulement à cause de l'embarras, de la colère ou même du fait qu'il trouvait Emil attirant. Tout au long de sa vie, il avait trouvé beaucoup d'hommes attirants d'une manière ou d'une autre et avait réussi à ignorer les pulsions qu'ils suscitaient. Pourtant, tout dans la présence d'Emil incitait Adam à arracher sa soutane et à courir nu dans la prairie jusqu'à ce qu'ils s'effondrent tous les deux dans l'herbe et baisent comme deux bêtes sauvages. Il pouvait le voir comme si c'était réel - le corps nu d'Emil prenant la teinte orange-lilas du ciel au crépuscule, sa chair si mûre et si savoureuse qu'Adam en avait l'eau à la bouche.

Un sourire idiot se dessina sur la belle bouche d'Emil qui faisait lentement glisser sa main de haut en bas sur le balai dans un geste qui imitait clairement l'acte de masturbation.

— Oh, qu'est-ce que je ne veux pas, mon Père ?

— J'essaie de m'enquérir poliment de votre présence ici. Vous n'êtes manifestement pas croyant, dit Adam, faisant de son mieux pour rester sévère face à une tentation qu'il n'avait jamais connue à ce niveau.

— J'ai beaucoup de péchés à confesser. Et vous ? Qu'est-ce qui vous a envoyé dans cette décharge ?

Le cœur d'Adam battait la chamade et le besoin de se rapprocher devint encore plus insupportable lorsque la main d'Emil descendit sur la poignée et toucha la sienne. Il n'avait pas de mots pour décrire la décharge électrique qui explosa entre leurs corps, mais pendant un instant, il oublia comment parler.

— Je... Je n'ai été ordonné que récemment. On m'a envoyé ici pour six mois, pour que j'apprenne, mentit-il.

— Je peux vous aider à apprendre, dit Emil en plaçant sa grande main sur celle d'Adam, la paralysant de sa chaleur.

Ils avaient largement dépassé le stade du flirt suggestif. Le serpent s'enroulait autour d'Adam et lui promettait des péchés innommables qui deviendraient réalité si Adam prononçait seulement un mot.

— Si vous ne reculez pas, je ne garderai pas le silence à ce sujet. Je ne suis pas gay. Je ne suis pas intéressé. Je suis prêtre, dit Adam.

Mais il oublia de s'éloigner de la chaleur de la main d'Emil, qui le maintenait en place tandis que l'odeur alléchante s'enroulait autour de tout le corps d'Adam.

Il pouvait se voir enlacé avec cet homme qui lui offrait son torse et dormant dans sa chaleur. Adam fronça les sourcils, dérangé par cette satanée fantaisie, mais Emil s'éloigna enfin, et alors qu'Adam devrait être soulagé, il eut l'impression qu'Emil avait pris un peu de sa peau, laissant la zone dénudée à vif.

— Comme vous voulez.

Emil partit sans même dire au revoir, mais la façon dont il mit ses mains dans les poches de sa veste la fit remonter suffisamment pour montrer ses fesses dans un jean si serré qu'il devait avoir être conçu par le diable lui-même.

Quel salaud ! Comment osait-il tenter un homme non consentant dans le péché pour son plaisir égoïste ?

Les mains d'Adam tremblaient autour du balai et il lutta contre l'instinct qui le poussait à suivre Emil. Le désir poignardait sa chair avec des aiguilles invisibles qui provoquaient une douleur bien réelle. Il tressaillit lorsque Jinx l'appela, se précipitant au galop, mais alors que l'arôme de fumée tirait sur le devant de la soutane d'Adam, tentant de l'entraîner derrière Emil, il repoussa ses pensées pécheresses et se dirigea vers le presbytère.

CHAPITRE 5

EMIL

Deux semaines s'étaient écoulées depuis le rejet d'Adam et la douleur était encore plus vive qu'elle n'aurait dû l'être, mais c'était peut-être pour le mieux. Peut-être qu'Emil ne se noierait pas une fois de plus dans le puits d'une attirance qui, en fin de compte, n'allait nulle part. Peut-être que Radek avait raison et que c'était vraiment le bon moment pour laisser le passé derrière soi. Quel avenir avait-il en séduisant des touristes et en se languissant d'un prêtre ? Toute personne sensée de son âge qui ne pouvait pas faire partie d'une entreprise familiale était partie depuis longtemps. Il était seul, et il mourrait seul, sans amour et sans amis, s'il ne pouvait pas prendre une décision difficile maintenant.

Sans Radek pour lui tenir compagnie, les pensées d'Emil revenaient avec insistance à ses deux moments seuls avec Adam. La nuit suivant leur deuxième rencontre, Emil s'était réveillé en sueur, au son d'un murmure qu'il aurait pu jurer être celui d'Adam, mais le prêtre revenait plusieurs fois dans les rêves d'Emil, ce qui le laissait toujours avec un sentiment de perte au moment où il ouvrait les yeux.

Il était pathétique. À presque trente ans et désespérément seul, il s'était accroché au premier gars qui avait montré le moindre signe d'intérêt. Il était temps d'y mettre un terme. Quitter Dybukowo et se frayer un chemin vers Cracovie jusqu'à ce qu'il puisse se convaincre que les étrangers qui faisaient la fête avec lui se foutaient de lui ou de ses problèmes.

Il devait partir plus tard dans la journée, et si Radek était encore célibataire, Emil pourrait se défouler et étancher la soif qui le tenaillait à chaque fois que le beau prêtre passait devant chez lui en faisant son jogging. C'était désormais un rituel, et même si la partie logique du cerveau d'Emil qui lui disait non, il ne pouvait s'empêcher de penser que c'était leur rituel.

Tous les jours depuis deux semaines, Adam sortait faire son jogging à 8 heures précises, et malgré les nombreux chemins qui sillonnaient les prés, les champs et les bois, il choisissait toujours celui qui passait devant la maison d'Emil. Ils ne s'étaient pas beaucoup parlé depuis la brève mais désagréable confrontation près de l'église, mais Emil se retrouvait encore chaque jour sous le porche, avec son café matinal et sa cigarette, tandis qu'Adam courait près de sa propriété en short qui révélait des jambes toniques.

Ils se saluaient d'un signe de tête, à l'exception de cette fois où Adam s'était arrêté pour s'enquérir des corbeaux qui nichaient avec insistance dans les arbres autour de la maison d'Emil et avait pris le temps d'appliquer de la crème solaire pendant leur brève conversation. Mais aussi désirable que soit le prêtre, Emil n'avait plus envie d'entrer dans son pantalon et agissait comme si rien d'important ne s'était produit entre eux auparavant. Si Adam avait choisi ce chemin parce qu'il aimait admirer le plus beau célibataire de Dybukowo, Emil pouvait avoir la satisfaction d'être l'objet de la soif du prêtre refoulé.

Mais ce matin-là, c'était différent, car lorsqu'Emil nourrissait ses animaux et préparait son petit-déjeuner liquide avant de sortir sous le soleil de mai, il l'avait fait en sachant que cette routine familière allait devoir changer. Dans quelques heures, il prendrait le bus pour Sanok et le train le moins cher - mais aussi le plus lent - pour Cracovie. Il avait un contrat là-bas. Rien d'extraordinaire, mais Radek avait convaincu un de ses amis d'embaucher un homme sans qualifications officielles pour rénover un appartement récemment acheté, et de payer cet homme - Emil - un salaire normal.

Ce serait un travail difficile, et Emil aurait besoin de chercher sur YouTube pour tout ce qu'il connaissait à peine, mais comme Radek lui avait offert un séjour gratuit dans sa chambre, l'argent s'accumulerait. S'il se débrouillait bien, non seulement il terminerait ce travail avec une belle somme pour démarrer quelque chose de nouveau, mais il obtiendrait aussi quelques références.

Il y a deux semaines, il n'avait pas envisagé la possibilité d'un voyage d'une semaine, mais pour une fois dans sa vie, les étoiles s'étaient alignées, et une rencontre fortuite au magasin avait conduit Zofia, une voisine âgée, à lui proposer de s'occuper de la maison et des animaux d'Emil pendant quelques jours. Il appréhendait de laisser Jinx à quelqu'un d'autre, car le cheval était parfois indiscipliné, mais Zofia lui avait assuré qu'elle s'était occupée de ses propres chevaux dans le passé, et Emil avait donc choisi de lui faire confiance.

Il ferma les yeux, tira une bouffée de sa cigarette dans un silence si parfait qu'il leva les yeux vers les arbres qui poussaient autour de sa propriété. Pour une fois, il n'y avait pas un seul corbeau en vue, mais avant qu'il n'ait pu envisager les raisons possibles de leur absence inhabituelle, l'ombre d'Adam grimpait le long du chemin sablonneux avant que l'homme lui-même ne sorte d'entre les arbres en trottinant. Il était à la moitié d'un parcours d'environ six kilomètres, mais n'était pas encore essoufflé. Le soleil brillait à travers les courts cheveux blonds au sommet de sa tête, et comme il était maintenant derrière la silhouette qui courait, le devant du corps d'Adam restait dans l'ombre. Emil ne pouvait s'empêcher de regarder les jambes galbées qui remuaient la poussière à chaque pas.

Alors qu'Adam s'approchait, passant devant le petit verger d'Emil et longeant la clôture basse en bois, son visage émergea de l'ombre - une pêche mûre aux joues roses, prête à être cueillie. Il avait l'air d'être dans la plus agréable des transes, sur le point de prendre une profonde inspiration et de laisser l'air l'emporter au-dessus du sol, loin des ennuis des simples mortels.

Emil tira une longue bouffée de sa cigarette et garda la fumée dans ses poumons quand Adam ralentit et croisa son regard.

— Bonjour, dit Emil, sans même cligner des yeux à cause de l'excitation qui lui montait au ventre.

Il ne poursuivrait pas l'agneau, mais il n'hésiterait pas à l'attirer jusqu'à sa porte.

Adam roula ses épaules, montrant brièvement ses pectoraux sous le T-shirt jaune, et entra dans la cour d'Emil.

— Bonjour. Puis-je vous demander de l'eau ? Il fait de plus en plus chaud chaque jour.

Emil éteignit sa cigarette dans un cendrier et se leva.

— Oui, c'est de plus en plus chaud chaque jour.

Il s'appliqua à déshabiller Adam du regard.

— Attendez une seconde.

Adam lécha les petites gouttes de sueur qui perlaient au-dessus de sa lèvre et déplaça son poids, faisant comme si les poulets errants étaient plus intéressants qu'Emil lui-même. Bien essayé.

Emil remplit une cruche entière au robinet de la cuisine et revint avec pour trouver son invité inattendu se précipiter vers quelques boules de pissenlits tandis que le coq l'encerclait avec curiosité. Il n'avait pas encore remarqué le retour d'Emil, ce qui laissait à ce dernier tout le temps de reluquer la façon dont le short d'Adam collait à ses fesses. Est-il venu ici pour torturer Emil ou pour se faire plaisir ?

— Votre eau.

Adam se leva et s'avança sous le porche avec un petit sourire.

— Vous avez un verre ? demande-t-il en regardant le grand récipient dans les mains d'Emil.

— Il suffit de boire dans la cruche. Bon sang. Vous n'êtes pas un prince. N'est-ce pas ?

— C'est un peu trop pour moi.

Les sourcils d'Adam se baissèrent en signe de désapprobation, mais il accepta le pichet et prit sa première gorgée. Emil s'appuya sur la balustrade du porche, regardant Adam avaler encore et encore tandis que la lumière du soleil se reflétait sur la sueur de son cou.

— Personne ne vous dit de tout boire. Parfois... l'offre peut être vaste, mais vous pouvez n'en prendre qu'un peu. C'est très bien.

Adam s'étouffa avec l'eau et posa le pichet sur la table en bois, toussant au plus profond de sa poitrine. Le regard d'Emil suivit les gouttes d'eau le long de la gorge d'Adam, jusqu'au col de son haut. Il les imaginait roulants au milieu de la poitrine d'Adam, dans son short, et souhaitait que ce soit ses baisers. Il se sentait ridicule d'avoir développé un béguin aussi intense - il n'était pas un adolescent - mais personne n'avait besoin de savoir ce qu'il y avait dans son cœur.

— Vous allez bien ?

Emil se rapprocha. Si seulement Adam avait le courage d'admettre qu'il y avait des étincelles entre eux, ils n'auraient même pas besoin de dire quoi que ce soit. Emil aurait ouvert la porte et Adam serait entré. Si personne d'autre ne savait ce qui s'était passé, serait-ce quand même un péché ?

Ignorant les pensées d'Emil, Adam hocha la tête, mais comme il continuait à tousser, Emil lui tapota le dos à plusieurs reprises, ce qui sembla faire l'affaire.

Aspirant de l'air, Adam s'installa sur la chaise d'Emil et releva son T-shirt pour essuyer l'humidité de son visage, mettant ainsi en valeur ses abdominaux. Adam avait un corps magnifique. Naturellement bien taillé, avec un peu de poils blonds marquant le chemin entre son nombril et son short. Il n'y avait pas de mal à regarder, mais si Emil voulait rester sain d'esprit et mettre fin à ses rêves insistants de baiser Adam dans le vieux confessionnal, il avait besoin de s'envoyer en l'air. Il y avait trop de mecs charmants pour qu'il perde son temps à être obsédé par celui qu'il n'arrivait pas à avoir.

Mais tous ces hommes disponibles ne vivaient pas à Dybukowo. Cracovie offrirait une pause bien nécessaire dans l'isolement de la vallée.

— Ce sont des tatouages intéressants, dit Adam, changeant de sujet tout en restant proche des questions de chair.

Cela fit sourire Emil.

— Lesquels ? demanda-t-il en présentant ses deux bras.

Il était conscient qu'aucun d'entre eux n'était une œuvre d'art, mais ils n'étaient pas laids non plus. L'ami qui les avait faits à Emil avait utilisé sa peau à des fins d'entraînement. Il avait eu la gentillesse de recouvrir les pires de ses premiers dessins avec quelque chose de mieux avant de déménager à Varsovie et de devenir un grand nom de l'industrie. C'est du moins ce que prétendait sa sœur, car Emil n'avait plus entendu parler de lui depuis. Quoi qu'il en soit, Emil n'aurait pas pu s'offrir une telle quantité d'encre, et il la portait donc avec fierté. Même le petit pentagramme avec des oreilles de Mickey à l'arrière de son épaule.

Adam déglutit.

— Les crânes. Je crois que je vois rarement des crânes d'animaux et d'humains ensemble, dit-il en indiquant la collection d'os sur le bras droit d'Emil.

L'artiste avait encré de la fumée partout et ajouté une variété de crânes, selon les préférences d'Emil. Ce n'était pas le plus beau des dessins, mais il était suffisamment cool pour donner aux inconnus une excuse pour l'approcher, ce qui était bien utile dans ce désert de Grindr.

— Je préfère celui-là, dit-il en présentant son autre bras.

L'image de celui-ci était beaucoup plus complexe et avait été achevée juste avant que l'artiste ne disparaisse de la vie d'Emil. Des corbeaux s'envolaient derrière un homme torse nu portant un masque fait d'un crâne de chèvre. Un oiseau squelettique était posé sur son épaule, et l'homme levait une main pour faire le geste des cornes, afin de souligner l'intérêt d'Emil pour la musique heavy métal. Le reste du tatouage était un hommage à son héritage et représentait du brouillard dans les montagnes et des loups qui couraient sur une colline pour attraper un renard squelettique.

Adam se racla la gorge, transpirant plus qu'il ne l'avait fait tout au long de son jogging. Adorable.

— C'est... ça correspond à votre style.

La meilleure chose qu'Emil ait jamais entendue à leur sujet de la part d'un prêtre. Il le laisserait tranquille pour l'instant.

— Vous allez vite vous lasser de cet endroit. Faites-moi savoir si jamais vous voulez changer les choses et faire de l'équitation, dit Emil.

Mais tu devras porter ce short.

Adam rit, mais reprit le pichet et but encore quelques gorgées.

— Je préfère commencer avec un cheval plus petit.

— Je ne savais pas que d'autres chevaux étaient proposés.

Adam croisa son regard, le contempla un instant, et sa rougeur sembla s'assombrir, grimpant le long de son cou comme du vin s'imprégnant dans un tissu.

— Vous connaissez les petites villes. Les gens sont parfois trop excités par la venue d'un nouveau prêtre. Même vous, vous vous y êtes laissé prendre.

Emil ravala sa gêne.

— Moi, ça ne me dérange pas. Je pars pour Cracovie aujourd'hui, alors vous avez une semaine entière pour réfléchir à cette balade.

Les lèvres d'Adam restent ouvertes un peu trop longtemps.

— Vraiment ? Y a-t-il... quelque chose dont vous devez vous occuper là-bas ? demanda-t-il en s'adossant à la chaise.

C'était là. Adam était curieux.

— Je vais juste rendre visite à un bon ami. Vous savez, le genre d'ami qui est vraiment gay. Et intéressé.

Adam se racla la gorge et serra l'accoudoir.

— J'espère que vous vous amuserez bien. En toute sécurité, dit-il d'une voix plate.

Emil renifla et se frotta la bosse sur le nez.

— Un prêtre progressiste de Varsovie. Je n'aurais jamais cru voir ça à Dybukowo.

Les narines d'Adam se dilatèrent et il croisa les bras sur sa poitrine.

— Je crois que Dieu veut que les gens soient heureux. Et vous n'êtes pas un catholique pratiquant, alors je ne pense pas qu'il soit de mon droit de vous réprimander.

— Êtes-vous heureux ?

Pendant un instant, les yeux bleus d'Adam se ternirent, mais il se leva de la chaise et quitta le porche.

— Il fait beau, on m'a préparé le petit déjeuner et j'ai plus de temps libre que lorsque j'étais étudiant. Qu'y a-t-il de mal à se réjouir ?

Peut-être de ne pas se fait pas sucer la bite comme jamais, mais Emil laisserait cette pensée pour lui, puisque cette biche était craintive.

— Exactement.

Il sourit et reprit son café froid en regardant Adam s'éloigner vers le chemin principal. Emil était très satisfait de voir à quel point les pas d'Adam étaient hésitants.

Le reste de la journée d'Emil fut calme, et il se laissa aller à apprécier les choses simples. Après une promenade dans les bois, il brossa Jinx et nettoya ses sabots, puis savoura un repas composé de fruits frais et de crème fouettée avant d'entrer dans sa maison pour faire ses bagages en vue de son voyage d'une semaine. Il n'était jamais parti aussi longtemps depuis la mort de son grand-père, il y a neuf ans, mais son excitation grandissait au fur et à mesure qu'il choisissait les meilleurs vêtements à porter pour aller en boîte. Il ne dévoilerait pas ses projets de soirée à son employeur, mais il n'était censé rester à Cracovie qu'une semaine, et il pouvait survivre avec quatre heures de sommeil pendant tout ce temps.

L'excitation bourdonnait dans ses veines comme de l'huile chaude, mais lorsque Zofia n'arriva pas à l'heure prévue, elle s'estompa quelque peu. Il appela chez elle pour s'assurer qu'elle n'avait pas fait la sieste, mais elle ne décrocha pas. Il attendit dix minutes supplémentaires, puis dix autres. Il aurait volontiers attendu encore, mais s'il voulait être à l'heure pour le train, il ne pouvait pas se permettre une plus grande marge de manœuvre. Et si Zofia avait oublié qu'il partait aujourd'hui, ses voisins pourraient peut-être indiquer à Emil où elle était all ée.

Il n'y avait pas lieu de s'inquiéter - c'est du moins ce qu'il se répétait tout au long de sa marche rapide sur le chemin de terre, car l'angoisse lui serrait déjà le cœur. Avait-elle changé d'avis et était-elle trop gênée pour le lui dire ? Était-elle tombée malade et sa famille n'avait pas prévenu Emil ? Quel que soit le scénario qui venait à l'esprit d'Emil, il était désastreux et il se retrouverait coincé à Dybukowo.

Mais qu'il parvienne ou non à quitter la ville ce soir, il devait au moins prendre de ses nouvelles, car si elle s'était cassé la jambe ou si elle était tombée et ne pouvait plus se relever ? Une cigarette à la main, il traversa les champs entre sa maison et la zone la plus peuplée du village dispersé, passant par la cour d'un voisin pour atteindre la route principale.

Son cœur ralentit, tout comme le temps, lorsqu'il aperçut une foule de personnes rassemblées autour d'un fossé proche de la maison de Zofia. À bout de souffle, il leva les yeux, alarmé par le concert de croassements, et lorsqu'il aperçut un grand arbre dont la cime comptait plus de corbeaux que de feuilles, son pouls s'accéléra comme s'il avait reçu une injection d'adrénaline directement dans le cœur.

Emil marcha plus vite, puis courut au rythme des bruits sourds qui résonnaient dans ses oreilles. Une femme sortit précipitamment de chez elle, criant quelque chose qu'Emil ne pouvait pas entendre à cause du bourdonnement dans sa tête. Elle plongea dans la foule des badauds et entraîna ses deux jeunes enfants à l'écart, les ramenant dans leur maison. Une autre femme déclara qu'il fallait appeler la police, mais Emil avait du mal à comprendre même les voix les plus fortes, comme s'il était derrière une paroi de verre.

Une Range Rover rutilante passa devant Emil et s'arrêta au milieu de la route. Elle appartenait au père de Radek, mais avant que M. Nowak ne parvienne à descendre du véhicule, Emil atteignit le rassemblement et resta immobile, regrettant de ne pas être resté à la maison après tout.

Le corps tordu de Zofia reposait dans l'eau peu profonde. Son visage avait été déchiqueté, un œil est un trou ensanglanté, des marques rouges de chair déchirée étaient visibles sur ses bras nus.

— Ils ont fait ça ! s'écria l'un des enfants qu'Emil avait remarqués plus tôt.

Son regard suivit son index jusqu'à l'arbre au-dessus. Aux corbeaux qui, pour une fois, ne l'avaient pas attendu le matin. Ce qui voulait dire qu'ils devaient être ici.

La nausée montait dans la gorge d'Emil, froide comme un sirop glacé au goût de bile, mais peu importait à quel point Zofia était mutilée, elle pouvait encore être en vie, alors il sauta dans le fossé et lui toucha la main.

Mais non. C'était froid. Comme si elle était là depuis des heures, un sinistre festin pour les oiseaux.

Son souffle s'arrêta lorsqu'il vit les petits trous dans sa peau, la chair déchirée de sa bouche. Elle était morte.

Elle avait été la seule personne à lui tendre une main secourable, et maintenant elle était morte.

— Les tueurs reviennent souvent sur le lieu de leur crime.

Emil entendit le murmure et leva les yeux, la gorge serrée par un cri qu'il tentait de retenir. L'eau peu profonde s'était infiltrée dans ses bottes et lui enserrait les pieds de son emprise glacée. Il ne réalisa que les mots lui étaient destinés que lorsqu'il croisa le regard d'une des femmes.

— Alors ? Ce ne sont pas vos oiseaux ? demande-t-elle, la panique s'installant dans sa voix malgré le fait qu'elle se tienne sans broncher au-dessus du fossé.

Les pensées d'Emil étaient en désordre. Il tenait toujours la main de Zofia, souhaitant au fond de lui que peut-être, s'il parvenait à la réchauffer, son œil restant s'ouvrirait. Quand… comment une telle chose pouvait-elle se produire avec autant de voisins à proximité ? Ce devait être un rêve, et tous ces yeux qui le regardaient en l'accusant, une illusion. Ils ne pouvaient pas vraiment penser qu'il avait fait quelque chose d'aussi horrible, n'est-ce pas ?

— Qu… Quoi ? Non, ce ne sont pas mes oiseaux ! Ces putains de trucs me suivent, et ce n'est pas du tout ma faute.

Dans un élan de frustration, il se leva, saisit une pierre et la lança sur les corbeaux qui s'envolèrent dans un nuage noir, comme s'ils ne formaient qu'un seul corps.

Cela ne pouvait pas arriver. Pas à Dybukowo, pas dans cette vallée tranquille où rien ne s'est jamais passé !

— La mort le suit depuis qu'il est enfant, mon Père. Il n'avait que huit ans lorsqu'il a mis le feu à sa maison, et ses deux parents sont morts. Peu de temps après, sa grand-mère a disparu. Tout cela ne peut pas être une coïncidence. La pauvre Zofia a accepté de s'occuper de son cheval cette semaine, et voilà où cela l'a menée. Que Dieu accorde le repos à son âme.

Ce n'était qu'un murmure, mais Emil l'entendit assez bien et se retourna, sur le point de confronter l'homme qui osait dire de telles choses en sa présence, mais lorsqu'il fit face à la foule, le regard bleu d'Adam était le seul qu'il pouvait voir. Son beau visage, bien que pâle, ne portait aucun jugement, mais ses yeux racontaient une autre histoire, trahissant qu'Adam évaluait le poison versé dans son oreille.

Nowak avait enfin dû sortir de son Range Rover, car il demandait aux villageois de se disperser et drapa le corps de Zofia d'un linge blanc avant de planter son regard dans celui d'Emil.

— Reste ici, aboya Nowak.

C'était un petit homme chauve d'une soixantaine d'années, il ne dégageait pas beaucoup d'autorité, mais c'était le chef du village, une personne qui pouvait rendre la vie d'Emil difficile s'il le voulait. Il n'y avait pas lieu d'aggraver la situation, Emil recula et s'assit de l'autre côté du fossé.

Il n'avait plus nulle part où aller. Face à l'horreur, la semaine de vacances qu'il avait prévue n'était qu'une fantaisie. Alors il s'assit et écouta les murmures des gens, frappé par un gel qui le pénétrait jusqu'aux os. Il avait vécu ici toute sa vie, mais ses voisins ne le considéraient pas comme un membre de leur communauté, peut-être même le craignaient-ils, et il s'était rarement senti confronté à ce fait aussi intensément qu'aujourd'hui.

Le temps passa au-delà de sa compréhension, mais il devait être là depuis un moment. Même Mme Luty s'était approchée pour contempler le corps, alors qu'elle prétendait toujours avoir une « mauvaise hanche ». La nouvelle de la mort de Zofia s'était répandue comme une traînée de poudre, et de plus en plus de gens abandonnèrent leurs tâches ménagères pour se rassembler autour du drap taché de sang recouvrant le corps qui gisait dans le fossé comme une poupée de chiffon déchirée et secouée jusqu'à ce que toutes ses entrailles s'échappent.

— Je connaissais sa grand-mère. C'était une femme bien, mais il était trop difficile à gérer après l'incendie. Pas étonnant que Zenon se soit retrouvé dans la tombe si tôt lui aussi.

Emil cacha son visage derrière le rideau de ses cheveux, ne voulant pas s'engager dans des discussions sur son grand-père alors que Zofia gisait morte à ses pieds. Comment cela avait-il pu se produire ? Elle était tombée dans le fossé, s'était brisé la nuque et les oiseaux opportunistes s'étaient attaqués à son cadavre pour se nourrir ?

Une main lui serra l'épaule et il la repoussa avant de lever les yeux vers le visage d'Adam.

— Vous allez bien, demanda le jeune prêtre, les sourcils baissés dans une expression d'inquiétude.

Emil ne voulait pas de sa pitié.

— Je vais bien, dit-il, les épaules aussi rigides que s'il était prêt à se battre.

Il sentait déjà la brûlure du jugement en se levant. Il ne suffisait pas qu'il soit le diable en personne, qu'il s'attaque aux vieilles dames et qu'il les donne en pâture aux corbeaux. Maintenant, il manquait aussi de respect aux prêtres.

Adam soupira et toucha à nouveau l'épaule d'Emil, comme s'il n'avait jamais entendu parler du concept d'espace personnel.

— Vous étiez amis ? Peut-être aimeriez-vous vous joindre à moi au presbytère pour vous rafraîchir ? Cela a dû être un choc énorme.

Emil serra les dents et sauta par-dessus le fossé, ce qui fit reculer quelques bonnes gens de Dybukowo. Comme s'il pouvait les contaminer avec l'odeur de mort qui lui collait à la peau depuis l'enfance. Pour une fois, il ne vit pas la proposition d'Adam comme une occasion de se glisser sous la soutane de l'homme, car personne ne méritait d'interagir avec un gâchis comme lui.

Il allait décevoir Radek et le mettre dans l'embarras devant l'ami qui avait accepté de tenter sa chance avec Emil. Zofia gisait morte, mutilée comme un personnage de film d'horreur, malgré le soleil qui brillait, le ciel bleu et les oiseaux qui gazouillaient joyeusement dans un buisson. Et peut-être que ce n'était pas de sa faute. Mais si c'était le cas ? Et si cela ne lui était pas arrivé si elle était restée chez elle à tricoter des pulls pour ses petits-enfants au lieu de se diriger vers lui ?

Il ne supportait même pas d'y penser, et son rêve d'une courte escapade lui apparaissait maintenant comme la décision la plus égoïste qui soit.

— Je n'ai pas besoin de compagnie.

Il pouvait à peine respirer, et encore moins parler, si bien qu'en prononçant ces quelques mots, sa gorge était à vif et avait un goût de cuivre.

— J'ai dit de rester là, répéta Nowak sur le même ton qu'il utilisait chaque fois qu'il disait à Emil de ne pas s'approcher de son fils.

Il était facile de l'ignorer la plupart du temps, mais ce ton impératif poussait Emil à serrer les poings et à souhaiter pouvoir frapper la moustache de Nowak pour la faire disparaître de son visage.

Mais il ne le ferait pas. Parce que cette journée était déjà assez pénible sans être arrêté pour agression.

Adam déglutit.

— Emil, allez...

Mais Emil accéléra, la tête baissée, les mains dans les poches. Il aurait peut-être dû s'y attendre. La seule raison pour laquelle l'espoir était entré dans sa vie, c'était pour écraser ses rêves comme une boule de feu et de fumée.

Peut-être était-il vraiment maudit ?

Il réussit à s'éloigner des voix méchantes, mais le moteur d'une voiture se rapprocha de plus en plus, et Emil se mis sur le côté de la route, en direction des collines sombres qui s'étendaient devant lui. Il était temps de se saouler et de se morfondre.

Il grogna lorsque la Range Rover le dépassa à toute allure et lui barra la route, comme si Nowak se prenait pour un policier dans un film d'action américain. La portière côté conducteur s'ouvrit, mais Nowak ne prit pas la peine de sortir de son véhicule.

— Je t'ai dit de ne pas bouger, espèce de voyou ! La police va devoir te parler.

Il n'y avait jamais eu d'amour fou entre Emil et le père de Radek, donc des avertissements comme celui-ci étaient toujours à l'ordre du jour. Mais alors qu'ils parlaient généralement de quelque chose de vague, la mort de Zofia et le fait que cette fois-ci Nowak n'était pas le seul à pointer du doigt Emil, rendaient les menaces sérieuses. Même si Emil ne voyait pas la police croire qu'il avait d'une manière ou d'une autre transformé les corbeaux sauvages en son escouade de tueurs personnels pour cibler les personnes âgées.

Emil rejoignit Nowak dans le concours de regards.

— Vous savez qu'ils ne seront pas là avant au moins une heure. S'ils veulent me parler, je serai à la maison.

— Ne pense pas qu'ils ne viendront pas. Ils viendront. J'ai entendu dire que tu avais prévu de voyager aujourd'hui. Ne t'avise pas d'entraîner mon fils dans tes affaires louches.

— Il n'y a pas 'd'affaires louches'.

Emil grinça des dents. Il aurait voulu dire à Nowak qu'il baisait son fils depuis deux ans. Mais il ne pouvait pas faire le coming out de Radek par vengeance mesquine, alors il se contenta de laisser mijoter sa fureur.

— À moins que vous ne vouliez parler de mon activité annexe de culte du diable. En fait, j'allais à Cracovie pour montrer à Radek les ficelles du métier. C'est juste que mes corbeaux sont devenus un peu incontrôlables.

Nowak expira comme un taureau enragé, et le rouge qui transparaissait à travers les cheveux clairsemés au sommet de son crâne indiquait que son cerveau était sur le point de cuire.

— Je t'ai à l'œil, dit-il.

Mais il ne protesta pas lorsqu'Emil contourna sa voiture et se précipita vers sa forteresse de solitude.

Emil était heureux d'être à l'abri des regards, mais le poids de la mort de Zofia pesait lourdement sur son cœur, et il avait du mal à faire face à la vague d'angoisse qu'il ressentait lorsqu'il s'approchait de sa maison et qu'il apercevait l'essaim noir sur les arbres entourant la ferme. C'était comme s'ils n'étaient partis que pour semer le chaos sur la seule âme charitable de ce village perdu.

Leurs yeux semblables à des perles le fixaient, mais alors qu'il se demandait s'ils ne l'avaient pas choisi pour leur prochaine victime, l'un d'eux croassa en guise de salutation, et d'autres le suivirent. Il ramassa un rocher et le lança sur l'un des arbres avec une fureur impuissante, mais lorsque le projectile passa entre les oiseaux et retomba sur le sol, ils ne bronchèrent pas le moins du monde. Comme s'ils étaient prêts à accepter la mort si elle venait de la main de leur maître.

Emil se précipita dans la maison qui sentait le vieux bois et les herbes, comme son enfance, comme sa vie, et la tension de ses muscles se relâcha quelque peu lorsqu'il emplit ses poumons de cet air familier.

Il n'avait vu un mort qu'une seule fois auparavant. Il n'avait pas eu le droit de voir les cadavres calcinés de ses parents, et le corps de sa grand-mère n'avait jamais été retrouvé. Mais son grand-père était mort dans son lit. Il s'était endormi et ne s'était jamais réveillé, laissant derrière lui les souffrances de l'arthrite.

La mort de Zofia n'avait rien de paisible. Elle avait été brutalement picorée, et des traces de griffes couvraient ses bras, comme si elle s'était battue pour sa vie jusqu'au bout.

Il se laissa tomber dans le vieux fauteuil de son grand-père et, tandis qu'il s'enfonçait dans son rembourrage usé, le salon le frappa par son hostilité. Ses tons chauds et son charme usé lui avaient toujours apporté la paix, mais alors qu'il était assis dans un coin, il ne voyait que des angles aigus, prêts à le déchiqueter dès qu'il détournerait le regard.

Il inspira plusieurs fois, fixant les fagots d'herbes séchées suspendus aux poutres. Avec la lumière éteinte, le plafond était noyé dans une ombre rendue plus sombre par le contraste avec une étroite bordure de panneaux de bois clair entourant la pièce. Grand-mère avait peint les planches elle-même, et les images de fleurs sauvages, même délavées, la lui rappelaient toujours.

La paix s'installa lentement dans ses os tandis qu'il contemplait les murs de bois décorés à l'ancienne - avec des certificats de baptême et de première communion ornés de dessins au pastel, avec des photos d'une famille heureuse qui ne savait pas encore qu'elle était sur le point de se déchirer. Il était le dernier Słowik, et il serait le dernier de sa lignée.

C'était peut-être pour cela qu'il ne supportait pas de changer quoi que ce soit. La maison dans laquelle il vivait avait plus de cent ans, et comme il n'aurait pas d'enfants, il ne se sentait pas le droit de la revendiquer. C'était encore la maison de ses grands-parents, où les fourrures et les couvertures tissées à la main étaient rangées dans des coffres en bois, où la chaleur provenait uniquement d'un poêle en faïence, et où un four à gaz était un luxe moderne installé seulement après la disparition de grand-mère.

Emil expira et regarda de l'autre côté de la pièce, où un masque de bois le regardait avec des yeux vides. Les lignes noires et blanches peintes sur une peau couleur coquelicot exagéraient la forme osseuse du visage du diable. La plupart des représentations de ce type présentaient Satan de manière ridicule, pour tourner ses pouvoirs en dérision. Mais ce masque fait à la main, qui appartenait à la famille d'Emil depuis des décennies, avait des canines capables d'éventrer les gens et un motif troublant de points autour des yeux. Ses cornes n'étaient pas non plus celles d'une chèvre ou d'un taureau - elles s'élançaient vers le ciel et étaient nervurées.

Emil n'y pensait pas beaucoup, car le masque n'était utilisé que pendant une courte période en hiver, pour les chants de Noël et du Nouvel An, mais alors que les corbeaux croassaient en signe d'alarme à l'extérieur, un frisson frais descendit le long de l'échine d'Emil, provoquant un sentiment paranoïaque que le masque était la tête du diable, et que sa forme entière pourrait émerger du mur, prête à frapper Emil comme il l'avait fait pour Zofia.

Son cœur battait plus vite, mais lorsqu'il jeta un coup d'œil au téléphone posé sur la table d'appoint à côté de lui, la réalité lui enserra les chevilles et le maintint sur son siège. Il y avait des problèmes très réels qu'il devait résoudre.

Il se frotta le front, se concentra sur le vieux téléphone à cadran rotatif avant de trouver le courage de choisir le numéro de Radek. Le signal dura pendant un long moment, et Emil était sur le point de raccrocher lorsque Radek décrocha, sa voix joyeuse se heurtant à la douleur sourde dans le cœur d'Emil.

— Quand est-ce que je passe te prendre ?

— Je ne viens pas, dit Emil en se penchant en avant pour contempler les planches de bois dur usées du plancher. Je sais ce que tu penses, mais c'est Zofia. Elle était censée s'occuper de mes animaux. Elle est morte.

Radek resta silencieux pendant quelques secondes, et Emil sursauta en l'entendant déglutir.

— Pauvre femme. Elle a toujours eu le cœur sur la main. Mais tu sais, il y a trois cents personnes dans le village. Ça ne devrait pas être trop difficile de trouver quelqu'un pour s'occuper des animaux pendant si peu de temps. Tu peux toujours venir la semaine prochaine.

— Je vais me renseigner, mais Radek… Elle a été terriblement picorée par les corbeaux. C'était horrible. Les gens pensent que c'est ma faute. Je… je traverse une période vraiment difficile.

Il était heureux que Radek ne soit pas là, car la douleur et la peur n'étaient pas faciles à admettre en personne.

La respiration de Radek grinça.

— Pourquoi penseraient-ils que c'est de ta faute ?

— Tu sais que ces satanés oiseaux me suivent toujours. Ils ont dû… s'approcher de son cadavre, mais tout le monde tire des conclusions hâtives.

— Emil… tu ne peux pas rester là. Je ne pense pas qu'ils croient vraiment que tu es en tort, c'est fou, mais tu ne peux pas être leur bouc émissaire. Tu sais qu'aucun de nous n'a sa place à Dybukowo, et ça ne fera que devenir plus toxique pour toi.

Emil acquiesça tout en sachant que Radek ne pouvait pas le voir.

— J'ai peut-être dit à ton père que j'adorais le diable et que j'allais te l'apprendre. Je suis désolé. Il m'a attaqué et j'ai perdu mon sang-froid.

Radek éclata de rire.

— Il ne croit pas vraiment à ces conneries. Tiens-moi au courant, d'accord ?

Emil soupira et rencontra le regard vide du masque.

— Je le ferai.

CHAPITRE 6

EMIL

E mil s'était réveillé en découvrant que sa clôture était brisée et que la plupart de ses poules avaient disparu. Il avait donc passé sa matinée à les chasser, mais comme deux d'entre elles manquaient toujours à l'appel à midi, il décida d'abandonner les recherches. Le fait de savoir que quelqu'un s'était introduit dans son jardin, avait ouvert le poulailler et endommagé la clôture juste pour lui faire du tort était une blessure brûlante au plus profond de ses tripes.

Il avait compris pour la première fois qu'il était différent lorsqu'il avait accidentellement touché un autre garçon lors d'une baignade à poil pendant l'été. C'était leur secret, même si aucun d'entre eux n'avait encore compris pourquoi l'affection physique entre hommes était interdite. Mais ce garçon était parti vers des pâturages plus verts et avait laissé Emil seul avec son désir.

À l'époque, Emil savait qu'il ne fallait pas trop parler de son intérêt pour les autres garçons, mais il avait commencé à écouter le mauvais genre de musique, s'était laissé pousser les cheveux et, lorsqu'un groupe de skinheads l'avait réduit en bouillie sanguinolente après une fête dans une ville voisine, il avait vraiment compris le prix à payer pour être perçu comme différent. Il s'était endurci et faisait croire qu'il s'en fichait, mais maintenant l'acide s'infiltrait par les fissures de son enveloppe corporelle.

Radek avait raison. Emil ne s'intégrait pas à la population de Dybukowo, et tout le monde le sentait. Ils ne voulaient pas de lui ici, et avec son seul ami si loin, le sol familier s'effondrait sous ses pieds. Il ne lui apportait plus de réconfort, mais était un poids attaché à ses chevilles qui l'entraînait au fond de la rivière. Il ne savait pas comment s'en défaire, et il n'y avait personne à qui demander de l'aide.

La nature lui apportait au moins un peu de réconfort, et une fois ses corvées terminées, ses pieds l'emmenèrent sur un sentier à travers la forêt, puis dans les champs et les prairies, errant sans but précis. Le vent était de toute façon le seul avec qui il pouvait partager ses secrets.

Quand on pense que Bieszczady était la destination privilégiée de tant de citadins, le lieu de retraite rêvé de ceux qui étaient tombés amoureux de la montagne pendant leurs deux semaines de vacances. Ils ne pouvaient pas comprendre que l'espace ouvert pourrait ne pas offrir la liberté qu'ils recherchaient et devenir un piège. Mais peut-être cette terre traitait-elle les étrangers différemment des siens ?

Le soleil descendait vers l'église quand Emil décida de s'y rendre.

Sa forme était simple, comme celle des grandes maisons en bois typiques de la région, avec un toit en pente raide depuis le sommet. Le clocher conique à l'arrière rappelait les églises orthodoxes de l'Est. Lorsqu'il était petit, son grand-père l'emmenait déjeuner là tous les jours, si bien qu'il lui restait quelques bons souvenirs de l'endroit, mêlés à tous ceux qui lui semblaient amers. Ce n'était plus important.

Tout ce qu'Emil voulait, c'était aller là où il pourrait être entouré de gens, sans que sa tranquillité ne soit perturbée. Un endroit où il ne se sentirait pas aussi seul. Il n'était pas encore prêt à affronter la clôture brisée, et il avait besoin de paix s'il voulait trouver un moyen de gagner de l'argent et d'échapper à l'emprise que Dybukowo avait sur lui.

Un voisin âgé quitta l'enceinte de l'église avec ses petits-enfants, mais il leur prit la main et accéléra dès qu'il aperçut Emil. Aussi blessant que cela puisse être, cela signifiait qu'Emil pourrait obtenir la paix qu'il souhaitait. L'heure du dîner approchait à grands pas, et la poignée de fidèles véritablement dévoués qui considéraient l'église comme leur club de commérage privé serait sûrement chez elle.

Mais l'heure des repas n'avait pas d'importance pour Emil, puisqu'il n'avait de toute façon personne avec qui manger. La plupart du temps, il faisait bonne figure, mais en réalité, il se souvenait avec tendresse de l'époque où son grand-père s'occupait encore de lui. Chaque jour, ils entraient dans l'enceinte de l'église par le portail en fonte et passaient devant l'église pour se rendre au presbytère. Mme Luty était aussi grincheuse qu'aujourd'hui, mais à l'époque, elle avait toujours des friandises pour lui, et même un mot gentil de temps en temps. Ils s'asseyaient tous autour de la grande table en chêne, entourée d'images de saints, et discutaient de leur journée. Comme une famille. Dommage que Mme Luty ait coupé les ponts avec Emil dès la mort de son grand-père.

Emil fut soulagé de trouver l'église vide.

Le silence parfait des hauts murs couverts de panneaux de bois libéra de l'espace dans le cerveau d'Emil. Il déglutit et se dirigea vers l'autel où une peinture baroque de la crucifixion était encastrée dans un cadre de pierre blanche. Emil trouva poétique qu'une œuvre d'art décrivant le moment où l'humanité avait été purifiée du mal soit associée à des figures en bois représentant les personnes mêmes qui, selon la Bible, avaient déchaîné le péché sur le monde. Adam et Ève, vêtus de sarments de vigne, faisaient face au Christ dans des poses détendues, inconscients du danger qui les guettait.

Un arbre, méticuleusement sculpté en forme tordue, émergeait de derrière le tableau. Ses branches laquées et chargées de fruits éclipsaient à la fois le tableau et les deux sculptures. Et tout en haut, dans son impressionnante couronne, le serpent attendait ses victimes.

Emil était un homme adulte, mais il se souvenait encore de la peur que cette représentation allégorique de Satan lui inspirait dans son enfance. La sculpture en bois était stylisée, mais la façon dont elle restait cachée à la vue de tous entre les feuilles et les pommes en bois était ce qui effrayait vraiment Emil. Le diable ne devrait pas être présent pendant le culte, et pourtant celui-ci observait la congrégation de ses yeux rouges chaque jour, comme s'il choisissait qui suivre chez lui.

L'église était très ancienne et avait probablement été financée par un riche type qui s'était prostitué, avait tué et péché toute sa vie et qui pensait qu'un tel acte lui permettrait d'obtenir les faveurs de Dieu, mais ce qu'Emil n'aimait pas dans la religion n'affectait en rien son appréciation de l'art sacré.

L'église était le vestige d'une époque révolue, même si le tabernacle moderne gâchait la beauté de l'ensemble. La minuscule armoire était faite d'un métal trop récent et trop brillant pour s'intégrer à son environnement antique, ce qui était rendu encore plus évident par la proximité de la flamme éternelle à l'ancienne juste à côté. Il n'était pas un expert, mais l'ostensoir conservé à l'intérieur du récipient était non seulement ancien, mais aussi fait de métaux précieux. Il ne devait donc pas se demander pourquoi le prêtre avait décidé de remplacer le vieux tabernacle quelque peu fragile par un autre qui offrait davantage de sécurité.

Emil sursauta sur son siège lorsque la porte derrière l'autel grinça, mais alors Adam entra, vêtu de la sombre soutane qui le couvrait comme une robe médiévale. Son expression sereine ne quitta pas son visage lorsqu'il capta brièvement le regard d'Emil, envahissant l'espace solitaire de ce dernier comme un être qui n'existait que pour le narguer. Bien qu'Adam soit un étranger venu de Varsovie, il semblait déjà s'être fait des amis et s'était intégré au tissu du village comme s'il avait vécu à Dybukowo toute sa vie.

Emil regarda Adam se diriger vers le confessionnal en bois sculpté, ne sachant pas s'il voulait de la compagnie ou de la solitude, et cette dichotomie sans fin le rendait fou.

Il semblait qu'Adam avait l'intention d'ignorer la présence d'Emil, mais lorsqu'il toucha le lourd rideau vert qui obscurcissait le milieu de la boîte de la taille d'une armoire, il se retourna vers lui.

— Voulez-vous parler ?

— Non.

Adam se lécha les lèvres.

— Si vous changez d'avis, je serai là. Je doute qu'une file d'attente soit sur le point de se former. Peu de paroissiens viennent se confesser à cette heure-ci.

Emil le fusilla du regard, irrité que l'offre de conversation soit en fait une invitation à un rite religieux. Adam voulait-il dire qu'Emil avait quelque chose à confesser après la mort de Zofia ?

— Alors... je vous parlerai une autre fois, marmonna Adam et se réfugia derrière le rideau.

Emil gémit et se frotta le front. Avait-il été trop dur ? Depuis la nuit de l'arrivée du jeune prêtre, ils jouaient tous les deux au jeu du chat et de la souris, mais « jouer » ne signifiait pas blesser sa proie. Adam était tendu, se montrait condescendant, mais il n'avait jamais été désagréable avec Emil.

Sauf la fois où il avait perdu son sang-froid face à Emil parce qu'il lui avait touché la main.

Emil aimerait bien revoir ce genre de rougeur sur le visage d'Adam.

Ils ne se connaissaient pas, se parlaient à peine, mais quand Adam le regardait dans les yeux, il avait l'impression qu'il voyait Emil, non pas le petit-fils du vieux Słowikowa, non pas une brebis galeuse ou le riverain sataniste métalleux, mais la personne qu'il était. Et pendant les brefs instants qu'ils avaient partagés, Emil ne s'était pas senti si seul.

Ou peut-être que c'était juste sa bite qui parlait.

Quoi qu'il en soit, une fois qu'Emil se fut assuré qu'ils étaient seuls dans l'église, il se leva et marcha bruyamment pour qu'Adam l'entende arriver.

La grande boîte de bois avait un effet intimidant sur Emil. Peu importe qu'il ne soit pas croyant ou qu'il ait seulement l'intention de discuter. Lorsqu'il se glissa derrière le rideau latéral, dans l'espace sombre qui sentait la poussière et le vernis à bois, la vue du visage d'Adam derrière le treillis de bois lui fit brièvement oublier toute la douleur au-delà du confessionnal. Il s'agenouilla.

— Comment vous sentez-vous ? demanda Adam.

Emil respira profondément. La dernière fois qu'il s'était confessé, c'était à seize ans, juste avant sa confirmation. À l'époque, il était en train d'abandonner la religion, mais grand-père avait insisté sur le fait que c'était la chose à faire, alors Emil l'avait suivi pour lui faire plaisir.

Il détestait parler de ses sentiments. Tout ce que cela lui avait apporté, c'était un chagrin d'amour, alors il gardait ce mur bien haut quand il répondit.

— Je vais bien. Je m'ennuyais et j'ai décidé de voir mon prêtre préféré.

C'était donc un tas de conneries. Ce qu'il disait n'avait pas d'importance tant qu'Adam était là pour l'écouter.

Adam prit une profonde inspiration qui se répercuta dans le meuble creux qui leur servait de prétexte pour parler.

— Est-ce que la police vous a dérangé hier ? Ils m'ont dit que ça ressemblait à un accident, mais parfois ils ne veulent pas révéler ce qu'ils ont découvert.

Au moins, ils ne parlaient pas de sentiments.

— Ils sont venus, mais ce n'était pas comme s'ils avaient grand-chose à faire à part prendre ma déposition, puisqu'un gamin avait vu Zofia attaquée par les corbeaux.

Il s'arrêta, fixant le visage d'Adam derrière la grille de bois. Ils étaient séparés, mais suffisamment proches pour se sentir intimes.

— En tant qu'homme de foi, pensez-vous qu'il est possible que le diable interfère avec les gens ? Qu'il leur porte malheur ?

Les lèvres d'Adam s'étirèrent en un sourire.

— Vous me demandez mon avis personnel ou celui des exorcistes ?

Était-ce... du flirt ?

— Vous connaissez les opinions des exorcistes, mon Père ?

Emil le taquina et reposa sa tempe contre le bois, réconforté comme si le regard d'Adam était un soleil à l'aube de l'été.

Adam haussa les épaules, semblant plus détendu maintenant qu'une barrière physique les empêchait de se sauter dessus.

— J'en ai rencontré un ou deux. Ne le dites à personne, mais je pense que certains d'entre eux sont fous. C'est mon opinion personnelle. Satan ne se contente pas de gâcher le lait de vache comme les démons des contes de vieilles femmes. Ses actions sont plus subtiles. Il nous fait la cour en nous promettant quelque chose d'agréable, pour ensuite nous pousser du haut de la falaise au moment où nous nous y attendons le moins. Métaphoriquement parlant, bien sûr.

— C'est quelque chose que vous avez rencontré à Varsovie ?

Adam appuya sa tête contre le treillis, et une partie de ses cheveux pâles se faufila à travers, comme s'ils tendaient la main à Emil.

— Tout le monde doit faire face à la tentation. Il n'y a pas de vrais saints. Il suffit de voir à quel point ils ont essayé de trouver des témoins de miracles pour certaines béatifications récentes. Il est assez facile de croire que quelqu'un qui a vécu il y a deux mille ans aurait pu être cet être humain parfait qui parlait aux animaux ou faisait repousser la jambe de quelqu'un, mais même les meilleures personnes pèchent, et le bien qu'elles font est extraordinaire d'une manière banale.

Emil ricana et déplaça sa tête de façon à ce qu'elle soit alignée avec celle d'Adam.

— Blasphème. Suggérez-vous que Jean-Paul II, le seul et unique pape qui ait jamais compté, ne mérite pas la sainteté ? Vous pensez que la guérison miraculeuse qu'il est censé avoir opérée ne s'est pas réellement produite ?

— Je ne suggère rien, déclara Adam, même s'il l'avait fait.

C'était amusant.

— Pourquoi devenir prêtre si on ne peut pas être saint ?

Adam croisa son regard et, pour une fois, le garda, enfonçant ses crochets dans Emil et l'ancrant dans le confessionnal.

— J'ai toujours voulu être prêtre. Ma Mère est très croyante, alors j'ai passé beaucoup de temps dans notre église locale. Il y avait un prêtre en particulier, qui était très bon avec les enfants. Tout le monde l'aimait bien. Il organisait des excursions et des jeux, et il jouait très bien de la guitare. Je suppose que je l'idolâtrais un peu. Mon Père a paniqué quand il m'a découvert en train de faire semblant de célébrer la messe dans ma chambre, mais des années plus tard, je le fais pour de vrai.

— Vos parents ont donc soutenu votre décision ?

Adam acquiesça.

— Mère a toujours été très inquiète pour mon âme, alors je suppose qu'elle croit que je suis plus en sécurité comme cela, dit-il.

Pendant un moment, un silence épais s'installa entre eux alors qu'Adam fixait ses mains. Était-il en train de réfléchir à l'intérêt évident qu'il portait à Emil et au fait que sa soutane n'offrait aucune protection contre la luxure ?

— Pourquoi s'inquiéterait-elle ? Vous n'avez pas été un bon garçon en grandissant ?

— Je pense qu'elle est juste très sensible.

Adam émit un petit rire.

— Elle ne veut pas que je sois ici, parce que Père et elle ont mangé des champignons vénéneux pendant leurs vacances dans ces montagnes, et maintenant elle croit que le diable réside ici.

Emil se retint de sourire.

— Peut-être qu'elle m'a juste rencontré.

Adam ne rit pas trop.

— Vous croyez qu'elle aurait peur d'un petit garçon mignon ?

— Vous pensez que je suis mignon ?

— Tous les enfants sont mignons, déclara Adam, sans réprimander Emil ni essayer de changer de sujet.

— Est-ce vraiment quelque chose qu'un prêtre devrait dire dans le climat politique actuel ?

Emil ricana lorsque les yeux d'Adam s'écarquillèrent de panique.

— Ce n'est pas ce que je voulais dire. Évidemment, dit Adam en affichant l'expression la plus adorablement troublée.

Emil ne se souciait même pas de quitter l'église avec une empreinte du treillis entrecroisé sur la joue. Les ombres et le silence créaient un sentiment d'intimité qu'il n'était pas prêt à abandonner. — On ne sait jamais quels péchés les gens ont commis, mon Père. Moi par exemple, soupira-t-il théâtralement, pécheur froid comme la pierre.

— Pensez-vous que cela soit une surprise ? demanda Adam avec un grognement.

Il fit rouler son visage sur le bois, leur peau si proche qu'Emil pouvait sentir l'après-rasage citronné d'Adam.

— Je n'ai pas encore dit quels péchés j'ai commis, et vous me jugez déjà ?

— Si cela doit être une confession, faisons-le correctement. À quand remonte la dernière fois que vous avez fait ça ? demanda doucement Adam.

Emil déglutit, à la fois interloqué et attiré par le lasso qu'Adam avait resserré autour de son cœur.

— Lors de ma confirmation. Avec le Père Marek, en fait. J'étais tellement gêné.

— Cela fait un moment, alors. Quels péchés vous souvenez-vous avoir commis depuis ? Commencez par ceux qui doivent être traités immédiatement, dit Adam en posant son oreille contre la grille, comme s'il voulait boire chacune des paroles d'Emil.

Emil sourit intérieurement en pensant à tous les délicieux péchés dont il se souvenait. Il ne devrait pas y avoir de diable dans une église, mais il y en avait un qui murmurait à son oreille et qui l'incitait à faire des bêtises. Il avait envie de se glisser dans la peau d'Adam, juste pour voir ce qui pouvait se passer, et le confessionnal était l'occasion idéale.

— Le mois dernier, j'ai reçu un homme chez moi. Les choses que nous avons faites, mon Père... Des péchés sans fin. C'est vraiment sa faute, il était tellement tentant qu'après notre douche, j'ai juste dû manger son cul couvert de taches de rousseur.

— Alors, vous avez eu des relations sexuelles avec un homme, dit Adam en regardant Emil avec des yeux innocents.

Il n'avait aucune idée du genre d'activité qu'Emil venait de décrire, n'est-ce pas ?

— J'ai d'abord déposé des baisers sur tout son corps nu, et lorsqu'il a été prêt, j'ai écarté ses fesses et je l'ai embrassé là aussi. Vous auriez dû le voir, mon Père. Il s'est tortillé et a gémi quand j'ai enfoncé ma langue en lui. Il a écarté les jambes et m'a demandé d'enfoncer ma bite dans son cul serré.

La respiration d'Adam était de plus en plus forte et rapide, mais il restait silencieux, l'oreille et la joue pressées contre la cloison et il arrivait à maturité faisant qu'Emil avait envie d'enfoncer sa langue dans les petites ouvertures du bois et de lécher la chair en sueur.

— Je ne lui ai pas donné, cependant.

Emil sourit à ce souvenir qu'il avait embelli pour le plaisir d'Adam.

— Je lui ai fait sucer ma bite en premier. Je l'ai fait entrer à fond dans sa gorge, et il a adoré ça. Mais quand j'en ai voulu plus, j'ai poussé son visage humide dans l'oreiller et je me suis enfoncé jusqu'aux couilles dans son cul. Il a couiné, s'est tordu, et a encore plus aimé quand je l'ai chevauché.

Adam poussa un soupir rauque.

— Il n'est pas nécessaire de donner de tels détails. Autre chose ?

— Mais comment saurez-vous quelle pénitence me donner si je n'avoue pas ce qui s'est précisément passé ? demanda Emil innocemment.

Il espérait que sous la soutane la tente était déjà en train de monter, mais il ne pouvait pas voir le corps d'Adam dans l'obscurité. S'il était sûr de ne pas être rejeté, il serait entré dans le confessionnal du côté d'Adam, se serait glissé sous les plis luxuriants du tissu noir et lui aurait donné la plus merveilleuse fellation.

— Un autre péché est que je n'ai pas joui en lui, mais que j'ai arrosé ses fesses de mon sperme. Je sais que c'est un péché pour un couple marié, mais qu'en est-il pour nous, les gays ?

Adam se recula, faisant face à Emil à travers le treillis, et même si les ombres rendaient son visage difficile à lire, on ne pouvait pas nier la tension qui régnait dans son corps.

— C'est un sacrement. Vous devez honnêtement regretter les péchés que vous confessez...

Emil pencha la tête.

— Est-ce un péché si je ne le regrette pas ?

Adam secoua la tête.

— C'est incroyable. Je vous offre mon amitié et vous vous moquez de moi comme ça ? Je ne pense pas du tout que vous vouliez changer votre comportement.

— Non, attendez. S'il vous plaît, je peux faire mieux, dit Emil rapidement quand Adam commença à se lever.

Bien qu'Adam soit plus jeune de quelques années, il lança à Emil un regard sévère.

— Une dernière chance.

Cette fois, Emil ne put s'en empêcher. Quand Adam se pencha, il pressa ses lèvres contre le bois.

— J'ai adoré chaque seconde, murmura-t-il.

Il glissa sa langue à travers la grille pour lécher le bout de l'oreille d'Adam.

Un gémissement brisé quitta les lèvres d'Adam et se répercuta dans le confessionnal. Adam tressaillit avant de se lever de sa chaise et de s'éloigner d'Emil.

— Sortez.

Emil rit et se leva, comme si le poids énorme qu'il portait depuis hier tombait enfin. Il préférait de loin être méprisé que plaint. Il sentait encore les étincelles d'électricité sur sa langue.

— Ne vous inquiétez pas, Adam. Ce n'est pas un péché si vous n'avez pas accepté le toucher.

Il suivit le prêtre dans l'espace ouvert de l'église vide, mais Adam ne jeta qu'un bref coup d'œil en arrière, déjà à mi-chemin de l'autel.

Son visage était de la couleur d'une crème à la framboise, si douce et délicieuse qu'Emil voulait déjà y goûter à nouveau.

— C'est fini. Allez dans votre maison et pourrissez dans le péché, peu m'importe !

Emil écarta les bras.

— Vous devez admettre que mes talents de conteur sont excellents, cependant ?

Adam passa en trombe derrière l'autel et, pendant un court instant, Emil ne fut pas sûr de ce qu'il voyait.

L'ombre projetée par Adam avait des cornes.

Il devait s'agir d'un tour de lumière ironique, car aucune autre réponse n'avait de sens. Emil n'eut pas le temps d'en parler, car Adam referma la porte cachée derrière lui, si fort que son fracas résonna dans l'unique nef. Emil était à nouveau s eul.

Les statues d'Adam et d'Eve le jugeaient en silence. Il était pourri. Comme tout le monde le disait. S'il ne pouvait prouver à personne qu'il avait tort, à quoi bon essayer ? On le soupçonnait de faire pleuvoir des corbeaux sur une vieille dame, d'adorer le diable, et Mme Golonko l'avait même accusé un jour d'avoir volé son magasin alors qu'elle l'avait engagé pour réparer le trottoir devant chez elle.

Il expira, debout sur les marches de l'autel, à la fois heureux et regrettant d'avoir chassé Adam. Si Adam le haïssait, il ne serait pas tenté de tomber dans les griffes d'Emil. Quels que soient les plans qu'il avait pu avoir, ils étaient tous ruinés maintenant.

Emil n'avait pas sa place à Dybukowo, et il n'avait certainement pas sa place auprès d'Adam. Radek avait raison. Il devait partir d'ici, mais sans argent pour le déménagement, sans nulle part où mettre Jinx à l'écurie, il était impuissant face à une vie qui ne cessait de lui jeter des pierres.

Un bruit sourd et métallique lui fit lever les yeux et son regard se posa sur le tabernacle, le souvenir de l'ostensoir coûteux qui s'y trouvait refaisant surface dans l'esprit d'Emil. Un bruit de glissement fit tressaillir Emil, mais lorsqu'il jeta un coup d'œil au serpent de bois, sa position n'avait pas changé.

Le cadenas du tabernacle, lui, était ouvert, alors qu'il aurait juré qu'il avait été verrouillé auparavant. Son corps vibra au rythme d'un battement de cœur précipité lorsqu'il monta les escaliers, passa devant la table d'autel et ouvrit le coffret sans réfléchir. Une église qui prêchait l'austérité n'avait pas besoin d'un calice en argent. Lui, si. Après toute la merde qu'il avait traversée, il pouvait pour une fois prouver à tout le monde qu'ils avaient raison à son sujet depuis le début.

Il saisit l'épais pied de l'ostensoir en forme de soleil et l'enleva du tabernacle.

Là. Il était pourri.

— Emil ? Qu'est-ce que vous faites ? demanda Adam, apparaissant derrière la figure d'Eve comme s'il ne l'avait jamais quittée.

Emil le regarda fixement, les lèvres écartées et l'ostensoir à moitié enfoncé dans le devant de son sweat à capuche.

— Je...

Qu'est-ce que c'est que ça ? Qu'est-ce qu'il croyait faire ? Il n'avait pas huit enfants affamés à nourrir. Il s'en sortait. Comment était-il censé expliquer ce moment de folie ? Il avait été pauvre toute sa vie, mais n'avait jamais volé personne. Ce qu'il venait de faire était une impulsion qu'il ne pouvait pas expliquer.

Adam déglutit difficilement, toujours rouge, mais son visage exprimait l'inquiétude plutôt que la fureur.

— C'est contre moi que vous êtes en colère. Remettez ça.

Emil révéla à contrecœur l'ostensoir dans toute sa splendeur.

— Je ne suis pas en colère. Pourquoi êtes-vous revenu ? demanda-t-il, désespéré de changer de sujet et de faire comme si rien ne s'était passé.

Adam déglutit en regardant Emil replacer tous les trésors liturgiques dans le tabernacle. Il le rejoignit rapidement au fond de l'autel et referma le cadenas, comme s'il voulait supprimer complètement la tentation.

— Je ne suis pas parti. Je pensais que vous le feriez.

Emil était si embarrassé qu'il ne savait pas où regarder. Il y avait quelques instants à peine, il était si content de lui d'avoir mis Adam dans l'embarras dans le confessionnal, mais cette confiance artificielle s'évanouissait rapidement pour révéler ce qu'il était vraiment. Un perdant.

—Je vais le faire. Vous... n'en parlerez à personne ?

Adam expira et étudia Emil en silence.

— Si vous n'êtes pas en colère, avez-vous... besoin d'argent, et le tabernacle ouvert était une trop grande tentation ?

— Ce n'est pas grave. Je me débrouille très bien. Désolé.

Emil ne pouvait pas se sentir plus idiot et recula d'un pas. Adam le suivit, comme si les hommes pathétiques étaient son herbe à chat.

— J'ai des économies. Si vous avez besoin d'argent pour quelque chose d'important, vous pouvez me le dire.

La pitié dans les yeux d'Adam fit monter la colère au plus profond de la poitrine d'Emil.

— Je n'ai pas besoin de votre argent, d'accord ? Je peux me débrouiller tout seul !

Il tourna les talons, se précipitant vers la sortie. Cette fois, il était la souris, et Adam le chat qui voulait jouer, et Emil n'appréciait pas d'être la victime de ce jeu.

Il avait besoin d'un nouveau moyen de gagner de l'argent, et vite, car Dybukowo l'envahissait, essayant de l'étouffer chaque jour. Jusqu'à ce qu'il trouve quelqu'un pour s'occuper de ses animaux, il intensifierait ses tentatives. Ensuite, il irait à Cracovie et ferait du Grindr avec tous les beaux mecs de remplacement qu'il verrait.

CHAPITRE 7

ADAM

Plus d'une semaine après, les mots qu'Emil avait dits à Adam dans le confessionnal revenaient sans cesse aux moments les plus inopportuns. Emil lui avait parlé d'une relation sexuelle avec une autre personne, mais la façon dont il avait confié son secret à Adam avait été si sale que chaque fois qu'il repensait aux secondes de fusion musculaire du confessionnal, ses oreilles picotaient, comme s'il pouvait sentir à nouveau le souffle d'Emil.

— Adam ? Bonjour, Adam.

Le Père Marek agita la main devant le visage d'Adam, le ramenant à la réalité du déjeuner qu'ils venaient de terminer. Le regard désapprobateur que lui lançait Mme Janina était un autre signe que tout le monde avait remarqué qu'il s'était éloigné de la réalité.

— Je suis désolé. Je pensais à mes parents, c'est tout.

Le visage du prêtre s'adoucit et il expira en regardant par la fenêtre.

— Vous n'avez jamais été loin d'eux aussi longtemps, n'est-ce pas ? Cela fait combien de temps ? Presque un mois.

Adam s'adossa à la chaise et contempla la salle à manger paisible dans laquelle il se sentait déjà un peu comme chez lui. Les quatre semaines s'étaient écoulées en un clin d'œil et il connaissait déjà bien la région. Ses parents, ses amis et l'accès facile à la culture lui manquaient, mais la vie simple de Dybukowo le rendait étrangement paisible. Il était devenu moins nerveux et plus patient, ce qui signifiait que peut-être, juste peut-être, l'archevêque Boron avait eu raison de l'affecter à cette paroisse, même si cela avait initialement irrité et inquiété Adam. Même le somnambulisme avait cessé à mesure qu'il s'habituait au nouveau rythme.

— Oui, je me sens très bien ici. Que vouliez-vous me demander ?

— Il y a du gâteau. En voulez-vous ? demanda Mme Janina d'un ton bas qui trahissait un agacement à peine retenu.

— Oh. Oui. Merci.

Il n'aurait pas dit non au gâteau de Mme Janina. Ses pâtisseries étaient aussi sucrées que son visage était acide.

— C'est un reste de la veillée funèbre, dit-elle. Je suppose que les gens n'ont pas eu beaucoup d'appétit après avoir entendu les récits de ce qui était arrivé à la pauvre Zofia.

— Qu'elle repose en paix, dit le Père Marek en se coupant une généreuse part de la génoise au chocolat.

— Les gens en veulent toujours à Emil ? demanda Adam, en essayant de paraître décontracté à cause de l'attitude négative de Mme Janina à l'égard d'Emil.

Il avait été consterné par les ragots à son sujet. Bien sûr, Emil était un pécheur avoué, mais pas de la façon dont les rumeurs le décrivaient.

— La malchance n'est pas un péché, mais la malchance s'accroche toujours au pécheur, dit Mme Janina.

Elle était sur le point de s'asseoir avec son propre dessert lorsque quelqu'un frappa à la porte.

— Qui vient nous rendre visite à l'heure du déjeuner ? Quelle impolitesse ! ajouta-t-elle avant de quitter la salle à manger en trottinant.

Le prêtre secoua la tête et remplit sa bouche d'une énorme part de gâteau, qui laissa des miettes sur ses lèvres humides.

— Les gens cherchent toujours un bouc émissaire, mais le pauvre Emil ne se rend pas service. Tout s'est dégradé pour lui après la mort de son grand-père.

La génoise sucrée resta coincée dans la gorge d'Adam, et il dut la faire passer avec de l'eau.

— Qu'est-ce que vous voulez dire ? demande-t-il, déjà à bout de nerfs.

Le Père Marek haussa les épaules.

— Il a l'air différent. Il ne fait pas les choses comme on l'attend. Son grand-père, Zenon Słowik, était une sorte de… tampon. Mais quand il est mort et qu'Emil s'est retrouvé tout seul, il a cessé d'être en contact avec les gens.

— Et cela devrait excuser leur hostilité à son égard ?

Le prêtre fronça les sourcils.

— Certains d'entre eux peuvent avoir leurs raisons, dit-il.

Adam se rendit compte que si le prêtre Marek avait écouté les confessions d'Emil, il était probablement au courant de ses transgressions sexuelles. La chaise en bois semblait en feu.

— Mais tout de même, ne devriez-vous pas prendre position ? En tant que prêtre, je veux dire.

— Je l'ai invité plusieurs fois à l'église. Il refuse de prier avec tout le monde. Dans une communauté aussi soudée que celle-ci, chacun doit connaître sa place. Les gens deviennent nerveux lorsque les autres agissent hors des sentiers battus. Je serais intervenu s'il y avait eu de la violence, mais je peux difficilement faire en sorte que les gens apprécient sa compagnie, n'est-ce pas ?

Comme Adam ne trouvait pas d'autre réponse que de vouloir désespérément qu'Emil soit mieux traité, le prêtre continua.

— Et ces corbeaux qui ont attaqué Mme Zofia ? C'est une affaire terrible. Je ne dis pas que c'est de son fait, mais vous ne trouvez pas que c'est une chose étrange qui arrive ?

Adam le regarda fixement.

— Suggérez-vous qu'Emil a des pouvoirs surnaturels sur les corbeaux, mon Père ?

Le prêtre Marek écarta les bras.

— Les gens disent que les montagnes sont si hautes que Dieu ne peut pas toujours voir partout, ce qui laisse de la place à Chort.

Adam resta assis, surpris d'entendre de telles plaisanteries de la part d'un ecclésiastique de haut rang, mais Mme Janina entra avec Mme Golonko, la propriétaire du magasin qui avait refusé d'aider d'Adam lors de sa première nuit à Dybukowo. Vêtue d'une belle robe accessoirisée d'un foulard de soie à motifs autour du cou, Mme Golonko s'assit près de la table sans attendre d'être invitée, et Mme Janina lui offrit une assiette de desserts.

— Mon Père, vous devez faire quelque chose au sujet d'Emil Słowik, dit-elle d'une voix dure en secouant son doigt manucuré vers le Père Marek, qui mâchait son gâteau au chocolat, sans se laisser impressionner par son impolitesse.

— Qu'est-ce qu'il y a cette fois ? sortit des lèvres d'Adam avant qu'il ait pu s'arrêter.

Les yeux de la femme se posèrent sur lui dans un silence qui indiquait à Adam qu'elle le considérait comme à peine capable de respirer, et encore moins de diriger le troupeau de Dieu.

Finalement, elle lui donna une réponse.

— Il se livre une fois de plus à un travail impie.

Mme Janina acquiesça. Elle avait dû être informée de cela dans le couloir. Adam se sentit étourdi.

— Prostitution ? murmura-t-il, et la table devint silencieuse.

— Quoi ?

Mme Golonko le regarda fixement.

— Non ! Il dit la bonne aventure !

Adam se goinfra de gâteau pour qu'on ne lui demande pas comment il avait pu associer Emil à la vente de services sexuels, mais le Père Marek est aussi décontracté qu'à l'accoutumée.

— C'est tout ? Je croyais qu'il écorchait les chats vivants.

Les poumons de Mme Golonko se remplirent si rapidement que sa poitrine fut comiquement poussée vers l'extérieur.

— Comment pouvez-vous être aussi dédaigneux, mon Père ? Ce qu'il fait n'est pas seulement un péché. C'est aussi de l'escroquerie ! Je ne l'ai appris que parce que deux de mes amis m'ont demandé si je pouvais les présenter à l'Oracle de Dybukowo, puisque je suis sa voisine ! Pouvez-vous imaginer l'infamie que cela pourrait apporter à notre village ?

Apparemment, dans le monde de la divination, les relations personnelles étaient aussi cruciales que dans la recherche du bon chirurgien plasticien, mais Adam n'exprima pas ces pensées, car leur invitée en aurait pris ombrage. Et aurait nié d'avoir jamais fait ce genre de « travail ».

Mme Janina acquiesça, gigotant dans sa robe d'intérieur à fleurs, l'air sévère.

— Je suis d'accord. Il faut s'attaquer à ce problème, dit-elle, comme si les choix de vie d'Emil dépendaient d'elle ou de n'importe qui d'autre dans la pièce.

— Mesdames, je suis un prêtre, pas un inquisiteur, déclara le Père Marek en prenant une deuxième part du gâteau. La seule chose que je puisse faire est de lui déconseiller de faire de telles choses, mais aucun d'entre nous ne peut l'arrêter, que cela nous plaise ou non.

— Bien sûr que nous devons l'arrêter, déclara Mme Golonko en sortant un paquet de cigarettes.

Adam voulut l'arrêter, mais voyant que personne d'autre ne réagissait, il se résigna à la perspective de voir la fumée imprégner sa soutane. Il était curieux de constater que la cigarette sentait si bon sur Emil et si répugnant pour n'importe qui d'autre.

Il jeta un coup d'œil au gâteau dans son assiette et se demanda quel aurait été le goût d'un gâteau imprégné de la fumée et du bois de l'odeur d'Emil. Ses pensées dérivèrent à nouveau vers la confession la plus pécheresse qu'il ait jamais entendue, et sa bouche devint sèche lorsqu'il s'imagina à la place de l'amant d'Emil.

— Je dois rendre visite au prêtre de Belkowice ce soir, alors il faudra que je me mette en route rapidement. De plus, le Père Adam est plus proche d'Emil en âge. Il pourra peut-être lui faire entendre raison, suggéra le Père Marek, arrachant Adam à ses fantasmes dépravés.

— M... moi ?

Mme Janina s'insurgea.

— Vous avez peur de lui maintenant ? Je suis sûre que ses corbeaux ne toucheront pas un prêtre.

— Votre esprit devient chaque jour plus aiguisé, dit Adam en se levant, car il ne servait à rien de résister.

— Qu'est-ce que vous venez de dire ? demanda Mme Janina en prenant l'assiette contenant le gâteau inachevé d'Adam.

— J'ai dit que j'allais y aller, dit Adam en serrant les dents.

Le Père Marek sourit et prit une autre part de gâteau.

— Et voilà. Problème résolu. Ramenez du lait de chez Mme Mazur pendant que vous y êtes.

Adam garda le visage droit, même s'il était intérieurement furieux.

— Ne craignons-nous pas que l'influence d'Emil fasse tourner le lait au vinaigre ?

Le prêtre acquiesça.

— Bonne remarque. Prenez-le sur le chemin du retour.

Adam avait évité Emil depuis qu'il l'avait surpris en train de voler l'ostensoir, mais il ne pouvait plus reculer. Il avait l'intention d'y aller habillé comme il l'était pour le déjeuner - une chemise noire avec un col de prêtre, mais la chaleur de la fin mai lui fit changer d'avis, et il se contenta d'un short en denim jusqu'aux genoux et de son beau t-shirt blanc avec la carte de Varsovie du XVIIIe siècle imprimée sur le devant. Il le portait généralement lorsqu'il ne voulait pas se faire remarquer en tant qu'ecclésiastique, car il le transformait en un jeune homme comme les autres. S'il voulait convaincre Emil de quoi que ce soit, il devrait essayer de le faire en tant qu'ami plutôt qu'en tant que prêtre.

Un chat noir l'observait depuis le bord du chemin de terre, mais lorsqu'Adam passa devant lui, l'animal s'étira et le suivit en miaulant.

Un sourire se dessina sur les lèvres d'Adam, qui se baissa et glissa doucement le dessus de sa main sur le dos du chat.

— Tu es le familier d'Emil ? demanda-t-il en secouant la tête en se remémorant la crise de Mme Golonko.

L'Église considérait la divination comme dangereuse, car flirter avec l'occulte risquait d'inviter des démons dans le monde, mais même si Adam ne connaissait pas Emil depuis très longtemps, il se doutait que l'homme ne croyait en rien. Par conséquent, s'il devait tenter d'influencer Emil, il devrait utiliser des arguments non spirituels. Comme le fait qu'avec tous les ragots de magie noire qui circulaient à son sujet, la divination était la dernière chose qu'il devait faire.

À moins, bien sûr, qu'Emil ne se contente pas de mentir aux gens pour le plaisir et qu'il pratique une sorte de magie. Adam n'avait aucune idée de la façon dont il pourrait gérer cela.

Le chat noir l'accompagna jusqu'à la ferme d'Emil, mais il s'éloigna lorsque Jinx leva sa tête massive. Attaché à l'un des arbres fruitiers par une longe, l'énorme étalon hennit en signe de bienvenue et leva plusieurs fois l'une de ses pattes avant de retourner brouter.

En lui faisant signe de la main sans aucune raison, puisque l'animal ne pouvait pas comprendre le geste, Adam entra dans la propriété. Il avait vu beaucoup de vieilles maisons depuis son arrivée à Dybukowo, mais celle d'Emil pouvait facilement servir de substitut à la maison d'une sorcière dans un drame historique. Enchâssée dans les bois denses descendant des pentes voisines, elle se caractérisait par un toit de chaume et de petites fenêtres dont les cadres étaient ornés de lignes bleues. Suffisamment grande pour abriter trois générations d'une même famille, elle disposait de son propre verger, d'une grange et d'un ensemble d'autres bâtiments. Tout était en bon état de fonctionnement, surtout si l'on considérait qu'il n'y avait qu'une seule personne qui vivait ici.

Adam mit du temps à trouver le courage de frapper, mais personne n'ouvrit la porte.

C'était ainsi que les choses se passaient.

Adam s'apprêtait à partir, mais il entendit un rire quelque part derrière la maison, et il ne put s'empêcher de succomber au péché de curiosité.

Les arbres au-delà de la limite de la propriété l'attiraient avec leurs feuilles d'un vert éclatant, et il s'y rendit, écoutant la voix qui ressemblait à celle d'Emil. Un petit sentier partait d'un second portail menant à la propriété, et il le suivit, son cœur battant un peu plus vite lorsqu'un pivert perça dans un arbre quelque part au-dessus. L'étendue verte et brune devant lui s'étirait à l'infini, l'engloutissant avec son parfum frais et terreux et le doux chant des oiseaux.

Et l'odeur de fumée et de bois qu'il associait à Emil ? Il la sentait aussi.

Mais l'image qu'il aperçut une fois au sommet d'une faible pente lui fit oublier la raison pour laquelle il était venu ici.

Emil, nu comme le jour de sa naissance, se tenait jusqu'aux genoux dans un ruisseau cristallin qui coulait si vite qu'il lui éclaboussait les cuisses.

— Allez, Leia ! Ne m'oblige pas à me geler les couilles, cria Emil à une chèvre noire qui se débattait sur un rocher immergé dans l'eau peu profonde.

Adam entra dans un monde surréaliste où le plus beau des hommes se mettait à nu devant lui, et on ne pouvait même pas le lui reprocher, car il n'avait pas prévu de le regarder. Grand et musclé, Emil avait des épaules larges et des hanches étroites, ce qui dirigea naturellement le regard d'Adam vers ses fesses. De jolies fossettes sur les côtés se creusaient lorsqu'Emil bougeait pour aider l'animal. Et alors qu'il lui tournait le dos, le bref mouvement entre les cuisses toniques fit battre le cœur d'Adam plus vite.

Emil était comme un ancien dieu de la rivière sur le point de redescendre dans les flots.

— Pourquoi êtes-vous nu ? demanda-t-il, sachant que s'il voulait garder la raison, ce regard impudique devait cesser.

La tête d'Emil se retourna en un instant et il s'immobilisa.

— Que faites-vous sur ma propriété ?

Il marqua une pause, se tournant un peu plus du côté d'Adam.

— Vous avez encore soif ?

Adam se raidit alors qu'il luttait pour garder son regard sur les beaux traits d'Emil. Il pouvait voir la poitrine ferme, les longues vagues de cheveux, et sûrement que l'entrejambe d'Emil était également visible, mais il ne voulait pas tenter le destin. Il ne descendrait pas à nouveau dans ce terrier de lapin. Et... était-ce un anneau de téton ? Il leva rapidement les yeux des deux boules de métal attachées au téton d'Emil sous un autre tatouage.

— Je suis ici pour des raisons officielles. Pour l'amour de Dieu, couvrez-vous !

— Non, vous détournez le regard si vous devez rester là. Cette stupide chèvre est sur ce rocher depuis une demi-heure. Elle a peur de revenir. Vous savez quoi ? Enlevez vos chaussures et aidez-moi, puisque vous êtes déjà là.

Il traversa l'eau et regagna le rivage, où il attrapa un slip dans un tas de tissus en désordre et l'enfila.

— Voilà. Heureux ? Pour votre tranquilité.

Maintenant, Adam regrettait de ne pas avoir jeté un coup d'œil, mais à mesure qu'il s'approchait, les sous-vêtements humides d'Emil révélaient la forme et la longueur exactes de sa verge. C'était ce même sexe qu'Emil prétendait avoir laissé un autre homme sucer, cette même bite qui avait été dans l'anus d'un autre homme, cette même queue qui avait pulvérisé du sperme sur des fesses couvertes de taches de rousseur.

Il aurait vraiment dû porter la soutane, car son propre pénis se remplissait si rapidement qu'il avait besoin de marcher dans ce ruisseau pour empêcher son érection de croître.

Pourquoi Dieu le mettait-il à l'épreuve d'une manière aussi insidieuse ? Il n'avait rien fait de mal.

Adam enleva ses baskets et ses chaussettes avant d'entrer dans l'eau, qui l'assaillit d'une température si basse que ses pieds s'engourdirent instantanément, prélude à des engelures. Pourtant, il ne voyait que la peau humide des épaules et du dos d'Emil, et les cheveux noirs qui lui arrivaient à la taille.

— Dites-moi ce qu'il faut faire, dit-il en s'approchant de l'animal, qui le regardait avec des yeux qui semblaient partir dans deux directions différentes.

— Il suffit de la prendre par les cornes et de la ramener dans l'eau. Je ne sais pas pourquoi elle a fait ça. Je n'ai laissé la porte ouverte que deux minutes.

Le regard d'Adam s'égara une fois de plus là où il ne devrait pas quand Emil repoussa quelques cheveux et s'approcha d'un pas. Leia choisit ce moment pour pousser un cri qui aurait pu provenir de l'enfer, et Adam sursauta, attrapant le bras d'Emil pour ne pas tomber dans l'eau glacée.

— Les chèvres font ça parfois, je sais, c'est bizarre.

Emil riait, mais n'écarta pas Adam.

La respiration d'Adam était encore courte lorsqu'il plongea son regard dans le vert foncé des yeux d'Emil, mais il lâcha prise, même s'il prenait son temps.

Heureusement, Emil ne tenta rien de drôle, aussi impatient qu'Adam de quitter le cours d'eau, et après quelques efforts, ils réussirent à conduire Leia - appelée ainsi parce qu'elle était aussi insolente et indépendante que la princesse Leia de La Guerre des Étoiles - jusqu'à la sécurité de la berge. Quand Adam sortit de l'eau, il sentait à peine l'herbe sous ses pieds. Il ne pouvait qu'imaginer à quel point les orteils d'Emil devaient être malmenés. Il prit donc la relève pour tenir la chèvre pendant que l'autre homme mettait son jean.

— Pourquoi avez-vous enlevé votre pantalon ? Et si des enfants venaient jouer par ici ?

Emil pencha la tête.

— Quoi ? Personne ne vient ici. Nous sommes à l'arrière de ma maison. Je ne voulais pas mouiller mes vêtements.

Il montra le short d'Adam qui avait des taches d'humidité partout.

Il était difficile de ne pas être d'accord avec cette logique, alors Adam haussa les épaules.

— Au moins, il fait chaud.

— Ouais, on va sécher en un rien de temps. Je n'ai jamais rencontré de chèvre plus bête que Leia. Elle a peut-être des cornes, mais son esprit est celui d'un poulet.

Emil secoua la tête, regardant la chèvre noire se pavaner et les asperger d'eau.

Adam sourit.

— Je ne savais pas que vous aviez d'autres animaux. Y a-t-il d'autres secrets ?

Emil pencha la tête et la façon dont il se concentra sur Adam le fit frissonner plus que ne l'avait fait l'eau froide.

— Vous feriez mieux de me dire ce qu'est cette « affaire officielle » pour laquelle vous êtes ici. Je ne vois pas de collier autour de votre cou.

Adam se frotta la nuque, déjà gêné par ce qu'il s'apprêtait à dire.

— Un paroissien, qui restera anonyme, nous a rendu visite aujourd'hui et nous a dit que vous disiez la bonne aventure aux gens. C'est-à-dire que vous leur mentez. Et on m'a demandé de... euh, d'enquêter.

— Mme Golonko, n'est-ce pas ?

Emil haussa les sourcils et posa les mains sur ses hanches, aussi stable et imposant que les montagnes qui les entouraient.

Adam déglutit, ayant l'impression de rétrécir devant une telle beauté masculine. Son regard se porta sur le pectoral gauche d'Emil, où trois dates avaient été tatouées dans une police de caractères soignée, à côté de quatre petites croix. L'encre commémorait sûrement des décès importants, mais Adam avait encore l'eau à la bouche comme s'il venait de sentir le rôti de sa mère.

— Est-elle venue ici en premier ?

Emil secoua la tête.

— Elle demande toujours aux autres de faire ses sales affaires.

Il tourna les talons et fit signe à Adam de le suivre dans la maison.

Adam enfonça ses mains dans ses poches et jeta un coup d'œil sur le corps d'Emil, passant du large dos aux fesses compactes. Il n'aurait pas dû le fixer, mais il était parfois trop difficile de garder le contrôle de ses pensées.

— Oui, elle n'est pas la personne la plus gentille qui soit. Mais depuis quand êtes-vous un diseur de bonne aventure ? Parce que ce n'est que de la poudre aux yeux, n'est-ce pas ? demanda Adam.

Il priait silencieusement de ne pas s'être trompé au sujet d'Emil, et que l'homme n'était pas un adorateur du diable qui gardait Leia à des fins de magie noire.

Emil ouvrit la porte arrière de sa maison et laissa Adam pénétrer dans l'espace d'ombre qui s'y trouvait. Après la promenade ensoleillée d'Adam, c'était comme s'il entrait dans un tout autre monde, et ses yeux devaient s'adapter.

— En quoi cela vous regarde-t-il ? Vous venez ici, tout sourire, mais notre dernière rencontre ne s'est pas terminée sur une note amicale, dit Emil en enfilant un T-shirt.

Ses mots piquèrent, mais Adam choisit de les ignorer.

— C'est vous qui êtes parti. Je vous demande ça parce que les gens n'ont pas la meilleure opinion de vous. Pensez-vous que c'est une bonne idée de leur laisser croire que vous vous adonnez à l'occultisme ?

Emil soupira et repoussa ses longs cheveux. Adam aurait aimé pouvoir y emmêler aussi les doigts. Maintenant que ses yeux s'étaient habitués à l'ombre, il fut surpris de voir un intérieur qui conviendrait davantage à un couple de personnes âgées qu'à un jeune métalleux.

Le plafond bas rendait la grande pièce confortable, et après un moment de confusion, Adam réalisa qu'ils se trouvaient dans une cuisine avec une cuisinière à gaz à l'ancienne, un évier et de nombreux placards contenant tout, des serviettes aux rangées de bocaux contenant diverses sortes de conserves. Des fagots d'herbes aromatiques répandaient un parfum familial depuis les poutres en bois, et les murs étaient couverts de photos représentant des personnes en costume traditionnel, des animaux et la nature. Un côté de la pièce était consacré aux membres de la famille, qui regardaient Adam à travers des photos encadrées, tous curieux de savoir ce qu'il attendait de leur Emil.

Il jeta un coup d'œil vers la fenêtre et tomba sur Emil lorsqu'il se retrouva face à une pie accrochée par le cou à la tringle à rideaux en bois.

— Mais qu'est-ce que c'est que ça ?

Emil roula des yeux.

— C'est la tradition. Pour éloigner le diable. Mes grands-parents se sont toujours disputés à ce sujet, mais quand ma grand-mère est morte, mon grand-père a finalement fait ce qu'il voulait et l'a accroché. Vous voulez boire quelque chose ?

Adam se frotta le visage et acquiesça, ne se remettant toujours pas du fait qu'il allait recevoir quelque chose à boire dans la maison d'un homme qui gardait un oiseau mort dans sa cuisine.

— Oui.

Emil brandit une bouteille sans étiquette dans une main et un pot de thé en vrac dans l'autre.

— Thé sain, ou advocaat ? Je l'ai fait moi-même.

Adam renifla, étrangement à l'aise dans cet espace familier, même si l'oiseau offensait ses sens. Peut-être que c'était de cette maison qu'Emil tirait son odeur ? Tout l'endroit sentait comme lui.

— On ne vit qu'une fois. Je prendrai l'advocaat, dit-il.

Il remarqua un bol de fruits coupés sur le sol dans un coin. Il n'y pensait guère, car Emil adhérait manifestement aux traditions locales, qu'il y croie ou non. Cependant, quelque chose l'attirait vers cet endroit, et son estomac grogna. Il n'avait peut-être pas assez mangé à midi, finalement.

Emil sourit et leur versa à tous deux de généreuses rasades de liqueur.

— Vous ne le regretterez pas. Je... je suis désolé de vous avoir poussé à bout la dernière fois. J'étais bouleversé par la mort de Zofia.

Adam expira, et même s'il était encore un peu en colère à cause de ce qui s'était passé cet après-midi-là, les excuses apaisèrent son ego meurtri.

— Je comprends. Pas besoin d'en parler, dit-il en regardant à nouveau le bol. Qu'est-ce que c'est que ça ? Vous nourrissez des souris, ou quelque chose comme ça ?

Emil s'assit près d'une table faite d'une plaque de bois irrégulière posée sur un cadre à quatre pieds, et but une gorgée de son verre.

— Ma grand-mère... elle disait qu'il fallait nourrir Chort si l'on ne voulait pas que le malheur entre dans la maison. Je sais, c'est stupide, mais la tradition est tout ce qu'il me reste d'elle.

Il n'était pas étonnant que Mme Janina garde son bol derrière le balai, si c'était pour servir le diable, et non pour l'éloigner. Le prêtre était peut-être décontracté, mais il ne tolérerait sûrement pas cela sous son propre toit.

— Vous avez donc conservé deux traditions opposées en l'honneur de vos grands-parents ? demanda Adam en faisant un geste vers la pie et en s'asseyant près d'Emil.

Leurs morts devaient faire partie des date qui étaient tatouées sur la poitrine d'Emil. La première marquée de deux croix devait être celle de ses parents, puisqu'ils avaient péri ensemble dans un incendie.

Emil jeta un coup d'œil à l'une des photos de famille, et son sourire, crispé et étrangement vulnérable, serra le cœur d'Adam. C'était le plus triste qu'il ait jamais vu.

— Je suppose que oui. Vous devez trouver tout cela très étrange.

Adam goûta la liqueur, surpris par son côté piquant. Mais c'était aussi très sucré, et crémeux d'une manière qui lui fit croire qu'il pourrait s'enivrer rapidement s'il ne faisait pas attention.

— J'admets qu'il y a beaucoup de choses à assimiler. Je ne suis pas du tout familier avec ce genre de choses. Et en tant que prêtre... je ne sais pas toujours comment traiter toutes ces superstitions folkloriques. Dans ma famille, ce qui s'en rapprochait le plus, c'était de mettre du foin sous la nappe le soir de Noël.

— Je sais que j'ai foiré la confession, mais est-ce que ça peut rester entre nous ? demanda Emil, en regardant Adam avec des yeux comme du charbon de bois recouvert de mousse.

— Qu'est-ce qui peut rester entre nous ?

Emil se mordit les lèvres qu'Adam ne devrait pas considérer comme « embrassables », mais il le fit.

— Je ne m'en sors pas très bien. Financièrement. C'est la galère. Il n'y a pas beaucoup de travail par ici, et la voyance... Ma grand-mère était ce que certains appellent une Chuchoteuse. Les gens considéraient qu'elle était en phase avec les esprits locaux, ce genre de choses. Les bons catholiques venaient directement chez nous après la messe du dimanche et lui demandaient une bonne combinaison d'herbes pour leur maison, ou pour obtenir de l'aide pour concevoir un bébé. Même si je ne crois pas à tout cela, certains pensent que j'ai un don dans le sang. Emil haussa les épaules. Autant le rentabiliser.

Adam s'adossa à la chaise et étudia les yeux d'Emil tout en avalant la liqueur maison. Il compatissait à la situation d'Emil, mais cela ne rendait pas les actions d'Emil moins mauvaises.

— Pourquoi ne pas emprunter l'argent ? Vous prenez l'argent de gens qui vous font confiance et leur mentez.

Emil s'avachit.

— C'est leur problème s'ils choisissent de croire à la voyance, Adam. Je suis déjà endetté.

Adam. Pas mon Père. Pas Monsieur. Adam. Comme s'ils étaient assez proches pour utiliser leurs prénoms respectifs. Cela lui faisait plaisir d'entendre le sien sur les lèvres d'Emil.

— Il n'y a vraiment rien d'autre à faire ici ? Pour quoi économisez-vous ?

Voir Emil comme un homme de chair et d'os, avec des dettes, des problèmes banals et un nœud dans les cheveux auraient dû suffire à mettre fin à l'engouement d'Adam, mais au lieu de cela, la conversation ne faisait que jeter du charbon sur le feu. Adam voulait en savoir plus. Il avait faim de chaque pépite d'information qu'Emil était prêt à lui donner.

Emil but une nouvelle gorgée d'alcool, les coudes posés sur la table, en regardant la pie morte à l'autre bout de la pièce.

— Je veux partir. Au moins pour un temps, mais j'ai besoin d'un capital important pour le faire, parce que je ne veux pas vendre la maison, et je pourrais me débarrasser de Leia, mais jamais de Jinx, et ce cheval nous survivra à tous, alors je suis là. La voyance. C'est inoffensif, d'accord ?

Un éclair de malaise envahit les entrailles d'Adam.

— Quand prévoyez-vous de partir ? Avez-vous... quelqu'un à qui vous pouvez rendre visite ? demanda-t-il prudemment, finissant sa boisson d'un seul trait.

Il eut honte du soulagement qu'il ressentit quand Emil secoua la tête.

— J'ai arrêté de faire des projets depuis longtemps. Rien ne marche jamais pour moi. Zofia devait s'occuper de ma ferme pendant une semaine, et maintenant elle est morte. J'ai essayé de m'occuper de mon grand-père du mieux que je pouvais, et il est mort lui aussi. J'ai essayé de trouver un emploi stable, mais tout ce que j'obtiens, c'est du travail saisonnier et des promesses qui n'aboutissent jamais. Je propose à mes clients de se divertir et de discuter de leurs problèmes. Mais je ne prendrai de décision qu'une fois que j'aurai économisé. Il n'est pas bon d'avoir trop d'espoir. Il vous crachera toujours à la figure.

C'était peut-être la chose la plus triste que quelqu'un ait jamais dite à Adam en personne, et il se pencha en avant, serrant doucement la main d'Emil. Malgré la chaleur de la journée, pour une fois, il avait envie de la chaleur d'Emil.

— Quoi qu'il arrive, vous aurez un ami en moi. Mais c'est mal de profiter de la naïveté des gens.

Emil rangea son verre et tourna la main d'Adam dans la sienne. Ses paumes étaient couvertes de callosités, mais leur contact ne cessait de résonner dans le corps d'Adam.

— Je vais m'arrêter. Juste pour vous. Mais vous devez me laisser lire votre avenir. Gratuitement.

Adam expira. Ses yeux se fixèrent sur ceux d'Emil. Dans la lumière crépusculaire, ils avaient la profondeur d'une forêt vierge qui s'ouvrait à lui en guise d'invitation. Il oublia que son corps existait au-delà du toucher d'Emil.

— Vous plaisantez. Je suis prêtre.

— C'est juste pour s'amuser, dit Emil, son sourire charmeur retrouvé.

Les mots sonnaient exactement comme ce que le diable aurait dit pour inciter un homme à faire des bêtises. Mais Adam ne s'éloignait pas et laissait Emil lui tenir la main pendant que les oiseaux chantaient des hymnes joyeux, comme s'ils accueillaient leur roi.

— Oh, chuchota Adam, fixant les yeux vides du crâne tatoué sur le bras d'Emil.

Emil avait promis d'arrêter après cette dernière fois. Et n'était-ce pas ce pour quoi Adam avait été envoyé ici ?

De longs doigts parcouraient les lignes de la paume d'Adam.

— Je vois une ligne de fertilité très forte, une confirmation de vos prouesses masculines.

Adam roula des yeux devant cette bêtise.

— Vraiment, qu'est-ce que vous voyez d'autre dans mon avenir ?

Il prit une grande inspiration lorsque l'index d'Emil se rendit jusqu'à son poignet, laissant derrière lui une ligne de feu.

Mais il ne bougeait pas, ses muscles se relâchaient, comme si la chaleur du corps d'Emil les rendait inutiles. Ils étaient si proches qu'un baiser n'aurait été qu'à un battement de cœur. Un péché. Mais il ne pouvait pas reculer, hypnotisé par le mouvement régulier de la main d'Emil et par le parfum qui endormirait Adam ce s oir.

— Un grand brun ? demanda Adam, en essayant de plaisanter, même si la suggestion était inappropriée.

Emil sourit, son toucher testant toujours la vertu d'Adam.

— Oui ! Comment l'avez-vous su ? Grand, beau...

L'expression d'Emil s'assombrit, le sourire disparaissant au profit de lèvres molles. Avant qu'Adam n'ait pu demander de quoi il s'agissait, le pouce d'Emil pressa la face interne du poignet d'Adam, comme pour prendre son pouls.

— Non, ce n'est pas un homme mais une chèvre.

Adam rit.

— Vous voulez dire que Leia veut se marier avec moi ?

Emil secoua la tête.

— Cette chèvre marche sur ses pattes arrière. Elle vous suit partout où vous allez.

L'effroi descendit le long de la colonne vertébrale d'Adam comme une goutte d'eau glacée. Ce n'était plus drôle. Il se souvint du bruit des sabots qui l'avaient suivi à son arrivée à Dybukowo. Il essaya de retirer sa main, mais Emil enfonça son ongle dans le poignet d'Adam avec une telle force qu'Adam se tordit, glapissant tandis que la peur s'emparait de sa chair. La fumée sur le bras droit d'Emil semblait tourbillonner, pénétrant les crânes qui y étaient tatoués. Ce n'était pas possible.

Emil croisa son regard, les yeux brillants, comme si la forêt dans ses yeux était en feu.

— Je sais que tu n'as jamais eu aussi faim de ta vie, mais la nuit de la Veille des Ancêtres, tu te régaleras de quatre viandes. Du porc, du cerf, et même du loup et du renard ! Ne te retiens pas, tu es enfin chez toi. Ici, tout est à toi et tu es roi.

Emil fit un claquement de langue qui imita le bruit redoutable des sabots, ce qui sortit Adam de sa stupeur

Adam arracha sa main de la poigne et, alors qu'il se levait, affolé par le besoin de s'enfuir, il poussa violemment la table avec sa hanche, envoyant les verres vides sur le sol. Sa chaise se renversa, mais avant qu'il n'ait pu sortir en courant, Emil leva les yeux, l'air effaré.

— Qu'est-ce qui vous est arrivé ? demanda-t-il en montrant le poignet douloureux d'Adam.

Les ongles d'Emil avaient dû déchirer un peu de peau, car le sang coulait lentement autour de la coupure irrégulière.

Adam le dévisagea, la chaleur bouillonnant dans son crâne.

— Qu'est-ce qui ne va pas chez vous ? Ça arrive à chaque fois, putain. Je vous donne une chance, et vous vous comportez comme un psychopathe !

Même la douleur dans les yeux d'Emil ne put faire revenir Adam sur ses paroles.

Emil se lécha les lèvres, ses épaules se courbant comme s'il voulait paraître plus petit.

— Je suis désolé. D'accord, je n'aurais pas dû suggérer un bel homme. J'ai compris, vous n'êtes pas gay. Je ne faisais que m'amuser. Ma dernière voyance après tout.

Il n'y avait pas un nuage dans le ciel quand Adam était venu ici, alors le grondement du tonnerre le fit tressaillir. Il ne savait pas si Emil ne se souvenait vraiment pas de ce qu'il avait dit ou s'il faisait simplement l'idiot, mais cette visite était terminée, quoi qu'il en soit.

— Tenez votre parole, dit-il en reculant jusqu'à la porte. Je dois y aller.

Emil se leva et s'approcha d'Adam, les mains dans les poches.

— Prenez le raccourci. On dirait qu'il va pleuvoir. C'est bizarre.

Comme si le cœur d'Adam n'était pas déjà assez secoué. Il étouffa à peine un au revoir et s'enfuit.

Il sortit de la maison sous un vent violent qui tentait de le ramener dans la maison d'Emil, mais il accéléra, consacrant toutes ses forces à la poursuite de son chemin. Il se mit à trottiner dès qu'il eut laissé la propriété d'Emil derrière lui, se dirigeant tout droit vers les lourdes couches de nuages qui transformaient le jour en soirée, bien qu'il fût encore tôt.

Il essayait de se convaincre qu'Emil avait essayé de lui faire une farce, comme il l'avait fait auparavant, mais le cœur d'Adam savait. Il savait que quelque chose n'allait pas. Des éclairs déchiraient le ciel devant lui, au-delà de l'église qui paraissait si petite face au ciel en colère. Il essaya de se dire que le bruit sourd et rythmé derrière lui était le tonnerre, mais son cœur n'était pas dupe.

C'était des bruits de sabots.

Il accéléra sans se retourner.

CHAPITRE 8

ADAM

Adam ramassa le bol que Mme Janina avait caché derrière le balai et jeta son contenu à la poubelle. La pie empaillée, qui avait été déplacée dans la cabane à outils, s'y retrouva également. Le monde tournait autour d'Adam, qui parcourait le presbytère à la recherche frénétique d'objets de nature païenne. La frontière entre le folklore et l'idolâtrie était mince, et Adam l'avait ignorée bien trop longtemps.

Il y avait encore deux de ces satanées offrandes de produits frais découpés comme s'ils avaient été préparés avec amour pour un enfant. Un tel blasphème, et dans l'enceinte d'une église de surcroît !

Chaque fenêtre était comme un portail vers l'enfer, aussi les occulta-t-il toutes avec des rideaux, s'attendant à entendre à nouveau ce claquement insistant. Son esprit lui disait qu'Emil l'avait fait paniquer, que les bruits de sabots qui l'avaient suivi jusqu'au presbytère devaient être une hallucination auditive, provoquée par une atmosphère suggestive et trop d'advocaat, mais son cœur n'était pas d'accord, et il se retrouva à marcher dans le bâtiment vide avec de l'eau bénite et à bénir chaque pièce obscure.

Il aurait aimé que le prêtre ne soit pas absent pour la soirée. Son attitude terre-à-terre aurait aidé Adam à retrouver son calme, mais les murs silencieux ne lui apportaient aucun réconfort, et il ne se sentit pas moins perdu ou confus au moment où il remit l'eau bénite dans l'armoire.

La honte s'insinua sous sa peau lorsqu'il réalisa qu'il avait utilisé un rite religieux pour gérer ce qui n'était sûrement qu'une crise d'angoisse. Pendant tant d'années, Adam avait lutté contre des désirs dont il n'osait pas parler, mais Emil avait vu clair en lui et s'était servi de cette connaissance pour perturber l'équilibre spirituel d'Adam comme s'il s'agissait d'un jeu.

Mais aussi immoral que soit le comportement d'Emil, la responsabilité incombait toujours aux choix d'Adam, et il continuait à échouer dans sa conviction de rester chaste de corps et d'esprit. Quelle force l'avait poussé à participer à la divination, même si c'était pour s'amuser ? Il devait avoir perdu la tête pour accepter quelque chose qui invitait des puissances invisibles dans ce monde, quelque chose de bien pire que le besoin douloureux de la chair d'Emil contre lequel Adam luttait depuis qu'il était arrivé à Dybukowo.

Des ombres le suivaient avec des yeux invisibles, et il maudissait sa décision de ne pas avoir installé Internet à ses frais. S'il avait seulement accès aux réseaux sociaux, il pourrait si facilement se déconnecter du monde extérieur et oublier l'emprise d'Emil. Oublier comment le jour s'était transformé en nuit en l'espace de cinq minutes.

Il ne pouvait pas supporter de lire en ce moment, et dans un moment de faiblesse absolue, il quitta sa chambre et se dirigea vers les pièces situées à l'avant de la maison, ne voulant rien de plus que d'entendre la voix de sa mère. Il décrocha le combiné du seul téléphone en état de marche de la maison et posa sa main sur la table d'appoint fraîche, apaisé par le bip régulier dans son oreille. Adam avait l'habitude de connaître par cœur le numéro de son domicile, mais des années passées à se fier à la liste de contacts de son téléphone portable avaient embrouillé sa mémoire. Par conséquent, il avait accidentellement appelé un parfait inconnu en premier, mais alors qu'il commençait à composer le numéro qu'il croyait être le bon, le signal s'éteignit.

Adam se figea, son regard rencontrant celui de Jésus, qui l'observait depuis un tableau accroché au mur. La tête d'Adam palpitait, comme si ses vaisseaux sanguins étaient sur le point d'éclater de honte, mais lorsque toutes les lumières s'éteignirent, il lâcha le combiné comme s'il s'agissait d'un morceau de fer chaud.

Chaque meuble était un monstre rampant sur le point de l'attraper, et il recula frénétiquement contre le mur. Son cœur se figea lorsqu'une porte s'ouvrit quelque part dans la maison, mais avant qu'il n'ait pu cesser de respirer, la voix de Mme Janina devint le phare de la normalité dans un monde de démons déguisés en objets de tous les jours.

— Qu'est-ce que c'est que ce vacarme ? C'est vous, Père Adam ? demanda-t-elle.

C'était la première fois qu'Adam appréciait le cliquetis de ses pantoufles usagées.

Il réussit à se ressaisir lorsque la silhouette élancée franchit la porte.

— La lumière s'est éteinte, dit-il, déconcerté de découvrir qu'elle était à la maison depuis tout ce temps.

Il n'était pas entré dans sa chambre par respect, mais peut-être aurait-il dû frapper après tout.

Mme Janina le dévisagea et alluma une petite lampe de poche qui projeta un cercle de lumière blanche sur le parquet.

— Vous n'avez jamais de pannes d'électricité à Varsovie ? Je vous ai montré où se trouvaient les bougies lors de votre premier jour ici, mon Père.

Elle était la méchante belle-mère qu'il n'avait jamais eue, mais en ce moment, il souhaitait passer la nuit à écouter ses nombreuses plaintes.

— Oui... bien sûr. Je suis désolé. Où est le compteur électrique ?

Elle traversa la pièce et sortit une bougie blanche du vieux meuble en bois, qu'elle tendit à Adam avec sa manière habituelle de ne pas se prendre la tête.

— Il est dehors. Nous nous en occuperons demain. Avec le temps qu'il fait, j'imagine qu'appuyer sur des boutons ne servira pas à grand-chose. C'est probablement les câbles. Cela arrive presque à chaque fois que nous avons de gros orages, et il y en aura beaucoup tout au long de l'été. Nous devrons attendre que les techniciens réparent le problème demain. Mais ne vous inquiétez pas, nous avons un générateur pour le réfrigérateur et le congélateur.

Adam voulut la stopper, car décongeler de la nourriture était la dernière chose qui l'intéressait maintenant, mais les mots restèrent coincés dans sa gorge, et il la regarda retourner dans le couloir, puis écouta sa porte se refermer tandis qu'il restait immobile au milieu du salon, avec la bougie pour seule amie.

Le sentiment de panique s'était au moins atténué, mais cela ne signifiait pas qu'Adam allait bien. Loin de là, en fait, mais s'il voulait de la lumière, il devait utiliser la bougie. De toutes les nuits, fallait-il que cette panne de courant se produise alors qu'il était si instable émotionnellement ?

Le visage sans traits d'une nonne enceinte lui souriait depuis les coins les plus sombres de son imagination, et alors qu'il craquait une allumette pour allumer la bougie, il craignit de la trouver en train de le regarder depuis le bout du couloir.

Mais tout ce qu'il obtint, ce fut un peu de lumière et des ombres plus longues. Il ne trouverait pas la paix sans l'expiation.

Et il savait exactement ce qu'il fallait faire pour chasser ses démons et les ramener à leur place.

Le malaise l'envahit lorsqu'il se dirigea vers sa chambre, les yeux rivés sur l'endroit où la lumière est la plus vive. Le prêtre n'était pas au courant de son secret, et Adam devait faire en sorte qu'il en soit ainsi. L'autoflagellation, si répandue dans le passé, était maintenant mal vue - dans l'Église Polonaise en tout cas - et il voulait éviter les questions sur la nature du péché qu'il souhaitait si ardemment expier.

Mais pour Adam, ce n'était pas une question de pénitence. Il se faisait du mal parce que c'était le meilleur moyen d'empêcher son esprit de s'égarer, le meilleur moyen de chasser les pensées de corps masculins attirants. Et même si cela fonctionnait comme une thérapie de conversion était censée le faire, le fléau devait toujours être à portée de main, car peu importait la force avec laquelle Adam faisait claquer les queues contre sa chair, le besoin de péché était toujours là, dormant comme un serpent rampant dans l'arbre et prêt à descendre quand sa victime était la plus vulnérable.

Mais ce soir, se concentrer sur la douleur lui permettrait de ne plus penser à la peur.

Le fouet lui brûlait la main alors qu'il sortait en courant du presbytère, trempant ses pieds dans les flaques d'eau tandis que son cerveau faisait de son mieux pour le convaincre qu'il n'y avait pas de claquement à entendre dans la tempête rugissante. Il savait que c'était impossible, mais alors qu'il atteignit la porte au fond de l'église et tâtonna avec les clés, son instinct l'avertissait toujours du danger tapi quelque part dans l'ombre et prêt à frapper.

Le soulagement transforma ses muscles en mousse dès qu'il pénétra dans le bâtiment et le referma derrière lui. L'église était parfaitement immobile - un lieu de sanctuaire - mais il lui fallut plusieurs battements de cœur pour se calmer suffisamment pour lâcher la poignée de la porte.

Ici, il avait beaucoup de bougies, et il pouvait les allumer toutes pour chasser le sentiment obsessionnel de malheur qui s'installait dans sa poitrine et ne voulait pas partir. Dans la maison d'Emil, tenir la luxure à distance avait été son seul souci, mais il avait perdu son sang-froid, laissé Emil le toucher, et regardé son beau corps nu au lieu de faire connaître sa présence tout de suite. Les péchés de pensée étaient une chose, les péchés de chair en étaient une autre, et au moment où Emil avait tenu sa main et fait semblant de lire son avenir, la panique spirituelle s'était emparée de lui.

Maintenant, il en supportait les conséquences.

Adam sortit de derrière l'autel et fit face à la pièce haute de plafond, qui le regardait avec ses yeux de fenêtre sombres. Il y avait de l'attente, et une fois qu'Adam eut retiré son T-shirt mouillé, il fut prêt à s'offrir à Dieu une fois de plus.

Mais le Seigneur resta silencieux et regarda Adam s'agiter comme le plus petit insecte sous un microscope. Il savait qu'Adam avait péché avec Emil un nombre incalculable de fois, ne serait-ce que dans son esprit. Il savait qu'Adam ne confesserait jamais sa sexualité à un prêtre qui pourrait l'identifier de quelque manière que ce soit. Et peut-être savait-il aussi ce qu'Adam craignait au plus profond de son cœur : qu'il n'était pas apte pour la prêtrise.

La soutane le désignait comme un berger des âmes, mais comment pouvait-il instruire les autres si sa propre maîtrise de soi lui échappait si facilement ?

Il se dirigea vers l'autel, allumant tous les cierges en vue. Une fois l'église éclairée d'une douce lueur, il était prêt à affronter les ombres dans les endroits que l'éclairage ne pouvait atteindre. C'était une église. Adam y serait en sécurité, tant contre les menaces physiques que contre celles qui se cachaient dans son esprit.

Il expira profondément, fixant le tableau central, Jésus sur la croix, et sa main se desserra sur le fléau, libérant les cordes perlées tandis que le manche de bois restait dans la main d'Adam. Il se tint en silence tandis que le temps à l'extérieur s'opposait à la logique, mais lorsque le vent jeta des gouttes de pluie sur la vitre, Adam resta calme. Il n'avait plus peur.

Au moment où Emil réapparut dans son esprit, vêtu d'un slip mouillé qui laissait peu de place à l'imagination, Adam n'hésita pas et brandit le fléau, libéré de son péché seulement lorsque les perles frappèrent son dos nu.

Tout ce qu'il avait toujours voulu, c'était être bon. Pour répondre aux attentes et rendre sa famille fière, alors pourquoi était-il si impitoyablement nargué par des émotions qu'il n'était pas censé éprouver ? Pourquoi n'avait-il pas pu aimer les femmes ? Il aurait pu se marier, fonder une famille, vivre dans la grâce de Dieu. Mais s'il ne pouvait pas canaliser son énergie au service du Seigneur, quelle place lui restait-il au sein de l'Église ? Qu'était-il censé faire ?

Un sanglot s'échappa de sa gorge alors qu'il frappait le fouet plus fort contre son dos. La douleur venait de l'intérieur, toujours croissante, pulsant comme un cancer qu'Adam ne pouvait éliminer, mais l'agonie physique lui permettait de se libérer, réduisant la pression avec laquelle Adam devait vivre au jour le jour. Essoufflé, il comptait chaque coup, fermant les yeux alors que la douleur continue le privait de ses fantasmes d'Emil, de son odeur et de la saveur imaginaire qu'Adam lui associait - fraîche comme les fraises les plus sucrées, mais aussi un peu charnue, puissante.

— Que puis-je faire? dit-il dans un murmure brisé alors que ses genoux cédaient et qu'il trébuchait sur le sol en bois, essayant de reprendre son souffle tandis que sa chair s'adaptait à toutes les nouvelles ecchymoses.

Combien de coups avaient été donnés ? Il avait arrêté de compter à vingt.

Il s'était attiré cette souffrance. Tous les jours. Il passait devant la maison d'Emil en faisant son jogging dans le but de le voir, même en vitesse. Chaque jour, lorsqu'il s'endormait, les cheveux noirs d'Emil couvrant leurs deux visages étaient la dernière chose à laquelle il pensait. Depuis qu'il était arrivé à Dybukowo, il n'y avait pas une heure où il ne désirait pas Emil. Et quand il ne pensait pas à lui, Emil venait à lui en rêve.

Ce n'était pas normal.

Aucun de ses engouements précédents n'était comparable à la manière obsessionnelle avec laquelle Emil occupait l'esprit d'Adam C'était contre nature. De nature infernale.

Adam se frappa le dos encore et encore en réfléchissant au passé d'Emil, aux corbeaux qui avaient assassiné Mme Zofia et à la divination d'aujourd'hui. Et s'il y avait un grain de vérité dans les ragots sur Emil, mais qu'Adam avait été trop aveuglé par sa propre adoration de l'homme pour remarquer le diable tapi dans l'ombre ?

Adam croyait en Dieu. Il croyait au diable. Était-il vraiment si improbable qu'Emil utilise la magie noire pour attirer les hommes ?

— Tu dois écouter ma voix, dit quelqu'un si faiblement qu'Adam se retourna, laissant tomber le fléau sous le choc lorsqu'un souffle chaud lui chatouilla l'oreille. Mais il était seul.

Ou l'était-il ?

Sa peau meurtrie palpitait comme si elle avait été égratignée par des centaines de griffes acérées, et la douleur se répandait dans tout son corps, tirant sur ses muscles et lui faisant tourner la tête. Adam jeta un coup d'œil à la peinture de Jésus. Rêvait-il ?

— Mon Seigneur ?

L'image ne bougea pas, mais la voix qu'il avait entendue plus tôt chuchota avec un léger zézaiement.

— Je connais un moyen de te débarrasser de ce fardeau, ronronna-t-elle, résonnant comme s'il s'agissait d'un chœur de plusieurs chuchotements différents.

La gorge d'Adam se serra, et il appuya son front sur le sol frais tandis que le resserrement de ses entrailles se transformait en agonie.

— S'il vous plaît, je ne peux plus vivre comme ça. S'il vous plaît, aidez-moi. Sauvez-moi.

— Tu ne devrais pas blesser ton corps pour ce qu'il désire. Je vais t'aider.

Un glissement donna la chair de poule à Adam, et lorsqu'il jeta un coup d'œil aux statues en bois d'Adam et d'Ève, quelque chose lui sembla anormal. Il n'arrivait pas à savoir quoi, mais lorsque son regard rencontra les yeux de cristal rouge du serpent, la gravité le saisit avec une telle force qu'il ne put lever le petit doigt. Au lieu de se cacher derrière des feuilles, comme elle l'avait fait auparavant, la bête avait toute la tête sortie, toujours aussi immobile que le bois devrait l'être, même si Adam aurait juré que la sculpture avait l'air différente de la dernière fois qu'il l'avait vue.

L'autel grinça, mais quand Adam chercha la source du bruit, la vue brouillée par les larmes, il ne vit rien d'anormal. Ses yeux se portèrent sur le portrait de l'ancien pape sur le mur latéral, puis sur la figure d'Ève, mais malgré ses sens hurlant d'alarme, il ne trouva pas la force de bouger.

Quelque chose s'agita dans les feuilles de bois de l'Arbre de la Connaissance. Il pensa d'abord que c'était peut-être l'ombre d'un des grands peupliers qui poussaient autour des bâtiments de la paroisse, mais non.

Ce qu'Adam vit remit en cause tout ce qu'il croyait sur le monde. Le serpent sculpté dans le bois il y a plus de trois cents ans tressaillit, puis son corps glissa le long du tronc comme s'il n'avait pas gagné en flexibilité quelques seconds auparavant, mais qu'il avait toujours été fait de chair.

Adam se leva d'un bond lorsque la bête émit un sifflement qui se répercuta sous le plafond, comme si l'espace au-dessus était beaucoup plus grand que ne le permettait la taille physique de l'église. Le serpent tomba sur le sol avec un claquement humide et rampa vers lui, laissant une traînée sanglante sur le parquet ciré.

— Oh mon Dieu...

Le premier réflexe d'Adam fut de s'échapper du bâtiment comme il y était entré, mais le serpent lui barrait déjà la route, sa chair épaisse zigzaguant en un mouvement ondulatoire alors qu'il s'approchait d'Adam à une allure inquiétante. Il n'était même plus en bois. Il était vivant.

— Ce n'est pas possible... vous... vous n'êtes pas réel...

Le souffle d'Adam se coupa et il recula en trébuchant, les yeux ne quittant pas l'énorme reptile. Il devait atteindre l'entrée principale s'il voulait s'en sortir vivant.

— C'est mon domaine. Ton Dieu ne réside pas ici, Adam.

C'était à la fois des mots et un sifflement, comme si le serpent s'adressait directement à son âme.

Peut-être était-ce la peur qui parlait, mais le serpent semblait grandir à mesure qu'il s'approchait d'Adam, suivi d'un chemin de ténèbres. Les bougies vacillaient et finissaient par s'éteindre, se transformant l'une après l'autre en vide noir, et il ne restait plus à Adam que la lueur froide qui passait par les étroites fenêtres.

— Non... éloignez-vous de moi !

Paniqué, il se tourna vers l'entrée principale et s'y précipita, désespéré de quitter l'église. Comment un démon avait-il pu entrer dans cet endroit ? L'église avait-elle été profanée ?

Cela aurait pu être le cas. Après tout, il aurait pu faire couler du sang pendant le fouet, ce qui signifiait que le démon disait la vérité - ils n'étaient plus dans la maison de Dieu. Il avait souillé son seul sanctuaire.

Les yeux rouges du serpent brillaient comme des torches alors qu'il se tortillait au centre de la nef.

— Je te débarrasserai de ta douleur.

Adam hurla, trébucha dans le vestibule et tira sur l'un des lourds verrous de la porte. Son sang se glaça lorsqu'elle resta immobile.

— Non... non... non non non !

Il étouffa un sanglot, secouant frénétiquement la poignée de fer de ses mains tremblantes, même si au fond de lui il savait que c'était sans espoir.

— Mon Dieu, sauvez-moi... s'il vous plaît, sauvez-moi !

Il se retourna lorsque le démon l'empêcha de courir vers l'autel, glissant dans le vestibule, ses mâchoires ensanglantées ouvertes pour montrer deux rangées de crocs semblables à des aiguilles.

— Je t'ai promis la paix, n'est-ce pas ? N'aie pas peur, Adam. Je sais ce dont tu as besoin...

Le cœur d'Adam se serra de peur et il recula dans le coin, regrettant de ne pas avoir porté une soutane, juste pour avoir une autre couche de tissu pour le protéger du monstrueux reptile et de ses crocs.

Adam ne pensait qu'à ces rangées de pointes venimeuses lorsqu'il sentit une sensation de brûlure sur le côté de son cou. Avec un cri étranglé, il essaya d'arracher le serpent, de l'étouffer, d'écraser sa chaleur avec ses mains, mais ses mains ne trouvèrent que sa propre peau.

Ce n'est que lorsque la douleur lui mordit également les doigts qu'il se rendit compte que de l'eau bénite bouillait dans le récipient au-dessus de lui, une partie éclaboussant et se répandant sur le sol. Des flammes jumelles se profilaient devant lui et un sifflement glacial remontait le long du corps d'Adam. Son cœur se serra.

Sentant son désespoir, le démon bondit en avant trop vite pour qu'Adam puisse réagir, et enroula son corps épais autour de ses jambes, la tête haute comme celle d'un cobra dansant. La bouche d'Adam s'ouvrit, son estomac se contracta en une boule serrée, mais avant qu'il ne parvienne à sortir de sa transe, le serpent lui enserra les bras d'une poigne meurtrière. Quelques instants plus tard, il était face à face avec le monstre.

— Embrasse-le. Tu sais que tu le veux, siffla le démon en ouvrant ses mâchoires suffisamment pour montrer les sombres profondeurs de sa gorge.

— Non... non !

Adam ferma les yeux, se concentrant sur la prière, impuissant face à cette créature venue tout droit de l'enfer.

— Notre Père, qui êtes aux cieux...

Les mots d'Adam furent interrompus lorsque sa bouche se remplit au-delà de sa capacité. Quelque chose de chaud y pénétrait, étouffant Adam lorsqu'il atteignit le fond de sa gorge. Ses yeux s'écarquillèrent et il attrapa le serpent là où il pouvait l'atteindre, désespéré de l'empêcher d'aller plus loin, mais il ne pouvait même pas enrouler ses mains autour de la circonférence de la bête. Le démon entrait en lui, centimètre par centimètre, et écartait la mâchoire d'Adam au-delà de sa capacité. Il sentit la tête du serpent descendre dans sa gorge, bloquant son conduit d'air. Il ne put plus respirer. Pris de nausées, il commença à voir double, et il n'y avait personne pour l'aider.

Le monde perdit ses couleurs, s'assombrissant sur les bords lorsque le corps d'Adam fut secoué de tremblements incontrôlables, comme si le démon se fondait dans son sang et le faisait bouillir de la même manière qu'il avait affecté l'eau bénite.

Il n'était plus là.

Lorsque deux énormes éclairs frappent le sol à quelques pas d'Adam, projetant des étincelles dans l'air, il se rendit compte qu'il était sorti d'une manière ou d'une autre alors qu'il n'était pas pleinement conscient. Les grands peupliers qui entouraient le terrain de l'église dansaient sous l'effet du vent hurlant lorsqu'il passa devant eux, allant tout droit dans un vaste champ de blé, qui brillait comme si la main invisible de la lune l'avait saupoudré d'argent.

Il voyait tout malgré les nuages qui cachaient la lune et les étoiles, il avait la chair de poule à cause du froid, il sentait l'odeur des récoltes et sa gorge lui faisait mal comme si on l'avait frottée à vif. Mais il ne contrôlait pas son corps et continuait à marcher, battu et aveuglé par les coups violents de la pluie.

Les jambes d'Adam continuaient à bouger, ignorant sa volonté de s'arrêter, comme si toutes les connexions entre son cerveau et ses muscles avaient été coupées. Comme s'il était somnambule, les yeux ouverts, mais incapable de se réveiller. Le vent froid soufflait dans son dos, le poussant vers l'avant, comme une mère essayant de pousser son enfant à avancer plus vite. Il marchait droit dans la mer de blé ondulante, sans volonté propre, enfoui dans son propre corps, dans une sorte de coma des plus étranges.

Tu ne peux pas attendre, n'est-ce pas ?

Un rire sifflant résonna sous son crâne.

Le ciel était si sombre ce soir, et le champ sentait bon, comme du sucre, comme s'il ne portait pas de céréales mais les pâtisseries dans lesquelles la farine serait transformée. Les gros épis de blé chatouillaient ses paumes tendues alors qu'il passait entre les éclairs, qui continuaient à descendre du ciel pour lui indiquer le chemin. Même le vent qui lui chatouillait l'oreille le faisait frissonner, lui rappelant la façon dont Emil y avait glissé le bout de sa langue.

Les yeux d'Adam se tournèrent vers la maison au toit de chaume à l'orée de la forêt. Une faible lueur jaune à l'une des fenêtres lui faisait signe d'avancer, comme un phare guidant un navire vers des eaux sûres. Sur le fond de la forêt qui s'étendait derrière elle, la maison offrait une vue suffisamment étrange pour qu'Adam s'attende à ce qu'une sorcière y vive, et il se demanda à demi-mot si le bois brun était en fait du pain d'épices.

La réponse à ses questionsles plus brûlantes vint de sa propre voix, prononcée par sa bouche.

— Pourquoi as-tu si honte ? Ton corps est un cadeau. Utilise-le, dit le démon alors qu'Adam franchissait le portail en bois et s'approchait de la porte principale sous l'averse. Il aime beaucoup tes yeux bleus. Si tu ne t'étais pas éloignée plus tôt, il t'aurait embrassé.

Adam piétina un coquelicot rouge sang. La couleur était si vive qu'elle lui faisait mal aux yeux, il se recroquevilla dans l'obscurité de l'intérieur, là où la créature l'avait banni.

Pas à pas, ils s'approchèrent des lumières douces de la vieille maison, et l'esprit d'Adam s'engourdit lorsqu'il réalisa ce qui allait se passer. Quelque chose au plus profond de son être voulait protester, mais ce n'était pas ce qui sortait sous forme de mots.

— Je t'assure que tu te sentiras beaucoup mieux quand il aura enfoncé sa bite en toi.

Ce n'était qu'un murmure, car Emil lui ouvrait déjà la porte, les sourcils froncés.

— Puis-je entrer ? demanda le démon à travers les lèvres tremblantes d'Adam.

CHAPITRE 9

ADAM

Les sourcils d'Emil s'abaissèrent et il recula, laissant Adam entrer dans la maison qui sentait les herbes chaudes et sa chair délicieuse. Une chandelle était allumée dans la cuisine, mais Adam pouvait voir une lueur apaisante au-delà de la porte ouverte qui menait plus loin dans la maison, vers des pièces qu'il n'avait pas encore eu l'occasion de voir.

Ses sens étaient en ébullition, il percevait tout, de la façon dont le sol en bois s'enfonçait sous son poids d'une fraction de millimètre à l'arôme du café. Et Emil. Tout ce qui concernait Emil était un appel pour Adam, l'invitant à un festin.

— Il s'est passé quelque chose ? demanda Emil en fermant la porte sans se presser.

Il avait enfilé un pantalon de survêtement ample depuis qu'ils s'étaient parlé, mais le T-shirt moulant mettait en valeur sa poitrine ferme et faisait ressortir les poils sombres de ses avant-bras robustes.

La pluie battait contre le toit de chaume, comme un murmure sans fin qui attirait Adam vers Emil, et lorsque les oreilles d'Adam perçurent le bruit d'un battement de cœur ferme, son regard fut attiré par le cou gracieux d'Emil. Il en eut l'eau à la bouche.

— Je suis là pour toi, dirent les lèvres d'Adam.

Son corps le rapprocha, si près que l'arôme de fumée d'Emil devint presque trop épais pour être supporté.

Emil, qui avait tenté de séduire Adam de manière si obcène dès leur rencontre, cligna des yeux plusieurs fois et ne bougea pas d'un poil.

— Vraiment ?

Adam prit une profonde bouffée d'air qui était tellement imprégnée de l'odeur d'Emil qu'il avait l'impression d'avoir de la poussière d'or dans les poumons.

— Je ne m'arrêterai plus. Je suis mon propre maître.

Seulement, ce n'était pas le cas. Le démon avait un contrôle total sur lui et, bien qu'il n'ait pas essayé d'altérer les pensées d'Adam, les choses qu'il disait provenaient des endroits les plus profonds et les plus honteux du cœur d'Adam.

La bouche d'Emil s'étira en un sourire, et lorsque la chaleur se répandit dans le corps d'Adam en réponse, il sut que le serpent n'avait rien à voir là-dedans. Son désir pour Emil était un puits de goudron profond et sombre, et Adam désirait ardemment s'y baigner, même si cela devait lui brûler la peau.

Emil lui prit la main et l'emmena plus loin dans la maison. Le démon rit d'une manière enjouée qu'Adam n'aurait jamais pu imiter dans une situation aussi tendue.

— Décroche cette pie. Je ne peux pas t'embrasser quand elle nous regarde.

Emil cligna des yeux, se penchant en avant comme s'il allait néanmoins lui voler un baiser, mais comme le regard d'Adam ne bronchait pas, il recula et s'approcha précipitamment de l'oiseau empaillé avant de l'enfermer dans un placard près de la fenêtre.

Adam savait qu'Emil était beau depuis qu'ils s'étaient rencontrés, mais la lumière des bougies ajoutait une qualité douce aux traits symétriques, mais forts et colorait sa peau d'une nuance orange juteuse, comme s'il avait été peint en sépia. Emil déglutit lorsqu'il croisa à nouveau le regard d'Adam et s'approcha de lui avec une détermination digne de leur mois d'attente.

— Maintenant, emmène-moi dans ton lit, dirent les lèvres d'Adam.

Ces mots auraient été les siens si le monde dans lequel il vivait était différent. S'il n'avait pas à ressentir de la honte chaque fois qu'il avait des pensées sexuelles pour des hommes, il aurait dit cela à Emil il y a longtemps. Mais en l'état actuel des choses, le diable parlait au nom d'Adam tandis qu'il restait enfermé, flottant dans son propre corps, mais incapable d'influencer quoi que ce soit de ce qui lui arrivait.

Emil se pencha pour embrasser Adam, les traits détendus, les yeux rayonnant d'une telle joie qu'Adam pouvait presque oublier qu'il n'avait pas voulu cela et qu'il avait été forcé de venir ici, n'étant qu'une marionnette entre les mains du diable.

Dès que les lèvres douces rencontrèrent celles d'Adam, il poussa jusqu'à ce qu'ils touchent le mur. Emil ouvrit la bouche d'Adam avec sa langue brûlante, et malgré le fait qu'il en aimait chaque seconde, Adam ne pouvait s'empêcher de regretter qu'on lui ait volé son premier baiser.

Ses mains se retrouvèrent dans les cheveux d'Emil, comme il l'avait voulu sans jamais oser le faire, et il glapit dans les lèvres d'Emil lorsque des mains puissantes attrapèrent ses fesses et le soulevèrent.

Le démon ne perdit pas de temps et enroula les jambes d'Adam autour d'Emil, fit glisser ses bras autour de ce long cou tentant, puis demanda à Adam d'enfoncer sa langue dans la chaleur brûlante de la bouche d'Emil. Il avait le goût de fruits frais, de viande fumée et de miel, le tout combiné en un festin primitif. L'esprit d'Adam s'assoupit, se brouilla comme s'il buvait de l'hydromel directement des lèvres d'Emil.

Les longs cheveux chatouillaient le visage d'Adam, doux comme la soie la plus chère, et il ferma les yeux, submergé par le carrousel d'émotions qui tournait en lui tandis qu'Emil l'entraînait plus profondément dans la maison.

— Je devrais probablement avoir honte de t'avoir mené sur le mauvais chemin, mais ce n'est pas le cas.

Emil chuchota sur les lèvres d'Adam en le faisant rouler sur le matelas moelleux. Le plafond bougea au-dessus de la tête d'Adam, qui vit une ombre le traverser et se diriger vers le mur le plus proche. Il voulut la suivre du regard, mais le démon en lui s'entêtait à regarder l'homme magnifique au-dessus, le plus beau spécimen qu'Adam ait jamais vu.

— Rien n'a jamais été plus juste, dirent ses lèvres.

La peau d'Emil était encore recouverte de son haut de coton, mais les mains d'Adam pouvaient sentir sa chaleur palpiter contre ses paumes alors qu'il se redressait et mordillait la chair salée du cou exposé d'Emil. Il avait l'eau à la bouche, et il savait que s'il mordait, il goûterait un rôti de porc aux abricots et aux noix, recouvert d'une peau croustillante des plus divines.

— Qu'est-ce qui t'a fait changer d'avis ? demanda Emil.

Mais lorsqu'il recouvrit Adam de son corps et l'embrassa à nouveau, les désirs du diable se mêlèrent à ceux d'Adam, à tel point qu'il était difficile de savoir lesquels étaient entachés par la présence démoniaque, et lesquels étaient les siens.

— Tu es constamment dans mon esprit. Ça me rend fou, dit Adam en resserrant ses cuisses autour des hanches d'Emil. Et maintenant, je veux te voir nu. Toi tout entier, cette fois.

La pièce autour d'eux se brouillait, comme si seuls leurs corps et le lit conservaient leur forme physique, tandis que tout le reste était transcendé dans un état éthéré et risquait de s'effondrer en poussière au moindre coup de vent.

Emil sourit et recula suffisamment pour s'asseoir sur ses talons lorsqu'il retira son T-shirt. Même si la douce lumière des bougies était très agréable, Adam avait envie - non, le diable avait envie - que des projecteurs illuminent le corps splendide d'Emil par le haut.

— Et toi ? Que ferais-tu pour m'avoir ? murmurèrent les lèvres d'Adam en découvrant la poitrine musclée partiellement cachée par les vagues luxuriantes de cheveux sombres.

Il voulait aspirer tout le sang d'Emil et mâchouiller ses mèches en guise de dessert.

Le regard d'Emil s'assombrit et il se pencha en avant pour embrasser Adam à bout de souffle.

— Je ne sais pas ce que c'est, mais depuis cette nuit où je t'ai rencontré, j'ai senti que tu étais fait pour moi. Comme si nous étions censés nous rencontrer.

La bouche d'Emil se tordit et il détourna le regard, laissant retomber ses épaules.

— Non, c'est stupide. Je ne veux pas trop y penser.

Adam saisit le menton d'Emil pour que leurs yeux se rencontrent.

— Ce n'est pas stupide. Tu seras à moi pour en profiter maintenant.

Le visage d'Emil se couvrit d'une rougeur vive.

— Waouh ! Tu parles d'une escalade. Ça fait longtemps que tu refoules tout ça, n'est-ce pas ?

Il le taquina et commença à baisser son pantalon de survêtement pour révéler qu'il ne portait pas de sous-vêtements. La ligne de muscles au niveau de ses hanches était quelque chose qu'Adam - le démon - voulait lécher, mais sa faim ne fit que croître lorsque la hampe à moitié dure d'Emil apparut, longue, lisse et magnifique, de la pointe cachée sous le prépuce au buisson de poils sombres autour de la base.

— Enlève tout, demanda Adam.

Il regarda à bout de souffle les testicules d'Emil se balancer entre ses cuisses fermes, un plaisir qu'il allait bientôt savourer.

Emil se leva pour baisser son pantalon jusqu'au sol, et il se tint devant Adam dans toute sa gloire. Sa poitrine bougeait comme s'il se préparait à entrer dans le feu de la convoitise d'Adam. Toute cette chair imposante, les fesses, le sexe, les pectoraux, les biceps, allait bientôt rôtir et Adam serait là pour en boire le jus.

Mais Adam n'était pas le seul à le fixer, et il se délectait de la lueur d'excitation dans le regard d'Emil. Cet homme, dont Adam rêvait sans cesse, le désirait vraiment lui aussi.

Emil cajola les cheveux d'Adam, comme s'il caressait un animal de compagnie bien-aimé, et Adam se retrouvait à se laisser toucher. Il était terrifié par la façon dont le démon prenait possession de son corps avec une telle facilité, mais Emil était là avec ses baisers, ses mains douces et ses regards qui étaient comme du miel sur la langue d'Adam. S'ils survivaient à cette nuit, Adam savait qu'il en chérirait secrètement le souvenir jusqu'à sa mort.

Et pourtant, même s'il appréciait cette vue illicite, il ne devrait pas. Mon Dieu, il ne devrait pas. Il ne devrait pas regarder un homme comme s'il était un objet de plaisir.

— As-tu… une préférence ? demanda Emil en massant la mâchoire d'Adam du bout des doigts, comme s'il craignait de l'effrayer en le touchant trop fermement.

— Je veux avaler ta queue, dirent les lèvres d'Adam.

Et malgré l'effroi logé au fond de lui comme une écharde, il savait que le démon ne mentait pas. Soucieux de garder le contact visuel avec son futur amant, il descendit du lit et déboucla sa ceinture avant de baisser son short et ses sous-vêtements.

Les pupilles d'Emil s'élargirent et il se lécha les lèvres tandis que son regard se transformait en une forêt sombre.

— Oh, c'est donc comme ça.

Son sourire devint prédateur de la meilleure des façons lorsqu'il s'attarda sur l'entrejambe d'Adam.

— Vas-y, fais ce que tu es venu faire ici.

Il saisit les cheveux courts d'Adam et le poussa doucement à s'agenouiller.

— Tu as caché un joyau sous cette soutane.

Le désir monta dans la poitrine d'Adam alors qu'il suivait l'ordre non verbal. Il n'avait jamais été aussi intime avec un autre homme. Il n'avait même jamais embrassé quelqu'un, et pourtant le démon lui enlevait toutes les couches de tissu qui le protégeaient et offrait son corps à Emil, comme si son libre arbitre ne signifiait rien. Nu et obscènement proche de la verge grandissante d'Emil, il pouvait à peine supporter le regard vert qui étudiait les parties les plus intimes de son corps, mais cela alimentait tout de même son excitation.

— Tu es le seul à pouvoir me voir comme ça. Et il n'y a que moi qui puisse te voir comme ça à partir de maintenant.

Emil cligna plusieurs fois des yeux, sa poitrine s'affaissant comme s'il avait oublié de respirer.

— Oh, d'accord. Je peux le faire. J'aimerais bien.

Le cœur d'Adam tressaillit d'émotion et il se pencha en avant, enlaçant la taille d'Emil et pressant son visage contre la traînée de poils entre le nombril d'Emil et son pubis. Le pénis qui se raidissait se pressait contre sa gorge et il aspira une longue bouffée du riche parfum qui se vaporisait sur la peau d'Adam. Elle emplit ses poumons et lui monta à la tête comme l'esprit le plus pur, invoquant la vision d'un troupeau entier de bisons s'élançant dans une prairie, de hautes montagnes derrière eux, de loups hurlant au loin.

Mais dévorer son odeur n'était pas suffisant, alors Adam lécha la chair parfumée au savon avant de déposer des baisers le long de cette crête musculaire tentante, jusqu'à ce que la queue d'Emil roule le long de sa mâchoire et tapote sa joue, comme si elle demandait de l'attention.

Adam ne savait même pas qu'il avait déplacé sa main et pressé les bourses d'Emil. Mûres comme deux prunes, elles roulaient entre ses doigts tandis qu'il caressait les testicules, les lèvres n'étant qu'à un centimètre du gland qui émergeait sous le prépuce.

— J'ai imaginé cela plusieurs fois. J'étais jaloux de l'homme dont tu m'as parlé, mais maintenant tout cela est à moi, se surprit à dire Adam tandis que la gorge d'Emil se nouait, comme s'il s'imaginait lui rendre la pareille.

— C'est ce que je voulais. Je t'imaginais en train de bander sous cette soutane rien qu'en pensant à moi. Suce-moi.

Il massa le cuir chevelu d'Adam du bout des doigts, provoquant un picotement de plaisir le long de la colonne vertébrale de ce dernier, mais aucun encouragement n'était nécessaire, car le corps d'Adam bougea au rythme de sa propre mélodie illicite.

Sa main se resserra autour de la longueur d'Emil et exposa le gland humide. Le cerveau d'Adam s'emballa brièvement, parce que le pré-sperme était comme l'essence du parfum d'Emil, mais il se pencha ensuite en avant et fit rouler sa langue sur le bout tout en regardant le visage hypnotisé d'Emil.

C'était obscène. Un vrai péché. Mais sa queue tressaillit encore en réponse à la saveur qui se répandait dans sa bouche. La main d'Emil se resserra dans ses cheveux et il poussa un doux gémissement, incapable de s'en empêcher alors que le diable l'adorait à genoux.

— Tu m'as assez taquiné. Mets tes lèvres autour.

Les narines d'Emil se dilatèrent autour du piercing argenté et Adam réalisa qu'il ne l'avait jamais vu aussi beau. La lumière des bougies scintillait sur sa peau, et il était trop pris par le moment pour se soucier des ombres qui dansaient derrière lui, ravies de la débauche dont elles étaient témoins.

Adam avait peur. Intimidé par la taille et la longueur de la hampe. Il craignait de se ridiculiser en s'étouffant ou de déplaire à Emil d'une manière ou d'une autre, mais le démon n'avait pas ce genre de scrupules et s'enfonça, laissant entrer l'épaisse longueur d'Emil dans sa bouche. Adam aurait dû être révolté. Il aurait dû s'enfuir et s'enfermer dans une cellule de monastère, mais lorsqu'il sentit le poids du membre dur sur sa langue, qu'il perçu le bout heurter le fond de sa gorge, tous les soucis se dissipèrent face à une excitation si désespérée qu'il craignit de jouir sur le champ.

Ses lèvres se refermèrent autour de la tige savoureuse et il la suça, impatient d'en boire l'essence. Son excitation venait du fait d'être nu avec un autre homme, de sucer un sexe en érection qui avait un goût délicieux et qui pulsait sur sa langue, mais surtout, de savoir qu'il faisait plaisir à Emil.

Les cheveux noirs roulaient sur les épaules d'Emil en une cascade séduisante. Leurs yeux se rencontrèrent lorsque le démon fit lever les yeux d'Adam de sa tâche obscène, et le désir qu'il voyait se refléter dans les beaux yeux verts rendait l'acte étrangement doux, comme s'il ne s'agissait pas seulement de satisfaire un besoin physique pour lui non plus. Il y avait de la flatterie à se faire reluquer de cette façon, à entendre les gémissements des lèvres de l'homme à qui il avait choisi de se livrer, et tandis qu'Adam penchait la tête encore et encore, des frissons caressaient ses flancs comme il voulait que les mains d'Emil le fassent.

Même si Adam détestait cet acte, il l'adorait aussi.

Il se retira pour jouer avec le bout, et la peau délicate et douce du gland lui donna envie de se réveiller avec ça tous les matins. Poussant sa langue sous le prépuce, il haleta son plaisir, puis sa main descendit et ses lèvres suivirent jusqu'à ce que l'épaisse circonférence dépasse les muscles résistants de la gorge d'Adam et accepte la chose la plus incroyable qu'il ait jamais goûtée.

— Oh, putain, marmonna Emil.

Il maintint la tête d'Adam en place tandis que ses cuisses tremblaient contre les épaules d'Adam.

— Fais ça encore une fois et je jouirai dans ta gorge avide. J'en veux plus, dit-il plus bas, tirant sur les cheveux d'Adam jusqu'à ce qu'il le force à se détacher de sa queue.

Le diable ne put s'en empêcher et tendit sa langue, désespéré de prolonger l'acte illicite.

— Mais tu dois satisfaire ma faim, murmura-t-il à travers les lèvres d'Adam, caressant les jambes d'Emil avec de longs mouvements.

— Je vais la satisfaire toute la nuit, ne t'inquiète pas.

Emil releva Adam et déposa un baiser humide sur ses lèvres, sans se soucier de l'endroit où elles se trouvaient il y a quelques instants.

Adam avait souvent imaginé les actes dépravés qu'Emil commettait quand personne ne regardait, mais maintenant il était aux premières loges et ne pouvait pas mépriser quoi que ce soit, même s'il essayait de le faire. Il était sur le point de gémir quand Emil glissa son autre main le long de la colonne vertébrale d'Adam et entre ses fesses, mais tout ce qu'il fit fut d'émettre un gémissement guttural. Lorsqu'Emil taquinait le trou d'Adam avec le bout de ses doigts, cela créait une chaleur si intense qu'elle faisait bourdonner le corps d'Adam et l'empêchait de respirer.

— Oui, je veux ça aussi, râla-t-il en embrassant Emil et en enfonçant son visage dans ses cheveux parfumés.

Sa tête tournait sous l'effet des étincelles entre leurs corps, les pensées gênantes de tout à l'heure ayant complètement disparu. Il arqua le dos pour qu'Emil puisse atteindre son trou avec plus de facilité et ferma les yeux, stupéfait par la satisfaction profonde que lui procurait ce contact intime. C'était comme être léché par des flammes sans risque de brûlure, et il voulait déjà que ces doigts soient profondément enfoncés en lui.

Mais encore une fois... qui deviendrait-il s'il se livrait à tout cela ? Était-ce important s'il ne pouvait s'en empêcher de toute façon ? Cela lui ferait-il mal ? Et même si c'était le cas, il ne pourrait pas crier. Il envisagea de dire à Emil d'arrêter, mais rien ne sortit de sa bouche, si ce n'est un gémissement de plaisir lorsque le bout sec du doigt d'Emil s'enfonça dans son trou.

— Tu vas être si serré pour moi, gémit Emil, ses mots enflammant les pensées d'Adam d'embarras.

Le diable ne le lâcherait pas, et Emil jouirait du péché. La folie de ce qui arrivait à Adam faisait vibrer son cœur comme s'il était sur l'enclume d'un forgeron, brisé encore et encore pour devenir quelque chose de tout à fait différent entre les mains habiles d'Emil.

Un rire qui n'était pas celui d'Emil résonna à l'arrière du crâne d'Adam, et son corps se pencha en avant, se pressant étroitement contre la forme musclée d'Emil. Ils s'embrassèrent de nouveau, et lorsque le long doigt s'enfonça plus profondément dans l'endroit le plus intime du corps d'Adam, la luxure explosa de toutes parts, brûlant sa gorge comme une soif qui devait être satisfaite, sinon il s'effondrerait.

— L'attente est si douloureuse. Il n'y a que toi qui puisses la faire disparaître, murmura le démon à travers les lèvres d'Adam.

Emil s'éloigna et ce fut comme s'il était tombé de l'enclume imaginaire directement dans l'eau froide. Adam tendit la main vers lui avec un gémissement d'agonie, mais Emil le repoussa sur le matelas et sortit quelque chose de la vieille commode.

Il se rapprocha et jeta un paquet devant Adam, qui n'était pas sûr au début de ce qu'il regardait, mais le démon savait.

— Non. Rien de tout ça. Nous n'en avons pas besoin. Je veux te sentir sans aucune barrière. J'en ai besoin, dit Adam dans une seule expiration.

Il roulait déjà à quatre pattes alors que la chaleur du regard d'Emil massait sa chair jusqu'à ce qu'il ne puisse plus rester immobile et qu'il se balance d'avant en arrière. Il jeta un coup d'œil par-dessus son épaule, rencontrant les flammes brûlantes qu'Emil avait en guise d'yeux.

Adam gémit, se mordant obscènement les lèvres, mais lorsque les sourcils d'Emil s'abaissèrent, le doux contact qui glissa sur son dos douloureux lui rappela ce qu'il avait fait plus tôt.

— Tu vas bien ? demanda Emil à voix basse.

Sa sollicitude tordit les entrailles d'Adam quand il pensa au fouet et au fait qu'il ne l'avait pas protégé cette fois-ci.

— Ne t'inquiète pas pour ça. Juste… sois avec moi.

Il n'y avait pas d'échappatoire. Adam ne pouvait pas s'enfuir ou dire à Emil que ce n'était pas ce qu'il voulait, mais si cela devait arriver, cette fois-ci, il avait besoin d'être rempli de sperme. Ce moment de connexion absolue, il devait le garder à jamais dans ses souvenirs les plus précieux.

Emil laissa tomber le préservatif sur le sol et s'agenouilla avec empressement sur le lit derrière Adam, une main caressant la fesse d'Adam tandis qu'il étalait une substance huileuse et gluante tout le long du chemin depuis le périnée d'Adam, sur le trou frémissant d'Adam, et jusqu'à son coccyx. Il frotta son auriculaire sur la cicatrice lisse où se trouvait la queue d'Adam. C'est du moins ce que ses parents lui avaient dit.

Il était né prédisposé au péché.

— Je t'aime comme ça. Écarte plus largement tes jambes, râla Emil.

Adam s'exécuta sans y penser à deux fois. Le liquide refroidit sur sa peau, résistant à la chaleur extrême du corps d'Adam, mais peu importait l'épaisseur de la brume de luxure dans l'esprit d'Adam, la peur se fraya un chemin dans son esprit comme un pic à glace lorsque la queue d'Emil lui effleura les fesses.

Ça lui ferait mal comme si on le déchirait, il en était certain. Ne serait-ce pas le plus cruel des tours à lui jouer si le diable le soumettait au plaisir, pour ensuite le gâcher et faire en sorte qu'Adam se haïsse en même temps qu'Emil ?

Mais le démon n'avait aucune pitié pour lui.

— Vas-y. Je suis tellement prêt pour toi, dit-il à travers les lèvres d'Adam.

Emil émit un grognement rauque, prélude à ce qui allait se passer et avertissement.

— Tu aimes la brutalité ? chuchota-t-il.

Il fit glisser sa verge luisante sur le trou d'Adam. Ne voulant pas attendre plus longtemps, il saisit la hanche d'Adam et pressa la tête de sa bite.

Adam se noyait. Il s'agrippa à l'édredon, recroquevilla ses orteils, mais le démon étouffa son cri qui ne fut plus qu'un gémissement. Emil appuya sa main sur le dos d'Adam, comme s'il voulait l'empêcher de s'agiter alors que l'épaisse circonférence se frayait un chemin à l'intérieur d'Adam, franchissant ses défenses jusqu'à ce que son corps ne connaisse plus d'autre moyen de l'empêcher d'entrer que de se serrer autour de lui.

Cela faisait mal, mais Adam n'avait aucun moyen d'alerter Emil, enfermé dans le vide quelque part à l'intérieur de sa propre chair. Des frissons lui parcouraient l'échine, devenant violents, comme s'il était sur le point de perdre sa peau et de s'enfuir. Il était terrifié, mais les mains d'Emil le maintenaient en place.

Emil stabilisa les hanches d'Adam et, lorsqu'il se pencha en avant pour embrasser la nuque d'Adam, tous ces magnifiques cheveux tombèrent en cascade sur la peau d'Adam, ce qui lui donna la chair de poule. Cela lui faisait mal d'avoir Emil en lui, mais le sentir si proche lui donnait un élan qui remplaça bientôt le choc par une sensation narcotique.

— Plus..., râla le démon dans la bouche d'Adam, malgré les efforts de ce dernier pour le bâillonner.

— Qui aurait cru que le prêtre chaste était une telle salope en privé ? chuchota Emil à l'oreille d'Adam et balança ses hanches, s'enfonçant chaque fois un peu plus profondément.

Une agonie de la meilleure espèce torturait les entrailles d'Adam alors que la longueur entrait et sortait à un rythme langoureux, comme si Emil avait plus de bon sens que le diable et prenait pitié du trou étroit d'Adam. Des baisers humides sillonnaient ses épaules et, au fil des longues secondes, le corps d'Adam relâcha enfin son emprise sur l'intrusion, se détendant autour d'elle comme s'il n'en était pas à sa première fois.

Il sursauta, surpris lorsque la poussée suivante le fit s'envoler sur des vagues de joie dorées, mais son attention changea lorsque ces mains chaudes et merveilleuses roulèrent jusqu'à sa gorge, puis descendirent plus bas, sur son dos et sa poitrine, tandis que les poussées devenaient plus régulières, plus profondes.

— Je pourrais faire ça toute la nuit, dit Emil entre des gémissements et des halètements alors qu'il enfonçait son pénis encore et encore, rendant Adam dépendant du mélange enivrant de douleur et de plaisir.

Les caresses d'Emil apaisaient toute gêne, et le simple fait de savoir que l'homme qu'Adam adorait tant prenait du plaisir sexuel en lui, allumait un feu de joie.

Il avait vu quelques vidéos et photos de sexe entre hommes, mais même si elles l'excitaient malgré lui, il n'avait jamais osé imaginer les sensations d'une pénétration. Maintenant, il le savait.

La queue d'Emil le transperçait à mesure que les coups devenaient plus larges, plus rapides, et chaque fois que la tête de la bite s'enfonçait dans les entrailles d'Adam, cela provoquait une secousse de plaisir douloureux, comme si quelque chose le branlait de l'intérieur. C'était une sensation si étrange qu'il ne savait même pas si c'était l'œuvre du diable ou si son corps était fait ainsi. Mais plus cela durait, plus l'inconfort diminuait, laissant derrière lui un bonheur distillé qui inondait les veines d'Adam et lui donnait une poussée qu'il ne pouvait comparer à rien de ce qu'il avait jamais ressenti.

— C'est bon. C'est tellement bon, dit-il d'une voix cassée, avant de sentir Emil lui lécher l'omoplate.

— Je vais jouir si fort dans ton cul, dit Emil.

Adam gémit lorsqu'il lui écarta les genoux, le faisant tomber sur l'édredon. Emil s'appuya sur lui de tout son poids et entrelaça leurs doigts. Il coinça Adam et commença à lui enfoncer son sexe à la vitesse d'un marteau-piqueur.

Adam aimait ça. Il adorait ça, putain. Peu importait à quel point cet acte était un péché, il avait les jambes ouvertes pour Emil et acceptait avec avidité les baisers et les morsures dans son cou.

L'odeur d'Emil l'enveloppa lorsque la crinière sombre tomba en cascade autour de sa tête, et il s'étouffa en prononçant des gémissements brisés tandis que l'homme le plus tentant de l'existence se jetait en lui si fort et si vite qu'Adam ne pouvait même pas penser. Il ne pouvait plus respirer. Il atteignait le plan d'existence où les deux pouvaient devenir un seul être.

Il cria le nom d'Emil. Lorsque les bras fermes le tirèrent contre la poitrine d'Emil et que les mouvements des hanches puissantes devinrent erratiques, Adam ouvrit les yeux et gémit lorsque la chaleur liquide remplit ses entrailles de sa présence apaisante.

— Tu te sens si bien autour de ma queue. C'est incroyable, murmura Emil à l'oreille d'Adam, frottant son corps en sueur contre la peau d'Adam comme s'il essayait de le marquer de son odeur.

Adam serra son cul sur la bite palpitante d'Emil, douloureusement conscient que le diable ne le forçait pas à le faire. Depuis combien de temps était-il libre ?

Il enfonça ses talons dans les cuisses d'Emil et resta immobile malgré la longueur dure et palpitante prise en sandwich entre les couvertures et son corps. Il pouvait sentir chaque muscle, chaque poil d'Emil et essayait de les mémoriser, ainsi que la façon dont le souffle chaud taquinait sa chair et la façon dont les hanches d'Emil continuaient à s'agiter, comme s'il n'en avait pas encore assez. Il était lourd. Fort. Un homme qui désirait Adam d'une manière qui ne pouvait pas être exprimée dans des vidéos cochonnes, et Adam se laissa aller à apprécier ce moment, parce qu'il serait le seul de ce genre.

Emil se retira lentement de son tendre cul, le frottement attisant l'excitation d'Adam.

— Je veux voir ton visage quand tu jouiras, dit Emil d'une voix basse si intime qu'elle ne pouvait exister qu'entre amants.

Adam réalisa à peine ce qui se passait qu'Emil s'était levé et avait fait rouler Adam sur lui-même. Rougissant, encore haletant, les cheveux collés au visage, il était la personnification du désir. Il avait pris Adam dans son piège et ne le lâcherait pas tant qu'il n'aurait pas saigné sa proie.

La peur n'était plus qu'un souvenir oublié depuis longtemps lorsque Emil enroula ses doigts autour de la bite d'Adam et la caressa tandis que leurs yeux restent rivés l'un sur l'autre.

— Tu es si beau, dit Adam, perdant toute pouvoir de se retirer quand Emil se pencha sur lui, rougi et en sueur après le sexe. Sa main était une présence constante sur la verge hypersensible d'Adam, montant et descendant d'une manière hypnotisante qui faisait fondre Adam dans le matelas. Il n'avait plus de volonté.

— Regarde mon visage. Regarde-moi dans les yeux, dit Emil.

Et Adam n'eut d'autre choix que de suivre l'ordre tout en laissant les forces de la nature envahir son corps. Il n'y avait pas d'échappatoire. Il laisserait ce chasseur l'attraper, le saigner et lui ronger les os.

Il jouit avec un cri provenant des profondeurs de sa poitrine, tout son corps se refermant autour de la forme forte d'Emil. Adam s'agrippa au dos d'Emil, le griffa et lui mordit l'épaule lorsque le plaisir devint plus fort que ce qu'il pouvait supporter.

Alors qu'il haletait, les jambes toujours serrées autour d'Emil, il était trop épuisé pour chercher à comprendre pourquoi la pièce sentait soudain le soufre et la viande brûlée. Mais il vit alors de la fumée tourbillonner au-dessus du dos d'Emil, et quelque chose grésilla, comme de la nourriture jetée dans de l'huile chaude.

Les yeux d'Emil s'écarquillèrent et il s'éloigna en poussant un cri assourdissant.

CHAPITRE 10

EMIL

E mil roula sur le lit, paniqué, tandis que l'agonie résonnait dans les terminaisons nerveuses de son dos et de ses épaules. D'abord aveuglante, mais de courte durée, elle laissait derrière elle une douleur constante et lancinante qui brûlait de chaleur.

À quatre pattes, il appuya son front sur les lattes du plancher, en soulevant la tête, comme si son corps ne pouvait plus supporter l'assaut des tourments et avait besoin de se purger. Lorsque sa tête cessa de tourner, il porta sans réfléchir la main à son épaule, mais recula lorsqu'il toucha la chair déformée.

— Qu'est-ce qui s'est passé ? Qu'est-ce que c'est ? s'écria-t-il, à la fois confus et effrayé par cette nouvelle réalité où un amant choisissait de l'attaquer.

Mais non. Il vit Adam qui le regardait avec une pure terreur, son corps nu tremblant lorsqu'il regardait autour de lui comme s'il ne pouvait pas comprendre où il était et ce qui s'était passé.

— Non, non, gémit Adam en secouant la tête.

La nausée lui tordait encore les tripes, mais le besoin de savoir ce qui se passait l'emporta, et il se dirigea à quatre pattes vers son armoire, ignorant la façon dont le vieux bois lui éraflait les genoux. Il ouvrit la porte et se releva, se regardant dans le miroir fixé à l'intérieur. Sur ses omoplates se trouvaient deux empreintes sombres de mains. Exactement là où Adam s'était accroché à lui. L'air sentait encore la viande grillée et Emil avait du mal à respirer.

— Adam. Je crois que ce sont des brûlures. C'est quoi ce bordel, Adam ? Je flippe...

— Tout est de ma faute. Il t'a marqué aussi, dit Adam avant de regarder son corps nu tandis que sa poitrine se soulevait comme s'il était sur le point d'avoir une crise cardiaque.

Quoi qu'il en soit, Emil relégua sa propre douleur et sa confusion au second plan lorsqu'il vit l'expression désemparée du visage d'Adam. Il prit une profonde inspiration.

— Calme-toi. Viens avec moi, il faut que je verse de l'eau dessus rapidement.

Son esprit était vide, rempli uniquement des souvenirs d'Adam se tordant de plaisir sous lui. Tout le reste était trop choquant pour être envisagé.

— Je pense qu'il est toujours en moi. Le démon qui me suit depuis que je suis ici. C'est entièrement sa faute, dit Adam.

Il descendit du lit de façon si désordonnée qu'il tomba de l'autre côté.

Emil fit le tour du lit, ignorant pour l'instant la chaleur torride des brûlures, parce qu'Adam n'était pas lui-même et qu'Emil ne voulait pas le quitter.

— Quel démon ? demanda-t-il, mais son estomac se serra, lourd comme s'il avait avalé une douzaine de billes de plomb. As-tu pris... des drogues ? Tu as mangé des champignons ou des baies sauvages ?

Il y a quelques minutes, Adam était excité et souple, il était même venu ici et avait fait le premier pas, et maintenant il mettait tout sur le dos des démons. Emil mourait d'envie d'y voir une crise de religion, mais les brûlures cuisantes ne lui permettaient pas d'oublier que l'explication logique ne résolvait pas le problème des paumes d'Adam qui lui brûlaient la peau.

Des yeux bleus l'observèrent depuis le sol, mais Adam recula dès qu'il aperçut Emil. Sa respiration semblait erratique alors qu'il tirait sur l'édredon et se cachait derrière.

— Il m'a amené ici. Tu dois me croire. Et je le sens encore. Il nous observe !

— Tu es vraiment en train de dire que c'est le diable qui t'a fait faire ça ?

Emil voulait en rire, même si c'était avec amertume, mais il n'y parvenait pas, car les choses devenaient beaucoup trop bizarres à son goût.

Il n'y avait plus d'électricité et il y avait une tempête – la tempête s'était arrêtée. La pluie avait déjà frappé la fenêtre auparavant, mais le monde extérieur était désormais silencieux.

Emil découvrit la pièce, la chair de poule lui piquant la peau, et il attrapa lentement l'épais balai qu'il avait laissé près de l'armoire.

À ses pieds, Adam cachait sa tête entre ses genoux, ses orteils s'enfonçant dans le bois tandis qu'il se balançait d'avant en arrière, marmonnant quelque chose qu'Emil ne pouvait pas comprendre.

Les corbeaux criaient dehors, tous en même temps, comme un chœur morbide, et le son dur et triomphant calcifiait les muscles d'Emil.

— Ce n'était pas moi. Ce n'est pas moi qui suis venu ici. C'était lui, chuchota Adam avant de relever la tête.

Son visage couvert de sueur, son regard plongea dans tous les coins les plus sombres de la pièce comme s'il voyait quelque chose qu'Emil ne pouvait pas voir.

Emil détestait ce qu'Adam suggérait, mais il préférait se concentrer sur le présent.

— Écoute, je ne crois pas en Dieu en soi, mais je crois qu'il y a des choses dans le monde que nous ne comprenons pas. Des esprits. Peut-être. Tu dois me dire ce qu'il s'est passé.

Une larme roula sur la joue d'Adam, qui s'enfonça dans l'épaisse couette, comme si elle pouvait le protéger de la présence infernale dont il parlait. S'il ne s'agissait que du changement soudain de comportement d'Adam, Emil aurait pensé à une dépression mentale, mais aucune explication sensée ne pouvait expliquer ses brûlures. Il écouta donc.

— J'étais désemparé. J'ai béni le presbytère et je suis allé à l'église. Pour prier. Et c'est là que c'est arrivé. Tu vas me prendre pour un fou…

Emil se baissa, douloureusement conscient de la folie de tout cela.

— Non, tu peux me le dire. C'est lui qui t'a fait mal au dos ?

La bouche d'Adam se ferma et l'expression vulnérable qui traversa son visage donna des crampes à l'estomac d'Emil.

— Non, il… il m'a parlé. J'ai cru entendre la voix de Dieu, mais il est entré dans mon corps, là, dans l'église. Là où j'aurais dû être en sécurité. Là où tout le monde devrait être à l'abri des démons. Et puis il m'a emmené à toi.

Emil expira, mais comme il ne voyait rien de sinistre se faufiler aux abords de sa chambre, c'est la douleur dans sa chair qui revint sur le devant de la scène, insistante dans sa morsure punitive.

— D'accord, Adam, on va s'en occuper, mais là, ça brûle vraiment, putain.

Ce fut comme si un déclic s'était produit dans la tête d'Adam et qu'il s'était mis à genoux, touchant l'épaule d'Emil.

— Je suis désolé. Est-ce que... est-ce que c'est moi ? demanda-t-il en se rapprochant pour regarder le bras d'Emil.

Malgré la douleur qui irradiait de la chair brûlée, le regard d'Emil passa brièvement sur la belle ligne du torse d'Adam, mais lorsque ce dernier tressaillit, Emil suivit son regard jusqu'au coin d'ombre de la pièce.

— Tu vois quelque chose là-bas ? demanda-t-il en rapprochant Adam, étrangement protecteur à son égard après le sexe.

Adam s'était ouvert au toucher, à l'affection, et Emil n'allait pas le laisser tomber. Quoi qu'il en soit, ils y feraient face ensemble.

Le souffle d'Adam se coupa et il croisa le regard d'Emil.

— Oui, allons à la cuisine, murmura-t-il en traçant du bout du doigt le bord de la brûlure.

Il était toujours tendu, mais la vulnérabilité d'Emil semblait lui avoir donné un but au-delà de la crainte pour sa vie et sa santé mentale.

Emil détestait devoir admettre qu'il souffrait, mais il était prêt à tout pour occuper Adam. Un sentiment de naufrage dans sa poitrine s'accentuait chaque fois qu'il pensait à laisser Adam partir. Il ne pouvait pas l'expliquer, mais il savait que s'il le laissait s'en aller, la forêt s'étendrait et l'engloutirait tout entier.

— Qu'est-ce que tu as vu là-bas ?

Emil ouvrit la voie, une bougie à la main, en essayant d'ignorer les tremblements de douleur à chaque fois qu'il bougeait et étirait la peau blessée.

Adam expira, se tenant près de lui, comme s'il voulait s'assurer de pouvoir attraper Emil pour le mettre à l'abri si le monstre qu'il était le seul à voir sortait de son coin d'ombre.

— Il a des yeux rouges. Comme le serpent dans l'église, murmura-t-il en ouvrant la porte de la chambre et en saisissant le poignet d'Emil pour le conduire dans le couloir.

Son visage était pâle, comme s'il avait été malade pendant longtemps, et Emil regrettait déjà son éclat d'antan. Il essayait manifestement de garder le regard tourné vers l'avant, voûté, comme s'il s'attendait à une attaque. Était-ce possible ? Qu'ils aient affaire à un esprit frappeur ? Une force surnaturelle ? Avec... de la magie ?

Emil ne pouvait pas atteindre la plupart de ses blessures et avait besoin d'aide, mais il voulait aussi occuper les mains d'Adam, et dès qu'ils atteignirent l'évier de la cuisine, il lui tendit une éponge propre.

— Assieds-toi, lui dit Adam, son corps nu se déplaçant comme un robot dont les articulations n'auraient pas été huilées, sa démarche raide et montrant son inconfort.

Il ne regardait pas Emil tandis qu'il prenait un bol en métal sur l'étagère et le remplissait d'eau froide.

— Nous... nous devrions peut-être aller à l'église et voir s'il y a des signes d'activité paranormale.

Emil s'efforçait de donner un sens à tout cela, car montrer qu'il était complètement paniqué n'aiderait personne.

— Pas dans les vingt prochaines minutes, dit Adam en fouillant dans les placards jusqu'à ce qu'il trouve des piles de torchons propres.

Il en trempa deux dans un bol et les plaça sur le dos d'Emil. Leur contact frais soulagea instantanément la chair brûlée d'Emil.

Il était si rare que quelqu'un prenne soin d'Emil que ses orteils se recroquevillèrent au simple plaisir que quelqu'un lui offre de l'aide. Il jeta un coup d'œil penaud à Adam, et la vue de son corps nu fut tout l'antidouleur dont Emil avait besoin.

— Il t'a fait mal d'une manière ou d'une autre ?

Adam serra le bord de la table et détourna le regard avant de s'approcher d'un crochet mural où Emil avait pendu sa serviette de bain un peu plus tôt. Adam la noua autour de ses hanches et leva les yeux. Mais dès que leurs regards se croisèrent, il croisa les bras et haussa les épaules.

— Il m'a fait faire quelque chose que je ne voulais pas.

La chaleur s'évapora des brûlures d'Emil et lui monta à la tête.

— Qu'est-ce que tu essaies de dire ?

— Qu'en penses-tu ? demanda Adam d'une voix tendue.

Emil serra les dents, piqué par ces excuses. Ils avaient eu tellement d'alchimie qu'Adam n'avait pas pu se priver d'un contact avec Emil malgré ses réticences. Et maintenant, il essayait de convaincre Emil que la façon dont il s'était donné à lui n'était pas réelle ? C'était l'une des choses les plus insidieuses qu'il ait jamais entendues.

— Je n'aime pas ce que tu suggères.

Adam prit plusieurs respirations profondes, sa gorge remuant rapidement à mesure qu'il déglutissait.

— Cela n'a pas d'importance que tu l'aimes ou non. Je t'ai dit tellement de fois que je ne voulais rien de tel de ta part ou de celle de qui que ce soit. Peut-être que tu aurais dû remarquer que quelque chose n'allait pas. Je ne sais pas, dit-il en haussant le ton.

Emil ouvrit la bouche pour protester, mais la referma en signe d'incrédulité. Tout à coup, il avait lui aussi envie d'une serviette. Une fois de plus, il voulait confronter Adam, lui dire d'arrêter de se cacher derrière une entité imaginaire et d'assumer la responsabilité de ses actes, mais la piqûre dans son dos l'en empêchait, lui rappelant que cette nuit n'avait rien de normal. Il se sentait malade à l'idée que si Adam disait la vérité, ce qu'ils avaient fait n'avait rien à voir avec le fait qu'Adam s'était débarrassé de ses inhibitions et tout avec une force obscure qui avait choisi de jouer avec leurs vies.

— Je ne suis qu'un être humain, marmonna Emil, mais comme Adam restait silencieux, il fit de même.

Malgré la tension qui semblait plus lourde qu'une doudoune en été, Adam revint rapidement à ses côtés et soigna ses brûlures avec une délicatesse qui amplifiait le sentiment de culpabilité qui pourrissait les entrailles d'Emil.

Et le pire dans tout ça, c'est que quoi qu'il arrive, Emil n'arrivait pas à chasser le sexe de sa tête. Pour lui, tout ce qu'ils s'étaient dit, chaque contact et chaque baiser avaient été honnêtes. Quand Adam lui avait demandé d'être exclusif, Emil n'avait eu besoin que de quelques secondes pour accepter. Personne ne lui avait jamais demandé d'être à lui. Ni Radek, ni aucune autre aventure, et certainement pas Filip « Je vais me marier » Koterski.

Emil n'y avait pas réfléchi auparavant, coincé dans une ville où tout le monde prétendait que les homosexuels n'existaient que dans les grandes villes, mais quand Adam lui avait posé la question, il avait compris à quel point il avait envie d'avoir quelqu'un à lui. Être complètement dévoué à une personne et partager sa vie avec elle. Sa vie amoureuse et sexuelle s'était toujours résumée à des sorties irrégulières à Sanok, où il volait des moments avec des hommes qui ne se souciaient pas d'apprendre à le connaître, et à séduire les touristes, qui étaient de passage par nature. Il abandonnerait tout cela en un clin d'œil si Adam le lui demandait.

Mais Adam ne voulait pas de lui et il avait retiré le tapis sous les pieds d'Emil si vite que les dents de ce dernier avaient souffert de la chute. Il était presque content de ses brûlures, car elles le distrayaient de la profondeur de sa déception.

Adam proposa d'aller aux urgences, mais Emil avait vu les marques rouges dans le miroir et elles n'étaient pas aussi graves qu'il le craignait. Il ne voulait pas faire tout le chemin jusqu'à Sanok pour que le personnel médical lui mette de la pommade et s'arrête là. En fin de compte, il accepta à contrecœur qu'Adam lui panse le dos et lui mette des vêtements dès qu'il put le faire.

Si la vie d'Emil avait été riche de quelque chose, c'est bien d'un échec, mais cette nuit-là avait été la meilleure.

Adam était assis sur une chaise tout près, dans son short en jean humide, puisqu'il refusait de porter les pantalons d'Emil, le regard collé au sol, comme s'il craignait d'apercevoir ce qui le hantait. S'il restait plus longtemps, il risquait de devenir fou de peur.

— Allons-y, dit Emil sèchement. Tu es sûr que tu ne veux pas de pull ?

L'hésitation d'Adam suffit à Emil pour retourner dans son armoire, mais la pensée de la créature invisible qui l'observait dans un coin le fit s'arrêter sur le seuil de sa chambre. Le malaise naissant dans son estomac, il jeta un coup d'œil autour de lui, mais comme la lumière des bougies ne révélait rien de suspect, il attrapa son pull noir préféré et retourna auprès d'Adam.

Le prêtre portait encore les marques de leurs ébats sous la forme de quelques égratignures et même d'un petit suçon là où Emil avait abusé des baisers, mais le collier de prêtre le cacherait. Adam accepta le pull en marmonnant un « merci », mais ne voulut pas sortir sans qu'Emil ne lui ouvre la voie.

Emil prit une grosse lampe de poche et ils sortirent dans un silence si pesant qu'il laissait place à une centaine de diables. La lune brillait comme une lanterne dans le ciel sans nuages, si lumineuse qu'ils n'avaient finalement pas besoin d'éclairage supplémentaire.

Il prit une profonde inspiration et jeta un coup d'œil sur la silhouette des plantes les plus hautes dans la prairie devant lui. L'obscurité lui offrait enfin la paix, et il se sentait plus en sécurité qu'à l'intérieur de sa propre maison.

— Tu ne l'as pas invoqué d'une façon ou d'une autre ? demanda-t-il, toujours incertain de croire un seul mot d'Adam.

— J'ai prié et cette voix m'a répondu. J'ai retiré les trois offrandes du presbytère. Je ne sais pas ce que j'ai fait de mal ! dit Adam, en se cachant dans le pull qui était surdimensionné pour Emil mais qui est devenu un sac pour lui.

— Il devrait y en avoir quatre. Une pour chaque direction cardinale. Attends, pourquoi les enlever en premier lieu ?

Adam haussa les épaules.

— Je ne voulais pas de symboles païens autour de moi.

Emil laissa tomber pour l'instant. Il aurait été plus rapide de traverser les champs, mais après l'averse, les routes seraient plus favorables, malgré la boue.

Adam prit une grande inspiration et s'approcha un peu plus, jetant un coup d'œil par-dessus son épaule, comme s'il s'attendait à ce que quelque chose sorte du fossé et les suive, les dents découvertes. Même Emil, qui était habitué au calme de cette campagne reculée, se sentit mal à l'aise une fois qu'ils eurent laissé la ferme derrière eux. Ce n'était pas la première fois qu'il marchait si tard, mais le comportement d'Adam mettait ses sens en alerte et le rendait attentif à chaque bruit, à chaque hurlement d'animal au loin.

Le brouillard était suffisamment épais pour masquer le chemin sous leurs pieds, mais il était bas sur le sol, comme si les esprits de la terre jouissaient de leur liberté avant le lever du soleil.

— Étais-tu honnête quand tu as dit que tu ne te souvenais pas de ce que tu m'avais dit pendant la séance de voyance ? Ou était-ce une blague ? demande Adam après un long moment de silence.

Emil fronça les sourcils, luttant contre l'envie d'enrouler son bras autour des épaules d'Adam. Il savait qu'Adam avait besoin de réconfort, et son cœur brûlait de le lui apporter, mais son contact n'était pas désiré.

— Qu'est-ce que j'ai dit ?

— Une histoire vraiment flippante à propos d'une chèvre et d'un festin, dit Adam, respirant bruyamment alors qu'il accélérait, se précipitant à travers les vapeurs blanches. Ça m'a fait peur.

Emil fronça les sourcils, son estomac se refroidissant à chaque pas.

— Es-tu en train de dire que je suis aussi possédé ?

— Je ne sais pas. Je ne sais même pas ce qu'il faut faire. Il y a les exorcismes, mais...

Emil secoua la tête, souhaitant qu'ils soient déjà à l'église. Aucun vent ne faisait bouger le champ de blé sur leur passage, comme si la tempête n'était que le fruit de leur imagination.

— Dieu... ne joue pas de tours aux gens, n'est-ce pas ?

Adam éclata d'un rire aigu lorsqu'ils franchirent le portail ouvert du cimetière.

— Comment le saurais-je ? Il ne m'a jamais parlé.

— Tu es prêtre ! Tu as étudié la Bible ! Est-ce que Dieu piège les gens ou pas ?

Adam inspira et suivit le chemin le long de l'église, jusqu'à la petite porte de derrière, qui restait ouverte.

— Il met parfois la foi des gens à l'épreuve. Job est l'exemple le plus célèbre de l'Ancien Testament. C'était un homme heureux et riche qui aimait le Seigneur par-dessus tout, mais Satan a défié Dieu, prétendant que Job n'était si pieux que parce qu'il avait été béni par une bonne vie. Dieu accepta alors une sorte de pari et permit à Satan de tourmenter Job. L'homme a perdu sa famille, son bétail, tout, mais il a toujours refusé de parler contre le Seigneur. Je suppose qu'il s'agissait d'un test de foi plutôt que d'une ruse pour le plaisir.

Emil secoua la tête.

— Je te crois sur parole. Tu penses donc que Dieu te met à l'épreuve comme ça ?

Il hésitait à entrer dans l'endroit où Adam prétendait que le démon l'avait attaqué, mais il ne voulait pas être lâche et entra d'abord dans l'église. Il n'avait jamais été à l'arrière de l'autel, mais la lumière des bougies le guida vers l'espace bien éclairé à l'avant. L'église avait l'air normale, comme si rien de sinistre n'avait pu se produire ici. Pourtant, c'était le cas.

Adam expira.

— J'ai toujours cru que l'histoire de Job n'était qu'une fable pour les anciens Hébreux. Un Dieu si égoïste et cruel ne pouvait pas être la même entité qui offrait son propre fils pour sauver l'humanité dans le Nouveau Testament. Mais peut-être avais-je tort ? Peut-être est-il rancunier et veut-il me dire qu'il n'a pas besoin de quelqu'un comme moi pour le servir, déclara-t_il, alors qu'il atteignait les marches qui menaient à l'allée entre deux rangées de bancs.

Le visage d'Emil se tordit lorsqu'il remarqua un fouet à plusieurs queues sur le sol, et il repensa immédiatement aux bleus et aux zébrures sombres qui couvraient le dos d'Adam. Il s'apprêtait à poser une question à ce sujet lorsqu'Adam se figea et son visage se décomposa.

Emil se précipita à ses côtés, et lorsqu'il suivit le regard d'Adam vers l'autel, il se raidit lui aussi. Le serpent en bois de la sculpture de l'Arbre de la Connaissance gisait sur le sol, déchiré en deux, comme s'il avait été frappé d'un puissant coup de hache.

— Putain.

Adam eut une respiration soufflante en posant ses deux mains sur la table de l'autel, mais ne détourna pas le regard de la sculpture brisée.

— Tout est réel. Et tout est de ma faute, parce que je t'ai laissé m'atteindre.

Emil lui fit face avec une mine renfrognée. Il avait l'intention de laisser ce problème pourrir au fond de son esprit, mais trop c'est trop.

— Oh, c'est donc moi qui t'ai fait dévier du droit chemin ? Tu ne vois pas que j'ai été violé moi aussi ? Je n'étais pas d'accord avec ce que tu as fait. Tu m'as forcé à faire l'amour après m'avoir rejeté à plusieurs reprises, puis tu m'as brûlé à mains nues !

Le visage d'Adam se tordit en une profonde grimace qui enlaidit même son beau visage.

— J'ai lutté avec ça pendant si longtemps, mais tu devais continuer à pousser jusqu'à ce que quelque chose de sinistre utilise mes pensées contre moi !

Les narines d'Emil se dilatèrent et il attrapa Adam par le devant du pull.

— Jusqu'à quel point peux-tu être dans le déni ? Tu le voulais. Tu as aimé chaque seconde, et tu ne veux pas l'admettre !

Les yeux d'Adam s'illuminèrent et il gifla Emil si fort que l'articulation de sa mâchoire lui fit mal.

— Ce n'est pas vrai. Je n'étais pas dans mon assiette, mais tu ne m'as pas aidé. Tu t'es contenté de faire comme si de rien n'était, parce que tu me désirais depuis le jour où nous nous sommes rencontrés et que tu ne voulais pas te rendre compte que quelque chose n'allait pas !

Emil se tint la joue, voulant crier de frustration, mais lorsque quelque chose tonna à l'extérieur, il hurla de peur. Au moins, Adam cria lui aussi, ce n'était pas si embarrassant.

— Attends ici, dit-il et il s'élança dans la nef, vers les portes principales.

La serrure était facile à ouvrir de l'intérieur et il poussa l'un des lourds battants de bois, jetant un coup d'œil à l'extérieur, pour apercevoir une voiture rouge dans la cour de l'église, juste à côté d'une poubelle qu'elle avait renversée.

Le prêtre, qui était en train de quitter le siège du conducteur, fit un signe à Emil avant de se rasseoir en titubant.

Les épaules d'Emil s'affaissèrent et il regarda Adam.

— C'est le Père Marek.

— Quoi ?

Adam sortit en trombe de l'église et le rejoignit, étudiant le prêtre, qui avait finalement réussi à quitter le véhicule et à se diriger vers la poubelle tombée, même s'il n'était pas stable sur ses pieds.

Il était ivre.

— Mon Père ?

— Elle n'était pas là avant, dit le prêtre le plus âgé, luttant pour soulever la poubelle jusqu'à ce qu'Adam le fasse pour lui.

Emil roula des yeux.

— Je vais vous aider.

Le Père Marek l'écarta.

— Pas la peine, je vais bien, dit-il et il se dirigea en zigzag vers le presbytère.

Adam retira les clés du contact et verrouilla la voiture avant de croiser brièvement le regard d'Emil. Il resta silencieux pendant plusieurs secondes, comme s'il envisageait de dire quelque chose d'important, mais ce qui finit par sortir fut un simple :

— Je vais m'en charger à partir de maintenant.

Emil gémit. Sa joue piquait encore sous l'effet de la gifle, son corps souffrait de brûlures, mais c'était sa fierté qui lui faisait le plus mal.

Il se retourna et se dirigea vers une maison qui lui paraissait bien moins accueillante.

Chapitre 11

Adam

L e soleil extérieur n'apaisa en rien les cicatrices de l'âme d'Adam. L'air frais entrait par la fenêtre ouverte, mais le parfum de l'herbe et des fleurs sauvages était comme le souvenir d'une vie normale, qui semblait maintenant un concept si lointain. Recroquevillé dans son lit, il regardait les nuages blancs passer dans le ciel d'un bleu éclatant, incapable d'accepter ce qui s'était passé la nuit dernière.

Il aurait aimé pouvoir considérer tout cela comme un mauvais voyage, un empoisonnement dû à la soupe aux champignons d'hier soir. Mme Luty utilisait des champignons qu'elle ramassait elle-même, il n'était donc pas impossible qu'elle ait confondu un type avec un autre, mais chaque fois qu'il essayait de s'accrocher à cet espoir, la sensation de brûlure dans son anus lui rappelait qu'il avait perdu sa virginité la nuit dernière. Qu'Emil était prêt à rester fidèle, et qu'Adam avait adoré la sensation de son poids sur lui, il avait adoré le goût de son sexe.

C'était un pécheur, inapte à être un ecclésiastique.

La façon dont Emil l'avait regardé lorsqu'ils étaient proches resterait à jamais gravée à l'arrière des paupières d'Adam. Dans ce moment de plaisir et de connexion, rien d'autre qu'eux deux n'avait d'importance.

Ce sentiment était une fantaisie stupide, car Emil avait sûrement juste été heureux de coucher avec Adam, comme il le voulait depuis qu'ils s'étaient rencontrés. Il avait été impossible de lui résister lorsque ces yeux verts forêt avaient épinglé Adam sur le lit, lorsqu'il était si absolument magnifique avec ses cheveux en désordre et son visage souriant et rougissant.

C'était presque comme si Emil avait été mis sur le chemin d'Adam dans le seul but de tester sa foi. Et il avait échoué.

Adam avait-il invité le diable dans son cœur par trop de pensées pécheresses ?

Il avait toujours été une mauvaise graine. Facile à tenter, il avait des problèmes avec sa consommation de sucre quand il était enfant, volait compulsivement dans les magasins quand il était adolescent, et était accro aux médias sociaux et aux ragots. Mais les hommes étaient son plus grand vice. Lorsqu'il était plus jeune et qu'il se contrôlait beaucoup moins, il se touchait plus d'une fois par jour, pensant à ses amis et aux inconnus d'une manière qui les aurait sûrement amenés à le mépriser.

Et la nuit dernière, il avait appris le goût, la sensation et l'odeur d'un homme excité. Il avait déçu tout le monde. Mais surtout, il s'était déçu lui-même.

Il n'avait même pas envie de sortir du lit, trop déprimé par tout cela. Le soleil avait beau briller aujourd'hui, la vérité était que le démon résidait peut-être encore en lui. La nuit dernière, il lui avait fait commettre des actes ignobles et les avait révélés comme étant l'accomplissement des rêves les plus secrets d'Adam. Et si cela se reproduisait ? Et si le démon le faisait monter dans un train pour Cracovie et se prostituer dans la chambre noire d'un club gay ?

Pourquoi cela l'excitait-il ?

Adam gémit et enfonça son visage dans l'oreiller. Un coup sec le fit se redresser. Mme Janina entra, vêtue de son habituel foulard et de sa robe de chambre, dès qu'il l'invita à entrer.

— Vous avez dormi trop longtemps. Êtes-vous allé à la même fête que le prêtre ? demanda-t-elle.

Le froncement de sourcils qui marqua son front indiqua à Adam que la conduite du Père Marek l'impressionnait aussi peu que celle d'Adam.

— Non, mais je crois que j'ai la migraine, mentit Adam avant de reposer sa tête sur l'oreiller.

Rien ne pouvait l'attirer à l'extérieur aujourd'hui. Il souhaitait s'enterrer au plus profond de la forêt, là où personne ne le retrouverait vivant.

Mme Janina fronça les sourcils.

— Nous n'avons pas le temps pour cela. L'église a été profanée, c'est un simulacre. La porte a été ouverte, la statue détruite et les auteurs ont laissé une arme derrière eux. Et si c'était une menace, mon Père ?

Le cœur d'Adam cogna contre sa cage thoracique.

— Une arme ?

La gouvernante croisa les bras et regarda autour d'elle comme si elle cherchait quelque chose à critiquer. Heureusement, Adam avait toujours été un homme ordonné.

— Oui, un fouet. Le prêtre Marek m'a dit d'appeler la police.

Le lit tenta d'avaler Adam, et il ne voulait pas résister à son attraction. Si Mme Janina avait su à quel point il avait participé à la profanation, elle l'aurait fouetté elle-même.

Maintenant, il perdrait un bouclier de plus contre le péché, parce qu'il ne pouvait pas admettre que le fléau lui appartenait.

— Alors nous ferions mieux de rester ici. Garder la scène de crime intacte.

Mme Janina le dévisagea, comme si elle voyait clair dans sa paresse, mais finit par acquiescer.

— C'est vrai, j'ai vu ce genre de choses dans les séries policières. Je vous autorise à prendre un petit déjeuner tardif, mon Père, mais je ne voudrais pas que ces migraines deviennent une habitude.

Comme s'il pouvait contrôler une migraine. S'il en avait vraiment une.

Elle regarda la fenêtre.

— L'air frais devrait soulager votre mal de tête. Venez quand vous serez prêt.

Oh, comme elle était miséricordieuse.

Adam ne se détendit que lorsque la porte se referma.

De toute façon, il n'avait pas faim. Qui voudrait manger après qu'un autre homme lui ait enfoncé sa verge dans le corps ?

Il s'était douché deux fois la nuit dernière, mais sa peau n'avait pas été débarrassée de l'odeur d'Emil. La partie pourrie de son être lui murmurait qu'il devrait être reconnaissant d'avoir pu faire l'expérience du sexe au moins une fois, quelles que soient les circonstances.

Parce qu'il l'avait voulu. Emil l'avait embrassé dans des rêves qui avaient fait transpirer Adam et gonfler son pénis, et même s'il le détestait, le démon lui avait donné exactement ce qu'il désirait et, à sa manière tordue, avait satisfait un besoin qu'Adam avait combattu toute sa vie.

Mais il y avait une autre possibilité, qui effrayait encore plus Adam. Les maladies mentales étaient souvent présentes dans la famille, et bien que sa mère n'ait jamais été diagnostiquée, certains de ses comportements paranoïaques frôlaient la pathologie. S'il n'y avait pas eu d'intrusion surnaturelle, alors il perdait le contrôle de la réalité.

Le petit garçon qui sommeillait en lui souhaitait parler à quelqu'un de plus expérimenté, mais le Père Marek était un homme plus âgé, bien ancré dans ses habitudes et qui, comme Adam autrefois, ne croyait pas que les pouvoirs surnaturels affectaient la vie des gens de manière dramatique. Et un homme de sa génération pourrait se méfier de vivre sous le même toit qu'une personne souffrant d'illusions. Le Pape François lui-même avait déclaré qu'il ne souhaitait pas que des jeunes hommes mentalement instables accèdent à la prêtrise. Si quelqu'un le découvrait, la carrière d'Adam dans l'Église, la seule façon pour lui de servir le Seigneur, serait terminée.

Il jeta un coup d'œil au pull noir pelucheux qu'il avait soigneusement plié sur la chaise. Même s'il sentait la lessive, il portait encore un léger parfum d'Emil. Un peu de nicotine, de bois frais et une eau de Cologne sombre qu'Adam avait respirée lorsque la queue d'Emil palpitait en lui.

Malgré l'amertume de la nuit dernière, Emil avait cru Adam. Mais maintenant qu'ils étaient séparés, Adam paniquait, car il ne pouvait pas vérifier si ses mains avaient vraiment laissé des brûlures sur la chair d'Emil.

Il resta immobile pendant d'interminables minutes, le regard fixé sur le pull noir, mais il ne pouvait éviter Mme Janina plus longtemps et quitta sa chambre, en se tenant le plus possible sur ses gardes. L'odeur du thé fut la première bonne chose qui lui arriva depuis la nuit dernière, mais il s'arrêta devant la cuisine, se sentant mal à l'aise à l'idée d'interrompre la conversation téléphonique de Mme Janina. Elle parlait à quelqu'un de son incapacité à lui prêter de l'argent. Ce n'est pas un sujet qu'elle aimerait partager avec lui, mais il choisit de ne pas faire la même erreur que le premier jour de son séjour à Dybukowo et entra, avec l'intention d'aller directement dans la salle à manger. Mais à mi-chemin de la cuisine, il regarda par la fenêtre et aperçut une grande silhouette en noir.

Emil attelait Jinx à la barrière située devant l'église.

Adam n'était pas prêt à l'affronter, pas à la lumière du jour, jamais. Pas quand chacun de ses mouvements lui rappelait le sexe intense qu'ils avaient eu la nuit dernière.

Mme Janina posa le combiné, ignorant la détresse d'Adam.

— Je parie que ce sont les garçons de Myszkowice. Ils traversent Dybukowo en moto de temps en temps. La police ne veut rien faire contre eux, et je l'ai appelée plusieurs fois à ce sujet.

— Mme Janina ? S'il vous plaît, dites-lui que je ne suis pas là, dit Adam et il s'enfuit avant qu'elle n'ait pu finir de demander de qui Adam parlait.

Il fit irruption dans sa chambre et la ferma avant de se replonger sous les couvertures. Peut-être que la couette l'étoufferait à mort, et que ce serait la fin de sa misère.

Enfermé dans le cocon brûlant, il écouta sa propre respiration dans la grotte de tissu et de duvet. Inspirer. Expirer. Inspirer. Expirer.

Peut-être que le diable avait déjà quitté son corps et qu'il était maintenant libre ? Il devait avoir la foi et attendre avant de faire quelque chose d'irréparable.

— C'est quoi ce bordel, Adam ? Je peux te voir, dit Emil à quelques pas de là

Quand Adam jeta un coup d'œil de sous les couvertures, Emil est déjà en train de grimper à l'intérieur par l'étroite fenêtre.

Nettoyé, dans ce jean terriblement serré et d'un T-shirt portant l'inscription Pas aujourd'hui Satan, il était la dernière personne qu'Adam voulait voir.

— Qu'est-ce que tu crois faire ? chuchota Adam en jetant un coup d'œil à la porte fermée. Et si elle apprend que tu es ici ?

Emil écarta les bras.

— Qu'est-ce que tu racontes ? Tu as été possédé par un démon la nuit dernière, et tu te soucies de ce que dirait Mme Luty si elle me voyait dans ta chambre ? On a quinze ans ?

Le visage d'Adam était en ébullition, car lorsque Emil s'avança vers lui et que le T-shirt se resserra autour de son torse, il ne put que penser à la façon dont Emil l'avait maintenu au matelas la nuit dernière.

— Tu es bien placé pour parler. C'est quoi cet imprimé ? Tu te moques de moi ?

Emil sourit, regardant les mots sur son T-shirt.

— J'ai pensé que c'était approprié. Tous les autres de ma collection sont plutôt du genre « ravi de te voir, Satan ».

Adam repoussa la couette et se leva, se dirigeant vers la porte afin de mettre un peu de distance entre lui et l'objet de ses rêves humides bien réels.

— Nous ne devrions pas être seuls comme ça.

Emil pencha la tête.

— Tu veux dire au Père Marek que le diable t'a assis sur ma bite ?

Adam déglutit, recula alors que la culpabilité se mêlait à l'excitation, le poussant à s'éloigner d'Emil tout en l'invitant à se rapprocher.

— Tu es si grossier. Je ne veux plus jamais en parler.

— Écoute, je ne suis pas là pour parler de tes problèmes sexuels refoulés, mais je ne me laisserai pas faire à propos de la magie. Il faut qu'on explore ça, qu'on en sache plus. Cela pourrait être révolutionnaire. Je n'ai pas pu dormir la nuit dernière. Je me disais que ce qui t'arrive a peut-être un rapport avec le meurtre de Mme Zofia. Les corbeaux ne sont-ils pas associés aux sorcières et à la magie, comme les chats noirs et les chèvres ?

Adam n'avait pas le droit d'exiger quoi que ce soit de l'homme qu'il avait rejeté, mais c'était encore douloureux de savoir que pendant qu'il dormait sur des visions de leur bref temps ensemble, Emil s'était concentré sur la magie et les démons. Mais à quoi Adam s'attendait-il ? Le sexe ne sortait pas de l'ordinaire pour quelqu'un comme Emil, alors pourquoi aurait-il considéré la nuit dernière comme spéciale ?

— Je ne sais pas. Il n'y a pas de magie. Je me sens bien maintenant. Je suis sûr que nous avons eu une sorte d'hallucination collective. Ou une folie à deux, dit-il en se passant les doigts dans ses cheveux tout en faisant le tour de sa chambre pour éviter de trop s'approcher de la belle bête qui avait envahi son havre de paix.

Son cerveau stupide continuait à suggérer qu'Emil était le dragon qui prenait d'assaut sa tour, mais dans ce scénario, il serait une princesse. Il n'aimait pas beaucoup cette analogie.

Emil secoua la tête et enleva son T-shirt. Adam l'avait déjà vu nu, et en détail, mais ici, en plein soleil, il faisait plaisir à voir. Des pectoraux épais et charnus, des mamelons roses et un torse puissant parsemé de poils sombres.

Emil se contorsionna, ce qui ne fit qu'accentuer les muscles de ses flancs, et montra les morceaux de peau qu'Adam avait pansés hier.

— Mes brûlures ne sont pas une putain d'hallucination. La dernière fois que j'ai vérifié, tu n'avais pas de fers à repasser à la place des mains.

Les lèvres d'Adam s'asséchèrent et il s'approcha, concentré sur deux empreintes rouges, chacune avec cinq doigts. Il posa sa main sur l'une des brûlures, et lorsqu'elle s'ajusta parfaitement, le sol sous ses pieds sembla craquer, comme s'il y avait un gouffre sans fond juste en dessous, prêt à l'aspirer. Il s'éloigna, l'effroi lui brûlant le corps comme de l'acide.

— Il m'a vraiment poussé à le faire...

Emil secoua la tête, se rapprocha d'un centimètre et regarda Adam droit dans les yeux.

— Oui, c'est un démon qui t'a fait faire cette chose horrible, horrible. Surtout à la fin, quand tu m'as tenu la main. Tout le monde sait que Satan est un grand romantique.

La poitrine d'Adam se resserra, comme si ses côtes préféraient écraser son cœur plutôt que de le laisser vivre avec la honte de ce qu'Emil impliquait.

Il ne put pas bouger quand Emil déglutit, et ses mains sournoises atteignirent les hanches d'Adam.

— Adam, s'il te plaît. Nous avons eu une connexion. Je sais que c'est difficile pour quelqu'un dans ta position, mais tu sembles vraiment gentil. Nous pourrions y aller doucement, si c'est ce que tu veux.

Avant qu'Adam n'ait pu broncher, Emil l'embrassa doucement sur les lèvres.

Des griffes chaudes s'enfoncèrent à nouveau dans Adam, mais avant qu'il n'ait pu se débattre, essayer de repousser Emil, un étrange murmure s'éleva tout autour, comme si des centaines de doigts tapaient sur du bois en même temps. De la fourrure glissa sur le pied nu d'Adam et il recula, pour être projeté dans un nouveau cauchemar.

Les mulots sortaient de dessous son lit et son placard, ils se frayaient un chemin sous la porte, ils pullulaient sur le rebord de la fenêtre, comme des abeilles qui s'apprêtaient à protéger leur ruche.

Emil cria et, dans un geste des plus surréalistes, il attrapa Adam et le souleva jusqu'au lit, tout en restant lui-même sur le sol et en donnant des coups de pied aux rongeurs, dont certains semblaient vouloir grimper le long de ses jambes.

Son large regard se tourna vers Adam.

— Fais-les arrêter ! cria-t-il à Adam, comme si tout cela pouvait être le fait d'Adam.

Mais et si… c'était le cas ?

Adam n'avait jamais eu de lien avec les souris, mais la fréquence des coïncidences dans sa vie récente suggérait qu'elles étaient tout sauf des souris.

— Pschit, allez-vous-en ! dit-il avec peu d'énergie.

Il émit ensuite un son aigu lorsque les petits animaux changèrent de direction, fonçant vers la fenêtre ouverte comme un troupeau d'antilopes fuyant un lion.

Emil reprenait encore son souffle, mais il écarta les bras.

— Tu vas encore me dire qu'on n'a pas besoin d'enquêter ?

Adam l'observa, la gorge nouée par toutes les émotions contradictoires qui se bousculaient en lui. Il se rendait compte que ce n'était pas la première fois qu'Emil se comportait de façon chevaleresque à son égard. Il aurait peut-être dû se sentir offensé d'être traité comme une fille qui avait besoin d'être protégée des souris, mais comment aurait-il pu le faire si les réactions d'Emil semblaient si sincères ?

— Tu as peut-être raison. Mais tu ne peux pas m'embrasser. Je suis célibataire et j'ai l'intention de respecter mes vœux.

Tu les as déjà brisées, murmura une petite voix au fond de son esprit, mais il la repoussa.

On frappa à la porte et Adam remercia Dieu et tous les saints de l'avoir fermée à clé.

— Tout va bien ? J'ai entendu des bruits étranges, déclara le Père Marek.

— Va, chuchota Adam à Emil en lui montrant la fenêtre, où quelques rongeurs s'attardaient. Attends près du petit sanctuaire au croisement.

Emil soutint son regard à travers le rideau de cheveux noirs, mais n'hésita pas et sortit, laissant Adam avec un goût d'inachevé en bouche.

Chapitre 12

Emil

E mil caressait la crinière de Jinx, encore secoué par les souris qui lui venaient sur lui de nulle part et repartaient sur l'ordre d'Adam. Mais juste sous la surface de la peur, il y avait des braises qui répandaient leur chaleur sur tout son corps. Ce qui s'était passé la nuit dernière n'était pas naturel. Que ce soit bon ou mauvais, Adam faisait partie de quelque chose qui remettait en question la vision du monde d'Emil, et ils devaient découvrir ce que cette nouvelle réalité signifiait. Emil serait là pour Adam dans ce voyage, même si cela signifiait avaler la pilule amère du rejet.

Il s'était ouvert et avait essayé de communiquer le plus honnêtement possible, alors si cela ne suffisait pas, Emil garderait ses sentiments pour lui à partir de maintenant. Il essaya de faire passer sa déception pour de la colère face à la réticence d'Adam, mais il savait au fond de lui que cela n'avait rien à voir avec la vérité. Les émotions qu'Adam lui faisait ressentir allaient bien au-delà du sexe, et Emil n'avait même pas remarqué quand cela avait changé.

C'était comme s'ils se connaissaient depuis une vie antérieure, et que leurs âmes avaient compris qu'ils partageaient un lien qui ne pouvait pas être exprimé avec quelque chose d'aussi conventionnel que des mots.

Emil ne s'était pas non plus accepté en tant qu'homosexuel dès le départ, et il se sentait donc concerné par Adam, qui semblait aussi perdu qu'un cerf sur une autoroute.

— Qu'est-ce que je suis censé faire de ce bordel ? Il sera difficile d'oublier la nuit dernière, dit Emil à Jinx, qui ricana et secoua sa tête géante, chassant les mouches.

Une partie de lui voulait raconter à Radek une version censurée de ce qui s'était passé, mais cela aurait été une trahison de la confiance d'Adam. Il devait tout garder pour lui, les joies comme les déceptions.

Son étalon tira sur les rênes et jeta un coup d'œil par-dessus l'épaule d'Emil, se tenant plus droit, comme s'il saluait son roi.

La nuque d'Emil tressaillit, mais il se retourna, déçu de voir Adam courir vers lui en soutane. Sans les vêtements habituels d'un prêtre, il avait l'air d'un gars normal. Un gars qui était disponible, alors on pouvait supposer qu'en s'habillant de façon aussi sombre, il voulait communiquer qu'il était tout sauf cela. Indépendamment de ses désirs, il avait clairement montré qu'il prenait ses vœux au sérieux.

Emil avait beau vouloir mettre la main sur le corps athlétique caché sous cette épaisse couche de tissu noir, sur les lèvres pâles et la peau dorée, ce n'était pas à lui de les prendre.

— Hé. Tout va bien à l'église ? J'ai entendu dire qu'ils considéraient ce qu'ils ont trouvé comme un crime haineux ?

Adam se racla la gorge et posa ses mains sur ses hanches, respirant doucement tandis que Jinx s'approchait de lui pour le sentir.

— J'ai enlevé mes empreintes digitales du... fouet laissé dans l'église. Quelqu'un doit venir du bureau du Conservateur des Monuments de la Province pour décider de ce qu'il faut faire de la sculpture endommagée. Par ailleurs, le Père Marek n'a pas la gueule de bois. Cet homme va nous survivre à tous.

Emil devina que la passion de la nuit dernière était également un sujet tabou, et bien qu'il voulût honorer les souhaits d'Adam, il ne pouvait s'empêcher d'éprouver un sentiment de perte au creux de son estomac. Il avait été seul pendant si longtemps qu'il avait appris à se faire croire qu'il ne se sentait pas seul, mais la proximité brute qu'il avait ressentie au lit avec Adam prouvait qu'il s'était menti à lui-même pendant tout ce temps. Pendant ces vingt minutes, il s'était senti vraiment connecté à quelqu'un. Il avait été vu et compris, mais le fait qu'il y avait un troisième joueur dans la pièce, qui non seulement regardait, mais emprisonnait Adam dans son propre corps, transformait tout le vertige d'Emil en pourriture.

— Tu veux bien rentrer chez moi avec moi ?

Emil tapota la croupe de Jinx, marquée par ses nombreux accidents, qui ne lui avaient pourtant pas causé de blessures graves.

Adam hésita, mais finalement ses lèvres s'étirèrent en un doux sourire.

— Et si nous marchions ? demanda-t-il avant d'effleurer le doux museau de Jinx du dos de ses doigts.

Le soleil matinal brillait à travers ses cheveux clairs, les transformant en minces rayons de lumière qui illuminaient la tête d'Adam comme une auréole.

Emil voulut la toucher, mais garda ses mains pour lui, pleurant silencieusement ce qui aurait pu être si Adam n'avait pas été prêtre. Il n'aurait jamais dû mettre sa main dans la ruche, car il avait goûté au miel des lèvres d'Adam pour se faire piquer, et il saurait à jamais ce qu'il avait perdu.

Emil saisit les rênes de Jinx et se mit à marcher.

— Je suppose que c'est le fouet qui a laissé les bleus dans le dos ?

Adam baissa la tête, mais ne réagit pas avec colère.

— Je sais ce que tu penses. Mais ça m'aide vraiment à garder le contrôle.

Emil déglutit, mal à l'aise, mais désireux d'en savoir plus. L'autoflagellation n'était pas un sujet approprié à leur environnement - une mer de blé brillant sous le soleil de juin.

— Es-tu... hum... un masochiste ?

Adam rit, comme s'il s'était attendu à une question indiscrète et qu'on lui en posait une amusante à la place.

— Non, je... je le fais pour arrêter de penser à des choses que je ne devrais pas. J'essaie de me reconditionner.

Cela ressemblait à une thérapie d'autoconversion très sinistre.

— Quand j'ai eu ma puberté et que j'ai découvert que j'aimais les garçons, j'ai aussi eu du mal à l'accepter, dit Emil de la voix la plus douce qu'il puisse trouver.

Il n'avait pas l'intention de mettre Adam sous pression ou de rabaisser ses convictions. Il s'agissait d'une conversation sur un sujet qui les touchait tous les deux, et même s'il voulait encourager Adam à partager, le sujet le rendait lui aussi tendu.

Adam déglutit assez fort pour qu'Emil l'entende, mais au moins il ne protesta pas ouvertement contre le fait qu'Emil ait suggéré qu'ils étaient tous les deux gays.

— Je suppose que tu mérites de savoir, dit-il finalement d'une voix faible. Je n'ai pas choisi de faire ce que j'ai fait hier soir, mais ce que j'ai fait, ce que j'ai dit, il m'a enlevé tout ça de la tête.

Emil lutta contre la chaleur de ses joues. Il n'était pas sûr de vouloir entendre cela après tout.

— Je déteste penser que tu t'es fait du mal à cause de quelque chose pour lequel tu es né.

— Que puis-je faire d'autre ? Je ne veux pas être comme les prêtres qui condamnent la fornication et qui font des orgies à huit clos ou qui ont des enfants en cachette. L'autoflagellation m'aide à... gérer mes émotions.

Emil lui jeta un coup d'œil, si insupportablement triste pour tous ces tourments inutiles.

— Tu pourrais me parler à la place. Toute ma vie ne tourne pas autour du fait de faire des encoches sur le montant de mon lit, tu sais.

Adam lui jeta un coup d'œil, d'abord timide, puis se tourna vers lui avec toute son attention.

— Je te remercie. Je sais que mon comportement a été... erratique, mais j'apprécie ta compagnie. C'est agréable d'avoir quelqu'un à qui parler. Honnêtement, je veux dire.

Emil frotta la bosse stupide qu'il avait sur le nez, preuve supplémentaire de sa malchance.

— Tu en auras besoin maintenant qu'ils ont confisqué ton fouet.

Emil aimait Jinx, mais le cheval n'était pas une créature avec laquelle il pouvait échanger des idées intelligentes.

— Peut-être devrions-nous prendre le café du matin ensemble. Après mon jogging ? demanda Adam en s'approchant de la maison d'Emil.

Elle les invitait à revenir avec ses fenêtres brillantes, comme si les événements de la veille n'avaient rien eu d'extraordinaire. Les souris suivaient-elles toujours Adam, cachées dans les hautes herbes ? Ou bien avaient-elles répondu à leur seigneur démoniaque, qui résidait peut-être encore à l'intérieur d'Adam ?

Emil sourit et se tourna vers la grange pour laisser Jinx à l'intérieur.

— J'aimerais vraiment ça. As-tu... Enfin, tu as dit que tu étais célibataire, n'est-ce pas ?

— Oui.

Adam tira sur une mauvaise herbe qui poussait près du mur et en arracha les feuilles et les épillets, comme s'il avait besoin de faire quelque chose de ses mains.

— Alors... ce qui s'est passé, c'était une première pour toi ?

Emil ne voulait pas être indiscret, mais il s'inquiétait de ce que cela pouvait signifier pour Adam.

— Cela n'a pas d'importance, dit Adam d'une voix calme, mais pour Emil, cette réponse était comme une confirmation.

Jinx hennit et se précipita dans son box, comme s'il ne pouvait attendre son repas. Emil avait déjà rempli sa mangeoire, il ferma donc la porte et fit face à Adam, essayant de calmer sa respiration à mesure que la vérité de l'épreuve d'Adam s'imposait.

— Ça en a. Je suis désolé que cela se soit passé ainsi pour toi.

Emil s'appuya contre la porte de la grange en poussant un profond soupir.

— Moi aussi, j'ai eu du mal à m'épanouir. J'ai pris conscience des choses que je voulais après avoir partagé cette brève et innocente relation avec un autre garçon de mon âge, mais je n'ai jamais vraiment cherché à les obtenir avant d'avoir vingt ans. Donc, ce que je veux dire, c'est que si je... te fais du mal, tu peux me le dire. Est-ce que ça va ? demande-t-il.

Il essayait de ne pas imaginer à quel point la relation sexuelle avait dû être violente pour Adam, qui gisait sous lui, prisonnier de son corps et incapable d'appeler à l'aide. Être pénétré pour la première fois était une expérience éprouvante pour la plupart des gens, même lorsque c'était consensuel, et il avait du mal à se faire à l'idée qu'il avait fait du mal à Adam en essayant de lui donner du plaisir.

La poitrine d'Adam se remplit d'air, mais il croisa le regard d'Emil.

— J'ai eu peur. Mais tu ne m'as pas fait de mal. Je sais que j'ai dit que tu aurais dû le savoir, mais c'était seulement parce que j'étais en colère. Tu ne pouvais pas savoir. Rien de tout cela n'était de ta faute.

Emil acquiesça, le cœur lourd. Aussi beaux soient-ils, les yeux bleus d'Adam ne l'invitaient plus à séduire. Un partenaire peu enthousiaste faisait s'évanouir toute son excitation. Ce dont il avait envie, c'était d'un amant qui, eh bien... l'aimait en retour.

Il passa devant Adam en pensant encore à « J'ai eu peur ». Il ne pourrait jamais regarder ce qui s'est passé avec tendresse.

— Et toi ? demanda Adam en le suivant dans la cour ensoleillée. Tu es très confiant dans ce que tu veux, que ce soit moral ou non. Qu'est-ce qui t'a retenu avant tes vingt ans ?

Emil réfléchit en poussant un profond soupir.

— Tu as probablement entendu les ragots sur la mort de mes parents. Ma grand-mère est morte peu de temps après, alors j'ai été élevé par mon grand-père. C'était un homme fantastique. Il m'a appris tout ce que je sais. Il m'a appris à chasser, à m'occuper des animaux et à effectuer des tâches ménagères de base, ce qu'il a dû apprendre lui-même après le décès de ma grand-mère. Je ne voulais pas le décevoir.

C'est le cœur lourd qu'il invita Adam à entrer. La maison n'était plus la même sans Grand-père, mais Emil l'avait gardée telle qu'elle était lorsqu'ils y avaient vécu ensemble, espérant ainsi préserver l'esprit du vieil homme.

— Le péché mis à part, il t'a bien élevé, dit Adam avec un petit sourire.

— Je ne sais pas. J'avais vingt ans quand il est mort. Tu vois le lien ? Je n'ai plus caché ma sexualité après cela. Ce n'est pas comme si je pouvais sortir du placard à Dybukowo, mais je ne me souciais plus autant de ce que pensaient les autres que lorsque je devais m'inquiéter des ragots qui parvenaient aux oreilles de Grand-père. Mais je me demande parfois si je n'aurais pas dû être honnête avec lui. C'était un homme plus âgé, mais ouvert d'esprit pour la région, alors peut-être qu'il m'aurait accepté tel que je suis. Mais je ne le saurai jamais.

Adam se rapprocha d'Emil et l'étreignit brièvement, mais honnêtement avant de lui retirer la chaleur et l'odeur auxquelles Emil était déjà douloureusement accroché.

— Ce qui compte le plus, c'est d'être quelqu'un de bien. Aider tes voisins, ne pas être un abruti. Et tu es un type bien.

— Si c'est ce qui compte le plus, pourquoi qualifies-tu ma sexualité de péché et pourquoi la détestes-tu autant ?

Emil se retourna, car il ne supportait plus la tension qui régnait entre eux.

Pendant quelques précieuses minutes, hier soir, il s'était laissé aller à croire qu'Adam était à lui. Qu'il avait attiré une biche craintive, qu'il gagnerait son affection en ne lui donnant que les plus délicieuses friandises, accompagnées d'amour et d'attention. Mais en fin de compte, domestiquer la beauté sauvage s'était avéré être un fantasme illusoire d'un homme qui avait besoin de compagnie plus qu'il ne l'admettrait jamais.

— Tu n'es pas catholique, et j'essaie de ne pas juger les gens qui ne partagent pas mes croyances. J'y échoue parfois, mais le respect des différentes croyances est la seule chose qui peut nous empêcher de nous entretuer.

Adam saisit la tasse d'eau qu'Emil lui avait versée et la but avant de déposer bruyamment le contenant vide sur le comptoir.

Emil respira profondément, stupéfait de voir à quel point Adam se sentait bien chez lui.

— Je n'ai jamais parlé comme ça. À propos de mon grand-père. Je t'ai amené ici parce que... j'ai eu tellement de morts dans ma famille, tellement de pertes, et je ne voulais pas vraiment m'occuper de tout ça après la mort de grand-père. J'ai mis toutes leurs affaires au grenier. Mais ma grand-mère était la Chuchoteuse du coin. C'était une sorte de guérisseuse folklorique qui faisait la part des choses entre le christianisme et les rites païens. C'est probablement de la superstition, mais si on veut trouver des indices pour se débarrasser d'un démon, c'est mon meilleur choix. À moins que... tu ne veuilles emprunter la voie de l'Église...

Le violent coup de tête qu'Adam lui donna fut tout ce dont Emil avait besoin. Il regarda le plafond, vers le grenier où il avait rangé tous ses secrets de famille.

— Je sais que j'aurais pu fouiller dans tout ça tout seul, mais je ne veux pas être seul avec ça. Ça me déprime tellement.

Au moins, il était tellement déprimant que l'enthousiasme d'Adam pour lui – s'il y en avait – allait sûrement s'atténuer après aujourd'hui.

La peau d'Emil s'illumina lorsque Adam lui toucha l'épaule.

— Merci d'avoir fait ça. Tu n'as pas idée à quel point je me suis senti seul ce matin. Mais tu es là, malgré tout.

Malgré les brûlures et la douleur du rejet d'Adam, Emil était toujours prêt à être là pour lui. Un martyr. Et une cause perdue.

Il fit un signe de tête à Adam et le guida dans l'escalier raide et étroit qui menait au grenier.

— Désolé, c'est très poussiéreux là-haut, dit Emil en poussant la trappe et en grimpant en premier pour se débarrasser des toiles d'araignée. Il n'était pas sûr que la lampe qui se trouvait là-haut fonctionnait encore et il fut heureux de voir que l'unique ampoule éclairait suffisamment l'espace pour qu'Emil puisse facilement atteindre la fenêtre et ouvrir les stores en bois, laissant ainsi entrer la lumière du jour.

Le grenier s'étendait au-dessus de l'ensemble du premier étage, mais il était trop bas pour qu'un adulte puisse s'y tenir debout, même aux points les plus élevés. Rempli de boîtes et de coffres, c'était une relique d'une époque qu'Emil n'avait pas voulu affronter depuis trop longtemps.

Il ouvrit donc la fenêtre pour se débarrasser au moins en partie de l'arôme poussiéreux et appela Adam, désespéré d'avoir de la compagnie.

Quelques instants plus tard, la tête blonde surgit par la trappe.

— Cet endroit est immense.

— Je vis seul ici, donc je n'ai jamais vraiment eu besoin d'un espace de stockage supplémentaire. Je ne suis pas monté ici depuis longtemps. J'espère que tu n'as pas d'allergies aux moisissures. Et nous devons avoir terminé le soir. C'est à ce moment-là que les araignées sortent.

Malgré son cœur lourd, Emil sourit à l'expression d'effroi sur le visage d'Adam.

— Mes parents m'ont emmené une fois en vacances en Hongrie. Je n'ai jamais vu autant d'araignées. Mère insistait pour que les fenêtres soient toujours fermées et il faisait une chaleur de tous les diables, dit Adam en éclatant de rire. Mais je ne vais pas jouer les héros. Je les déteste aussi.

— Je serais ton héros, dit Emil avant d'avoir pu se mordre la langue.

Il avait presque trente ans, mais Adam lui donnait l'impression d'être un adolescent épris. Bien sûr, il fallait qu'il tombe amoureux de l'homme le plus inaccessible qui soit, l'histoire de sa vie.

— Le coffre rempli de merde effrayante de ma grand-mère est là.

Il s'y précipita dans l'espoir qu'Adam ne tiendrait pas compte de la première partie de sa phrase.

— Comme quoi ? Tu veux dire qu'elle s'adonnait à l'occultisme ? demanda Adam, grimpant dans le grenier, les larges pans de sa soutane rassemblés dans une main.

Le vêtement ne collait pas à ses fesses, mais lorsqu'il s'agenouilla face à Emil, il mit suffisamment en valeur ses courbes pour renvoyer les pensées d'Emil dans le caniveau. Oh, comme il avait envie d'emmener Adam en bas et de s'allonger avec lui dans son lit. Même si ce n'était que pour s'embrasser.

— C'est... autre chose. Elle avait des carnets sur la guérison. Et elle faisait des rituels et priait ton Dieu en même temps. Mais si elle avait aussi des journaux intimes, cela pourrait être soit utile, soit douloureusement embarrassant.

Il rampa jusqu'au fond, où un coffre en bois était dissimulé sous la pente du plafond. Il toussa lorsqu'un nuage de poussière lui souffla au visage en tirant le coffre vers lui.

— Y a-t-il d'autres femmes comme elle dans le coin ?

Adam se rapprocha d'Emil, à tel point que l'arôme d'agrumes de son eau de Cologne devient envahissant et fit transpirer Emil.

— Non, c'était la dernière dans la région. J'ai entendu dire que les gens désespérés allaient parfois voir cette dame de l'autre côté de la frontière, en Ukraine.

Le haut du coffre avait été sculpté à la main et Emil comprit qu'il s'agissait peut-être de l'œuvre de grand-père. Bien qu'il n'ait pas la valeur artistique de certains objets produits par des artisans expérimentés, beaucoup de cœur et d'efforts avaient été mis dans les sculptures de plantes entourant une vue frontale d'une tête de cheval avec d'énormes cornes en spirale.

Il avait été si réticent à fouiller dans ces objets personnels, mais le destin l'avait finalement poussé à affronter le passé de sa famille. Il ouvrit le coffre.

Adam se rapprocha et Emil dut réprimer un halètement quand Adam lui donna un coup avec son genou alors qu'il s'asseyait en tailleur à côté de lui.

— Qu'est-ce que c'est ? demanda Adam en ramassant une branche en forme de Y dont l'écorce avait été soigneusement enlevée.

Emil la tourna dans ses mains, mais finit par hausser les épaules.

— Je n'en sais rien. Peut-être qu'il y a une explication dans l'un des livres.

Mais ce qui attira immédiatement l'attention d'Emil, c'était un grand album photo relié en cuir. L'étiquette sur le devant indiquait Nuit de Kupala.

— Maintenant, c'est une récompense, dit-il.

Il se pencha un peu plus près d'Adam, impatient de se torturer avec la glace qu'il ne pouvait pas lécher.

— Tu as entendu parler de cette fête, n'est-ce pas ? On l'appelle aussi la nuit d'Été. Ou la nuit de la Saint-Jean pour les plus croyants.

Adam haussa les épaules.

— Il y a des festivals. Les gens mettent des couronnes avec des bougies sur l'eau ou quelque chose comme ça, mais dans les villes, c'est juste une autre occasion de boire et de s'amuser. Je n'y suis jamais allé.

Emil ouvrit l'album.

— Laisse-moi deviner, Mère ne t'a pas laissé faire ? Regarde, ça remonte aux années vingt. C'est vraiment cool, en fait.

Il cessa brièvement de respirer lorsqu'Adam tendit la main par dessus sa cuisse pour tracer la photo quelque peu surexposée représentant un groupe d'hommes et de femmes aux vêtements pâles et aux grandes couronnes dans les cheveux. Il y avait aussi des personnes importantes, dont un homme élégamment vêtu, un prêtre et une religieuse. Le début était peu fourni, mais plus on avançait dans le temps, plus les photos étaient nombreuses et de meilleure qualité. Toutes représentaient la fête que sa grand-mère considérait comme la plus importante de l'année, bien au-dessus des « jours de l'Église » comme Noël ou Pâques.

Il sourit de surprise lorsque l'une des pages présentait une photo en noir et blanc d'un couple, et bien qu'il lui ait fallu plusieurs instants pour comprendre pourquoi ils lui semblaient familiers, la reconnaissance le frappa comme un maillet.

— Ce sont mes grands-parents, s'exclama-t-il avec excitation, et lorsqu'il vit les fleurs dans les cheveux de son grand-père, au-dessus de l'habituelle couronne de feuilles de chêne, il la tapota du bout des doigts. Ce doit être quand ils se sont fiancés. Regarde, il porte sa couronne de fleurs. C'est ce que cela signifiait autrefois. On est dans les années soixante, ils avaient à peine vingt ans à l'époque.

Emil se pencha pour montrer à Adam.

— C'est bien de les voir comme ça, tu sais ? Si heureux. Le corps de ma grand-mère n'a jamais été retrouvé. Le consensus général était qu'elle avait été attaquée par un ours ou des loups, parce qu'elle s'était enfoncée seule dans la forêt et n'en était jamais revenue.

Les doigts d'Adam se posèrent sur l'avant-bras d'Emil, dorés et chauds comme le soleil.

— Je suis désolé. Cela a dû être difficile pour vous deux.

Emil déglutit.

— C'est arrivé moins d'un an après la mort de mes parents. J'avais sept ans, je crois, mais je me souviens très bien d'elle.

Lorsqu'il tourna la page, même l'atmosphère sombre qui régnait dans son cœur se dissipa un instant.

— Ne regarde pas !

Il rit et couvrit les yeux d'Adam pour qu'il ne voie pas toute la collection de photos montrant des personnes vêtues uniquement de couronnes qui couraient dans le lac où se déroulaient toujours les festivités de la nuit de Kupala à Dybukowo.

Adam saisit ses doigts, gloussant comme s'ils étudiaient l'album juste pour le plaisir. Lorsqu'ils étaient ensemble au soleil, la peur brûlante de l'inconnu se dissipait, comme s'ils étaient amis depuis toujours et savaient qu'il n'y avait rien qu'ils ne pouvaient affronter.

— C'est de la nudité artistique !

— C'est vrai. Ils autorisent ça à l'église, après tout.

Emil fit un clin d'œil à Adam et ils regardèrent les photos page après page.

— Non ! C'est Mme Janina.

Il montra une jeune femme souriante qui cachait sa nudité derrière un grand homme.

— Je n'arrive pas à le croire.

Dans les années soixante-dix, les festivités semblaient rassembler des centaines de personnes venues à Dybukowo de toute la région, mais au fil des années de l'album, les groupes semblaient plus petits, et en 1991, une seule photo montrait un groupe de plus de dix personnes.

Le cœur d'Emil battit la chamade.

— C'est moi et c'est ma mère.

Il montra sa mère tenant un bébé. Il se souvenait à peine d'elle et de papa, il n'avait que des aperçus d'une enfance heureuse qui lui avait été enlevée parce qu'il n'avait pas pu éloigner ses mains d'une boîte d'allumettes.

— Tu as ses yeux et son nez, fit remarquer Adam.

Et c'était vrai.

Si ses traits étaient plus doux, la forme générale restait similaire. Peut-être devrait-il prendre son temps et trouver d'autres albums qui ne parlaient pas de célébrations, mais d'une vie heureuse et banale ?

Mais il n'y avait aucune raison d'arrêter de feuilleter l'album malgré la fin des festivités dans les années quatre-vingt-dix. Emil feuilleta un peu plus vite, mais Adam lui attrapa le bras.

— Attends. Recule.

Emil haussa les sourcils, mais revint deux pages en arrière, où Adam toucha une photo représentant des personnes qu'Emil ne reconnaissait pas, même si elles se trouvaient juste à côté de sa mère et de lui-même, âgé de six ans.

Adam déglutit difficilement.

— C'est eux.

— Qui ?

— Mes parents. Ce sont mes parents. Ils portent des couronnes, des cornes avec de l'hydromel, tout ça. Mère ne porte même pas sa croix. Elle porte toujours sa croix.

Emil fronça les sourcils, mal à l'aise face à cette découverte.

— Je suppose qu'ils ne t'ont pas tout dit.

Adam eut une respiration sifflante et le bout de son doigt se dirigea vers une personne voilée à l'arrière d'une photo. C'était une religieuse.

La pièce se mit à tourner autour d'Emil lorsqu'Adam s'empressa de feuilleter les collages des années précédentes. La religieuse figurait sur chacun d'eux. La même religieuse. Le cerveau d'Emil se mit à bouillir et il repoussa la main d'Adam, revenant à la toute première année enregistrée, et oui, c'était la même femme, inchangée, portant les mêmes robes. Un frisson parcourut l'échine d'Emil.

Adam se mit à genoux et passa la tête par la fenêtre.

— Oh, mon Dieu... Emil, ma Mère a toujours tout fait pour que je ne puisse pas venir dans cette région. Elle a bloqué tous les voyages que j'avais prévus, même celui de l'école.

Emil déglutit, fixant la photo du couple heureux et de la religieuse. Ils semblaient être les seules personnes présentes aux festivités cette année-là, à part tous les membres de la famille d'Emil. Cela lui donna la chair de poule.

— Je déteste être celui qui le dit, mais je suis sûr que tu y penses. Ils ont peut-être fait quelque chose ici dont ils ne sont pas fiers.

Adam s'assit près de la fenêtre, reprenant lentement son souffle tout en observant Emil, la bouche grande ouverte.

— J'ai été conçu ici. Et puis, je suis né avec une queue. Ce n'est pas une coïncidence ! dit-il en s'agrippant à ses genoux pour empêcher ses mains de trembler, mais c'était une tentative vaine.

Emil sourit.

—Oh, mon Dieu ! Je me demandais ce qu'était cette cicatrice sur ton coccyx.

La mine déconfite d'Adam atténua l'enthousiasme d'Emil.

— Désolé, je sais, c'est affreux. Ça pourrait quand même être une coïncidence folle.

Emil n'était même pas sûr de devoir montrer à Adam les photos de l'année suivante. Il avait la chair de poule à la vue de huit personnes debout, dos à l'appareil photo, vêtues de robes blanches et faisant face au lac en se tenant la main.

Il y avait un vide, pas de feu de joie, pas de danse. Et la religieuse n'était pas là non plus.

Emil était un enfant seul parmi des adultes. C'était l'année de la mort de ses parents dans l'incendie. Ses souvenirs de ce jour-là étaient vagues, mais il avait reçu beaucoup de noix au miel et sa grand-mère l'avait plongé dans le lac.

— Je ne suis plus sûr de rien, marmonna Adam, en regardant Emil parcourir les photos, qui s'arrêtaient après la mort de Grand-mère.

Mais il y avait autre chose sur la page suivante, une enveloppe adressée à... lui.

Il déglutit et regarda Adam, le cœur battant à tout rompre.

— Adam, j'ai soudain envie de prier. Est-ce que c'est normal ?

Pour Emil, l'enveloppe portait la mention : Ne pas ouvrir avant le 23 juin 2011.

C'était il y a huit putains d'années - son vingt-et-unième anniversaire.

Adam lui serra l'épaule et se pencha vers l'avant avec un regard doux.

— Je pense que tu devrais faire ce qui te semble juste. Veux-tu que je prie ?

Emil acquiesça. Grand-mère s'était-elle suicidée et personne ne le lui avait jamais dit ? Son cœur se serra lorsqu'il pensa à la souffrance qu'elle avait dû endurer après avoir perdu sa fille unique et son gendre. Tout cela à cause de lui.

Emil ouvrit la lettre avec des doigts tremblants.

— Je peux la lire à haute voix ?

Il avait envie que quelqu'un soit à ses côtés, qu'il ne soit pas seul face à ce qui l'attendait.

Quand Adam hocha la tête, Emil s'éclaircit la gorge et lut.

« Mon très cher Emil,

J'ai besoin que tu saches que tout ce que j'ai fait, c'était pour toi. Tu es mon cœur et ma joie. Si tu lis ceci après le 23 juin 2011, cela signifie que nous avons échoué. Tu devras quitter Dybukowo immédiatement et ne jamais revenir.

Prends le cheval avec toi et tue-le, mais seulement la veille du jour des anciens de l'année où tu liras ces lignes.

À toi,
Grand-mère. »

Dans le silence qui suivit, Emil pouvait entendre les insectes à l'extérieur, mais son cœur battait de plus en plus fort, jusqu'à ce que même la voix d'Adam soit assourdie.

— Pourquoi te dirait-elle de partir ?

Emil eut du mal à avaler.

— Mon grand-père est mort l'année précédant cette date. Peut-être qu'il était censé me la donner. C'est... troublant. Peut-être qu'elle était atteinte de démence ? Elle a vécu des événements traumatisants.

Emil ne pouvait s'empêcher de fixer la lettre, incapable de comprendre ce qu'elle impliquait.

Adam se pencha vers Emil et lui offrit un doux câlin. Son souffle chaud chatouillait le cou d'Emil, mais il n'y avait rien de sexuel là-dedans. C'était du réconfort.

— Tu penses qu'il y a une chance que l'une de ces autres boîtes puisse en révéler plus ? Les notes d'un vieux médecin, peut-être ?

Emil acquiesça et serra le poignet d'Adam.

— Vérifions. J'ai juste...

Il n'arrivait pas à mettre le doigt sur ce qui le taraudait depuis la lecture de la lettre, mais ça le frappa enfin.

— Ça n'a aucun sens. La lettre est datée d'une semaine avant sa disparition, et mon grand-père ne m'a amené Jinx que la nuit suivant sa disparition. Comment aurait-elle pu savoir pour lui ? Grand-père a dit qu'il avait trouvé le poulain dans les bois, et il m'a fait promettre de toujours en prendre soin.

Adam expira.

— Peut-être voulait-il te réconforter après sa disparition ? demanda-t-il en frottant doucement le dos d'Emil d'une manière qui semblait si juste que seul le cerveau d'Emil l'empêchait de déposer un baiser sur la tête du blond.

— Mais comment a-t-elle su pour le cheval ? Ont-ils arrangé sa mort d'une manière ou d'une autre ? Qu'est-ce que c'est que ce bordel ?

Il était bouleversé, mais la proximité d'Adam lui apportait un réconfort si inattendu qu'il avait envie de s'y plonger.

— Je ne sais pas, dit Adam au bout d'un moment, et il reposa sa tête sur l'épaule d'Emil.

— La Nuit du Kupala est aussi mon anniversaire. Ma grand-mère disait toujours que j'avais de la chance d'être né à cette date. C'est une célébration de l'eau et du feu, de la fertilité et de l'amour. Mais je n'ai jamais rencontré quelqu'un de plus malchanceux que moi. Je me suis cassé le nez en tombant d'un escabeau. Je vais avoir trente ans cette année, et je n'ai abouti à rien dans la vie.

Il tourna la tête, et lorsque l'odeur d'Adam envahit ses sens, il n'y eut qu'une seule chose à dire.

— Voudrais-tu venir aux festivités avec moi ? Tu sais, pas avec moi, avec moi, mais juste... tu veux ?

Leurs nez n'étaient qu'à quelques centimètres l'un de l'autre, mais Adam ne s'éloigna pas. Le soleil brillait à travers ses cils, projetant une ombre sombre sur sa joue, et Emil ne pouvait pas détourner son regard de l'iris pâle, car il avait l'impression que malgré le rejet, Adam le voyait vraiment pour ce qu'il était.

— Je suppose que nous pourrions y trouver des indices. Puisque c'est une fête païenne à l'origine, non ?

— Oui. Si quelqu'un demande, appelle ça la nuit de la Saint-Jean, et c'est bon, dit Emil en réprimant l'envie d'embrasser Adam.

Cela ne se reproduirait plus jamais.

CHAPITRE 13

ADAM

Adam avait pensé qu'il devrait s'efforcer de persuader le Père Marek que ce serait bien pour lui d'assister aux festivités traditionnelles de la Nuit de Kupala, mais le prêtre lui dit d'y aller avant qu'Adam ait pu aborder le sujet. Alors que le soleil descendait, sur le point de se cacher entre les pentes jumelles au-delà du lac à l'orée des bois, Adam se tenait sur la rive et bénissait l'eau afin de la rendre propre à la baignade tout au long de l'été. Une excuse parfaite pour mêler tradition païenne et rites catholiques, avec un accompagnement de religion traité comme un substitut de magie.

Un groupe de musiciens folkloriques vêtus de tuniques et de pantalons blancs jouaient des fifres, des tambours et des luths, ce qui renforçait l'impression d'être à une autre époque et dans un autre lieu. Adam n'avait pas l'habitude d'écouter leur musique, mais il ne put s'empêcher de taper du pied sur l'air.

Adam n'avait pas encore rangé l'eau bénite que M. Nowak, le chef du village et principal organisateur de l'événement, s'approcha de l'eau et découvrit son ventre en forme de tonneau en enlevant son tee-shirt.

— La saison des bains est ouverte !

Adam détourna les yeux, mais cela ne l'aida pas beaucoup, car dans son dos, toute une foule de fêtards pour la plupart dévêtus courait vers l'eau en poussant des cris de joie. Adam avait l'intention de jeter un coup d'œil dans une autre direction lorsqu'il se rendit compte que tout le monde ne portait pas de maillot de bain, mais il se figea lorsqu'il aperçut un corps qu'il connaissait intimement.

La crinière d'Emil était en feu dans la lueur rouge du soleil couchant. Son corps, une magnifique œuvre d'art de chair, d'os et d'encre, courait le long de la rive herbeuse et se jetait dans l'eau. Adam se souvint de la sensation de son poids sur lui il y a une semaine, de la force de ses bras...

— Un amusement inoffensif, dit le Père Marek avec un large sourire.

Il avait déjà le visage rougi par l'hydromel qu'il avait dégusté depuis leur arrivée une heure plus tôt. Il ne faisait même pas semblant de détourner le regard de la nudité exposée.

— Oui.

Même si Adam n'était pas si sûr de cette évaluation, étant donné que la soirée se terminerait avec de jeunes gens - pour la plupart de fervents catholiques - qui s'en iraient deux par deux dans la nuit. Et Emil ne lui avait-il pas dit que cette fête était la célébration slave de l'amour ? La fornication devait être omniprésente.

Ce qui rendit les joues d'Adam encore plus chaudes, car il se demanda si c'était ce que ses parents avaient fait toutes ces années auparavant. L'avaient-ils conçu cette nuit même ? Quoi qu'il en soit, il n'entrerait pas dans la forêt sombre alors que son téléphone portable ne captait pas.

La plupart des jeunes villageois qu'il connaissait étaient là, ainsi que quelques visages inconnus, ce qui représentait une assemblée assez nombreuse qui n'aurait aucun mal à dévorer la viande du cochon que M. Koterski, le garde forestier, avait fait rôtir tout au long de la journée. Adam salivait déjà à l'odeur de la peau croustillante.

— Vous pensez crois qu'ils ont une option végétarienne, ou il va devoir se contenter de pain ? demanda quelqu'un d'un groupe de personnes dont les tenues à la mode suggèrent qu'elles ne sont pas du coin.

Mais Adam ne les écouta pas plus longtemps, envoûté par le spectacle des corps qui dansaient dans l'eau peu profonde, comme si la perspective d'entrer dans le lac à la tombée de la nuit avait donné aux participants une sensation d'euphorie. Sous le soleil mourant, les douces vagues scintillaient comme des rubis et jetaient le même éclat sur la chair nue exposée.

Toutes les personnes qu'il connaissait étaient présentes. Même Mme Janina, en maillot de bain noir, et Mme Golonko, qui se tenait à contrecœur à l'écart du rassemblement, dans l'eau jusqu'aux chevilles. Adam ne comprit pas son problème, car elle n'était pas obligée de participer à la fête. Il pensa d'abord qu'elle s'inquiétait de voir sa fille se saouler, ou quelque chose du genre, mais le visage de Jessika était aussi aigre que celui de sa mère et elle n'avait pas tenté d'enlever sa robe à manches longues beige et or. Même si, considérant qu'Adam ne l'avait jamais vue sans un maquillage épais digne d'Instagram, il soupçonnait qu'elle ne voulait pas sacrifier ses sourcils parfaitement moulés sur l'autel de l'amusement avec ses pairs.

— Y a-t-il une composante occulte dans tout cela ?

Adam rejoignit le Père Marek qui se dirigeait vers le cochon grillé, mais l'attrait de la peau d'Emil le poussa à jeter un coup d'œil par-dessus son épaule. Dans la lumière mourante, le corps d'Emil brillait de gouttes d'eau. Il ne regarda même pas Adam lorsqu'il éclaboussa une rousse, qui était si profondément enfoncée dans l'eau que seules leurs épaules et leur tête étaient visibles au-dessus des vagues scintillantes. Est-ce un homme ou une femme ?

D'une façon ou d'une autre, Adam devrait voler un moment à Emil. Il n'avait pas oublié l'anniversaire d'Emil, et le moins qu'il puisse faire pour l'homme si dévoué à aider Adam à faire face aux moments les plus traumatisants de sa vie, était de lui offrir un cadeau qui montrerait que leur amitié n'était pas à sens unique.

Le Père Marek s'était arrêté à une table de pique-nique et avait pris un morceau de l'excellent gâteau aux prunes de Mme Janina. Lorsqu'il se retourna vers Adam, le feu de camp principal éclaira son visage amical.

— Certains le croient peut-être, mais il faut admettre que c'est très amusant. Et vous n'avez encore rien vu. La Nuit du Kupala a vraiment pris son essor depuis que le paganisme et l'histoire slave ancienne sont à la mode, ces dernières années.

Adam déglutit et jeta un coup d'œil vers le lac, mais Emil était caché par M. Nowak, qui avait choisi ce moment pour retourner sur la rive.

Les étoiles scintillaient déjà dans le ciel au-dessus des toits de Dybukowo, mais dès que le soleil disparut derrière les collines, toutes les lumières artificielles disparurent aussi. Adam tressaillit, son cœur s'emballa lorsqu'il se souvint de la dernière coupure de courant, et il sentait déjà le diable ramper sous sa peau comme un parasite.

Le village se fondit dans le paysage sombre derrière lui, comme s'il avait cessé d'exister pour de bon et qu'ils étaient plongés dans une autre dimension pour la nuit. Une dimension dans laquelle le Dieu catholique n'avait aucun pouvoir et où les bêtes régnaient sur la forêt.

M. Nowak s'approcha de lui, remettant un T-shirt sur son corps mouillé, mais dans la chaleur estivale, il serait vite sec de toute façon.

— Vous avez vu ça ? Je m'assure toujours que l'électricité est coupée pour rendre les incendies encore plus spéciaux. Si les rats des villes qui s'installent dans les montagnes n'aiment pas ça, ils peuvent rester dans l'obscurité, je m'en fiche. L'année dernière, ils étaient nombreux à venir se plaindre de l'absence de Wi-Fi. Le Kupala est fait pour vivre et expérimenter, pas pour passer du temps sur son téléphone.

Adam expira et se rapprocha de l'immense pyramide de bois brûlant qui sentait le genévrier. De l'autre côté du bûcher, Emil quitta l'eau en compagnie du rouquin, qui était bel et bien un homme. Et un assez bel homme, avec ses longs cheveux raides et ses membres gracieux.

Nowak laissa échapper un gargouillis de dégoût.

— Pouvez-vous faire entendre raison à ce salopard, mon Père ? Parce qu'il ne m'écoute pas, dit-il en baissant la voix et en regardant Emil et son ami.

— À propos de quoi ? demanda Adam.

— Je ne veux pas qu'il s'approche de mon fils. Pourtant, chaque fois que Radek est là, Emil essaie de s'enrouler autour de mon garçon comme une vipère. J'ai essayé de persuader Radek que ce n'était pas la bonne voie pour lui, mais il est jeune, influençable, et pense qu'il n'a plus besoin des conseils de son père. Je ne veux pas que mon fils finisse comme un clochard au chômage, comme celui-là là-bas.

La tête d'Adam tressaillit lorsqu'il réalisa soudain que la peau de Radek était parsemée de taches de rousseur, comme celles dont Emil avait parlé lors de sa confession. Était-il l'amant secret d'Emil ? Celui-là même qu'Emil désirait si fort alors qu'il essayait de séduire Adam dans son lit ?

Sa langue semblait trop grande pour sa bouche et sèche comme un champ qui n'avait pas vu de pluie depuis des mois quand Emil se rapprocha de Radek, le chatouillant tandis que l'autre homme criait quelque chose, essayant de se faufiler hors de l'étreinte ferme.

Et pourtant, pas un regard en direction d'Adam. Était-ce la soutane qui rebutait Emil ? Ou bien n'avait-il tout simplement pas d'importance quand Radek était dans les parages ?

— Mon Père ?

M. Nowak le dévisagea, le menton tremblant sous l'effet d'une colère à peine contenue.

Le besoin de confronter Emil à propos de la présence de Radek était irrésistible, même s'il n'avait aucun droit sur le temps ou les désirs d'Emil. Cela lui faisait mal d'être aussi interchangeable avec un autre homme.

— Je vais leur parler, dit Adam, et ce fut l'excuse parfaite pour laisser Nowak, le prêtre et Mme Janina derrière eux.

À la lumière du feu, les corps humides disparaissaient sous les tuniques et les robes blanches, mais Adam ne fit pas attention à la peau encore nue exposée alors qu'il se frayait un chemin à travers la foule joyeuse, tout droit vers l'arbre épais où Emil se tenait à côté de Radek, dont la peau était aussi appétissante qu'une miche de pain tout juste sortie du four. Mais les marques en forme de main sur son dos, qui avaient miraculeusement guéri en l'espace d'une semaine, étaient la marque du toucher d'Adam, et le sentiment de colère à l'idée qu'Emil passe du temps avec quelqu'un d'autre bourdonnait dans la poitrine d'Adam - non désiré, mais indéniablement présent.

Lorsqu'Emil aperçut Adam, il ne sembla pas mal à l'aise ou gêné et lui offrit un large sourire. C'était la première fois qu'Adam voyait Emil en blanc. Après la baignade, Emil avait enfilé un pantalon de lin blanc et une tunique assortie, cachant le piercing qui brillait sur son téton gauche. Malgré leur coupe ample, Emil les portait avec la même aisance que ses jeans moulants.

— Voici Adam, le nouveau prêtre dont je t'ai parlé, dit Emil à Radek qui se présenta et lui tendit la main pour le saluer.

— Béni soit Jésus-Christ.

— Oh. Maintenant et pour toujours, dit Adam, un peu gêné de s'immiscer dans leur conversation.

Il était effrayé de voir à quel point Emil semblait à l'aise avec Radek, son sourire ouvert, comme si toutes les mauvaises choses qui gâchaient ses journées n'avaient plus d'importance en présence de ce joli garçon.

— Que les bonnes choses, j'espère, répondit-il avec raideur, croisant le regard d'Emil alors que son cœur s'emballait, alimenté par une voix nerveuse à l'arrière de sa tête qui lui disait que Radek savait déjà tout.

— Oh non, dit Emil en secouant la tête. Je lui ai raconté que tu m'avais réprimandé pour avoir dit la bonne aventure.

Radek ricana.

— Pour être honnête, quand Emil m'a dit qu'il faisait ça, j'ai pensé que c'était stupide aussi. Et en parlant de toi...

Radek s'accroupit près de son sac à dos et en sortit un sac cadeau froissé. Il le tendit à Emil avec un sourire encore plus grand qu'auparavant.

— Joyeux anniversaire !

Les joues d'Adam picotèrent. Il avait lui-même un cadeau, acheté lors d'une excursion d'une journée à Sanok, où il avait également confessé ses péchés à un prêtre si vieux et si gris qu'il n'aurait pas reconnu Adam s'ils s'étaient retrouvés face à face, mais il ne pouvait pas l'offrir à Emil en public, car la proximité qu'il impliquait risquait de faire parler les gens. Il ne pouvait pas se permettre de se faire des ennemis dans un endroit où il était encore un étranger.

Radek enfila le reste de sa tenue blanche, mais ne quitta pas Emil du regard, les yeux brillants d'excitation, comme s'il avait hâte de voir Emil heureux. Et il obteint ce qu'il voulait quand Emil sortit un livre. Les femmes Chuchoteuses. Leur passé et leur présent.

— Waouh, ça a l'air vraiment intéressant, dit Emil en regardant Adam, dont les pieds s'enfoncèrent dans le sol quand Emil lui montra la première de couverture. Je pourrais en savoir plus sur ce que faisait ma Grand-mère.

C'était le même livre qu'Adam avait trouvé. Le même putain de livre, et il avait pensé qu'il ferait le cadeau parfait, un cadeau qui n'impliquait pas d'intimité, mais qui montrait qu'Adam prenait soin de choisir le bon cadeau. Il était maintenant les mains vides à cause de Radek.

Radek roula des yeux.

— Ouais, mon père n'arrête pas de me dire de ne pas m'approcher de « l'engeance de la Chuchoteuse ». Tu devrais lire dans mes mains, il en ferait une crise.

Adam était encore en train de se morfondre sur son livre quand cet autre couteau se planta dans son dos.

— Tu lis toujours les mains ?

Emil tapota l'épaule d'Adam.

— Non, je ne le fais pas, mon Père. Et je ne le ferai pas.

Il jeta un coup d'œil à Radek.

— Désolé, j'ai promis. Mes jours de divination sont révolus.

Radek haussa les épaules, mais son regard brun doré se posa sur Adam un peu trop longtemps. Se doutait-il de quelque chose ?

— C'est peut-être mieux ainsi. J'essaie de convaincre Emil de me rejoindre à Cracovie et d'y trouver du travail, mais jusqu'à présent, il trouve toujours des excuses pour ne pas le faire, dit-il en donnant un coup de poing taquin dans l'estomac d'Emil, ce qui, aux yeux d'Adam, était l'équivalent d'un flirt.

Il avait déjà eu le béguin pour des camarades de classe ou des connaissances. Une fois, il avait même fantasmé sur l'un des amis de Père, mais il n'avait jamais ressenti une jalousie aussi intense. La partie maléfique de son esprit lui montrait Radek tombant dans le feu de joie derrière lui, et le visage d'Adam lui-même souriait alors que les cheveux roux se transformaient en flammes. Il était l'exemple même du chien dans la crèche, qui gardait les pommes, mais ne les mangeait pas lui-même.

— Ce ne sont pas des excuses. Je ne peux pas partir sur un coup de tête, dit Emil.

Mais le fait qu'il veuille le faire, qu'il emménage avec Radek à Cracovie et qu'il partage probablement un lit avec lui, mettait Adam sur les nerfs.

Radek gémit.

— Le Père Adam ne pourrait-il pas s'occuper de Jinx pendant une semaine ? Faire une bonne action ?

— Je ne connais rien aux chevaux. En fait, je ne peux même pas garder des cactus en vie, alors peut-être que ce ne serait pas une si bonne idée, dit Adam avec un rire qui sonnait si faux qu'il se demanda s'il ne devrait pas laisser Emil en paix avec l'homme qui était prêt à lui donner tout ce qu'Adam n'était pas.

— C'est bon, je vais m'arranger, grommela Emil.

Radek gémit.

— Tu dis toujours ça.

Adam se détestait de se délecter de leur discorde.

La voix tonitruante de M. Nowak résonna dans l'air.

— C'est maintenant l'heure du saut sur le feu de joie ! Que tous les courageux se mettent en rang par ici !

— Allons-y, dit Radek avec un grand sourire sur son visage couvert de taches de rousseur.

Mais Adam toucha le bras d'Emil avant qu'il n'ait pu suivre son ami.

— Je dois te parler. Pouvons-nous nous joindre à vous dans un moment ?

Emil fait un signe de tête à Radek.

— À tout à l'heure.

Avait-il fait un clin d'œil, ou était-ce simplement la lumière vacillante du feu qui jouait des tours à Adam ?

La soutane d'Adam n'avait jamais été aussi chaude que lorsqu'ils se trouvaient face à face, parmi des gens qui pouvaient remarquer la rougeur qui montait à la nuque d'Adam ou la nuance sombre du regard d'Emil.

— Je n'ai pas oublié ton anniversaire non plus, dit-il.

Même s'il n'avait rien à offrir, il devait gagner du temps.

— Je te le donnerai plus tard. Je ne veux pas que les gens parlent.

— Adam... Emil sourit. Ce n'était pas nécessaire, mais merci. J'ai hâte d'y être, tu m'aguiches.

La nuque d'Adam brûlait comme si les flammes qui dansaient au milieu de la clairière n'étaient qu'à quelques centimètres. Le double sens des paroles d'Emil était évident.

— Le berger ne peut pas isoler un mouton de son troupeau. Surtout si c'est le noir.

— Et pourtant, il le fait.

Emil commença à marcher vers le feu à reculons, et cette fois, Adam était sûr qu'il lui avait fait un clin d'œil. À lui.

Le cœur d'Adam s'emballa et il était à deux doigts de suivre Emil, comme s'ils étaient liés par un fil invisible. Mais il resta sur place, en sécurité dans la soutane qui serait son armure pour la nuit.

Les filles, qui dansaient en cercle autour du feu, se retirèrent, et dès qu'Emil eut rejoint la foule composée principalement de jeunes hommes, Radek traversa l'espace vide et sauta par-dessus les flammes dansantes avec la grâce d'un jeune renard.

Il était l'incarnation de tout ce qu'Adam n'était pas. Sauvage, libre, prenant des risques là où Adam se tenait à l'écart. Quelques hommes suivirent son exemple sous les applaudissements, et lorsque ce fut le tour d'Emil, il n'hésita pas une seconde. Il retira sa tunique blanche et s'envola au-dessus des flammes dansantes, qui auraient pu le brûler vif s'il avait fait un faux pas.

Il s'en moquait. Dès qu'il fut de l'autre côté, Radek lui tendit une coupe sans doute remplie d'hydromel, et ils rirent tous les deux en désignant l'homme suivant dans la file d'attente.

Adam se tenait à l'extérieur du mur invisible qui le séparait de ce qu'il désirait le plus, mais qu'il ne pourrait jamais avoir à moins de briser le verre en morceaux et de se couper dans le processus.

Une main chaude lui tapota l'épaule et, pendant un bref instant, il craignit d'entendre à nouveau les bruits de sabots, mais c'était Koterski.

— Vous n'êtes pas de la partie, mon Père ? demanda le garde forestier en rapprochant une jeune femme aux cheveux ornés d'une couronne de fleurs sauvages.

Adam rit et montra d'un geste les longs plis de sa soutane, mais la femme rit et passe son bras autour du ranger.

— Je porte aussi une longue jupe et nous allons quand même sauter. Vous vous cherchez des excuses, mon Père.

— Peut-être que le Père Adam ne se soucie pas de gagner de la chance pour l'année à venir. Dieu veille sur lui de toute façon.

— Peut-être l'année prochaine, dit Adam.

Il sursauta lorsqu'un couple sauta par-dessus les flammes, qui s'épanouissaient assez haut pour lécher leurs pieds nus, sur le point de les saisir par les chevilles et de tirer leurs corps dans les flammes pour les faire rôtir. Seulement, l'année prochaine, il ne serait plus là.

— Et maintenant, c'est au tour des femmes célibataires ! s'exclama M. Nowak.

Adam aperçut Mme Janina et Mme Golonko en train de se disputer près d'une voiture. Jessika, la fille de Mme Golonko, leva les yeux au ciel et jeta la couronne qu'elle tenait. C'était une couronne unique, faite d'orchidées et d'autres plantes exotiques au lieu des fleurs des prairies locales.

Mme Golonko monta dans son SUV de luxe et démarra si vite que les pneus projetèrent de la boue dès que sa fille claqua la porte derrière elle. Adam en prit note, car il pensait que les deux femmes étaient amies. Peut-être que Mme Golonko avait insulté le gâteau de Mme Janina. Adam ne ferait jamais cette erreur.

Non pas que la nourriture de Mme Janina méritait des insultes.

Les jeunes femmes laissèrent le feu derrière elles et descendirent sur les rives du lac comme un troupeau d'animaux qui s'ébattait. Elles marquaient leurs couronnes de fleurs avec des rubans colorés, et les hommes célibataires se hâtaient le long de la rive, pour attraper les couronnes transportées par le doux ruisseau qui traversait le lac. L'homme qui attrapait la couronne d'une fille en particulier devait lui donner un baiser, bien qu'Adam ait déjà entendu dire que de nombreux « célibataires » étaient en fait des couples ou avaient déjà flirté. Attraper la couronne ne serait qu'une excuse pour s'embrasser en public. Ou de provoquer des scènes énormes si l'homme mettait la main sur la mauvaise couronne de fleurs.

Mme Janina passa devant lui avec une tasse de jus de fruits.

— L'année dernière, il y a eu une terrible bagarre pour l'une d'entre elles. Un homme a failli se noyer.

Mais les pensées d'Adam s'envolèrent lorsqu'il aperçut Radek et Emil qui riaient comme deux fous. Emil tenait la couronne de Jessika et, poussé par Radek, il se faufilait derrière le groupe de femmes.

Adam se raidit. Emil jouait un jeu dangereux, compte tenu du prix que tous les hommes attendaient. Dans le meilleur des cas, il provoquerait encore plus de rumeurs, et dans le pire des cas, Adam pourrait avoir à désamorcer une bagarre. Mais il resta immobile, observant la couronne de fleurs roses et violettes avec un sentiment de nostalgie. S'ils étaient seuls ici et qu'Adam sortait la couronne de l'eau, Emil insisterait-il pour honorer la tradition ?

Mme Janina sursauta lorsqu'elle aperçut Emil qui poussait sa couronne sur l'eau avec les autres.

— Quelle audace. Aucun respect pour la tradition. Cet homme est toujours prêt à faire des bêtises. Il a trente ans aujourd'hui, il devrait le savoir maintenant !

Mais Adam ne dit rien, le regard fixé sur la seule couronne qu'il voulait voir flotter, car si elle coulait c'était un mauvais présage, et Emil avait déjà subi assez de malheurs pour toute une vie.

Les femmes quittèrent l'eau tandis que le ruisseau voisin poussait leurs offrandes à travers le petit lac, vers un groupe d'ombres longeant la lisière de la forêt. Le grand feu ajoutait un éclat aux ondulations de la surface paisible et transformait la tradition folklorique en quelque chose de plus grand, une déclaration que les habitants de Dybukowo s'accrochaient toujours à leurs racines anciennes, n'étant pas prêts à oublier leurs ancêtres au nom de la modernité. C'était en fait assez émouvant.

Un croassement insistant fit tressaillir Adam, mais il ne put détacher son regard de la couronne d'Emil. Une nuée de corbeaux piqua du nez au-dessus de l'eau et s'abattit sur les fleurs. Adam retint son souffle, incrédule. Toute une meute de corbeaux s'acharnait sur la couronne, se battant dans un nuage de croassements et de plumes, jusqu'à ce qu'un des plus grands oiseaux, aux ailes comme des steaks, l'arrache des griffes d'un autre et s'élance dans la nuit.

Mme Janina secoua la tête.

— C'est bien fait pour lui. Qu'est-ce qui l'a poussé à prendre un rôle féminin dans les célébrations ? Je vous le dis, mon Père, il y a quelque chose qui ne tourne pas rond chez ce jeune homme.

Emil se tenait sur le rivage, les épaules voûtées, tandis que les oiseaux disparaissaient en emportant la couronne de fleurs qu'il avait braconné. Adam sentit plus qu'il n'entendit les commentaires échangés par des voix plus feutrées que celles de Mme Janina, mais lorsque Nowak se racla la gorge et dit qu'Emil risquait d'attirer les corbeaux de la même manière que la pauvre vieille Zofia, Adam en eut fini avec la conversation.

Il s'éloigna de sa place près du prêtre et passa devant le feu qui brûlait tandis que la brise soufflait doucement dans son dos et le poussait vers l'eau scintillante.

— Hé, dit-il.

Il rejoignit Emil, qui fixait les couronnes restantes tandis qu'elles glissaient langoureusement vers les hommes le long du cours d'eau invisible.

Les gens autour du feu dansaient déjà au son des tambours et des flûtes, mais leur joie n'atteignait pas Emil.

Radek sortit de nulle part et tapota le dos d'Emil.

— Je n'irai pas dans la forêt. On se voit à la fête ? Tu y rencontreras mes amis.

Il se précipita vers le groupe de citadins habillés à la mode qu'Adam avait remarqué un peu plus tôt.

— Il a invité des gens de Cracovie. Ils se plaisent bien ici, dit Emil à Adam, mais sans le regarder, le regard toujours fixé sur l'eau.

Adam observa l'espace sombre au-delà de la première ligne d'arbres.

— Pourquoi irais-tu dans les bois ? demanda-t-il.

Sa première pensée fut qu'il s'agissait peut-être d'une occasion de faire l'amour, comme pour les couples hétérosexuels, mais il s'efforça de ne pas exprimer de jugement.

Emil inspira si profondément qu'il fut difficile de ne pas fixer sa puissante poitrine.

— Trouver une fleur de fougère pour avoir de la chance. Mais ce n'est pas la peine d'essayer cette année. La couronne m'a dit tout ce que j'avais besoin de savoir.

Emil avait eu une vie difficile, luttant contre la mort et le malheur, mais Adam n'avait jamais entendu sa voix aussi abattue, et il était difficile de résister à l'envie de le serrer dans ses bras.

— Pourquoi pas ? Je n'ai jamais fait ça. Ce pourrait être une aventure.

Emil ricana, et le cœur d'Adam s'emballa lorsque leurs regards se croisèrent.

— Tu veux y aller ? Être mon porte-bonheur ?

— On dirait que tu vas en avoir besoin ce soir, dit Adam, fasciné par le feu qui se reflétait dans les yeux d'Emil.

Il souhaitait y voir une telle étincelle tous les jours.

Emil sourit et, pendant un instant, Adam crut qu'il allait lui prendre la main, mais il se contenta d'effleurer l'avant-bras d'Adam et de le guider vers le feu.

— N'attendons pas et devançons tout le monde.

Emil s'empara d'une des grandes torches disponibles pour la recherche et l'alluma avec le feu de joie.

CHAPITRE 14

EMIL

La forêt était magique ce soir. C'était peut-être à cause de l'alcool qu'Emil avait bu plus tôt, mais son sang bourdonnait, comme s'il pouvait se lever du sol à tout moment et rejoindre les lucioles. Ils n'avaient pas laissé le groupe très loin derrière eux, mais le terrain accidenté, avec ses pentes douces et ses murs de buissons, empêchait tout signe de civilisation.

La chaude lueur de la torche brillait à travers le treillis des branches jusqu'à la cime des arbres, transformant l'étroit sentier en une cathédrale gothique aux nefs interminables et au plafond voûté décoré de feuilles d'or les plus exquises. Et tandis qu'ils marchaient, faisant semblant de chercher un trésor qui ne pouvait pas exister, Emil pouvait pratiquement entendre les battements de cœur d'Adam.

La tension était palpable dans l'air vif, mais Emil n'osait pas dire un mot, comme si le prêtre n'était pas fait de chair, mais de verre teinté et qu'il risquait de s'effondrer si on le poussait un peu. Il n'était pas sûr qu'Adam se rende compte de ce que la recherche commune de la fleur de fougère impliquait pour les couples hétérosexuels, mais il était néanmoins heureux de cette compagnie, même si elle avait été provoquée par la pitié. Tout au long de sa vie d'adulte, les moments de gentillesse avaient été trop rares pour qu'il remette en question les raisons d'Adam.

La forêt était suffisamment dense pour que suivre le sentier semble être le meilleur moyen de parcourir rapidement une grande distance, mais s'ils voulaient trouver quelque chose, ne serait-ce qu'un endroit paisible pour bavarder pendant que toutes les célibataires dégringolaient dans la mousse plus près du village, ils devraient bientôt quitter les sentiers battus. Mais pour Emil, cette sortie n'était qu'un prétexte pour côtoyer Adam, même s'il ne se passait rien d'intime.

Les flammes projetaient une lueur apaisante sur le visage d'Adam et brillaient dans ses cheveux, les transformant en fils d'or. Il avait l'air innocent, doux, comme quelqu'un qui n'était pas touché par le mal. Emil était le seul à connaître la vérité, et même s'il ne pouvait pas avoir Adam comme il le voulait, le lien d'un secret partagé était réel.

— J'adore l'odeur d'ici, dit enfin Adam en rompant le silence. Aucun parc de Varsovie - aucun endroit où je suis allé, en fait - ne sent comme ça. Il y a quelque chose de primitif dans cette forêt.

Emil rit.

— La situation deviendra très vite primitive si nous rencontrons un troupeau de bisons d'Europe.

Adam plissa les yeux et ses joues se creusèrent légèrement lorsqu'il sourit.

— Maintenant, tu essayes juste de me faire peur. Je suis ici depuis plus d'un mois et je n'en ai vu aucun.

— As-tu vraiment quitté les sentiers principaux de la forêt ?

— C'est juste.

Emil secoua la tête.

— Je me moque de toi. Ils ne sont pas vraiment dangereux, sauf si on les dérange. Tu sais, contrairement aux loups et aux ours bruns. Mais ne t'inquiète pas, je peux te protéger, petit citadin, dit-il en faisant un clin d'œil à Adam, repoussant ses cheveux humides.

Adam prit une grande inspiration.

— Je ne pense pas avoir jamais quitté le sentier dans la forêt. Ils te disent sans cesse de ne pas le faire, mais je suppose que tu connais ces bois comme s'il s'agissait de ton propre jardin.

La conversation avait dû le détendre, car il suivait maintenant Emil avec plus d'assurance, son regard perçant l'obscurité, comme une flèche tirée entre les arbres et atteignant les espaces les plus secrets où aucun humain n'avait jamais mis les pieds.

Emil avait une maîtrise de lui-même limitée. Il saisit la main d'Adam et l'entraîna dans un espace entre d'épais buissons de genévriers.

— Il est temps de sortir des sentiers battus.

Les doigts chauds se crispèrent dans sa main et, pendant un instant, Emil craignit qu'Adam ne se retire, mais ils se resserrèrent au contraire et tous deux traversèrent un champ de myrtilles, enfonçant leurs pieds dans ses vagues vertes et sombres.

— Cette fleur... existe-t-elle vraiment, ou est-ce une légende ?

Emil sourit et traversa la petite clairière, notant la direction pour pouvoir les guider plus tard. Bien qu'il n'y ait pas de chemin clair en vue, quelques branches avaient été coupées pour faciliter le passage, et il se dirigea dans cette direction, curieux de ce qu'ils pourraient trouver. Car si ce n'était pas la fleur légendaire, c'était peut-être le champ de marijuana secret de Koterski. Cet homme devait bien gagner de l'argent pour la maison qu'il construisait quelque part, car le poste de garde forestier ne payait certainement pas assez pour couvrir les travaux de maçonnerie fantaisistes de son allée.

— Pour être tout à fait honnête, je n'ai jamais trouvé de fleur de fougère et personne d'autre n'en a jamais rapporté, même si tout le monde connaît quelqu'un qui connaît quelqu'un qui l'a vue. C'est un peu un mythe, mais je voulais m'éloigner de tout ça, et j'ai toujours aimé cette partie de la Nuit de Kupala. Il y a quelque chose de magique à se promener dans les bois ce soir.

Emil désigna le visage d'Adam.

— Ne te moque pas de moi. Je ne suis un imbécile que lorsque c'est approprié.

La main d'Adam s'enroula autour de celle d'Emil tandis qu'ils passaient devant des buissons à feuilles persistantes, prenant soin de ne pas piétiner les petites plantes sur le chemin, et même si Emil ne permettait plus à l'espoir de pénétrer dans son cœur, il avait bien l'intention d'apprécier ce moment pour ce qu'il était. Une offre d'amitié, même si les étincelles qui bourdonnaient entre leurs corps ne se transformeraient plus jamais en feux d'artifice.

— Les célébrations sont intéressantes. Quand on y pense, les gens ont naturellement peur du feu et des eaux profondes, mais cette nuit-là, nos ancêtres étaient prêts à briser de nombreux tabous. Nager après la tombée de la nuit, même s'ils pensaient que des monstres se cachaient sous la surface. Sauter par-dessus le feu... Je ne crois pas que ce que vous avez fait là-bas puisse porter chance, mais c'était vraiment spécial. Bien que Nowak jacassait constamment comme s'il était le maître de cérémonie le plus embarrassant de la planète.

Emil rit aux éclats, marchant sans hâte avec la torche dans une main et les doigts d'Adam dans l'autre.

— Il n'y a plus de monstres après avoir béni l'eau. Mais je n'oserais pas me jeter à l'eau avant. Personne ne veut qu'un noyé lui attrape la cheville.

Adam lui sourit alors qu'ils s'approchaient d'un dense taillis d'arbres à feuilles persistantes.

— Si cette fleur est si difficile à trouver, nous devrions chercher dans des endroits moins accessibles. Tout le monde sera occupé à s'enfoncer la langue dans la gorge, ce qui nous laissera prendre le meilleur.

Emil ne savait pas si Adam se rendait compte du caractère suggestif de ses paroles, mais ses bourses lui donnaient des fourmis dans les jambes et il se dirigea vers les arbres, à la recherche d'une ouverture.

Il la trouva enfin, entre deux Staphyléacées, qui l'attirèrent par le doux parfum de leurs fleurs.

— Il y a quelque chose là-dedans, dit Adam en franchissant la barrière de verdure, comme si, pour cette nuit, il se débarrassait de toutes ses peurs.

Un malaise s'empara cependant de la gorge d'Emil lorsqu'il réalisa qu'au-delà d'un mur de trois rangées de thuyas denses se trouvait une clairière qui semblait non seulement ressembler à un cercle grossier de la taille d'une petite église, mais qui était également dépourvue de jeunes arbres, qui avaient dû être éliminés à dessein.

Ses épaules se détendirent cependant lorsqu'il se trouva face à une paroi rocheuse abrupte, aussi haute que sa maison, et à un rocher de forme ovale disposé devant elle, comme un autel s'éloignant de la falaise. Des buissons à feuilles persistantes poussaient de part et d'autre comme des décorations naturelles, et un petit sentier montait le long de la colline escarpée.

— Bon sang ! Je crois que Grand-père m'a amené ici plusieurs fois quand j'étais jeune. Je m'en souviens à peine, mais je crois qu'il l'appelait le Rocher du Diable ou quelque chose comme ça, murmura-t-il.

Lorsqu'il s'approcha de la pierre ancienne avec la torche, il ne put s'empêcher de remarquer la surface lisse au sommet, ou les taches sombres qui lui rappelaient du sang oxydé - une idée idiote qu'il écarta rapidement.

À l'extrémité étroite de l'autel, juste sous la paroi rocheuse, se tenait un taureau en osier. Ses cornes s'élevaient en spirale et son front était plus lourd que son dos, mais il se tenait néanmoins fièrement debout, juste au-dessus des traces des vies éteintes en son honneur.

C'est du moins ce que lui disait l'imagination d'Emil.

Un certain calme se dégageait des beaux traits d'Adam, mais le feu dansait dans ses yeux pâles lorsqu'il posa sa paume sur les taches de sang et prit une grande bouffée d'air.

Un frisson glacé parcourut le dos d'Emil et il craignit un instant que le démon ne soit de retour, mais les lèvres d'Adam s'étirèrent en un large sourire.

— Waouh, d'accord... est-ce que c'est ce que je pense ? Un bosquet sacré ?

Emil se détendit, mais ne put que lui offrir un haussement d'épaules.

— On dirait bien. Quelqu'un doit encore venir ici de temps en temps, dit-il en montrant la figurine d'osier.

— On dirait la poule en osier que j'ai vue dans la cuisine de Mme Janina, dit Adam sans se soucier de rien.

Mais l'imagination d'Emil lui montra instantanément la gouvernante du prêtre en train de saigner les oies pour honorer les dieux anciens à chaque pleine lune.

— Le site est bien entretenu, nota Emil.

Il prit le poignet d'Adam et le ramena sur ses pas. Il se sentait calme, presque anormalement, et c'est ce qui poussa son cerveau à battre en retraite. N'importe qui aurait dû être un tant soit peu inquiet par un autel païen caché, qui était encore utilisé, mais il ne voulait pas penser aux implications - pas lors d'une nuit qu'il partageait avec quelqu'un d'important.

— Qui sait, peut-être qu'un groupe de personnes vient ici pour faire des orgies. Et ce soir, c'est le moment idéal. Nous ferions mieux d'y aller.

Adam, hésita au début, mais finit par se laisser entraîner par Emil hors de la clairière. Ils continuèrent à marcher, échangeant des commentaires sur la nature qui les entourait et sur les habitants de Dybukowo, mais profitant surtout d'un silence confortable. Plus il marchait en tenant la main chaude d'Adam, plus il avait envie de se perdre dans ces bois.

Même Adam semblait libéré de son Dieu ce soir, comme si la forêt dense le protégeait du jugement et enlevait toute signification à son épaisse soutane. Ce soir, ils n'étaient que deux hommes, et tandis que les bois s'ouvraient à la lueur de la torche, il était facile de croire que s'ils choisissaient de ne pas partir au lever du soleil, la forêt les accepterait comme siens. Pour toujours.

Au bout de deux heures de marche, ils atteignirent l'une des hautes collines qui entouraient la vallée et se trouvèrent face à une pente abrupte. Le premier réflexe d'Emil fut de prendre le chemin du retour, puisque la nuit était déjà bien avancée, mais Adam continua à marcher devant eux, jusqu'à ce que l'approche devienne plus nette et se dirige droit vers le ciel. La paroi rocheuse était couverte de mousse, mais sa douceur semblable à celle d'un oreiller n'enlevait rien à la majesté de la falaise.

Emil se dépêcha de suivre Adam jusqu'à la paroi rocheuse, mais alors qu'ils marchaient entre les troncs argentés des hêtres éparpillés sur un lit de feuilles de l'année dernière, un frisson remonta le long de son dos et lui serra la gorge, menaçant de l'étouffer. Il n'avait ressenti que de la paix et de l'excitation depuis qu'ils avaient laissé les autres derrière eux, mais un malaise lui tiraillait les entrailles en guise d'avertissement silencieux.

Comme si la forêt ne voulait pas d'eux.

— Tu ne m'as pas dit que tu étais ami avec le fils de Nowak, dit Adam à brûle-pourpoint.

— Tu ne le connais pas, alors pourquoi l'aurais-je fait ?

Adam accéléra en soufflant, mais son pied dut glisser sur une pierre humide, car son souffle se transforma en un glapissement, et il serait tombé si Emil ne l'avait pas maintenu debout d'une seule main.

Les yeux bleus se tournèrent vers ceux d'Emil quand Adam se calma lentement et reprit son souffle, toujours en s'accrochant à Emil.

— Vous avez l'air très amicaux, c'est tout.

Emil se mordit la lèvre, restant immobile un peu plus longtemps pour apprécier les doigts d'Adam sur son avant-bras nu. Puis, ses pensées s'illuminèrent comme un feu d'artifice.

— Attends... Es-tu jaloux ?

Adam fronça les sourcils et détourna le regard avant que la rougeur qui remontait le long de son cou n'atteigne son visage. Mais à la lumière de la torche, sa nuque était rose, comme si elle avait été tachée de jus de framboise.

— Ne sois pas stupide. C'est juste qu'il est roux et qu'il a des taches de rousseur. Et tu as parlé de quelqu'un comme ça, dit-il en continuant sa lente descente.

C'était agréable de voir qu'Adam se souvenait par cœur de cette confession fatidique.

— Mais c'est privé. Et je ne veux pas qu'il ait des problèmes avec son père.

— Je ne vais pas le dénoncer. Non pas que j'aime particulièrement Nowak.

Adam ne jeta pas un regard en direction d'Emil et accéléra, se dirigeant directement vers le mur en diagonale qui soufflait maintenant de la glace sur le visage d'Emil.

Il voulait dire qu'il était tard, qu'ils avaient un long chemin à parcourir pour rentrer, mais les mots ne sortirent pas de sa bouche face aux pas assurés d'Adam. Lorsque la lumière de la torche se glissa sur les pierres pointues, il s'attendait à voir des insectes, peut-être un lézard, s'éloignant des intrus, mais la lueur s'étendait plus loin, révélant un passage étroit dans la falaise.

Emil déglutit, essayant d'ignorer la chair de poule qui se répandait sur tout son corps en réaction au froid artificiel de la cavité.

— Nous avons eu des relations par intermittence depuis un certain temps maintenant. Ce n'est pas comme s'il était mon petit ami, se sentit-il obligé de le dire sans tourner autour du pot, même s'il savait qu'Adam lui avait dit en termes clairs qu'il n'était pas intéressé à rompre ses vœux.

— Ce ne sont pas mes affaires. Peut-être que je n'aurais pas dû demander, dit Adam en touchant les pierres à l'entrée du passage pour ne pas regarder Emil.

Emil ignora le malaise qui l'habitait depuis qu'il avait posé les yeux sur ce même mur. La fissure n'était visible que de près, sous un angle précis, mais il supposait qu'une personne ordinaire pouvait y pénétrer. S'il était assez courageux.

— Ce n'est pas grave. C'est mon meilleur ami, je crois. Je n'ai jamais été particulièrement proche de quelqu'un de mon âge ici à Dybukowo. J'ai rencontré d'autres jeunes lorsque j'ai commencé le lycée, mais l'école était loin et je ne pouvais pas passer beaucoup de temps avec eux. En outre, beaucoup de ceux dont je me suis rapproché ont déménagé depuis, et nous nous sommes perdus de vue. Maintenant que Radek est parti pour Cracovie... Ce sera la même chose pour lui. Les gens qui quittent Dybukowo viennent de moins en moins souvent, jusqu'à ce qu'ils oublient leur passé et passent à autre chose.

— Ne t'a-t-il pas invité à rester avec lui ? demanda Adam en saisissant l'avant-bras d'Emil et en le dirigeant pour que plus de lumière pénètre dans l'obscurité du passage.

— Je n'ai pas d'argent, je n'ai jamais eu de travail, et en plus de tout cela, je dois penser à Jinx, et je commence à réaliser que je ne quitterai jamais ce fichu village. C'est la réalité.

Le fait de le dire à voix haute rendit le cœur d'Emil lourd. Il y avait une certaine finalité à admettre à quelqu'un à quel point il était un raté.

La torche éclaira le visage d'Adam d'une lueur chaude. Beau, avec des yeux comme des bijoux, il contrastait tellement avec la sombre soutane que le tissu noir et épais semblait être un piège, une ancre qui l'empêchait de s'élever du sol.

— L'espoir est parfois difficile à trouver, dit-il en serrant la main libre d'Emil.

La gorge d'Emil se serre.

— Je dois te paraître si misérable, mais je ne suis pas toujours comme ça. Et j'aime cette forêt. J'aime ma maison. J'aime vivre près d'un ruisseau et faire des promenades à cheval. C'est juste que... parfois, je me sens pris au piège, tu sais?

Adam et lui avaient mené des vies si différentes, mais ce qui les rendait semblables suffirait à Adam pour comprendre ce qu'il ressentait. La nuit qu'ils avaient passée ensemble était spéciale, et il ne voulait plus se cacher derrière un masque.

— Mais j'ai trente ans ce soir. Je ne sais pas encore comment, mais je vais tourner la page.

La bouche d'Adam se contyracta et il lâcha Emil avant de fouiller dans la poche de sa soutane.

— Peut-être que ceci peut te porter chance, dit-il en dépliant un délicat collier en chaîne en or avec un minuscule pendentif en forme de croix.

— C'est pour sauver mon âme de pécheur ? demanda Emil avec un sourire en coin, mais il enroula ses cheveux autour de sa main et les releva, dévoilant son cou.

— Je sais que tu n'es pas religieux, mais moi je le suis. Et je vais prier pour que le vent tourne pour toi, dit Adam en s'approchant.

L'hésitation passa sur ses traits, mais il finit par passer la main derrière le cou d'Emil pour attacher le collier. La délicate chaîne de maillons métalliques était réchauffée par la chaleur du corps d'Adam lorsqu'elle effleurait la peau d'Emil, mais aucun des deux ne dit quoi que ce soit jusqu'à ce qu'Adam se penche en arrière et mette ses mains dans ses poches.

— Joyeux anniversaire.

L'envie de l'embrasser était si violente qu'il recula d'un pas pour créer une plus grande distance entre eux.

— Je te remercie. Je suis sûr que cela me portera chance.

Des étincelles jaillirent de sa peau et sautèrent sur la soutane d'Adam, mais il n'avait aucune chance de mettre le feu à Adam. La détermination d'Adam à lui résister était bien trop grande, et il n'aurait pas été juste de la mettre à l'épreuve encore et encore. Adam sourit et détourna les yeux, posant à nouveau son regard sur la cavité rocheuse.

— As-tu déjà été là-dedans ?

Emil chassa le sentiment de douceur inaccessible au-delà de la portée de ses lèvres et leva la torche, essayant d'inspecter ce qui se trouvait plus loin, mais il semblait que le passage s'arrêtait brusquement à quelques pas de la falaise. Il était vide.

— Non. Je doute que quelqu'un ait essayé d'entrer là-dedans, pour être honnête. C'est assez bien camouflé, et nous sommes loin du village. Mais ne t'inquiète pas, je sais comment retrouver le chemin de la civilisation.

Adam croisa son regard et déglutit.

— Nous pourrions voir ce qu'il y a à l'intérieur.

Emil le dévisagea, mais son rythme cardiaque s'accélérait déjà.

— Quoi ? Depuis quand tu aimes les grottes ?

Adam prit une grande bouffée d'air et s'approcha, comme si la caverne l'attirait autant qu'elle repoussait Emil.

— Je suis curieux.

— Cela pourrait être dangereux, et tu n'es pas vraiment habillé pour grimper, dit Emil en indiquant la soutane d'Adam, mais ce dernier tira sur la manche d'Emil.

— Nous serons prudents.

Emil se figea avec le sentiment que quelque chose de très étrange venait de se produire, mais Adam n'attendit plus et fit glisser sa main sur les pierres moussues avant de s'engouffrer dans la fissure, sa forme vêtue de noir sur le point de se disperser dans le néant si Emil ne le suivait pas.

La gorge d'Emil se serra, mais au lieu d'attendre Adam à l'extérieur, il s'engouffra dans une brèche si étroite qu'il dut s'y engager de biais. L'humidité des murs lui donna des frissons jusqu'aux os, mais le sentiment d'effroi qu'il avait ressenti auparavant avait disparu, comme si le fait qu'Adam ait pris une décision pour eux deux annulait tous les doutes d'Emil.

Sa gorge était encore sèche lorsqu'il se rendit compte que le passage ne se terminait pas là où il le pensait et qu'il avait changé d'angle, s'enfonçant plus profondément dans la montagne. Il n'avait jamais compris les explorateurs de grottes. En fait, l'exiguïté des lieux le mettait mal à l'aise. Mais même s'il devait se pencher pour ne pas se cogner la tête, même si les murs autour d'eux offraient si peu d'espace qu'ils semblassent pouvoir rester coincés à tout moment, il n'avait pas peur.

Adam ouvrait la voie comme s'il avait été élevé dans de tels tunnels, mais lorsqu'ils prirent un nouveau tournant, le couloir s'ouvrit sur un espace si aéré que l'odeur des plantes coupa momentanément le souffle d'Emil.

Ils se trouvaient au fond d'une gorge aux parois rocheuses si hautes et si abruptes qu'elles semblaient avoir été créées d'un seul coup de hache énorme qui aurait fendu la colline en deux à l'époque où les géants parcouraient le monde. Il était encore assez étroit, mais la largeur du ravin permettait sans doute à la lumière du soleil de pénétrer suffisamment dans la journée pour entretenir le flot de verdure qui s'étendait à perte de vue.

Certains arbres montaient jusqu'à l'embouchure de la gorge qui s'ouvrait sur le ciel, leurs feuilles étaient du vert le plus intense qu'Emil ait jamais vu, comme si toute la forêt offrait sa subsistance à ce sanctuaire caché et vierge de toute main humaine. Des coussins de mousse grimpaient sur le rocher plat où Emil se tenait derrière Adam, comme un tapis préparé pour leur souhaiter la bienvenue. Même l'air était agréablement chaud.

Pour la première fois depuis qu'ils avaient trouvé cet endroit, Adam hésita et se tourna vers Emil pour obtenir des conseils. Leurs yeux se rencontrèrent un instant qui laissa un arrière-goût sucré sur la langue d'Emil. Le cœur de ce dernier battit plus vite, mais il ne donna pas suite à l'impulsion qui le poussait à se rapprocher d'Adam et fit plutôt le premier pas hors du tunnel.

— Fais attention.

Des fougères et de la mousse recouvraient la moindre parcelle de terrain, et les arbres - épais et anciens - étaient disséminés dans l'espace étroit, les racines tordues s'étendant au-dessus du sol comme des serpents de bois. La flore était familière, mais les buissons étaient plus grands, les framboises poussaient dans un chaume odorant et les branches s'affaissaient sous leur poids. C'était le jardin de Dieu, et chaque plante était un spécimen parfait de son espèce.

Ils suivirent un étroit sentier de mousse et de pierres plates, qui serpentait à travers une végétation luxuriante dont l'odeur était bien plus intense que celle de l'air le plus pur des montagnes. Mais ce n'est que lorsqu'ils traversèrent des buissons denses et que l'espace s'ouvrit sur une clairière parsemée de fleurs sauvages qu'Emil perdit la voix.

Une mer infinie de lucioles se déplaçait par vagues d'une plante à l'autre, illuminant toute la zone d'une faible lueur jade et ambre. Certains retardataires ressemblaient à des étincelles jaillissant d'un feu, d'autres groupes d'insectes rampaient le long des arbres comme des rivières et des ruisseaux. Le faible murmure d'un ruisseau, quelque part au-delà de la prairie miniature, était la bande sonore parfaite pour le ballet des insectes foudroyants.

— Je n'ai jamais rien vu de tel, chuchote Emil à Adam, la gorge serrée par la magnificence de l'ensemble. Et j'ai vécu ici toute ma vie.

Adam se retourna, la bouche étirée en un sourire si parfaitement détendu et innocent qu'aucun de ceux qu'Emil avait vus auparavant ne pouvait s'y comparer. Il ouvrit les boutons supérieurs de sa soutane et desserra le col en admirant ce morceau de forêt vierge coincé dans une cachette depuis des temps immémoriaux.

— Et il fait si chaud. Tu crois que cet endroit a son propre microclimat ? demande-t-il en détachant peu à peu les boutons de sa tenue.

Emil ne pensait pas qu'il faisait si chaud, mais il n'aurait pas été contre le fait qu'Adam sorte de ce sombre vêtement. Il pénétra dans la clairière à pas lents et prudents, se demandant si des animaux y vivaient aussi.

— Ou alors c'est un endroit magique. Si les démons existent, pourquoi pas ça ? murmura-t-il, attiré par une lueur jaune plus loin.

Les arbres et les buissons poussaient si densément qu'il ne savait pas comment ils parvenaient à recevoir suffisamment de lumière du jour, mais il traversa un rideau d'énormes feuilles et suivit le flot de lucioles dans un petit espace occupé par un épais tapis de fougères. Le bourdonnement constant qui résonnait dans ses oreilles, ainsi que le chant des oiseaux de nuit dans les hauteurs, créaient un mélange hypnotique.

— Je pense que nous sommes les premiers à entrer ici depuis très longtemps, spécula Adam, mais le bruissement des feuilles sous ses pieds devint un bruit de fond quand Emil repéra la source de la lumière qu'il avait vue plus tôt.

Une fleur, rappelant une orchidée, était la balise qu'il avait suivie. Ses pétales étaient faits d'une flamme qui ne produisait ni cendre ni fumée, et ils pulsaient dès qu'Emil faisait un pas vers elle, le souffle coupé d'admiration. Cela ne pouvait pas être réel.

— Tu vois ça, ou je suis ivre ? demanda Emil, frissonnant lorsque les doigts d'Adam se glissèrent entre les siens.

— Tu n'es pas ivre. C'est peut-être… le feu de Saint-Elme, ou quelque chose comme ça ? Une illusion, murmura Adam, fixant l'étrange plante comme s'il s'attendait à ce qu'elle envoie une boule de feu dans sa direction.

Il avait complètement déboutonné sa soutane et la portait maintenant comme un trench-coat par-dessus un débardeur blanc, ce qui révélait la vitesse à laquelle il respirait.

— Il n'y a qu'une seule façon de le savoir.

Emil enfonça le manche pointu de la torche dans le sol, entre les fougères, et se glissa devant la fleur, incapable de résister à l'attraction qu'elle exerçait malgré son meilleur jugement. Anticipant la douleur, il approcha ses doigts des flammes chaudes, mais au lieu de le brûler, elles léchèrent les doigts, comme s'il s'agissait de fumée.

Un sentiment de paix emplit la poitrine d'Emil en même temps que l'odeur enivrante de la forêt. Il se sentait petit, sans importance dans le grand ordre des choses, mais ce soir, il avait été choisi, et même s'il se réveillait demain pour découvrir que ce n'était qu'un rêve, il voulait s'accrocher à ce moment et le chérir pour toujours.

— Ça ne me brûle pas. Il n'y a pas d'autre option, Adam. C'est la fleur de fougère.

Adam rit doucement :

— Tais-toi. Ce n'est pas possible, dit-il, sans cesser d'observer les flammes qui frémissaient autour des doigts d'Emil sans lui faire de mal.

Leurs regards se croisèrent et Emil sentit un contact timide sur son avant-bras, mais avant que le brouillard autour de l'esprit d'Emil n'ait pu se disperser, quelque chose bougea entre les arbres et il se raidit, prêt à repousser l'animal avec la torche.

Son cœur s'arrêta lorsqu'il croisa les yeux calmes d'un bison.

— Il est énorme... murmura Emil, se plaçant instinctivement entre Adam et l'animal. Ne bouge pas et ne le crains pas, dit-il.

Mais il se raidit lorsque l'énorme masse de fourrure brune et de muscles émergea des buissons et se dirigea vers eux d'un pas languissant.

Les pieds d'Emil s'enfoncèrent dans le sol lorsque le bison apparut dans sa totalité, si grand qu'il n'aurait pas pu tenir sous le plafond de sa maison, mais il semblait plus curieux qu'agressif et aspirait l'air près de la poitrine d'Emil, comme s'il voulait savoir qui avait envahi son sanctuaire. Et lorsque la bête inclina la tête, le cœur d'Emil s'arrêta.

La couronne d'orchidées que les corbeaux avaient arrachée était suspendue à la corne du bison.

Adam s'avança avant qu'Emil n'ait pu l'arrêter et prit la couronne de fleurs. Avec un sourire nerveux, il la plaça sur sa propre tête.

Emil retint son souffle lorsque le bison souffla, secouant sa tête massive, mais au lieu de les charger, il se retourna langoureusement et s'éloigna sans hâte, les laissant tous deux dans un silence stupéfait.

Emil toucha la couronne et le regard brillant d'Adam suivit le mouvement de sa main.

— Tu sais que cela signifie que je te dois un baiser ? Tu veux la garder en souvenir ? C'est une tradition stupide de toute façon.

Adam perdit son sourire, mais ne s'éloigna pas non plus et fixa Emil tandis qu'un groupe de lucioles égarées trouvaient leur place dans les orchidées, embrasant la couronne de leur faible lueur.

— Ce n'est pas une tradition stupide, dit-il, et chaque petit poil de la nuque d'Emil se dressa quand Adam se rapprocha, les yeux bleus en feu.

— Si tu veux un baiser, tu dois le prendre.

Adam prit une grande inspiration, mais lorsque son regard doux se posa sur les lèvres d'Emil, son contact devint palpable avant même qu'il ne se produise. Les doigts d'Adam étaient doux contre le cou et la mâchoire d'Emil, mais ils l'attiraient quand même vers lui. Un frisson résonna dans le plexus solaire d'Emil lorsqu'Adam lécha la jointure de sa bouche.

Emil était plus qu'impatient de le laisser entrer et ouvrit les lèvres. Comme il n'était qu'un être humain et qu'il n'insisterait pas pour préserver la vertu d'Adam pour lui, il glissa ses mains sous la soutane d'Adam, jusqu'aux hanches délicieusement étroites. Ce baiser était innocent, une exploration de ce que les choses pouvaient être. Adam poussa un léger soupir, se penchant plus près de lui pour explorer les lèvres d'Emil avec une curiosité qui n'avait rien à voir avec la sexualité agressive qu'il avait exprimée lorsque le démon avait exercé son emprise sur lui.

Mais lorsqu'il se rapprocha, poussant sa poitrine contre celle d'Emil, une chaleur mijotait entre leurs corps comme de la lave sur le point d'éclater au grand jour. Adam ne se retenait plus et embrassait Emil avec le désespoir d'un homme affamé qui avait eu sa première cuillerée de beurre, de miel et de crème.

La tête d'Emil tourna lorsqu'il réalisa qu'il pouvait sentir les battements de cœur d'Adam là où les os de leurs sternums étaient si proches l'un de l'autre, et que le sien se synchronisait si fidèlement à celui d'Adam qu'il avait l'impression que les deux cœurs étaient les siens.

Le manque d'expérience d'Adam se reflétait dans la façon dont il enroulait ses mains dans le tissu au lieu de retirer les vêtements, mais son désir, pur et honnête comme celui d'un adolescent qui touche un amant pour la première fois, était un rayon de soleil dispersant la morosité du monde d'Emil.

Emil passa ses mains autour des hanches d'Adam et serra ses fesses, frissonnant du besoin de le voir nu à nouveau, d'enfouir son visage dans le cou d'Adam et de goûter sa sueur. Adam était une pure tentation. Le serpent personnel d'Emil, qui resserrait son corps autour du cou de sa victime et lui murmurait des mots doux à l'oreille. Mais au lieu de craindre le serpent, Emil aurait été heureux de porter le reptile autour de ses épaules tous les jours.

Adam s'écarta, en regardant Emil dans les yeux comme une biche sur le point de s'enfuir, mais au lieu de le repousser, il retira la soutane et mordilla le menton d'Emil, les joues roses, comme si cette petite morsure était le summum de l'audace.

— Nous pouvons... utiliser ceci, dit-il, comme s'il n'était pas sûr de ce qu'il voulait faire du long vêtement.

Mais Emil le savait. Il étendit le tissu sur l'épais sous-bois au milieu de la clairière, juste à côté de la fleur de fougère brûlante, et rapprocha les hanches d'Adam dès qu'il fut à nouveau debout.

Adam laissa son front reposer sur la clavicule d'Emil et la lumière de la torche révéla toute la chair de poule qui parsemait la peau lisse de ses épaules. Emil devait agir, car Adam voulait manifestement lui offrir les rênes.

Il s'assit sur la couverture et incita Adam à faire de même en le tirant doucement. Adam tomba dans ses bras et Emil les fit rouler pour qu'ils s'allongent côte à côte, les bouches jointes dans un baiser qui, pour ce qu'Emil en avait à faire, aurait pu durer éternellement.

Avec la fleur de fougère qui brûlait tout près, entourés par les lucioles flottantes et surplombés par les étoiles, ils existaient au-delà du temps, et il voulait croire qu'ils n'auraient jamais à quitter la sécurité de leur cocon vert.

Emil était persuadé qu'après l'expérience traumatisante de la possession démoniaque, Adam ne voudrait plus jamais de lui, mais que ce soit la magie de cette nuit, le destin d'Adam saisissant la couronne d'Emil, ou la chance apportée par la fleur de fougère, après une semaine de séparation, les lèvres d'Adam n'en avaient qu'un goût plus doux.

Adam haletait, son genou grimpant le long de la cuisse d'Emil tandis qu'ils se balançaient ensemble, alimentés par une passion qui leur faisait ne pas tenir compte des pierres et des branches pointues qui les piquaient à travers le tissu. Dans ce moment enchanté, dans une partie inconnue des bois, même Adam pouvait oublier qui il était et se soumettre à ses désirs.

Des jambes toniques se glissèrent autour des hanches d'Emil, mais ils se retournèrent bientôt, et Adam se retrouva sur le dessus, frottant son sexe dur contre Emil à travers toutes les couches de tissu qui préservaient encore sa pudeur. Il rompit le baiser pour regarder Emil, mais alors que les insectes nacrés tourbillonnaient au-dessus de lui, créant un halo autour de sa belle silhouette, la lumière du flirt s'éteignit dans ses yeux. Il souleva ses hanches, comme si la réalité venait de le frapper.

— Je pense que nous devrions… parler d'abord, dit-il, son visage suspendu à un centimètre de celui d'Emil.

Parler était la dernière chose à laquelle Emil pensait, mais il ne s'agissait pas que de lui, alors il prit une grande inspiration et appuya son front sur la tempe d'Adam.

— Je t'écoute.

Adam ferma les yeux et inspira profondément, roulant ses hanches contre celles d'Emil malgré ce qu'il venait de déclarer.

— Je ne veux pas te blesser à nouveau. Je pense qu'il est parti, mais je ne veux pas prendre le risque, dit-il doucement.

Emil aspira ses lèvres, soulagé qu'Adam ne veuille pas faire marche arrière.

— Tu ne me feras pas de mal s'il n'est plus là.

Adam déglutit difficilement et, après un moment d'hésitation, descendit d'Emil. Mais alors que ce dernier craignait qu'il ne quitte leur couverture improvisée, Adam s'allongea si près qu'ils pouvaient sentir l'haleine de l'autre.

— Nous ne le savons pas. Peut-être qu'on pourrait juste… nous observer l'un l'autre ?

L'esprit d'Emil tournait à la suite de cette suggestion, mais il était impossible de penser clairement lorsque le corps d'Adam était offert, même si ce n'était que pour le regarder. Il pouvait le faire. Il pouvait faire tout ce qu'Adam voulait si cela signifiait qu'il pouvait embrasser ses lèvres succulentes, sa gorge, sa poitrine lisse et son ventre pâle.

Il s'allongea à côté d'Adam, mais ne put s'empêcher de le frôler d'une épaule.

— Où dois-je m'inscrire ?

Au moment où il dit cela, la tension disparut du visage d'Adam, remplacée par un doux sourire. Mais lorsque le regard d'Emil descendit plus bas, jusqu'au rose léger du mamelon d'Adam à travers le mince maillot de corps, Adam lui relève le menton.

— C'est sérieux.

— D'accord, d'accord, dit Emil en se concentrant sur le visage d'Adam, prêt à boire toutes ses paroles.

Adam respira profondément, ses épaules se voûtèrent et il prit le temps de réfléchir à ses mots.

— Je n'ai jamais ressenti ce... besoin avec autant de force. Je crois en Dieu, mais plus je suis avec Lui, plus je me sens seul.

Il s'arrêta, déglutissant difficilement à plusieurs reprises, si mal à l'aise qu'Emil oublia la luxure qui faisait rage dans son corps et caressa l'épaule d'Adam pour se réconforter.

— Tu me mets à l'aise, comme personne et rien d'autre. La dernière semaine, j'ai été constamment sur le qui-vive, me demandant si ce monstre se cachait toujours dans l'obscurité, mais chaque fois que tu étais avec moi, mes pensées se mettaient en place. Je sais que je ne devrais pas suivre aveuglément mon instinct, mais j'en ai envie. Avec toi.

La chaleur bourdonnait sous la peau d'Emil, comme si ses entrailles étaient une fournaise qu'Adam venait d'allumer. Il n'avait donc pas eu tort de ressentir ce qu'il avait perçu. Adam pouvait aussi voir que les étincelles entre eux brillaient, et que s'ils prenaient tous les deux soin de ce feu, il persévérerait à travers tous les hivers à venir. Si seulement ils laissaient brûler cette émotion, elle les garderait au chaud, et aucun d'eux ne se sentirait plus jamais seul.

— Mais il faut que tu comprennes que je ne resterai ici que cinq mois de plus. Ensuite, j'irai là où ils décideront de me transférer, dit Adam, les yeux rivés sur ceux d'Emil, rayonnant du désir d'entendre que ces conditions convenaient à Emil.

Mais la flamme d'Emil s'estompait à mesure qu'il se forçait à considérer ce qu'Adam lui offrait, et non ce qu'il désirait secrètement. Il était attiré par Adam depuis le soir de leur rencontre, au point qu'il s'était ridiculisé plus d'une fois dans le seul but de tenter sa chance auprès d'un homme qui avait déjà dit non.

Il ne savait pas quand ce désir pur s'était transformé en un besoin d'être près d'Adam, de le voir, d'entendre sa voix et de le faire sourire pour des choses idiotes. Malgré toutes leurs différences, ils s'entendaient bien et avaient envie de la compagnie de l'autre dans ce gouffre d'ennui et de mondanité qu'est Dybukowo. Pendant tout ce temps, il n'avait jamais pris la peine de demander à Adam s'il savait combien de temps il allait rester. Il avait simplement projeté ses propres espoirs sur Adam et supposé que ce serait pour toujours.

La réalité était aussi insidieuse que le serpent - elle lui murmurait des mots doux à l'oreille tout en l'étouffant.

Il finirait par être blessé. Déjà attaché à Adam comme s'ils s'étaient connus toute leur vie, en acceptant les conditions, il faisait consciemment le choix de briser son propre cœur dans cinq mois. Mais il ne pouvait pas dire non. Pas à Adam, cet homme difficile qu'il voulait aimer jusqu'à ce qu'ils oublient qu'il y avait une date d'expiration à leur relation.

— Seras-tu à moi jusqu'à ce moment-là ?

Adam déglutit difficilement, se rapprochant un peu plus, ses joues se colorant du rose le plus doux.

— Oui, mais contentons-nous de nous embrasser et de nous toucher, d'accord ? Pour qu'il ne revienne pas.

Emil respira profondément par le nez. La fleur de fougère brûlait à côté d'eux avec ses flammes rouges et jaunes - de la magie pure sous leurs yeux - mais Emil ne pouvait toujours pas détourner son regard d'Adam.

— N'as-tu pas dit qu'il était venu la dernière fois pour satisfaire tes désirs ?

Adam détourna le regard, mais se rapprocha un peu plus et frotta son nez contre l'épaule d'Emil.

— Es-tu vraiment en train de dire que je devrais laisser le diable s'emparer de mon corps ?

Emil secoua la tête, honteux de ce qu'il venait de suggérer.

— Je suis désolé. Mais quoi que nous fassions, même si c'est juste se tenir la main, j'ai besoin que tu le dises d'abord. Dis que tu n'es qu'à moi.

Un frisson parcourut le corps d'Adam et il posa sa joue sur l'épaule d'Emil, le regardant avec un tel désir que le fait de savoir qu'ils allaient devoir se séparer un jour déchirait déjà le cœur d'Emil.

— Je serai à toi, dit Adam dans le plus doux des murmures et il effleura de ses doigts le ventre d'Emil.

Emil était à bout de souffle, frappé de plein fouet par les mots qu'il avait demandés.

— Baisse ton pantalon, murmura-t-il.

Il n'hésita pas à faire de même avec le sien. Sa queue s'était ramollie au cours de leur conversation, mais elle réclamait à nouveau de l'attention.

La respiration d'Adam était saccadée, mais lorsque Emil prononça le mot, il fut rapide, comme s'il avait attendu la permission de se déshabiller pendant tout ce temps. Sa boucle cliqueta bruyamment, mais il n'hésita pas et révéla son pénis dur, niché dans des poils pubiens blonds.

— C'est... tu es, dit-il comme s'il était incapable de mettre des mots sur ses pensées et ses sentiments.

Mais son regard, brûlant une fois posé sur la nudité d'Emil, en disait long.

— Je veux que tu enroules ta main autour de ta bite, mais que tu continues à me regarder, dit Emil en attrapant sa propre érection, se caressant langoureusement pour le plaisir des yeux d'Adam.

Le regard qu'il lui lança, plein de désir et d'excitation, ne fit qu'attiser le feu qui faisait rage en lui.

Adam ne détournait pas le regard alors qu'il faisait glisser sa main ouverte le long de sa poitrine, pour finalement atteindre sa verge. Ses yeux se révulsèrent au contact, comme si même la masturbation était un plaisir nouveau pour lui.

— C'est presque comme si c'était toi qui me touchais. Et je vais m'imaginer que je te touche en retour, dit-il, délicieusement obscène avec son pantalon baissé et son débardeur toujours en place.

— Imagine que tu enroules à nouveau tes lèvres autour de ma bite. C'était tellement bon que j'ai failli jouir sur place.

La respiration d'Emil s'accéléra, tout comme les mouvements de sa main sur sa longueur. Il se rapprocha de l'odeur d'Adam, mais refusa de rompre le contact visuel, s'assurant qu'Adam savait à quel point Emil le désirait.

Les narines d'Adam s'ouvrirent, et bien qu'Emil ne puisse pas le voir se branler sous cet angle, le doux son de la chair qui se frotte contre la chair remplit sa tête d'images qui alimentèrent son imagination autant que la vue du beau visage d'Adam.

— C'était si bon aussi. Comme si j'étais sur le point de boire ton essence.

Tout l'être d'Emil criait qu'Adam devrait le refaire, mais si Adam avait peur, Emil ne le pousserait pas. Il finit par baisser les yeux, frissonnant de désir lorsque la main d'Adam montait et descendait le long de sa queue. Contrairement à Adam, elle n'avait aucun secret. Elle était impatiente, longue, en érection, et Emil était sûr qu'Adam aurait adoré se la faire sucer.

Emil laissa échapper un gémissement étranglé et se branla plus rapidement, sachant déjà qu'il s'assurerait de jouir sur la peau d'Adam, et son amant réticent suivit son exemple, jusqu'à ce que la clairière silencieuse soit remplie du bruit de la chair qui se heurte à la chair et des halètements. Ils se touchaient à peine, mais Emil pouvait sentir la chaleur du corps d'Adam alors qu'il imaginait cette bouche chaude l'aspirant, cette tête blonde travaillant d'avant en arrière devant ses hanches, les paumes chaudes caressant ses testicules.

— Je ne peux pas te résister, dit Adam alors que ses hanches se mettaient à bouger sous l'effet de l'excitation de l'orgasme qui approchait.

Emil se serait penché pour un baiser même si cela signifiait que ses lèvres seraient brûlées par le feu infernal. Le plaisir le piétinait comme un troupeau de bisons, mais il ne regarda pas son sperme peindre la peau d'Adam comme il l'avait prévu, trop concentré sur les lèvres douces qui lui coupaient le souffle.

Pendant un instant, il put entendre le son lointain des tambours et des flûtes qui accompagnaient triomphalement ce moment de connexion parfaite.

Adam gémit, s'enfonçant dans le baiser alors qu'il tremblait et projetait son sperme entre leurs corps, désireux de se rouler dans Emil et d'entrelacer leurs jambes. Son visage exprimait l'extase absolue, sans être entaché par la peur et le mensonge comme la première fois qu'ils avaient faits l'amour. Ce soir, sa joie était intacte et si pure qu'Emil voulait la boire et l'utiliser pour chasser à jamais sa propre solitude.

— Emil...

— Tu es si adorable, dit Emil avec un sourire, tout en reprenant son souffle.

Il était heureux, même s'il savait que cela ne durerait que cinq mois. Il allait passer l'été de sa vie avec Adam et refusait de se projeter dans l'avenir. Il ne perdrait pas un seul jour, ne quitterait pas Dybukowo sans être en compagnie d'Adam.

Tout le reste pourrait attendre.

Chapitre 15

Adam

Les nuages prenaient les formes les plus étranges au-dessus de la tête d'Adam, mais d'une manière ou d'une autre, ils lui rappelaient tous des corps emmêlés ensemble pour le plaisir.

Il expira, en apesanteur à la surface du lac, ce qui le fit dériver dans l'eau fraîche alors que le ciel changeait constamment. Un frisson parcourut son corps lorsque la brise légère lécha son sexe humide, lui rappelant une fois de plus qu'il avait laissé Emil le convaincre de faire quelque chose qu'il ne devait pas faire.

Un prêtre ne devait pas se baigner nu en public. Personne ne devrait le faire à moins d'être certain qu'il n'y avait personne dans les parages. Il était tôt le matin et le lac se trouvait à quinze minutes de marche du village, mais c'était encore la saison des vacances et quelqu'un pourrait avoir la brillante idée de profiter de cette belle journée. D'autant plus que le mois d'août touchait à sa fin.

Il n'avait aucune idée de la façon dont il était passé du refus catégorique de participer à la baignade nu à suivre l'exemple d'Emil, mais cela semblait être la métaphore parfaite de sa vie récente.

Il était venu à Dybukowo pour éviter la tentation de la chair masculine, mais il avait rencontré un homme qui l'avait tenté comme aucun autre. Il avait espéré que le célibat l'empêcherait de coucher avec des hommes, et il avait fini par perdre sa virginité sous l'influence d'une force infernale qui, heureusement, semblait avoir disparu de sa vie. Et pourtant, malgré sa conviction de ne plus jamais se laisser aller ainsi, il avait des relations sexuelles avec Emil depuis deux mois.

Chaque fois qu'il retournait dans son lit étroit au presbytère, il implorait le pardon de Dieu et ruminait les implications d'une vie dans le péché sans avoir la volonté de se racheter de sitôt. Mais chaque matin, il se levait en pensant déjà à Emil, affamé de son attention comme un chiot en manque.

Emil était une dépendance dont il n'arrivait pas à se défaire. Il savait que le péché persistant faisait pourrir l'âme, il savait qu'ils se mettaient en danger d'être découverts chaque fois qu'ils étaient ensemble, mais Adam ne pouvait toujours pas résister au toucher d'Emil et à ses larges et beaux sourires. La plupart des hommes dans sa position auraient au moins eu la décence de se promettre que chaque fois était la dernière fois, mais il avait pris sa décision dans la clairière, et il ne reviendrait pas dessus même si cela le laissait dans les limbes horribles de la joie et de la culpabilité.

Il ne lui restait plus que trois mois à passer avec Emil, et il comptait bien se rassasier pendant que durerait cet été du cœur , afin de pouvoir y repenser avec tendresse dans les années de solitude à venir. Une fois qu'il aurait quitté Dybukowo, il n'éprouverait plus jamais le besoin déchirant de la présence de quelqu'un, il ne se languirait plus de cette personne au point d'en avoir mal à la gorge. Une partie de lui resterait avec Emil, le laissant incomplet et incapable d'aimer à nouveau.

Il s'étrangla à l'idée de laisser Emil derrière lui. Il le voyait déjà. Le dernier contact discret à l'arrivée du bus, et puis l'observer disparaître au loin, seul dans un village qui n'avait pas de place pour quelqu'un comme lui.

Une fin amère pour un été d'amour qui n'aurait jamais dû exister.

Les larmes étaient sur le point de jaillir lorsque quelque chose tira sur la jambe d'Adam et l'entraîna sous la surface. La pensée la plus stupide qu'il ait jamais eue le frappa en premier : un noyé le tirait jusqu'en bas. Et celle qui suivit fut encore plus stupide : il ne pouvait pas y avoir de noyés dans l'eau parce qu'il avait béni le lac, comme si les créatures légendaires étaient réelles.

La main puissante l'entraîna vers le bas, et il parvint à peine à prendre une bouffée d'air avant d'être plongé dans l'eau.

Emil. Bien sûr.

L'histoire de la vie d'Adam au sens littéral. Emil l'entraînait de plus en plus profondément dans des eaux troubles qu'il aurait dû éviter. Mais lorsqu'il ouvrit les yeux et vit Emil sourire dans les profondeurs verdâtres, ses longs cheveux noirs flottant autour d'eux comme des tentacules, céder était la seule option. Il caressa le flanc d'Emil et pressa leurs lèvres l'une contre l'autre avant de le repousser avec espièglerie et de remonter à la surface.

— Qu'est-ce que tu fais ? Je suis trop jeune pour mourir !

— Je ne te laisserais pas te noyer, dit Emil dès qu'il apparat.

Il attira Adam dans ses bras pour une étreinte qui était à deux doigts de devenir sexuelle.

Adam croisa son regard, ses mains se posèrent sur les hanches de son amant, mais celui-ci resta indécis et il lui éclaboussa le visage avant de nager sur le dos.

— Tu dis ça maintenant.

Emil rit et lui attrapa la cheville.

— Reviens ici !

Peut-être était-ce la raison pour laquelle sa Mère ne voulait vraiment pas qu'il vienne ici ? Ce sentiment d'isolement rendait le péché si facile, parce qu'il semblait que personne ne le découvrirait jamais. Elle et son Père s'étaient laissés convaincre de participer à une fête païenne, et peut-être savait-elle que la tentation n'épargnerait pas non plus son fils ? Ce qui s'était passé à Dybukowo resterait à jamais caché dans la vallée.

L'eau éclaboussa le visage d'Adam et il éclata de rire, laissant Emil l'attirer plus près de lui alors que les nuages obscurcissaient une partie du ciel. La majorité de leurs corps étant sous l'eau, la proximité physique en public était plus facile à excuser, et il leva les yeux, se mordant la lèvre quand Emil repoussa les cheveux qui lui collaient au visage.

— Ou quoi ?

— Ou un noyé te prendra les couilles, murmura-t-il, et avant qu'Adam ne s'en rende compte, les doigts d'Emil trouvèrent le chemin de l'entrejambe d'Adam.

Ses orteils s'enfoncèrent dans le sable sous ses pieds et il appuya sa main sur la poitrine d'Emil, essoufflé par la soudaineté de cette sensation.

— Oh, mon Dieu.

Emil tira doucement sur les bourses d'Adam avec son sourire d'enfer.

— Mais peut-être qu'il les sucerait d'abord...

Les pensées d'Adam devinrent rouges de chaleur et, en l'espace de deux battements de cœur, elles devinrent si obscènes qu'il aurait dû s'enterrer dans le sable et ne jamais en sortir. Il n'était pas stupide. Il était évident qu'Emil voulait plus de la relation sexuelle qu'ils partageaient. Plus que se toucher, s'embrasser et se regarder se masturber.

Adam avait déjà rompu ses vœux de célibat et célébrait la messe sans avoir la conscience tranquille. Il n'était pas seulement un mauvais prêtre, mais un être humain épouvantable. Un menteur. Un hypocrite. Mais il avait tellement envie de céder. Il voulait sentir le poids d'Emil sur lui et éprouver une fois de plus la sensation irrésistible de la verge d'Emil pénétrant son corps. Ils voulaient tous les deux ce qui s'était passé lorsqu'Adam avait été l'esclave du démon, mais le risque était trop grand.

Et la peur d'Adam était plus grande que son besoin d'actes sexuels spécifiques alors qu'il pouvait avoir Emil d'une autre manière.

— Loué soit le Seigneur !

Un cri de femme déchira l'air de façon si inattendue qu'Adam perdit l'équilibre et retomba dans l'eau en essayant de s'éloigner trop vite.

Les rires qui suivirent révélèrent à Adam que la salutation n'était pas du tout sincère. Jessika Golonko se dirigea vers le rivage herbeux avec une amie blonde. Elles portaient toutes deux des sacs de plage Louis Vuitton assortis et étaient vêtues de bikinis. Et bien qu'elles se déplaçaient à un rythme tranquille, avec Adam et Emil nus dans l'eau, on avait l'impression que les adolescentes étaient deux chevaux de course s'approchant de la ligne d'arrivée.

Il avait tenté le destin, et cette fois, le destin avait mordu à l'hameçon.

— Maintenant et pour toujours, répondit Adam d'une voix tremblante.

Il plongea jusqu'au cou sous le regard d'Emil qui s'esclaffait comme s'il s'agissait d'une grosse blague.

— Les filles, tournez-vous s'il vous plaît. Je ne m'attendais pas à avoir de la compagnie féminine.

— Oh, mon Dieu ! Êtes-vous en train de vous baigner nu, mon Père ?

— Non, non ! Mais c'est indécent de toute façon.

Jessika ricana, mais poussa le bras de la blonde et elles se retournent toutes les deux.

— C'est vilain, grivois, mon Père ! taquina-t-elle.

Elle n'arrêtait pas de glousser d'une façon qui fit se ratatiner les couilles d'Adam. C'était peut-être pour le mieux.

Il fut heureux de voir Emil le suivre hors de l'eau, barbotant comme un rhinocéros à la plage. Mais quand Adam se précipita sur sa serviette, il aperçut la blonde qui regardait par-dessus son épaule, comme au ralenti, et il ne put croire à son audace quand elle siffla.

— Oh, ferme-la ! hurla Emil en enroulant une serviette autour de ses hanches.

Pendant ce temps, Adam mourait d'embarras. Il n'y avait pas de rocher assez grand pour qu'il puisse s'y cacher. Seule la confrontation avec l'archevêque au sujet de sa pornographie avait été pire que cela.

Si l'un de ses supérieurs découvrait ce qu'il faisait ici, à Dybukowo, où il était censé apaiser ses besoins de pêcheur, il serait foutu.

La blonde se retourna.

— Moi ? Ce n'est pas moi qui exhibe mon corps nu dans un lieu public.

Adam aurait pu contester cela, étant donné que son bikini était probablement composé de moins de tissu que son boxer, mais à ce stade, il voulait juste partir et se vautrer dans sa honte pour le reste de la journée, sans confronter qui que ce soit.

Emil n'en démordit pas pour autant.

— Avouez que vous êtes venus nous espionner, bande de perverses !

La blonde se renfrogna.

— Je te poursuivrai pour t'être exposé nu devant des mineurs !

— Je te poursuivrai pour harcèlement sexuel ! hurla Emil.

Jessika se tourna également vers eux, un sourire narquois étirant ses lèvres.

— Tu ne peux pas te permettre de poursuivre qui que ce soit pour quoi que ce soit.

Adam était heureux d'avoir la serviette en place, même si le début de son érection n'était plus qu'un lointain souvenir. Son regard passa des épaules crispées d'Emil au sac de l'adolescente, d'un prix exorbitant.

— L'argent ne signifie rien pour notre Seigneur. Jésus n'a-t-il pas dit qu'il serait difficile pour ceux qui ont des richesses d'entrer dans le royaume de Dieu ?

Cela lui montrerait qu'il n'avait pas peur. Ou pas.

Jessika déplia sa grande serviette de plage dans l'herbe près du rivage.

— Jésus a aussi dit qu'il ne fallait pas se baigner nu avec un autre homme.

Emil fronça les sourcils.

— Jésus s'est littéralement baigné avec Jean-Baptiste.

Adam se passa la main sur le visage.

— C'était un baptême, pas un bain, marmonna-t-il.

L'amie de Jessika se calma et commença à appliquer de la crème solaire, mais la jeune Mlle Golonko était aussi désagréable que sa mère et ne voulut pas se taire.

— De toute façon, je ne pense pas que le Seigneur aurait aimé que vous vous baigniez nu avec le favori du diable, mon Père.

— Le quoi ? demande Adam, choqué par l'impolitesse de la jeune femme.

Jessika haussa les épaules et sortit une grande bouteille de Coca Light de son sac.

— Je suis sûre qu'Emil sait ce qu'on dit de sa malchance légendaire. Il ne pourra jamais partir, car qui d'autre souffrirait pour que les chanceux de Dybukowo puissent prospérer ? demanda-t-elle avec un petit sourire.

L'amie de Jessika cligna des yeux, maquillée - faux cils et tout - alors qu'elle devait passer la journée au bord du lac.

— Je me souviens. C'est ta mère qui a dit ça !

Incroyable.

Le pouls d'Adam s'accéléra jusqu'à ce qu'il ait l'impression qu'une main lui serre la gorge. Deux gamines qui n'avaient jamais connu une fraction des difficultés qu'Emil devait affronter chaque jour, et qui se croyaient toutes deux meilleures que lui simplement à cause de la richesse de leurs parents.

— Tu ne devrais pas dire de telles choses. Ce n'est pas gentil.

Jessika roula des yeux.

— Alors, expliquez-moi mon Père comment il se fait que Mme Janina ait gagné à la loterie le jour même où Emil a été cambriolé.

Emil ramassa le reste de leurs affaires.

— Aie une vie, Jess.

— Tu devrais peut-être t'en acheter une ? Il est hors de question que je reste coincée dans ce taudis à trente ans. Je suis à peine ici pendant l'année scolaire. Cracovie est assez incroyable, même quand on doit être pensionnaire à l'école.

— Peut-être devrais-tu trouver un travail ? suggéra l'amie de Jessika.

Emil sembla en avoir assez, car il partit en trombe sans un mot.

Adam traîna derrière lui avec un sentiment de terreur au creux de l'estomac.

Ce n'est que lorsqu'ils atteignirent le sentier qui les mènerait au presbytère qu'Adam réussit à faire sortir des mots de sa bouche.

— Mme Janina a gagné à la loterie ? Qu'est-ce qu'elle a gagné ? Cent zlotys ou plus ? Il y a deux jours, M. Pasik est venu, désespéré d'emprunter de l'argent jusqu'à la fin du mois, parce qu'il devait faire remplacer un tuyau, et elle lui a dit qu'elle couvrait à peine ses propres dépenses.

Ce qui rappela à Adam qu'elle avait envoyé cinq mille dollars à son petit-fils aux États-Unis.

Emil secoua sa tête mouillée.

— Non, elle a beaucoup gagné. Vraiment beaucoup. C'est juste une salope avide qui préfère mourir sur son tas d'or plutôt que de le partager.

Adam surveillait ses arrières, marchant en silence tandis qu'Emil avançait comme un bélier. Son silence enfonçait des aiguilles dans la chair d'Adam, et chacune d'elles portait un peu plus de poison. Il observait la tension des larges épaules d'Emil et détestait la petite voix intérieure qui se posait toutes les questions.

Et si Emil jouait un double jeu avec lui et s'adonnait secrètement à l'occultisme ? Techniquement, l'Église considérait la lecture des lignes de la main comme de la sorcellerie et y voyait un autre moyen pour les démons d'entrer dans le monde. Et s'il y avait un lien qu'ils ne comprenaient pas tous les deux ? Et si Emil avait été la cible du diable et qu'il avait transmis cette influence à Adam ? Ce ne pouvait être une coïncidence si les expériences les plus horribles de la vie d'Adam coïncidaient avec son arrivée à Dybukowo. Avec leur rencontre.

— Tu as toujours eu de la malchance ? demanda Adam en rattrapant Emil, même s'il savait que tôt ou tard, ils devraient s'arrêter dans un buisson et enfiler un pantalon.

— Oui, Adam. Je me suis cassé beaucoup d'os, j'ai blessé des gens par accident et j'ai mis le feu à mes parents ! Tu peux laisser tomber ?

Adam déglutit, surpris par la férocité de la colère d'Emil.

— Je suis désolé.

Le silence se prolongea après qu'ils se soient arrêtés, et Adam s'efforça de trouver un moyen d'aider Emil. Il sentait le regard d'Emil s'attarder sur son corps pendant qu'ils se changeaient, et cela ressemblait à des léchouilles affamées. Il fallait que cela cesse, car la prochaine fois, quelqu'un pourrait se faire des idées sur la nature de leur relation.

— Écoute, peut-être que les gens te traiteraient différemment si tu ne te distinguais pas autant, essaya-t-il.

Emil fronça les sourcils.

— Tu peux arrêter de te plaindre ? Il ne s'est rien passé de grave.

— Je me plains ? J'essaie juste de penser à ce qu'il faut faire pour que tu n'aies pas à faire face à ce genre de merde. Et le fait que les gens aient remarqué qu'on passait autant de temps ensemble ne va pas aider, chuchota Adam.

Il était conscient de chaque petit bruit autour d'eux, parce que s'ils étaient accidentellement entendus par un villageois en train de faire une sieste dans l'herbe ? Il n'arriverait pas à se rhabiller assez vite.

Emil prit une grande inspiration.

— Nous ne faisons rien d'illicite. Du moins, pas ouvertement. C'est bon.

Il se rapprocha et passa ses bras autour du cou d'Adam. D'habitude, ce geste faisait fléchir les genoux d'Adam. Cette fois-ci, il se sentait pris au piège.

Il s'esquiva et se dégagea de l'étreinte, soudain essoufflé lorsqu'il se souvint du regard curieux que Jessika posait sur lui.

— Mais nous faisons quelque chose d'illicite. Je ne veux pas m'arrêter, et c'est là le problème. Je suis dans un puits de péché sans fin, parce que je ne peux même pas dire honnêtement que je vais arrêter ça quand je vais me confesser. Je suis un berger qui est plus perdu que son troupeau !

Le regard d'Emil s'assombrit, et Adam ne savait pas si c'était un effet de lumière ou si le diable s'amusait encore avec lui.

— À quoi ça sert de reculer maintenant ? On n'est même pas en train de faire Dieu sait quoi !

Les mots lui firent l'effet d'un coup de poing. Il avait laissé tomber tant de limites pour s'apercevoir qu'il ne donnait pas à Emil ce qu'il voulait.

— C'est beaucoup pour moi.

Emil secoua encore un peu d'eau dans ses cheveux, si glorieux qu'il était pénible à regarder.

— Nous sommes discrets.

Mais l'étaient-ils ? Ils venaient juste de se baigner à poil ensemble. Il s'agrippa à ses cheveux tandis que sa poitrine travaillait rapidement, luttant pour aspirer suffisamment d'oxygène dans ses poumons.

— Tu ne sais pas ce qui va se passer ! Quand nous sommes allés nager, tu as aussi dit que personne ne nous verrait. Parfois, la pire des choses arrive.

Emil gémit et lui saisit la main.

— De mauvaises choses m'arrivent. Tu es en sécurité.

Adam se détacha et enfila rapidement un tee-shirt.

— Je ne veux pas qu'il t'arrive du mal, à aucun de nous, mais tu ne vois pas qu'on joue avec le feu ? Tu te souviens de ce que le démon m'a fait ? Je n'arrive toujours pas à dormir seul quand les lumières sont éteintes, révéla-t-il malgré la honte qui lui serrait l'estomac. Et si on m'a envoyé ici, c'est d'abord parce qu'on a trouvé du porno dans ma chambre !

Les sourcils d'Emil se levèrent.

— Oh. Vilain.

Adam le repoussa en se détestant immédiatement.

— Ce n'est pas une blague ! Je parle de nos vies ici.

Emil leva les mains.

— D'accord, d'accord, je suis désolé, ça a l'air merdique. Je... Peut-être qu'un jour tu pourras dormir avec moi, et tu n'auras plus peur.

Emil n'aurait pas pu être plus déconcertant.

— Qu'est-ce que tu racontes ? Et je n'ai pas peur, insista-t-il, même s'il se rendit compte immédiatement qu'il avait peur.

Le sentiment que le danger se trouvait quelque part à l'abri des regards, mais qu'il était prêt à frapper quand il était le plus faible, l'accompagnait tout le temps. Partout.

— Tu as dit que tu ne pouvais pas t'endormir sans lumière, alors je t'ai proposé mon lit. Qu'est-ce que tu racontes ?

La tête d'Adam s'enflamma. Il avait pensé au sexe. À la vie commune. De s'endormir dans le même lit tous les soirs et peut-être même de ne pas se sentir coupable. Parce que c'était un monde imaginaire où il n'avait pas à craindre le jugement de Dieu et des gens.

— Je dis que cet endroit n'est pas bon pour les gens comme toi, et je m'inquiète, dit Adam, cherchant désespérément à changer de sujet.

— Comme moi ?

— Oui. Tu es seul maintenant que Radek est parti, et je vais partir aussi. Bientôt, dit-il en croisant le regard d'Emil.

Une voix désagréable lui murmurait qu'Emil n'aurait pas pris la peine de s'occuper de quelqu'un d'aussi problématique que lui s'il avait eu d'autres options. Car si Emil était pour lui le seul homme qu'il ait jamais touché de cette façon, Emil le voyait comme un ami avec des avantages. Un moyen d'avoir le genre de sexe qu'il voulait sans complications et sans avoir à passer quatre-vingt-dix minutes dans un bus pour se rendre dans la ville la plus proche ayant une population de plus de quelques centaines de personnes.

— Pas tout de suite. En novembre.

Adam ne savait pas quoi penser de l'expression de défi sur le visage d'Emil. Emil devait comprendre qu'il n'avait pas d'avenir s'il restait à Dybukowo.

— Cela fait deux mois. Tu ne peux pas rester ici pour toujours. Pas tout seul, insista Adam qui, malgré lui, prit la main d'Emil.

Emil ne voulait pas le regarder, mais il la serra.

— Tu ne peux pas demander à tes supérieurs de te laisser rester ?

Le souffle d'Adam se coupa et il fixa Emil, à la fois mortifié et étrangement étourdi.

— Pourquoi ? Il n'y a rien pour nous ici.

— Il y aurait quelque chose pour moi ici si tu restais.

Ce bel homme, dangereusement séduisant, suggérait-il ce qu'Adam pense qu'il suggérait ?

La sueur perlait déjà sur le dos d'Adam à cause de la conversation illicite. Il pouvait à peine respirer, comme si ses pensées pour Emil prenaient trop de place dans sa tête pour permettre l'exécution efficace d'une fonction aussi banale de la vie.

— Ou, peut-être que tu aimerais déménager quand je partirais ?

Emil se mordit les lèvres.

— Tu sais que je ne peux pas me le permettre, murmura-t-il, et la grisaille de son regard fut le reflet du trou qui s'était creusé dans la poitrine d'Adam.

Emil et lui n'étaient pas faits l'un pour l'autre, mais si Emil voulait un jour trouver le bonheur, il devait quitter Dybukowo. Il devait brûler tous les ponts et trouver un homme qui lui donnerait ce qu'il méritait. Si Adam aidait Emil, peut-être pourrait-il passer le reste de sa vie en paix et ne plus pécher.

— Le prêtre parle toujours en termes élogieux de tes spiritueux arrangés. Je les ai goûté et je les trouve également excellents. Et si nous trouvions un moyen de les vendre ?

Emil prit son temps, mais lorsqu'il leva les yeux vers ceux d'Adam, une nouvelle détermination brillait dans leurs profondeurs vertes.

— Et tu veux que je déménage avec toi ?

Sa main était chaude dans celle d'Adam, comme si leurs membres se rapprochaient lentement mais sûrement. Le cœur d'Adam battait trop vite, si vite qu'il risquait de s'évanouir à tout moment, mais si cela arrivait, Emil le rattraperait.

— Oui.

Chapitre 16

Adam

La mairie de Sanok ressemblait à un gâteau recouvert de glaçage rose, avec des tourelles ornementales en sucre pur. Lors de ses deux précédentes visites, Adam ne s'était rendu que dans les supermarchés situés à la périphérie de la ville. Aussi, lorsqu'il se retrouva au milieu de l'immense place centrale, entourée de bâtiments à deux étages qui faisaient penser à des maquettes grandeur nature dans un immense diorama, il fut frappé par le charme de la vieille ville. Tout avait l'air flambant neuf, si différent de la réalité des façades grises situées plus loin de cette partie la plus représentative de la ville.

— Alors, quand est-ce que ce type a dit qu'il venait ? demanda Adam, en regardant les petits enfants courir dans une fontaine moderne qui servait aussi de terrain de jeu.

Emil haussa les épaules.

— Ne t'inquiète pas, nous avons deux heures à tuer.

Malgré le soleil, il faisait assez frais pour qu'Emil porte sa veste en cuir, et Adam ne pouvait s'empêcher de s'approcher un peu plus qu'il ne l'aurait dû, juste pour pouvoir le sentir, apprécier la chaleur qui émanait de la peau d'Emil.

La saison touristique battait son plein, et la ville était bondée de visiteurs venus de tout le pays, pour qui c'était le point de départ idéal pour faire des randonnées dans la région. Si Adam avait été parmi eux, il aurait sûrement voulu déjeuner dans l'un des nombreux restaurants se présentant comme des auberges traditionnelles des hauts plateaux, mais après trois mois passés à Dybukowo, le café chic de l'autre côté de la place avait bien plus d'attrait. Son décor minimaliste et son nom branché suggéraient qu'il y avait peut-être même une vraie machine à expresso.

— Et il a dit qu'il te donnerait tous ces fruits gratuitement ? demanda Adam, son regard passant sur le clocher de l'église qui émergeait de l'architecture mièvre.

Il était vêtu d'un jean et de son sweat à capuche préférés, de sorte que le prêtre qui entendrait plus tard sa confession n'aurait aucune idée de qui était Adam.

— Oui, ils ont eu une surabondance de cerises cette année, et il préférait les offrir à quelqu'un plutôt que de les laisser pourrir.

Lorsqu'ils passèrent devant un groupe de jeunes femmes vêtues de noir et de bottes de combat, Adam ne put s'empêcher de ressentir un picotement de fierté lorsqu'Emil fit tourner toutes les têtes, car même si les filles ne le savaient pas, ce gars-là était ici avec lui. Il ne fut pas surpris d'entendre le nom d'Emil être prononcé pour tenter d'attirer son attention. Un homme comme lui n'était pas fréquent dans le coin. Il écoutait la bonne musique, était grand et beau, avait des tatouages audacieux et pouvait se laisser pousser une belle crinière de cheveux noirs. Un vrai régal pour toutes les filles métalleuses. Mais Emil les salua poliment et suivit Adam.

Ce n'était peut-être pas un rendez-vous, mais à mesure qu'ils s'approchaient des grands parasols qui projetaient des ombres sur les tables devant le café, ils avaient l'impression que c'en était un.

— Tu auras toujours besoin d'argent, n'est-ce pas ? Pour les autres ingrédients.

— Oui, mais les pommes de terre ne sont pas chères. Si je joue bien mes cartes, je les obtiendrai à prix réduit auprès du cousin de Mme Janina.

Adam fronça les sourcils en s'asseyant dans le fauteuil confortable situé dans l'ombre.

— Des pommes de terre ? Pourquoi infuser de la liqueur avec des pommes de terre ?

Emil éclata de rire et poussa l'épaule d'Adam.

— Adam ! Allez, viens. Pour la vodka, je ne fais pas de cocktails sans alcool.

Adam regarda autour de lui, mais personne ne semblait les avoir entendus.

— Quoi ? Je pensais que tu allais juste en acheter.

Emil s'assit sur la chaise en face d'Adam et pencha la tête.

— Nous parlons de cinq cents bouteilles d'alcool. Ce n'est pas vraiment une production de masse, mais même si j'achetais de la vodka bon marché, je devrais dépenser au moins quinze mille zlotys. Je n'ai pas autant d'argent.

Mais Adam l'avait. Il n'était pas riche, mais il avait des économies qui lui auraient permis de payer l'alcool et d'avoir un peu d'argent de côté. Sa bouche s'assécha, mais en regardant Emil jouer avec une manchette de cuir qu'il portait avec sa tenue de sortie, le sentiment de tendresse qui se répandit dans sa poitrine le fit se pencher en avant.

— Je pourrais te prêter l'argent. Tu sais que je n'ai pas beaucoup de dépenses de toute façon, puisque c'est la paroisse qui me paie.

Emil grogna, mais son regard resta fixé sur Adam tandis que la serveuse leur apportait les menus.

— Qu'est-ce que tu racontes ? Je peux m'en occuper. Sans compter que je sais ce que je fais. Grand-père m'a transmis sa recette et je l'aidais à fabriquer de la vodka depuis l'âge de douze ans. J'ai même du matériel de distillation dans la remise. Je vais chercher les cerises gratuites et je m'occuperai des bouteilles en temps voulu.

Adam se lécha les lèvres. C'était une chose de distiller de l'alcool pour son propre usage, mais de le vendre ?

— N'est-ce pas illégal ? Es-tu sûr de vouloir prendre ce risque ?

Il ne voulait même pas évoquer la malchance légendaire d'Emil, mais l'inquiétude était coincée au fond de son esprit comme une écharde en lambeaux.

Emil haussa les épaules.

— Personne ne vérifie ce genre de choses ici, Adam. Je fais un lot chaque année, et le chef des gardes-frontières est mon meilleur client. Il était ami avec mon grand-père, en fait.

Adam se tapota les mains sur les joues et s'affaissa dans le fauteuil. Il n'avait aucun argument pour gagner cette bataille.

— D'accord, d'accord. Dis-moi juste si tu as besoin d'argent, dit-il, mais lorsque les yeux d'Emil se posèrent sur lui de l'autre côté de la table, la chaleur lui monta au cou et il ouvrit le menu. Je me disais que tu faisais beaucoup pour moi. Est-ce que tu me laisseras t'offrir un déjeuner en guise de remerciement ?

Emil sourit et fronça les sourcils.

— C'est un rendez-vous galant ?

Il eut au moins le bon sens de baisser le ton, même s'il n'y avait pas d'autres clients assis à proximité, mais sous la table, Emil glissa sa botte de combat à bouts d'acier entre les pieds d'Adam.

L'excitation était puissante comme le sang dans l'eau claire, et Adam écarta légèrement les cuisses, ne voulant pas exercer de pression sur sa queue, bien que la façon dont Emil le regardait faisait que la chair de poule lui montait déjà à la tête.

— C'est une question piège ?

Emil se pencha sur la table avec un sourire narquois, sans quitter Adam des yeux.

— Je ne sais pas. Est-ce que c'est le cas ? Es-tu mon petit ami, Adam ?

Les mots restaient coincés dans la gorge d'Adam, mais alors qu'Emil tapait sa botte contre la chaussure d'Adam, envoyant son esprit dans un monde où répondre à une telle question aurait été aussi naturel que de marcher, une voix familière l'incita à regarder l'entrée du café.

— Votre barista a complètement brûlé le café. Si nous étions à Milan, vous feriez faillite dans la semaine, déclarait Mme Golonko en pointant du doigt le serveur, qui recroquevilla ses mains devant son estomac en signe d'inconfort évident.

— Je suis vraiment désolé. Je peux lui demander d'en faire un autre.

— Oh, non ! Si c'est la qualité que vous choisissez pour servir un client, je ne mangerai plus jamais ici !

Elle éleva la voix et se leva en faisant valser le manteau qu'elle portait sur ses épaules en guise de cape. En fourrure rousse, il était bien trop chaud pour le temps ensoleillé, mais son but était sûrement de rappeler à tout le monde que son mari était copropriétaire d'une des entreprises les plus rentables de la région, un élevage de renards.

Emil se mordit la lèvre, luttant contre un éclat de rire, mais il renifla un peu, ce qui amena Mme Golonko à les remarquer.

Adam aurait aimé qu'elle se contente de faire un signe de tête en guise de désapprobation, mais elle se dirigea plutôt vers eux en trombe.

— Loué soit le Seigneur , dit-il, très conscient qu'il était habillé pour une journée en compagnie d'Emil et qu'il ne portait même pas de collier de prêtre.

— Je suis surprise de te voir ici, Emil. Que fais-tu à Sanok ?

Emil haussa les épaules.

— C'est juste une excursion d'une journée avec le Père Adam. Je lui fais visiter les environs, car vous savez que j'ai beaucoup de temps libre.

— C'est vrai. Le Père Marek m'a dit qu'il fallait que je voie à quel point la ville avait été magnifiquement restaurée, dit-il.

Le mensonge roula sur sa langue comme s'il s'agissait d'une seconde nature. C'était peut-être le cas. Quoi qu'il en soit, les véritables raisons de leur visite ne la regardaient pas.

— Oh, dit Mme Golonko sans ambages. Bonne journée, mon Père. Et Emil ? À ta place, je jetterais un coup d'œil à ton cheval. Il semblait un peu malade la dernière fois que je l'ai vu. Ce n'est peut-être pas le moment de le laisser seul pendant de longues périodes.

— Je vais le faire, Mme Golonko, dit Emil, mais Adam remarqua que ses épaules se raidissaient.

Depuis quand Mme Golonko s'intéressait-elle à Jinx ?

Adam était heureux que le nuage d'orage de la présence de Mme Golonko se soit dissipé et qu'ils aient pu reprendre leur journée ensemble. La conversation s'éloigna de la question de la possibilité d'être petits amis, mais alors qu'ils prenaient leur repas en discutant de tout, des attractions touristiques locales à la façon ridicule dont le maire avait officiellement inauguré la nouvelle piscine publique alors qu'elle était utilisée depuis deux mois déjà, les pensées d'Adam revenaient sans cesse à la question d'Emil, comme un boomerang qui refusait de tomber dans l'herbe.

Se retrouveraient-ils encore ainsi à Varsovie ? Il pourrait emmener Emil dans son café préféré. Il y avait un autocollant avec un drapeau arc-en-ciel sur la porte, et il était presque sûr que les deux propriétaires étaient un couple, jusque-là il ne le fréquentait qu'en civil. Mais elles préparaient les desserts les plus divins. Adam n'était pas sûr qu'Emil aurait apprécié les saveurs sophistiquées, mais en matière de nourriture, Adam était un hipster dans l'âme et aimait tout ce qui était matcha, surtout les meringues.

Dans cet endroit, ils n'auraient pas besoin de s'asseoir aux extrémités opposées de la table. Ils pourraient être ensemble sur le canapé, leurs épaules et leurs cuisses se touchant. Ou peut-être, s'il n'avait pas été prêtre, aurait-il pu passer son bras dans le dos d'Emil pour que tout le monde sache qu'il était pris.

Ils n'auraient probablement pas les moyens de s'offrir un grand appartement, mais il n'aurait rien contre le fait de partager un petit espace avec quelqu'un d'aussi compatible avec lui, malgré leurs nombreuses différences. Il les imaginait transportant des meubles emballés dans les escaliers d'une villa d'avant-guerre, jusqu'à l'appartement bon marché situé dans l'ancien grenier. Ils monteraient ensemble les étagères à livres, mais Emil exigerait à la moitié du temps de prendre le relais, laissant à Adam le rôle d'aide et de porteur de rafraîchissements.

Il était tellement doué pour le bricolage. Il réglait facilement la plupart des problèmes dans sa maison, et il était même venu accrocher de nouvelles étagères dans la chambre vide d'Adam au presbytère. Le regarder travailler de ses mains était un plaisir en soi, car cela rappelait à Adam les autres choses que ces doigts habiles pouvaient faire.

Les lits étant les plus chers, ils dormiraient au début sur un matelas posé à même le sol, sans que personne ne se demande pourquoi Adam passait la nuit dans la maison d'un autre homme. Parce que ce serait la leur. Ils choisiraient leurs assiettes et leurs couverts, et partageraient une armoire. Il ne serait pas obligé de se contenter de ce que le presbytère offrait ou de ce que sa Mère avait choisi. Tous les matins, Adam moudrait du café frais pour qu'ils puissent le prendre ensemble au petit déjeuner, et quand on lui poserait la question, il répondrait sans hésiter : « bien sûr, il est mon petit ami ».

Mais il ne pouvait pas le dire maintenant, parce qu'il n'avait pas l'intention de rester avec Emil, même si le fait de penser à ce sombre avenir rendait sa poitrine lourde de regrets.

Il jeta à nouveau un coup d'œil à l'église voisine. Il aurait assez de temps pour se confesser s'il y allait maintenant, mais Emil semblait si animé, si excité par le rendez-vous qu'il décida de rester et de boire lentement son café pendant qu'ils discutaient de ragots stupides.

Emil consulta sa montre en finissant son verre.

— Il est temps d'y aller. Tu es excité à l'idée de trimballer des caisses de cerises ?

Adam était certainement excité de voir les biceps d'Emil se gonfler lorsqu'il porterait les caisses, mais il garda cela pour lui et paya rapidement leur repas avant de suivre Emil sur la place. Le ciel était maintenant couvert, mais il avait encore beaucoup de soleil en lui.

— Faisons-le.

Ils sortirent de la zone interdite aux voitures pour se rendre dans un petit parc près du parking où ils avaient laissé la voiture du Père Marek, et s'assirent sur l'un des bancs, regardant un couple de personnes âgées donner des morceaux de pain sec aux pigeons.

— Je pourrais aussi faire un lot de prunes. La fille de Mme Zofia m'a rendu visite il y a quelque temps après être venue ranger la maison, et elle m'a offert les prunes du verger de sa mère si je les voulais. Elle avait entendu ce que les gens disaient de moi et des corbeaux et se sentait mal. C'était très gentil de sa part.

Adam sourit, mais son visage se décomposa lorsqu'une nuée de corbeaux s'abattit sur les pauvres pigeons, effrayant tellement la vieille dame qu'elle laisse tomber tout le sac en papier sur le trottoir. Les oiseaux noirs le déchirèrent, éparpillant le pain comme s'il s'agissait de tripes, et c'est ainsi qu'Adam s'était retrouvé au bord du fossé, observant les restes déchiquetés de Zofia.

— Peuvent-ils avoir la rage ? demande Adam lorsque le couple partit précipitamment.

Emil secoua la tête.

— Non. Ils sont toujours comme ça. Regarde, c'est la voiture. La camionnette rouge.

Il se leva et fit un petit signe au chauffeur.

L'homme lui répondit par un signe de la main et gara le véhicule sur le côté de la rue. Deux petites filles étaient assises sur l'autre siège avant, mais le fermier les laissa jouer et s'approcha avec un sourire poli. Il avait l'air d'un trentenaire tout ce qu'il y a de plus normal, même s'il avait les épaules un peu larges.

— Je m'appelle Piotr, dit-il en serrant d'abord la main d'Adam.

Ce n'est que lorsqu'il s'approcha qu'Adam remarqua un pin's sur le côté de son sweat à capuche. On pouvait y lire Familles contre l'idéologie LGBT et on y voyait les silhouettes d'une femme et d'un homme, accompagnés de trois petits enfants.

La poigne d'Adam se relâcha quelque peu, mais il garda un sourire poli en se présentant à son tour.

— Merci de nous avoir accordé votre temps. J'imagine que vous êtes un homme très occupé, dit-il en faisant un signe de tête vers la camionnette.

Un sourire illumina le visage de Piotr, qui jeta un coup d'œil par-dessus son épaule.

— Elles sont difficiles, mais j'ai entendu dire que cela ne ferait qu'empirer une fois qu'elles auraient atteint l'adolescence.

Là. Sujet sûr.

À côté d'Adam, Emil croisa les bras sur sa poitrine. Adam remarqua trop tard qu'il ne souriait plus.

— Ouais, putains d'ados, hein ? Ils pourraient se laisser pousser les cheveux ou se mettre du métal dans la figure. On ne voudrait pas ça, n'est-ce pas ?

Adam se figea, tout comme Piotr, dont les épaules se crispèrent, changeant son langage corporel en un clin d'œil.

— C'est quoi ton problème, le punk ?

Il s'en fallut d'un mot pour que les coups de poing ne fusent.

— Mon problème, c'est le tatouage « Suprémacisme Blanc » sur ton biceps. Tu l'as toujours ? Ou tu l'as remplacé par un arc-en-ciel barré ou quelque chose comme ça ? demanda Emil en serrant les poings.

Adam aspira l'air lorsque Piotr s'approcha d'un pas, raide comme une plaque de béton. Son visage devint rouge en une fraction de seconde, et la seule chose qui l'empêcha de s'attaquer à la gorge d'Emil fut peut-être le fait que ses enfants auraient pu le voir. Ses yeux se portèrent à nouveau brièvement sur son épaule et il prit une profonde inspiration.

— Je peux facilement trouver où vous vivez, bande de pédés, dit-il dans un grondement sourd, et la menace fit chuter l'estomac d'Adam.

— Pouvons-nous faire une pause ? Je ne sais pas de quoi il s'agit. Je suis prêtre.

Piotr le dévisagea, les lèvres tordues.

— Tu n'as pas l'air d'un prêtre selon moi.

Emil, quant à lui, était un mur et ne broncha même pas. Adam pensait qu'il ne voulait pas non plus commencer une bagarre avec un type qui avait ses enfants à l'œil.

— Peut-être que tu viendras seul cette fois, sans cinq amis pour te soutenir contre un adolescent, grogna-t-il, et il devint douloureusement évident pour Adam qu'il y avait des antécédents entre les deux hommes.

— Essayons d'arranger les choses comme des gens civilisés, dit Adam, tentant de se placer entre eux, mais Piotr le repoussa.

— Je parle à ton amant, alors reste dans ton chemin.

Adam n'avait jamais été malmené, pas depuis son enfance, et la force derrière ce qui n'était qu'une simple bousculade fit monter l'incertitude dans son dos. Ce n'était pas une bonne idée d'affronter quelqu'un d'aussi agressif, et il tira sur le dos de la veste d'Emil.

Emil ne l'entendit pas de cette oreille et poussa Piotr à son tour.

— Tu le touches encore une fois, et enfants ou pas enfants, tu t'écorches la gueule sur l'asphalte !

Les corbeaux autour d'eux se firent plus bruyants, certains s'envolant dans les airs, croassant comme une foule s'acharnant sur une paire de caleçons, mais Adam ne laisserait pas le sang couler.

Tout en Adam lui disait de fuir, mais il ne voulait pas abandonner Emil sur le champ de bataille.

— C'est ridicule. Piotr, est-ce le genre de message que tu veux envoyer à tes filles ? Tu ne peux pas frapper les gens dans la rue et penser que Dieu te pardonnera si tu te confesses et récites dix fois le Notre Père !

Piotr souffla, montrant ses dents, comme s'il s'agissait d'un chien menaçant de mordre.

— Si tu es vraiment celui que tu prétends être, tu ferais mieux de commencer à te servir de ta tête, mon Père. Tu as étudié pendant cinq ans pour devenir prêtre, et tu penses que cela te donne toutes les réponses ? C'est grâce à des gens doux comme toi que la racaille gauchiste a pris le contrôle de toutes les institutions de ce pays !

— Il y a littéralement une croix dans chaque salle de classe et dans chaque bâtiment gouvernemental de ce pays. De quoi parlez-vous ?

Piotr leva les mains avec un air renfrogné.

— Nous en avons fini ici. Aucune de ces dépravations n'aurait eu lieu si Jean-Paul II était encore là. Il aurait montré à des vermines comme vous leur place. C'est sur mon cadavre que vous obtiendrez mes cerises ! Je préfère les voir pourrir plutôt que de les laisser tomber entre vos sales mains !

Sur ces mots, Piotr se retourna et marcha vers sa voiture comme un bulldozer.

Adam regarda fixement son dos, son cœur battant encore la chamade et pompant l'adrénaline dans son système sanguin.

— Pour lui, qui était le Pape Jean-Paul ? Le Capitaine Catholique, le superhéros qui tue les ennemis de l'Église avec une épée en forme de croix ? Je suis désolé pour ses enfants.

Emil secoua la tête, raide comme un arbre qui marche.

— Allons-y, dit-il en saisissant la main d'Adam, mais ce dernier s'écarta d'un bond.

Il regretta la brusquerie de sa réaction lorsque la douleur traversa le regard d'Emil, vite remplacée par un masque d'indifférence.

— Peut-être que tu aimerais faire autre chose. Nous avons toute la journée pour nous, tenta-t-il, espérant ainsi distraire Emil de son fiasco.

— Oui, et pas de cerises parce que je suis un « pédé ». Rentrons à la maison.

Le regard d'Adam se dirigea encore une fois vers le clocher de l'église, mais il n'était pas question qu'il aille se confesser alors qu'Emil était si bouleversé.

— D'accord. Bien sûr. Nous pourrions aller nous promener une fois que nous serons à la maison.

— Faisons ça, grommela Emil.

Il fourra ses mains dans ses poches, ouvrant la voie vers la voiture, mais c'était Adam qui avait les clés, et il finit par rester debout près de la porte du côté passager alors que les premières gouttes de pluie tombaient du ciel.

Adam s'assit sur le siège du conducteur, incapable de se débarrasser de son sentiment d'échec. Il aurait dû être plus intelligent dans sa façon d'essayer de calmer la situation, mais peut-être qu'Emil ne l'aurait pas laissé faire. Il n'avait pas encore de mots de réconfort, alors il démarra la voiture et partit, mal à l'aise dans le silence dense qui remplissait le véhicule à chaque instant.

La pluie ajoutait à la misère d'une journée qui avait commencé sur une note si positive. Même s'il ne les voyait pas, Adam savait au fond de lui que les corbeaux les suivraient jusqu'à la maison. Après les expériences inhabituelles qu'ils avaient partagées avec Emil, il ne pouvait plus se mentir et prétendre qu'il s'agissait d'une coïncidence. Quelque chose chez Emil attirait les oiseaux de la même façon que la malchance le collait comme du goudron chaud.

Car quelles étaient les chances qu'un fermier amical se révèle être le vieil ennemi d'Emil ? Le malaise atteignit son point de rupture lorsqu'ils quittèrent Sanok pour s'engager sur une route sinueuse qui les mènerait finalement à Dybukowo.

— Comment as-tu su qu'il avait un tatouage du «Suprémacisme Blanc » ? demanda finalement Adam, incapable de supporter plus longtemps le vide qui régnait entre eux.

— Parce que c'est la dernière chose que j'ai vue après qu'il m'ait donné un coup de pied si fort qu'il m'a cassé les côtes et que je me suis évanoui ! grogna Emil.

Mais il se contenta de croiser les bras sur sa poitrine et de ne pas regarder Adam.

Cela donnait à Adam l'envie de faire demi-tour et... de faire quoi au juste ? Ce n'était pas comme s'il pouvait libérer un karma sur Piotr, mais le sentiment d'injustice était si grand qu'il étouffait sa gorge et l'incitait à appuyer sur l'accélérateur un peu plus fermement.

— Quand ?

— Ça n'a plus d'importance, dit Emil d'un ton amer qui laissait entendre que ça en a vraiment.

— Emil, s'il te plaît...

Emil haussa les épaules.

— J'avais quinze ans. Lors d'une grande sortie à Sanok pour un concert de métal. J'étais ivre avec mon ami, pour qui j'avais le béguin. Nous nous taquinions, nous tenions audacieusement la main en marchant vers la gare routière au milieu de la nuit. Nous avons été attaqués par une bande de skinheads qui cherchaient une cible. C'était tellement héroïque de leur part de s'en prendre à deux enfants.

La tête d'Adam palpitait de chaleur, mais il essayait de garder son regard sur l'asphalte mouillé alors que la pluie s'intensifiait, s'écrasant contre le pare-brise avec une colère croissante.

— Qu'est-ce qui s'est passé ?

Emil parla d'une voix sourde.

— Ils m'ont battu à plate couture. Parce que j'avais les cheveux longs, parce que j'avais un collier à pointes, parce que j'avais l'air d'un « pédé », sans aucune raison. J'ai passé un mois à l'hôpital, et mon ami a soudain décidé qu'il n'était définitivement pas bisexuel après tout. Drôle de coïncidence.

Les narines d'Emil se dilatent lorsqu'il inspira profondément.

— Il a réussi à s'enfuir, mais je ne lui en veux pas, nous étions tous les deux des adolescents effrayés. On ne peut pas s'attendre à ce que les gens fassent preuve d'une telle bravoure.

Les dents d'Adam se serrèrent et il se crispa sur le volant plus fort.

— Je ne peux pas croire que quelqu'un comme ça, avec si peu de respect pour les autres, ait le courage de brandir le drapeau du père de famille.

— Eh bien, c'est comme ça. Son père était ami avec le maire, et il s'est avéré qu'il avait un alibi pour la nuit où tout s'est passé. Personne n'a été poursuivi en fin de compte.

Emil haussa les épaules, regardant le pare-brise devant eux, mais une larme coula sur sa joue. Il semblait que même un homme aussi audacieux et fort avait un point de rupture.

L'incapacité de dire quoi que ce soit qui puisse réconforter Emil poignardait la poitrine d'Adam, et il prit un virage rapide lorsqu'il aperçut un chemin étroit menant à la forêt. Le véhicule fonça sur un arbre, mais il freina, s'arrêtant à quelques centimètres du tronc.

En coupant le moteur, Adam déboucla sa ceinture de l'autre main et tira sur le bras d'Emil.

— Viens ici, s'il te plaît.

Emil expira et baissa le regard, mais finit par se plier à la demande.

— Ça va, marmonna-t-il en se frottant les yeux.

— Non, ça ne va pas, insista Adam.

Il se rapprocha jusqu'à ce que le frein à main s'enfonce dans ses côtes, mais il ne lâcha pas le corps chaud d'Emil. Emil était un roc, quelqu'un qui riait face au malheur et qui trouvait toujours le moyen de voir quelque chose de positif dans une vie qui semblait plutôt misérable. Mais ce n'était qu'un homme. Il pleurait et souffrait comme tout le monde.

Emil luttait pour respirer profondément, frissonnant dans l'étreinte, et Adam n'avait pas besoin de lire dans les pensées pour se rendre compte qu'il se forçait à retenir les sanglots qui s'accumulaient dans sa poitrine. Cela brisait le cœur d'Adam de le voir ainsi, et il prit le visage d'Emil dans ses bras, pressant leurs fronts l'un contre l'autre.

— On va à l'arrière ?

Adam voulait le reprendre dans ses bras dès qu'Emil s'éloigna, mais ils se levèrent de leurs sièges et se précipitèrent hors de la voiture, glissant sur les sièges arrière avant que la pluie ne rende leurs cheveux humides.

Il tomba dans les bras d'Emil et le rapprocha, jusqu'à ce que la tête de ce dernier soit coincée sous sa mâchoire, et qu'ils soient à moitié allongés sur la banquette arrière, entourés de murs d'eau qui brouillaient tout ce qui se trouvait à l'extérieur des vitres.

— Je suis vraiment désolé, Emil. Je peux faire quelque chose ? demande-t-il en fermant les yeux et en se mettant à l'écoute de la chaleur tremblante du corps d'Emil.

— Non. Je ne veux pas être un fardeau pour toi, mais ça m'a frappé plus fort que je ne l'aurais cru. Je m'en étais remis, tu sais ? C'est exactement ce avec quoi tu vis ici. Comment c'est à Varsovie ? Pourrons-nous nous tenir la main ?

Il s'agissait évidemment d'une demande de changement de sujet. Adam croisa le regard d'Emil, qui exprimait tant d'espoir que toute idée de le libérer dans la grande ville, où il serait plus en sécurité et aurait accès à d'autres hommes gais, fut instantanément reléguée au second plan.

Parce qu'il était clair qu'Emil voulait bouger pour lui, et non pas pour la possibilité insaisissable de rencontrer quelqu'un. Et à ce moment-là, Adam voulait lui promettre un grand avenir ensemble, même si cela devait impliquer le secret en raison de la prêtrise d'Adam.

— Il y a aussi des homophobes, mais aussi beaucoup de personnes libérales. En outre, la plupart des gens ne te connaissent pas, alors ils s'en fichent. Et même si nous ne nous tenons pas la main dans la rue, il y a des endroits où nous pouvons le faire. Comme ce café sympa tenu par deux lesbiennes. Je t'y emmènerai et je m'assiérai à côté de toi.

Emil caressa la cuisse d'Adam, l'enlaça étroitement et s'allongea à côté d'Adam, acceptant le contact réconfortant.

— Ça a l'air vraiment bien.

Adam acquiesça et frotta l'humidité qui restait sur le visage d'Emil.

— Oui. Et nous devrions trouver un endroit avec beaucoup de parcs, pour que tu te sentes moins déraciné, dit-il, même s'il savait que le changement serait toujours un choc pour Emil à long terme.

— Tu dis ça comme si j'étais un animal sauvage.

Emil gloussa, frottant sa tête contre le menton d'Adam, mais ce dernier sourit et embrassa le côté de sa tempe, il était si à l'aise qu'il aurait pu faire partie de la pluie qui tapait sur le toit de la voiture.

— Je suppose que c'est le cas. Mais je ne veux pas t'apprivoiser. Je t'aime comme tu es, dit-il avec la chaleur du cœur.

Emil entrelaça leurs doigts.

— Comment était-ce pour toi à Varsovie ? Je sais que tu es prêtre, mais tu as aussi été enfant à un moment donné.

Adam ne revenait pas souvent sur ces souvenirs, mais en ce moment, ils ne lui semblent pas si douloureux.

— Plus facile. J'ai toujours mis l'accent sur la réussite scolaire, et j'ai donc fréquenté de bonnes écoles. Il y avait des enfants qui pensaient qu'il était tout à fait normal d'être gay, et d'autres qui n'étaient pas d'accord, mais il n'y avait pas les agressions physiques que l'on voit aujourd'hui. Pas autour de moi. Je suppose que le problème était surtout dans ma tête. Il déglutit. Tu sais, j'étais parmi les anti-gays, murmura-t-il, tremblant de honte devant l'hypocrisie de sa vie actuelle.

Il ne pouvait pas condamner les homosexuels pour ensuite brandir le drapeau arc-en-ciel le lendemain, et cette période d'adaptation qu'il traversait maintenant le laissait tremblant et incertain pour l'avenir.

Emil acquiesça.

— Et ta famille est très religieuse.

— Il y avait beaucoup de « Aimez le pécheur, détestez le péché ». Pas tellement de la part de Père, mais Mère est très conservatrice. Je ne voulais pas la décevoir, et quand j'ai réalisé que je n'aimais pas les filles de cette façon...

Il laissa échapper un rire et secoua la tête, essayant de repousser ses vrais sentiments, parce qu'il ne serait pas capable de parler de tout cela autrement.

— Elle raconte encore cette anecdote à chaque fête de famille. Elle raconte que je lui ai dit que j'allais épouser mon ami de maternelle. Tout le monde trouve cela hilarant. Je ne m'en souviens pas, mais elle m'a apparemment expliqué que les garçons épousaient les filles. C'est resté gravé dans ma mémoire.

Emil s'appuya davantage sur Adam, et la pression relâcha une partie de la tension dans les muscles d'Adam, le gardant en sécurité. Comme une couverture lestée.

— As-tu déjà eu le béguin pour des garçons plus tard ?

— Oui, dit Adam doucement, se demandant si son cœur battait assez fort pour qu'Emil l'entende aussi. Je me suis toujours dit que si je les aimais tant, c'était parce que je les admirais. Puis j'ai grandi, et tout le monde a commencé à découvrir le sexe, et c'est là que j'ai vraiment compris qu'il y avait quelque chose qui n'allait pas chez moi. Les enfants essayaient d'être à la mode et faisaient des blagues sur le sexe des homosexuels, et je sentais tout ce mépris à mon égard, chuchota-t-il lorsque sa voix se brisa. J'ai prié très fort, mais Dieu ne voulait pas me changer. J'ai essayé de ne pas penser aux garçons de cette façon, mais j'ai découvert la masturbation, et mon problème s'est encore aggravé. Chaque jour, je me disais que c'était la dernière fois, puis je recommençais, et j'imaginais toutes ces choses que mes camarades de classe trouvaient si dégoûtantes. À l'église, on m'a toujours dit que Dieu n'aidait pas magiquement ceux qui n'étaient pas prêts à travailler pour résoudre leurs problèmes, alors quand j'ai découvert le conditionnement en classe, je me suis dit que ça pouvait marcher pour moi aussi. À partir de ce moment-là, je me pinçais ou je me punissais si je faisais ou pensais à quelque chose que je ne devais pas faire. Le fouet a mieux fonctionné, parce qu'il faisait vraiment mal et et je n'étais plus d'humeur à le faire, mais j'ai trouvé ces magazines pornographiques par hasard, je les ai pris et je n'ai pas pu m'en empêcher. Ils m'ont tellement excité, comme si je devais compenser tout le temps où je refusais de penser au sexe. J'ai été découvert et ils m'ont envoyé ici. L'archevêque pensait qu'un village isolé me permettrait de rester concentré sur mes objectifs de prêtre. Tu sais comment cela s'est passé, dit Adam, écoutant la fadeur de sa voix tandis que la pluie tapotait au-dessus de sa tête.

Emil serra Adam plus fort dans ses bras et l'embrassa dans le cou.

— Tu le regrettes ? De m'avoir rencontré ?

Une voix au fond de l'esprit d'Adam lui disait qu'il devrait le faire. Sans Emil, il aurait sûrement continué sur sa lancée, mais il n'y avait aucun regret dans son cœur. Seulement de la peur et de l'incertitude.

— C'est l'une des choses les plus importantes qui me soient arrivées. Et je ne reviendrais pas en arrière, même si je le pouvais, dit-il en resserrant ses bras autour d'Emil.

Emil lui caressa la clavicule à travers son tee-shirt.

— Je sais que tu as perdu le fouet, mais tu ne te fais plus mal, n'est-ce pas ?

Adam déglutit difficilement. Pendant de nombreuses années, le fouet lui avait donné un sentiment de sécurité, mais cela ne lui avait pas manqué.

— Tu sais bien que non. Tu me vois nu tout le temps.

Emil s'esclaffa.

— Et faisons en sorte que cela continue ainsi.

Il n'était pas clair s'il voulait dire pas de fouet, ou voir Adam nu souvent. Très probablement les deux.

Adam ferma les yeux et noua quelques-unes des longues mèches d'Emil autour de sa main avant de les porter à son visage. Elles sentaient le soleil de la veille et la fumée, et il désirait ardemment que ce parfum, l'arôme le plus sûr et le plus doux au monde, s'accroche toujours à lui.

— Faisons en sorte que cela continue ainsi, répéta-t-il d'une voix douce, captant le regard d'Emil.

La pluie tape sur le toit de la voiture à un rythme apaisant qui rehaussait la beauté du tonnerre qui grondait au loin. Quelque chose gratta sur le métal, et le croassement qui suivit signifiait que plusieurs oiseaux s'étaient posés sur la voiture, montant la garde.

Enfermé dans la chaleur des bras d'Emil, Adam se sentit écouté. Contrairement aux prêtres qui écoutaient ses confessions, Emil lui offrait de la compréhension. Un soutien plutôt que des prières et des pénitences. Il n'avait jamais pensé qu'un jour viendrait où il confierait ses secrets à quelqu'un avec autant de détails, mais il confierait sa vie à Emil. Ils se léchèrent mutuellement les plaies et se recroquevillèrent dans la sécurité de leur tanière.

— Je n'ai jamais eu quelqu'un à qui je pouvais parler comme ça, murmura-t-il en touchant le visage d'Emil, le tirant doucement vers l'arrière.

Son omoplate glissa sur le dossier et ils se déplacèrent ensemble jusqu'à ce qu'Emil s'installe sur lui, les poitrines alignées si étroitement qu'Adam en eut le souffle coupé.

— Tu veux attendre la fin de la tempête ici ? murmura Emil, mais c'était une question idiote, car Adam aurait pu rester là pour toujours sans s'ennuyer.

Il se pencha et frotta son nez contre celui d'Emil avant de presser leurs lèvres l'une contre l'autre dans un baiser doux et chaste qui le cloua au siège, comme s'il était un insecte immobilisé avec une épingle pour le plaisir d'Emil.

— Tant que tu es là.

— Je ne vais nulle part, dit Emil entre un baiser et un autre, glissant ses mains sur les côtés du corps d'Adam.

Ils n'avaient pas fait grand-chose sexuellement et s'étaient contentés de se toucher, de s'embrasser et de se regarder se masturber comme ultime plaisir, parce que c'était la restriction qu'Adam avait imposée à leur relation. Mais il ne s'attendait pas à ce que ce changement d'orientation lui permette de connaître chaque centimètre du corps d'Emil et qu'il soit touché à des endroits inattendus, comme les aisselles ou les pieds.

Et il adorait ça. Il voulait qu'Emil laisse son odeur partout, il voulait le marquer en retour, jusqu'à ce qu'il n'y en ait plus qu'une seule qui soit la leur. Et il en avait désespérément besoin.

— Enlève-la, demanda-t-il en poussant la veste ouverte d'Emil.

Dès qu'Emil se leva, Adam tira sur son propre haut, le coinçant brièvement sur son visage.

Emil était tout aussi impatient de se déshabiller et son torse était une merveille une fois découvert. Ses pectoraux, ses biceps et ses larges épaules étaient stupéfiants, mais l'émotion la plus forte dans le cœur d'Adam était de savoir à quel point il se sentait proche de cet homme, et combien il ferait tout pour le rendre heureux.

Emil s'esclaffa.

— Tu n'as pas peur que quelqu'un se rende dans les bois en pleine tempête juste pour nous trouver ?

Adam secoua la tête.

— Qu'ils aillent se faire foutre. D'ailleurs, personne ne vient. C'est toi, moi et les corbeaux, dit-il lorsque quelque chose gratta sur le toit. Toi et moi, répéta-t-il, son regard parcourant la ligne tentante de la gorge d'Emil.

Les cheveux noirs tombaient en cascade sur les épaules, laissant le cou d'Emil à découvert, et Adam laissa la tentation s'emparer de lui tandis qu'il se penchait, frottant son visage sur la peau chaude.

Emil ne répondit pas, laissant ses mains parler pour lui. Elles parcoururent les creux et les sommets de la chair d'Adam, comptèrent chaque côte du bout de leurs doigts doux, faisant frissonner Adam et recroqueviller ses orteils sous l'effet de la tendresse de ce toucher. Non pas que la tendresse soit la seule chose à offrir, car l'érection d'Emil se pressait déjà contre la sienne, toutes deux encore emprisonnées dans leur jean.

C'était le moment où Adam s'éloignait pour que chacun puisse s'occuper de ses propres affaires, mais cette fois-ci, il glissa sa main le long de la poitrine d'Emil avec un but précis. L'anneau du mamelon était chaud contre sa paume, et il le fit rouler avec la chair d'Emil, parfaitement conscient de la façon dont le souffle de ce dernier tremblait en réponse. Ses yeux s'accrochèrent à ceux d'Emil lorsqu'il le prit en coupe à travers le jean, et bien qu'un malaise lui grattait l'arrière de la tête, il savait que son toucher, aussi peu habile qu'il soit, serait apprécié.

Emil ronronna contre la joue d'Adam comme une bête sauvage. Celle d'Adam, même s'il n'était pas apprivoisé.

— C'est si bon, murmura-t-il.

Il embrassa le long de la mâchoire d'Adam, jusqu'à son oreille, jusqu'à ce qu'il s'arqueboute sur le siège, reprenant de l'air en désespoir de cause.

Il glissa sa main libre dans le dos d'Emil, serrant sa chair tout en tirant sur sa ceinture, essayant de l'ouvrir en toute hâte.

— Oui, c'est vrai, dit-il, frissonnant de l'excitation que lui procurait le frottement de cette longueur dure contre son poignet.

Il avait fait son choix et il ne doutait pas qu'Emil le suivrait volontiers. Après tout, s'ils avaient convenu que se toucher était acceptable, quelle différence cela faisait-il qu'il touche la cuisse ou la verge d'Emil ? Cela ne devrait pas avoir d'importance. Toute la chair d'Emil était addictive.

L'audace du contact d'Adam fut le signal d'Emil. Il tira sur l'oreille d'Adam avec ses dents tout en ouvrant sa fermeture éclair. Le simple son suffit à enflammer le corps d'Adam, un magnifique bourdonnement métallique qu'il pouvait physiquement sentir glisser le long de son dos.

— Je veux que tu te sentes bien, dit-il en embrassant le cou d'Emil.

Et dès que le pantalon fut ouvert, il y introduisit sa main, tremblant devant l'impossible chaleur qui s'y trouvait emprisonnée.

Emil gémit et imita le geste d'Adam, glissant ses longs doigts dans la chaleur du jean d'Adam.

— Tu le fais toujours.

Adam ne savait plus sur quoi se concentrer, submergé par les sensations de toucher et d'être touché. Il captura le regard d'Emil, essoufflé alors qu'il frottait son pouce contre la tête lisse avant de pomper lentement la longueur, et la façon dont les beaux traits au-dessus tressaillaient valait plus que tous les autres plaisirs du monde réunis. Il était enchanté et entièrement dévoué au plaisir de son amant.

C'était différent des nombreuses fois où ils s'étaient masturbés en se regardant l'un l'autre, et il n'y aurait pas de retour en arrière. Il avait envie d'être celui qui amenait Emil au bord de l'orgasme, la cause du désir d'Emil, et la seule personne qui comptait pour lui.

Emil le surprit en bougeant ses hanches, faisant aller et venir sa queue dans le poing d'Adam dans un mouvement qui rappelait la fois où Emil l'avait baisé. Il n'y avait aucune raison ou logique au besoin d'Adam, mais il voulait aussi baiser Emil. Il se déhancha, fixant les yeux d'Emil dans leur profondeur infinie tandis qu'ils bougeaient ensemble, remplissant la voiture de leurs doux grognements.

Son corps s'échauffait à une vitesse embarrassante, mais ce qu'Emil lui faisait ressentir était trop parfait pour qu'il le laisse l'arrêter ; il roulait son corps, désespéré de garder l'attention de cet homme pour toujours.

Emil sursauta de surprise, mais sourit tout de suite après.

— Refais-le, murmura-t-il, en baisant la main d'Adam plus vite et en serrant sa bite en même temps. Je veux sentir ton sperme couler sur mes doigts.

C'était comme si Emil avait atteint l'intérieur d'Adam et caressé les centres de plaisir de son cerveau. Le désir envahi le corps d'Adam comme une explosion de chaleur, et il se libéra entre les doigts d'Emil, comme on le lui avait demandé. Il poussa un gémissement bruyant, vite étouffé par la bouche d'Emil, et comme Emil bougeait plus vite, balançant ses hanches contre la main d'Adam, il était tout naturel pour Adam d'enrouler ses jambes autour d'elles.

— Sur moi. S'il te plaît, supplia-t-il en serrant ses doigts autour de la queue palpitante.

Il n'avait pas besoin de demander deux fois. Ses mots fonctionnèrent comme un charme, et Emil le noya dans un baiser alors que la chaleur de son sperme se répandait sur le ventre d'Adam, et jusqu'à sa poitrine. Et c'est lui qui l'avait fait, lui qui avait fait jouir Emil si vite et si fort. À ce moment-là, il avait l'impression de jouir à nouveau, dans sa tête, mais ce n'était pas moins réel que la première fois. Sans réfléchir, il saisit la main d'Emil et la remonta le long de son ventre, à travers leur sperme, et se décolla du siège pour un autre baiser, celui-ci profond, minutieux, et dirigé par lui.

Ils ne faisaient plus qu'un avec la pluie battante alors qu'ils prenaient leur temps pour s'embrasser comme deux adolescents, affamés l'un de l'autre même après avoir assouvi leur désir.

Finalement, ils se mirent à se caresser l'un l'autre paresseusement, et Emil reposa son poids sur Adam pendant qu'il se détendait.

— J'ai adoré ça, murmure-t-il, la tête posée sur l'épaule d'Adam, les yeux fermés, comme si son esprit s'attardait encore sur leur moment de passion.

Adam n'avait aucune idée de la façon dont un seul homme pouvait être aussi éblouissant. Mais il aimait aussi ce qu'ils venaient de faire. Et quelque part au fond, au-delà de toutes les barrières qui gardaient son esprit en sécurité, mais qui semblaient si translucides maintenant, il savait qu'il aimait aussi Emil. Qu'il ferait n'importe quoi pour lui.

— Notre propre moment de Titanic, dit Adam en levant les bras, traçant ses doigts sur la vitre embuée au-dessus.

Emil s'esclaffa.

— La seule question est de savoir lequel d'entre nous survivra.

Adam ricana, se sentant parfaitement satisfait du désordre collant sur son estomac tant qu'Emil continuait à le tenir avec des bras qui lui semblaient plus sûrs que ceux de l'Église. Plus sûr que tout ce qui était sacré.

— Il y avait manifestement de la place pour deux personnes sur cette porte.

— Mais s'il le fallait, je me noierais pour toi, dit Emil, les yeux toujours fermés et une expression de béatitude sur le visage.

Il aurait tout aussi bien pu découper le cœur d'Adam et le mettre sur sa cheminée.

— Je veux aussi t'aider. Veux-tu... reconsidérer ce dont nous avons parlé tout à l'heure ?

Emil gémit.

— Je peux faire ma propre vodka. C'est bon.

— Mais il faut encore payer les bouteilles et les autres ingrédients.

Emil resta silencieux pendant un moment.

— Je te remercie. D'avoir tant voulu que cela se produise. Mais tu dois me laisser rembourser chaque grosz une fois que nous serons installés à Varsovie.

Adam ne put empêcher le large sourire qui lui tiraillait les lèvres et l'embrassa fougueusement, se déplaçant jusqu'à ce qu'il réussisse à ramper sur Emil et à coincer sa tête entre ses coudes. Il n'aurait jamais cru pouvoir être aussi heureux de perdre l'argent qu'il avait économisé depuis si longtemps, mais au moins maintenant l'argent avait une raison d'être autre que de rester sur son compte en banque et d'y accumuler un minuscule intérêt.

— Bien. Je peux te laisser faire ça, mais en attendant, ton âme est à moi.

Emil lui rendit son sourire et lui donna une claque sur le cul.

— Monstre de cupidité.

CHAPITRE 17

EMIL

Les bouteilles remplissaient la maison d'Emil de haut en bas. Adam et lui en avaient longuement discuté et le consensus était qu'il fallait faire les choses en grand ou se casser la figure, Emil devait donc avoir beaucoup d'alcool sous la main. Ils avaient commencé à produire les alcools arrangés au mois d'août, et comme Adam l'avait aidé à chaque étape du processus, le travail n'empiétait pas trop sur le temps qu'ils passaient ensemble. Cependant, cela signifiait moins de promenades à cheval ou de promenades paisibles dans la forêt.

Fin octobre, l'envie de sortir n'était de toute façon pas si impérieuse, d'autant que les derniers jours avaient été catastrophiques : orages, pluies incessantes et baisse des températures annonçant le mois de novembre. Les supérieurs d'Adam l'avaient déjà informé de sa prochaine affectation. Il ne lui restait plus que dix-sept jours à passer à Dybukowo. Dix-sept jours avant qu'Emil ne doive l'accompagner jusqu'à l'arrêt de bus et lui dise au revoir.

Si tout se passait comme prévu, il suivrait bientôt Adam, même si la perspective de se déraciner - et de déraciner Jinx - faisait germer le malaise dans sa tête comme de la moisissure. Pour la première fois de sa vie, il y avait un but extérieur qui le guidait loin de la vie qu'il connaissait, et même s'il craignait que l'adaptation à la vie en ville ne soit difficile, il ne renoncerait pas non plus à la chance de bonheur qui lui était tombée dessus sans crier gare.

Il ne voulait pas laisser partir Adam, et plus ils restaient ensemble, plus il voyait à quel point ils étaient compatibles. Mme Luty et le Père Marek l'auraient remarqué si Adam avait commencé à passer des nuits chez Emil, mais il quittait souvent le presbytère dès le matin pour se glisser dans le lit d'Emil, comme si le simple fait d'être à ses côtés lui apportait la paix.

Ils regardaient des films ensemble, lisaient des livres en se blottissant dans les draps, et Adam ne rechignait pas non plus au travail physique, désireux de donner un coup de main pour les alcools arrangés ainsi que pour les travaux banals de la ferme. Quoi qu'ils fassent, les sujets de conversation ne manquaient jamais. Après des années de solitude, Emil avait enfin trouvé quelqu'un dont le cœur était en parfaite harmonie avec le sien.

Déterminé à partir avec lui, Emil avait ravalé sa fierté et accepté un prêt de l'argent d'Adam pour payer les ingrédients nécessaires, mais alors qu'il était aussi la principale force en termes de préparation, Adam avait passé des appels au nom d'Emil dans une tentative de transformer les alcools arrangés en argent. Et tandis qu'Emil savait à quel point il était fou d'avoir choisi de déraciner sa vie pour devenir l'amant secret d'un prêtre catholique, un homme qui ne reconnaîtrait jamais ouvertement leur relation, le dévouement d'Adam à leur cause confirmait que c'était la bonne décision.

Il ne l'avait pas encore dit à Adam, mais il avait décidé de vendre la maison pour avoir les moyens financiers de prendre un bon départ dans la grande ville. L'idée de se séparer définitivement des montagnes réveillait en lui une profonde nostalgie, mais rien de tout cela n'avait d'importance face à ce qui pourrait être.

Il avait trente ans. Il était temps pour lui de faire quelque chose de radical. De changer de vie. D'arrêter d'espérer des miracles et de prendre son destin en main.

Peut-être qu'une fois qu'Adam aurait fait sa pénitence à Dybukowo, une fois qu'il aurait mis la peur des démons derrière lui, il serait capable de s'ouvrir sexuellement aussi. Car il n'y avait pas un jour où Emil ne rêvait pas de plaquer le beau postérieur d'Adam sur le matelas. Ou d'être celui qui prenait la queue, d'ailleurs. L'une ou l'autre solution lui convenait tant qu'Adam était dans ses bras, haletant, et lui murmurant des confessions d'amour.

En termes d'intimité, ils en étaient encore au stade de l'innocence adolescente, mais il supposait que cela pourrait changer. Perdre le contrôle de son corps aurait été une expérience traumatisante pour n'importe qui, Emil avait donc décidé d'être patient.

Ni l'un ni l'autre n'avaient exprimé leurs sentiments à voix haute, mais Adam comprenait sûrement la profondeur des émotions d'Emil, car sinon pourquoi aurait-il eu l'idée de les faire déménager tous les deux ensemble ?

Emil remuait une dernière fois l'infusion de fleurs de sureau fraîches et commençait à la verser dans des bouteilles lorsqu'Adam sortit de l'ancienne chambre de son Grand-père, tout pâle et se déplaçant avec raideur, comme s'il avait été laissé trop longtemps dans le froid.

— J'ai trouvé quelque chose de bizarre.

— Qu'est-ce que c'est ?

Emil pencha la tête et posa la précieuse bouteille. Il n'avait rien changé dans cette pièce depuis qu'elle était vacante, mais, comme le coffre de Grand-mère à l'étage, elle contenait des objets qui pouvaient sembler étranges à quelqu'un qui n'était pas familier avec le folklore local.

Adam se lécha les lèvres et rejoignit Emil près de la table de la cuisine, mais lorsqu'il ouvrit la main, le visage d'Emil se décomposa, car il n'avait aucune explication pour l'objet qui se trouvait dans la paume d'Adam. Dans sa paume se trouvait une petite figurine dont le torse était percé d'une mèche de cheveux noirs. Le bois dont elle était faite était devenu sombre à cause de l'âge, mais les cornes sur sa tête et les lignes simplifiées qui composaient son visage étaient aussi claires que le jour.

C'était un diable, ou l'une des nombreuses créatures folkloriques qui lui étaient associées.

Le visage d'Emil rougit de chaleur tandis qu'il se grondait silencieusement d'avoir laissé cette fichue figurine là où il l'avait trouvée dans les affaires de Grand-père il y a quelques semaines, lorsqu'il avait enfin choisi de fouiller dans les affaires du vieil homme en prévision du déménagement à venir. Adam se sentait chez lui dans sa maison, alors bien sûr, il se comportait comme tel et ouvrait les tiroirs lorsqu'il cherchait quelque chose.

— Il y avait aussi des notes, dit Adam.

Et comme sa main tremblait, il se fit un devoir de poser la figurine sur la table et de reculer.

Quelques secondes plus tard, il se dirigea vers l'évier et se lava les mains, comme s'il craignait que l'objet ne soit porteur d'une maladie.

Emil gémit. Oui. Des notes. Les notes de sa grand-mère sur les meilleurs moyens d'attirer Chort, qui allaient du placement de bols de nourriture aux quatre coins de la maison au sacrifice humain, mais ce dernier point était une chose tellement bizarre à écrire par sa charmante grand-mère qu'il avait choisi de ne le mentionner à personne. Il ne pouvait qu'espérer qu'Adam ne l'avait pas encore lu.

— Je ne voulais pas que tu aies peur. Elle devait appartenir à ma grand-mère.

Emil prit la petite sculpture dans sa main et fixa les taches rouges qui lui tenaient lieu d'yeux.

Adam expira et posa ses mains sur le plateau de la table, pendant un moment si immobile qu'on aurait dit qu'il n'était pas là.

— C'est juste que... c'est tellement bizarre d'avoir ça dans la maison. Et ces cheveux... Ils sont comme les tiens, ajouta-t-il à voix basse.

Emil tira sur l'une de ses vagues et la compara à celles attachées à la figurine.

— Peut-être. Mais les cheveux de ma grand-mère étaient aussi comme ça. Elle les a portés longs toute sa vie et ils n'ont jamais grisonné.

Adam prit une grande inspiration.

— Tu peux me dire si c'est le tien.

— Quoi ? Pourquoi serait-il à moi ? Emil le regarda fixement, étrangement froid dans l'espace douillet chauffé par le grand poêle en faïence.

— Je ne sais pas... la tradition ? Comme ces offrandes ? demanda Adam, mais il était déjà en train d'attraper la main d'Emil.

— Je te dis que ce n'est pas le mien. Mais je pense qu'il est utilisé pour attirer Chort.

Les yeux d'Adam s'écarquillèrent.

— Et tu le gardes dans la maison ?!

— Ce n'est qu'une babiole.

Il sut qu'il avait fait une erreur en disant cela quand Adam devint affreusement pâle en quelques secondes.

— Une babiole ? Il est là depuis tout ce temps. Et si cette... cette chose était la cause de ma possession ? demanda Adam d'une voix qui s'élevait à chaque syllabe.

Il fit un pas vers la porte, comme si la figurine était une bombe sur le point d'exploser.

Emil se frotta le visage.

— Je ne l'ai trouvé que lorsque nous avons décidé de déménager, parce que je devais choisir les affaires de mon grand-père que je voulais garder. J'étais en train de fouiller dans beaucoup de choses et je l'ai oublié.

Adam pressa ses lèvres l'une contre l'autre, toujours tendu.

— Tu peux t'en débarrasser ?

— Hum. Et si c'était important ? Peut-être que quelqu'un sait ce que c'est ?

— Tu veux dire que tu ne veux pas t'en débarrasser ?

Emil se mit debout et leva les mains.

— Non ! Non, d'accord, je vois que tu paniques.

Adam se prit le visage dans les mains, puis s'essuya nerveusement les paumes sur son pantalon.

— Parce que cette créature pourrait se nourrir de moi même si je ne la vois pas. Et... je ne sais pas, tu aurais techniquement pu l'obtenir parce que tu as remarqué mon intérêt pour toi.

Les rouages de la tête d'Emil s'activèrent, se bloquant sur le concept qu'Adam tentait de communiquer.

— Es-tu en train de suggérer que je suis un adorateur du diable ? Que je t'ai ensorcelé pour pouvoir te baiser ? Sérieusement ?

Adam détourna le regard.

— Comment puis-je savoir ce qui est possible et ce qui ne l'est plus ? J'ai été littéralement enfermé dans mon propre corps et j'ai marché jusqu'ici. Jusqu'à toi. Peux-tu vraiment me reprocher de poser des questions ?

Emil serra les dents, s'approcha du poêle, ouvrit la porte métallique et jeta la figurine dans le feu. Les cheveux grésillèrent les premiers, mais le bois prit rapidement feu lui aussi. Emil regarda Adam, encore choqué par ce manque de confiance.

— Heureux maintenant ?

Adam se couvrit le visage et acquiesça, ses mouvements étaient raides comme s'il était encore inquiet, mais il dit :

— Je pense que oui.

La colère d'Emil s'évapora lorsqu'il vit les épaules voûtées. Il n'aurait pas dû le prendre si personnellement. Adam souffrait encore de ce qui lui était arrivé cette nuit-là, et ce dont il avait besoin, c'était de compréhension, pas de mots durs. Il serra Adam dans ses bras et l'embrassa sur le côté de la tête.

— Tu as toujours peur que ça se reproduise ?

Adam se pencha dans l'étreinte, comme s'il n'avait jamais vraiment cru à ses propres accusations, et passa ses bras autour d'Emil, le serrant presque trop fort.

— Oui, pas toi ? J'avais un secret douloureux que personne ne devait connaître, et il l'a utilisé contre moi.

Emil caressa le dos d'Adam, appréciant la proximité de celui qui est devenu son univers.

— Serait-ce si terrible de faire l'amour avec moi ?

Le corps d'Adam trembla, mais il ne lâche pas prise.

— Ce n'est pas la question ! C'est mon corps. C'est le mien. Comment peux-tu demander ça ?

Emil se contenta de le serrer plus fort dans ses bras.

— Je suis désolé. Je n'ai pas réfléchi.

— Et s'il me force à cibler quelqu'un d'autre la prochaine fois, à avoir des relations sexuelles avec d'autres hommes ?

Emil se pencha en arrière pour regarder Adam dans les yeux.

— Tu as dit qu'il répondait à tes besoins intérieurs. As-tu besoin « d'autres hommes » ?

Adam refusa de le regarder, rougit jusqu'à la racine des cheveux.

— Il n'a pas besoin de dire la vérité. Il est le diable. Il est mauvais, et les besoins que j'ai combattus toute ma vie l'ont en quelque sorte laissé entrer.

— Le mois prochain, tu laisseras Dybukowo et toute cette histoire derrière toi.

Emil embrassa Adam sur les lèvres. Il aurait eu très mal s'il n'avait pas dit ces mots, sachant qu'il n'était pas l'une des choses qu'Adam avait hâte de laisser derrière lui.

Ils ne firent pas grand-chose par la suite, Adam étant toujours en morceaux après sa crise, et malgré le sentiment de trahison causé par ses soupçons, Emil avait été là pour lui, alors qu'ils étaient allongés dans le lit, se serrant simplement dans les bras et échangeant de doux baisers.

Les boîtes d'alcools arrangés étaient rangées dans cet espace des plus privés, et tandis qu'il les étudiait, caressant le dos d'Adam pour le réconforter, l'inquiétude le prenait à la gorge. Ils avaient investi tant de temps et d'argent dans ce projet, mais n'avaient pas encore vendu une seule bouteille. La raison l'avertissait que l'histoire aimait se répéter et qu'il n'aurait pas dû investir tout son argent dans un projet qui risquait de ne pas fonctionner.

Les bonnes choses n'arrivaient jamais à Emil Słowik, et chaque fois qu'elles semblaient le faire, le destin utilisait ces brefs moments de bonheur pour le frapper encore plus fort en lui ôtant tout espoir. L'entreprise risquée pourrait le plonger dans les dettes tandis qu'Adam serait libre de partir, soulagé de ne pas avoir à endurer plus longtemps les tourments de son séjour à Dybukowo. Mais Adam était quelqu'un de bien au fond, et Emil lui faisait confiance.

Adam devait célébrer la messe ce jour-là. Ils laissèrent donc la maison d'Emil derrière eux et se dirigèrent vers l'église. Adam était toujours plus silencieux que d'habitude, et Emil craignait que son amant ne devienne réticent à passer du temps chez lui après avoir trouvé cette fichue poupée.

Au grand dam de Mme Luty, Emil était maintenant un invité fréquent au presbytère car il était impossible de cacher son amitié avec Adam. Le fait qu'Emil soit dans le placard était une bénédiction déguisée, car ils pouvaient se cacher à la vue de tous. Personne dans le village n'aurait l'idée saugrenue qu'Emil et Adam baisaient ensemble.

Le prêtre savait qu'Emil était gay, puisqu'il avait écouté sa confession quand il essayait encore de s'intégrer et de participer aux rites catholiques, mais il ne semblait pas trop inquiet, ignorant peut-être la transgression d'Adam à Varsovie. Ou bien il ne voulait tout simplement pas remuer le couteau dans la plaie. L'homme était heureux tant qu'il avait du gâteau tous les jours et quelques verres une fois par mois, alors pourquoi lui compliquerait-il la vie en s'interrogeant sur la nature de l'amitié d'Emil avec un jeune prêtre ?

Lorsqu'ils atteignirent la porte du presbytère, Adam semblait être comme d'habitude, et Emil se sentit coupable d'avoir si souvent écarté la question de l'état mental d'Adam. Ce qui s'était passé les avait rapprochés, mais cela ne rendait pas la possession moins horrible. La découverte de la figurine du diable avait rappelé que pour Adam, tout cela était douloureusement réel et actuel.

— Je dois me changer, dit Adam en entrant.

Emil connaissait si bien l'endroit qu'il pouvait maintenant montrer le chemin, mais il fut frappé par les éclairs dans les yeux de Mme Luty lorsqu'ils traversèrent la cuisine.

— Il n'y a plus de gâteau, dit-elle avec du givre dans la voix.

— Et si je balayais la cour pendant la messe ? demanda Emil, qui n'avait pas grand-chose à faire de toute façon et qui voulait garder un œil sur Adam.

Mme Luty fredonna et se dirigea vers l'armoire où étaient rangées toutes les friandises.

— Je suppose qu'il reste de la babka au chocolat. C'était prévu pour le goûter de demain, mais je pourrais en faire une autre ce soir.

Adam tapota discrètement le dos d'Emil et s'apprêtait à se rendre dans le bureau où étaient conservés tous les vêtements, lorsque la gouvernante l'épingla de ses yeux pâles.

— Oh, et mon Père. Vous avez reçu un appel de la curie de Cracovie. Ils ont dit qu'ils voulaient cinq cents unités. Je ne sais pas de quoi il s'agit, mais ils m'ont demandé de vous le dire dès que possible.

Adam aspira tellement d'air qu'il aurait pu s'élever au-dessus du sol comme un ballon.

— Cinq cents bouteilles. Tu as entendu ça ? demanda-t-il en saisissant la main d'Emil et en la serrant.

Son visage rayonnait de joie, comme s'il n'y avait pas de meilleur message qui l'attendait.

Il fallut plusieurs secondes à Emil pour comprendre de quoi il s'agit.

— Des bouteilles ? Tu veux dire...

— Oui, des alcools arrangés biologiques et artisanaux dans un emballage rustique. Des cadeaux parfaits pour les politiciens, les fonctionnaires et les amis de l'Église, juste à temps pour Noël.

Emil cligna des yeux, décontenancé par cette évolution. La curie de l'archevêque ? Il ne savait pas qu'Adam avait présenté ses produits à des représentants de l'Église.

— Combien dois-je demander pour ces produits ?

La main d'Adam sur la sienne était plus chaude que jamais.

— J'ai déjà fait le calcul. Nous obtiendrons 80 % de profit sur chaque bouteille. Cinq cents bouteilles, c'est un début, mais un bon début !

Emil n'en revenait pas que la chance lui ait souri pour une fois. Peut-être qu'Adam était vraiment son porte-bonheur ? Il toucha le petit pendentif en forme de croix qu'Adam lui avait offert lors de la Nuit de Kupala.

— Cinq cents... Cela me permettra de passer les premiers mois sans problème. J'aurais le temps de chercher un emploi. En fait, j'étais en train de... regarder les écuries. Il y en a tellement autour de Varsovie, et si je trouvais du travail dans l'une d'entre elles, je pourrais obtenir une réduction pour garder Jinx.

Mme Luty pencha la tête, l'assiette de babka au chocolat toujours à la main.

— De quoi s'agit-il ?

Adam se retourna et lâcha Emil avec une réticence qui fit grandir le sourire d'Emil.

— J'ai aidé Emil à trouver un acheteur pour ses alcools arrangés. Vous savez à quel point le Père Marek aime ça. Et il pourrait...

— Déménager, dit Emil en lui prenant l'assiette.

— Déménager ? Bonté divine. Pour aller où ?

Elle le scruta de la tête aux pieds comme si elle le voyait pour la première fois. Emil se redressa.

— À Varsovie.

— Et que sais-tu de Varsovie ? Tu n'as pas quitté Dybukowo de toute ta vie.

— Ce n'est pas vrai. J'ai été absent quelques fois.

— Pour quelques jours à la fois. Tu ne peux pas déménager, dit Mme Luty en se rapprochant, comme si elle avait oublié à quel point elle avait été méchante avec lui au cours des douze dernières années.

Adam fit un clin d'œil à Emil et partit se changer, ce qui laissa Emil aux prises avec la gouvernante curieuse, qui le fixait comme si elle s'attendait à entendre que tout cela n'était qu'une blague.

— Ne vous inquiétez pas, Mme Luty, vous aurez encore l'occasion de me voir pendant un certain temps. De toute façon, je dois vendre la maison avant de partir pour de bon.

Mme Luty sursauta, se touchant le milieu de la poitrine en signe d'exaspération.

— Vendre les terres de tes grands-parents ? C'est à toi d'en faire ce que tu veux, mais ce n'est pas quelque chose que tu envisages sérieusement, Emil. Je sais que nous ne sommes pas toujours d'accord, mais ta place est à Dybukowo.

Comment pouvait-elle prétendre savoir où était sa place ? Cet empressement devenant gênant, il décida de tuer le sujet dans l'œuf.

— Il y a encore beaucoup de décisions que je dois prendre.

— Mais tu restes pour la Veille des Ancêtres, n'est-ce pas ?

— Il n'y a aucune raison de ne pas le faire. Pourquoi ? demanda Emil en enfournant le gâteau dans sa bouche pour en finir avec cette conversation ridicule tout en mangeant le gâteau qu'il devait gagner en passant le balai à l'extérieur.

Mme Luty secoua la tête.

— Ce ne serait pas correct de ne pas visiter les tombes de ta famille. Qui les nettoierait sinon ? Qui déposerait des fleurs et allumerait des bougies ? Que penseraient-ils si tu laissais leurs tombes à la garde d'étrangers ?

— Vous avez raison. Comme toujours, dit Emil, juste pour qu'elle lui lâche les baskets, et il posa l'assiette en mâchant l'éponge délicieusement sucrée.

— Merci pour la babka. Je vais aller balayer.

— Je crois qu'il est temps de faire sonner les cloches, dit Adam.

Il sortit du bureau, vêtu d'une chasuble violette ornée d'une croix stylisée envahie par les vignes. L'image cousue à la main était finie avec du fil d'or, et valait probablement plus d'argent que la plupart des objets qu'Emil possédait.

Emil éprouvait toujours un certain frisson illicite de voir Adam ainsi, tout habillé pour jouer son rôle de jeune prêtre énergique du village. Il n'avait jamais dit qu'il était un bon garçon, mais Adam le savait et avait été attiré par lui dès le début. Briser les frontières était la marotte d'Emil, et il allait enfin pouvoir prouver son indépendance en quittant Dybukowo.

Alors qu'Adam partait à la messe, Emil enroula une écharpe autour de son cou et sortit dans la cour pour balayer les feuilles jaunes tombées de tous les peupliers. Il ne lui restait plus qu'à espérer que Jinx ne détesterait pas le changement. Le cheval avait encore autant de vigueur qu'un poulain, il était en bonne santé et d'une résistance peu naturelle, mais tout serait différent à Varsovie. Il devrait vivre avec d'autres chevaux, ne pourrait pas manger autant d'herbe, et même l'air serait différent. Emil espérait tout de même trouver une solution qui conviendrait à tous les trois.

La messe avait déjà commencé lorsqu'il eut fini de balayer la cour entre l'arrière de l'église et le presbytère. Il s'apprêtait à se diriger vers l'avant du bâtiment lorsque Mme Luty émergea, un large sourire sur son visage ridé.

— Il y a un appel pour toi, Emil !

Emil fronça les sourcils.

— Pourquoi quelqu'un m'appellerait-il ici ?

— Ah, tu sais que je ne suis pas du genre à faire des commérages, mais je parlais justement à Mme Golonko de ta situation, et elle souhaite te parler.

N'ayant rien à perdre et tout à gagner si Mme Golonko voulait aussi acheter quelques alcools arrangés d'Emil, il suivit une Mme Luty inhabituellement animée dans le presbytère.

— Veux-tu du thé ? Du café ? Le vent est si froid ce soir, dit-elle en lui tendant le combiné avant de prendre la bouilloire.

Emil ne savait pas comment réagir face à l'enthousiasme soudain de la gouvernante à son égard et se concentra sur la tâche à accomplir.

— Allô ?

— Emil. Je suis ravie d'avoir appelé Mme Janina à l'instant. Comment vas-tu ? demanda-t-elle, sans le ton habituel qui indiquait le peu de cas qu'elle faisait de son interlocuteur.

— Hum, plutôt bien en fait. Puis-je vous aider, Mme Golonko ?

— Je pense que tu pourrais, Emil. Mon mari et M. Nowak ont dû licencier un de leurs employés pour malhonnêteté, et un poste à plein temps s'est libéré à la ferme de fourrure de renard. J'ai suggéré qu'ils te l'offrent, parce que tu as été un excellent complément à l'équipe chaque fois que tu as travaillé pour moi, dit-elle comme si elle ne l'avait pas traité comme de la merde chaque fois qu'il avait travaillé à temps partiel dans l'un de ses magasins.

Et maintenant, pour la première fois - cette seule fois - il avait la possibilité de décliner poliment son offre.

— Je suis vraiment désolé, Mme Golonko, mais je suis extrêmement occupé avec mon entreprise d'alcool arrangés. J'y travaille pratiquement 24 heures sur 24 en ce moment, mais je vous remercie d'avoir pensé à moi. Je vous offrirai volontiers un tarif préférentiel si vous ou votre mari souhaitez en acheter pour les cadeaux de Noël de vos entrepreneurs. Je propose une grande variété de parfums, tous locaux et biologiques.

La ligne était tellement silencieuse qu'il crut un instant qu'elle avait simplement raccroché son téléphone. Mme Luty le fixait comme si un fantôme le guettait, mais il n'eut pas le temps de regarder par-dessus son épaule que Mme Golonko prit enfin la parole.

— Je suis prête à t'offrir un salaire très compétitif. Nous pourrions être intéressés par l'achat de certains de tes produits, mais tu devrais savoir toi-même que les arrangés ne sont qu'une solution temporaire. Si tu veux en faire un emploi permanent, il faudrait l'officialiser et prendre beaucoup de risques financiers. Ne serait-il pas préférable d'avoir la stabilité d'un bon emploi dans l'endroit que tu appelles ton chez toi ?

Se préoccuper de quelqu'un d'autre qu'elle-même et Jessika était tellement inhabituel pour Mme Golonko que, d'après ce qu'Emil savait, il aurait pu accidentellement entrer dans une autre dimension. Mme Luty sourit et posa devant lui un autre généreux morceau de gâteau, celui-là même qu'elle avait prétendu ne plus avoir. Essayaient-elles de l'engraisser pour le massacrer ou quelque chose comme ça ?

— Merci, c'est très gentil. J'y réfléchirai. Non.

— Tout à fait, Emil. C'est une très bonne opportunité pour toi.

Ce genre d'échanges se poursuivit encore quelques minutes avant qu'Emil ne parvienne à mettre fin poliment à la conversation et à raccrocher le téléphone.

— Je peux ramener le gâteau à la maison ? Je vous ai promis de balayer toute la cour et je ne partirai pas sans faire mon dû, dit-il.

Il partit avant que Mme Luty ne parvienne à lui demander une fois de plus de revoir ses projets d'avenir.

Incroyable.

Les choses devinrent bizarres lorsque personne d'autre que M. Nowak entra dans la cour et gara sa voiture dans un crissement de pneus.

— Où est le feu ?

Emil rit, s'attendant à ce que Nowak le dépasse pour aller voir Mme Luty, mais il s'approcha, marchant au rythme langoureux de l'hymne somnifère chanté à l'intérieur de l'église.

— Ah, pas de feu. Pourquoi dis-tu cela ? demanda Nowak en s'essuyant le front avec un mouchoir.

Emil fronça les sourcils, ne sachant pas trop à quoi il devait le plaisir douteux de voir tant de personnes désagréables s'intéresser soudain à son sort.

Nowak le regarda fixement.

— Enfin, bref. C'est drôle que tu sois là, parce que j'allais justement parler au Père Marek d'une bonne action que j'ai l'intention de faire. Mais je t'ai vu et je me suis dit que ça suffisait, qu'il fallait enterrer la hache de guerre.

Emil scrutait discrètement le lieu à la recherche de caméras dans cette folle mise en scène de sa vie, mais il n'y avait personne pour assister à cette étrange scène.

— Comment ça ?

Nowak frappa dans ses mains, qui étaient petites par rapport à sa taille et dont les doigts étaient courts. En le regardant, Emil se demandait si Radek était vraiment son enfant, mais en fin de compte, cela ne le regardait pas.

— Mon fils m'a parlé récemment et cela m'a fait penser que j'avais peut-être été trop dur avec toi, déclara M. Nowak. Tes parents et ta grand-mère sont morts jeunes, et ton grand-père a fait de son mieux pour t'élever.

Mais au lieu de conclure que la nature pourrie d'Emil était due à un manque de discipline ou à une autre connerie de ce genre, le chef du village passa directement à un sujet tellement hors norme qu'Emil en resta bouche bée.

— Je veux t'offrir la vieille voiture de Radek, puisque je vais lui en acheter une nouvelle de toute façon.

Comme l'esprit d'Emil était trop vide pour qu'il puisse répondre quoi que ce soit, Nowak poursuivit.

— Ce doit être difficile pour un garçon de ton âge qui n'en a pas dans une telle région. J'ai parlé à Mme Golonko, et je suis vraiment ravie que tu ailles travailler pour nous à la ferme. Il aurait fallu 90 minutes à pied pour s'y rendre, mais c'est un jeu d'enfant en voiture. Et tu pourras même rendre visite à Radek à Cracovie de temps en temps. Je sais que vous êtes de bons amis.

Emil déglutit. Après en avoir parlé avec les Golonko, Nowak avait dû supposer qu'Emil serait aux anges de se voir offrir un emploi dans leur ferme. Il voulait lui dire la vérité, mais, bon sang, il voulait cette voiture. Il ne voulait pas être ingrat en recevant ce cadeau, et si Nowak découvrait qu'Emil avait refusé le travail, il pourrait changer d'avis.

— Waouh, M. Nowak, c'est très gentil de votre part.

Nowak acquiesça et passa devant Emil en direction du presbytère.

— Passe nous voir après le week-end, pour que nous puissions nous occuper de toute la paperasse.

Emil étudia la Range Rover de Nowak et repensa à la petite Peugeot de Radek. Ce n'était pas un véhicule prestigieux, et il y avait encore quelques éraflures datant de l'époque où Radek apprenait à conduire, mais c'était une voiture fonctionnelle et bien entretenue. Une fois qu'il l'aurait, Adam et lui pourraient se rendre confortablement à Varsovie.

Nowak se resta pas longtemps au presbytère et offrit à Emil un rare sourire en partant. Après avoir souffert de malchance constante pendant la majeure partie de sa vie, Emil ne savait pas comment accepter autant de chance en une seule journée, mais il en conclut que les conférenciers de motivation avaient peut-être raison ? Peut-être qu'il suffisait de croire en soi pour que l'univers finisse par briller à nos yeux ?

Cela, ou peut-être que l'univers mettait à l'épreuve sa détermination à changer de vie. Mais il était déterminé. Plus que jamais.

Il avait fini de balayer lorsque les participants à la messe sortirent de l'église et attendit Adam à la porte arrière, pour le faire sursauter au moment où il se dirigerait vers le presbytère. Son espièglerie fit sourire Adam, même s'il gronda Emil. Peu après, une fois qu'ils eurent tous deux rejeté l'offre de Mme Luty de rester pour le souper, ils allèrent tous deux se promener, avec quelques provisions pour plus tard.

C'était l'un de ces rares jours où tout le corps d'Emil bourdonnait d'excitation. Il avait beaucoup de choses à raconter à Adam, et comme le vent était tombé, ils choisirent une route plus longue à travers la forêt au lieu de leur raccourci habituel.

L'air humide sentait les feuilles colorées qui s'empilaient sous leurs pieds. De nombreux arbres poussant de part et d'autre du chemin étaient presque dénudés, mais avec la forêt qui s'étendait des deux côtés, le chemin semblait encore privé alors que le soleil descendait, rendant le ciel crépusculaire.

— Et puis Nowak m'a offert la vieille voiture de Radek. C'est comme si quelqu'un leur avait jeté un sort. Tu ne me verras pas me plaindre. C'est peut-être la magie de la fleur de fougère qui opère ?

Adam sourit et, après un rapide coup d'œil, glissa ses doigts entre ceux d'Emil.

— Ou peut-être est-ce parce que tu t'es débarrassé de la figurine ?

Emil s'immobilisa, frappé par cette possibilité.

— Ce serait fou si, après toute une vie de malchance, les choses s'arrangeaient enfin pour moi, comme ça ? Grâce à quelque chose que j'aurais pu faire il y a longtemps.

Adam sourit et s'appuya sur lui tandis qu'ils poursuivaient leur chemin. Il semblait plus détendu maintenant, comme si la présence d'un petit morceau de bois et de cheveux l'avait vraiment mis à l'épreuve. Et maintenant, ils étaient tous les deux libres.

— Je vais demander à mes parents si tu peux d'abord rester dans mon ancienne chambre, avant de trouver un endroit à toi. C'est toujours plus facile comme ça.

Emil lui sourit et retira une feuille sèche dans les cheveux d'Adam.

— Cette journée est de plus en plus belle. Tu ferais vraiment ça pour moi ? Je promets de ne pas porter de T-shirts sataniques pour l'amour de ta Mère, mais je n'ai que des T-shirts noirs. Et je ne me coupe pas les cheveux.

Adam serra la main d'Emil, comme s'il s'agissait d'un couple normal profitant des derniers rayons de soleil d'une chaude journée de la fin octobre.

— Il aurait été dommage que tu le fasses.

Une légère odeur de fumée soufflait dans leur direction, mais Emil l'écarta, furieux que l'un des villageois soit en train de brûler quelque chose d'interdit et d'envoyer des fumées toxiques dans l'air, mais il était trop concentré sur les douces promesses d'Adam pour y prêter beaucoup d'attention.

— Tu aimes mes longs cheveux, n'est-ce pas ? Emil était taquin, il avait l'impression d'avoir grandi de quelques centimètres.

Bientôt, ils verraient le soleil se coucher derrière la maison d'Emil, et sa journée sera terminée.

Adam eut un rire nerveux et rougit, comme si c'était la première fois qu'Emil le taquinait.

— Tu me mets dans l'embarras, dit-il en poussant Emil du coude alors qu'ils approchaient de la lisière du bois.

Les champs s'embrasaient de la lueur orange qui transformerait les yeux bleus d'Adam en deux phares. Emil avait hâte de la voir.

Ils tournèrent derrière un chêne géant, après quoi ils auraient une descente régulière dans la lumière du soleil couchant, mais la vue dans la vallée aveugla Emil par sa nature inimaginable.

Le soleil se couchait en effet derrière sa maison, mais sa lueur s'étendait, comme s'il dévorait sa maison. Au lieu du soleil, sa maison s'enflammait, crachant une fumée noire dans l'air.

Le cœur d'Emil s'arrêta.

— Jinx, cria-t-il en dévalant la colline.

CHAPITRE 18

EMIL

L a maison en bois n'était plus qu'une boule de feu. Au moment où Emil et Adam atteignirent la clôture, le fait qu'il n'y ait aucune chance de sauver quoi que ce soit était aussi clair que le jour qui se lève. La porte grande ouverte était enflammée comme si elle avait été recouverte d'essence, révélant le brasier à l'intérieur. Les murs étaient encore debout, mais les flammes s'étaient frayé un chemin jusqu'au toit, le transformant en un piège mortel sur le point de s'effondrer.

Emil avait du mal à respirer en voyant l'ampleur de la destruction, la maison dans laquelle il avait passé toute sa vie transformée en un bûcher de souvenirs. Pire encore, la chaleur qui lui léchait le visage le ramenait à l'événement le plus tragique de sa vie, la nuit où il avait mis le feu à la maison de ses parents.

L'odeur de la fumée se mêlait à celle du bois brûlé. Le chaume se ratatinait comme les cheveux de la figurine qu'il avait jetée dans le poêle, mais les pensées de malédiction et de vengeance de Chort devaient rester au fond de son esprit, car Jinx était prioritaire.

— Reste en arrière ! cria Adam.

Il craignait que, dans une frénésie, il s'approcha du feu, mais Emil n'eut même pas le temps d'essayer d'ouvrir la grange en feu que Jinx fit irruption par la porte d'entrée, suivie par des flammes qui s'approchaient de l'étalon comme si elles voulaient le ramener à l'intérieur.

Le cheval courut à toute allure, ses muscles se contractant sous sa robe noire brillante alors qu'il fuyait le brasier, mais au lieu de se précipiter dans la sécurité des champs, il enfonça ses sabots dans le sol et poussa un hurlement peu naturel, s'arrêtant entre Emil et la maison. Comme pour signifier clairement son intention, Jinx donna un coup de sabot juste devant Emil, secouant sa crinière noire comme une créature possédée.

Les pensées d'Emil étaient comme la fumée flottant dans le ciel qui s'assombrissait, mais au moment où le soleil disparaissait entre les collines jumelles, laissant derrière lui une ombre de sa couleur intense, le toit céda et s'écroula dans la maison avec un fracas assourdissant. Il aurait pu s'agir d'une pièce du cœur d'Emil qui s'effondrait, car la douleur que lui causa ce spectacle le fit hurler.

— Emil, dit Adam d'une voix tendue.

Il tenait deux poulets survivants, chacun sous un bras, mais son expression n'avait rien de joyeux.

Emil s'élança sur le côté, voulant entrer dans la grange et récupérer Leia, mais Jinx fut plus rapide et se mit de nouveau en travers de son chemin, allant même jusqu'à donner un coup à Emil avec sa tête.

— Dégage du chemin ! cria Emil en désespoir de cause.

Mais la sensation d'enfoncement dans sa poitrine lui fit l'effet d'un coup de poing et le mena au bord de la chute. Ce n'était pas possible.

Emil regarda Adam, mais tout devint flou car ses yeux se mirent à pleurer.

— Les alcools arrangés...

Le visage d'Adam était tordu par l'angoisse, mais il lâcha les poulets et attrapa le bras d'Emil à deux mains.

— Je sais, mais au moins Jinx va bien.

Une voiture s'arrêta derrière eux et le voisin d'Emil, de l'autre côté du grand champ, en sortit, se signant en regardant la destruction.

— Ma femme a appelé les pompiers, mais...

Il ne termina pas, mais ce qu'il voulait dire était clair. Emil allait tout perdre. Tout.

— Tu étais assuré, n'est-ce pas ? demanda Adam dans un murmure très doux.

Les larmes coulèrent sur les joues d'Emil et il n'eut plus d'énergie pour se tenir debout, alors il serra le cou de Jinx pour se soutenir.

— Je ne pouvais pas me le permettre, gémit-il, ajoutant la honte au feu de son agonie.

Ce cauchemar était-il vraiment sa vie ou était-il entré dans l'enfer sur terre ? Tout ce qu'il possédait partait en fumée, ainsi que ses espoirs et ses rêves pour l'avenir.

Le travail des trois derniers mois n'avait servi à rien.

Ses souvenirs de la nuit où ses parents étaient morts étaient vagues, mais ce dont il se souvint le frappa comme un camion. L'air avait la même odeur, et lorsque son grand-père l'avait éloigné des flammes, tout ce qu'il pouvait voir, c'était des ombres aux fenêtres de l'étage. Il ne savait pas s'il s'agissait de son père et de sa mère essayant de trouver une issue, ou de leurs âmes enfermées dans le feu de la culpabilité d'Emil.

Le bruit lointain du camion de pompiers fut un souvenir de plus. Et comme à l'époque, la brigade de volontaires n'avait pas pu arriver à temps.

La fumée rongeait déjà ses poumons lorsqu'il se tourna vers Adam.

— J'aurais dû savoir que rien de bon ne pouvait m'arriver, dit-il, ses mots étaient à peine un râle.

La chaleur l'incitait à se rapprocher, lui disant qu'il pouvait mettre fin à sa misère, même si ce n'était pas sans douleur, mais Jinx s'interposa une fois de plus, comme s'il connaissait toutes les pensées d'Emil.

Les mains d'Adam descendaient le long de son bras et le tenaient dans une étreinte qui aurait pu briser les doigts si elle avait été plus dure, mais la tête d'Emil s'embrouillait déjà, comme si son corps ne pouvait pas faire face à la perte.

Il s'adressa à Adam, car personne d'autre ne comprendrait son désespoir.

— J'ai travaillé si dur, dit-il en ravalant un sanglot.

À la lumière du feu, les yeux d'Adam paraissaient un peu plus sombres, mais il se pencha et serra Emil dans ses bras pour lui exprimer tout son soutien, même si cela ne pouvait pas l'aider.

— Ce n'est pas de ta faute. Je suis là.

Emil jeta un coup d'œil en direction de la maison lorsqu'un autre fracas terrible retentit dans l'air. Les pompiers se criaient quelque chose en sortant du camion, mais Emil ne pouvait pas entendre à cause du sang qui battait dans ses oreilles.

Il serra Adam dans ses bras, mais il vit le toit de la grange s'effondrer en même temps que lui. Accablé, brisé en mille morceaux, ses genoux cédèrent et il atterrit à quatre pattes, s'étouffant dans un air si chargé de vapeurs qu'il en toussait.

La maison était un bûcher pour effacer le passé d'Emil, mais lorsqu'il regarda les flammes, la fumée se dissipa, révélant des ombres à l'orée des bois. Emil eut le souffle coupé, et lorsqu'il chassa ses larmes, les silhouettes obscures prirent la forme d'un cerf. D'un loup. D'un ours. Mais alors qu'Emil fixait les animaux qui assistaient à la destruction de sa vie avec leurs yeux brûlants, le vent changea e t souffla de la fumée sur la scène, le laissant incertain quant à savoir s'il les avait vus ou non.

Emil ouvrit les yeux pour fixer un abat-jour à fleurs. Sa lueur était sombre et projetait une ombre en forme d'araignée sur le plafond. L'air sentait le thé vert et le sucre, mais il ne réalisa pas où il se trouvait jusqu'à ce que le Père Marek se penche sur lui en fronçant les sourcils.

— Tu es enfin réveillé.

Il aurait aimé que ce ne soit pas le cas. Il aurait voulu que tout cela ne soit qu'un mauvais rêve, mais la réalité finissait toujours par le rattraper, et il n'avait plus d'énergie pour la combattre.

— Je suis au presbytère ? chuchota-t-il en cherchant Adam autour de lui.

Tout son corps était un glaçon. S'il avait de la chance, il pourrait encore accepter l'offre de Mme Golonko et se tuer à la tâche dans un travail qu'il méprisait pendant qu'Adam s'éloignait de sa vie pour toujours. Au début, il l'appellerait, mais ils se contactaient de moins en moins, jusqu'à ce que le fil de la connexion, qui ressemblerait désormais à une ligne de vie, se brise enfin.

Il disparaîtrait de la vie d'Emil, comme tous les autres.

— Il est réveillé ?

Adam entra en trombe dans la pièce, vêtu d'une soutane. Le front plissé par l'inquiétude, il posa un verre d'eau et le poussa sur la table d'appoint. Pendant un instant, il sembla qu'il allait se pencher et s'asseoir sur le lit d'Emil, mais il dut se souvenir de la présence du prêtre et traversa la petite pièce pour s'asseoir sur l'autre l it.

Le Père Marek expira et termina son thé.

— Je suis désolé pour ta maison, mais au moins tu es en vie. C'est tout ce qui compte. Les biens terrestres peuvent être remplacés.

Emil savait que le Père Marek avait les meilleures intentions, mais c'était la dernière chose qu'il voulait entendre.

— Laissez-moi tranquille.

Il se sentait mal en pensant à Leia, aux poulets, aux alcools arrangés sur lesquelles Adam et lui avaient travaillé si dur, et à tous les objets de famille perdus dans l'incendie. Il ne récupérerait jamais rien de tout cela.

Le prêtre ouvrit la bouche, les sourcils baissés par la colère, mais Adam se leva et s'approcha, tendu comme une corde dans sa tenue sombre.

— Je m'en occupe à partir de maintenant. Il est en état de choc.

Le Père Marek baragouina des mots et se leva, marmonnant quelque chose trop discrètement pour qu'Emil l'entende.

— Très bien. Je suis désolé de ce qui s'est passé. Tu devras te rappeler que tu as des amis dans ce presbytère, dit-il en sortant par la porte ouverte.

Emil leva les yeux vers Adam dès que la porte fut fermée.

— Dis-moi que ce n'est pas réel.

Adam s'immobilisa, les épaules basses, étudiant Emil avant de faire ce qu'il avait clairement voulu faire auparavant. Il s'assit au bord du lit d'Emil et passa le dos de sa main sur la mâchoire d'Emil.

— Je suis vraiment désolé.

— Jinx est blessé ? demanda-t-il d'une voix si désemparée qu'il eut du mal à reconnaître comme la sienne.

Les lèvres d'Adam se courbèrent en un léger sourire et il se pencha pour caresser les joues d'Emil avec ses pouces.

— Il va bien. Un de tes voisins l'a recueilli pour le moment. Il est en sécurité. Et toi aussi.

— Est-ce qu'ils l'éteignent encore ? Je devrais peut-être aller... Il referma ses doigts sur la main d'Adam, mais au moment où leurs regards se croisent, il vit qu'il n'y avait plus d'espoir.

— Je suis désolé. Tout s'est effondré. Aux dernières nouvelles, le feu était éteint. Il est possible qu'ils enquêtent sur la façon dont cela s'est produit, mais tu devrais te reposer pour l'instant. S'il te plaît, dit-il en déposant un doux baiser sur le front d'Emil.

Emil laissa échapper un rire amer et se couvrit le visage.

— Je pensais que ma vie avait été mauvaise jusqu'à présent, mais là, c'est le pompon. Je ne peux pas gagner, n'est-ce pas ?

— Ne dis pas ça. Je sais que c'est difficile, mais mon offre tient toujours. Je suis sûr que mes parents accepteront de t'héberger jusqu'à ce que tu trouves un travail et un logement à toi, insista Adam en caressant Emil, mais même ce contact tendre lui faisait mal, comme s'il avait été brûlé.

Les mots doux étaient comme des griffes, et ils grattaient sa peau jusqu'au sang. Il n'était pas un chien errant ayant besoin de charité. Il s'était débrouillé seul pendant tant d'années et avait envie de prouver sa valeur à la seule personne qui croyait en lui. Mais il n'était qu'un homme tout de même, et le sentiment de perte créait une entaille dans sa poitrine, une entaille qui ne cessait de grandir et qui finirait par l'engloutir de l'intérieur.

— Tu peux rester avec moi maintenant ? demanda-t-il en tirant sur la manche d'Adam.

L'inspiration brutale signifia qu'Adam avait compris, et son regard se porta sur la porte, qui n'avait pas de serrure. Adam s'excusa et bloqua la poignée avec une chaise avant de revenir aux côtés d'Emil à la faible lumière de la petite lampe.

— Je te tiens, dit-il en s'allongeant à côté d'Emil dans le lit étroit et en l'entourant de ses bras pour le serrer dans ses bras, comme Emil en avait tant envie.

Les murs d'Emil se fissurèrent sous l'effet de la honte.

— Je ne suis pas faible. Je veux être ton roc, mais il y a des limites à ce qu'un homme peut faire lorsqu'il tombe dans un gouffre sans fond.

Il serra Adam dans ses bras et respira longuement son odeur. Il avait dû se doucher, car il n'y avait pas la moindre trace de fumée dans ses cheveux doux.

— Je vais me ressaisir.

— Je sais que tu le feras, dit Adam en embrassant le sommet de la tête d'Emil et en se déplaçant pour l'attirer contre sa poitrine. Il n'avait pas utilisé son eau de Cologne habituelle et sentait maintenant le savon ordinaire, mais tout prenait une qualité séduisante sur sa peau, et Emil se retrouva à fermer les yeux et à respirer l'arôme.

Il ne pouvait imaginer un cocon plus sûr qu'Adam pour traverser cette tempête. Il lui suffit d'un petit mouvement pour rouler sur lui-même et embrasser ses lèvres douces.

— Je ne veux pas m'occuper de tout ça avant demain.

Le corps d'Adam s'enfonça dans le matelas et il expira, observant Emil derrière ses longs cils.

— Je ne te quitterai pas.

— Je t'aime, murmura Emil et l'embrassa à nouveau, se laissant bercer par le contact apaisant.

Ici, dans cette pièce, avec la porte verrouillée, ils pouvaient être ensemble et faire comme si le monde extérieur ne s'écroulait pas.

Emil glissa ses mains le long des cuisses d'Adam, remontant la soutane.

Le souffle d'Adam s'arrêta et il saisit les mains d'Emil avant qu'elles n'atteignent la peau nue.

— Je ne pense pas que ce soit le bon moment. Ils pourraient nous entendre.

— J'ai juste besoin que tu sois avec moi. Nous pouvons être silencieux. Ne m'oblige pas à te supplier.

Le beau visage d'Adam était tendu par l'inquiétude, mais sa prise sur les mains d'Emil se desserra. Il écarta les jambes pour laisser Emil s'approcher et enfouit son visage dans le cou d'Emil, le caressant de son souffle merveilleusement chaud.

— D'accord. Mais vraiment silencieux.

Les mots ouvrirent le barrage qui retenait Emil, et il leva le bas de la soutane d'Adam, impatient de se débarrasser du pantalon qu'elle cachait. L'ensemble n'était qu'une ceinture de chasteté destinée à rendre la baise plus difficile. Emil savait que ce n'était pas « le bon moment », mais il n'y avait rien qu'il désirait plus en ce moment. Ce moment en compagnie d'Adam était la seule chose qui lui permettait de rester sain d'esprit. Il avait besoin de savoir qu'il pouvait au moins être l'amant d'Adam, sinon il pouvait tout aussi bien se noyer dans son chagrin.

S'il pouvait être utile de cette façon, de voir la rougeur sur le visage d'Adam s'assombrir, de voir ses yeux se révulser de plaisir, ses dents mordre sa main parce qu'il ne pouvait pas retenir ses gémissements d'extase, alors Emil n'était pas une pure perte d'espace.

Emil embrassait encore Adam lorsqu'il s'empressa de baisser son pantalon jusqu'aux chevilles. Rien ne comptait plus que le besoin de s'enfouir dans l'homme qu'il aimait jusqu'à ce qu'ils ne fassent plus qu'un, inséparables à jamais. Adam s'accrocha à lui, aidant Emil à enlever son pantalon, mais la soutane était toujours froncée à sa taille. Emil ne voulait pas perdre de temps à la déboutonner.

Il voulait Adam maintenant et voir sa belle bite durcir, ajoutait de l'énergie à l'excitation qui le ravageait.

— Je rêve de cela depuis si longtemps. Tu ne sais pas ce que tu me fais.

Il était déjà venu dans cette chambre à maintes reprises et il ne lui fallut qu'une seconde pour se rappeler qu'Adam gardait sa crème pour les mains dans la table de nuit.

Les yeux d'Adam ne cessaient de se tourner vers la porte depuis qu'ils avaient commencé à se toucher, mais il se calma lorsqu'il vit le tube, et Emil sentit une résistance venir avant qu'Adam n'ouvre la bouche.

— Qu'est-ce que tu fais ?

Emil le cloua au lit par son seul regard.

— Je veux être proche de toi. S'il te plaît, laisse-moi te montrer à quel point j'ai besoin de toi.

L'expiration d'Adam fut rauque, mais son regard s'aiguisa, la brume de l'excitation initiale se dissipa.

— Nous ne pouvons pas faire cela. Nous serons toujours proches, chuchota-t-il en touchant la bouche d'Emil avec deux doigts.

Emil serra le poing, impuissant.

— Tu peux me le faire si tu as peur.

Les lèvres d'Adam tremblèrent et il se mordit la lèvre alors que le désespoir traversait ses traits. Dans la lumière jaune de la lampe, son visage était si doux, si gentil que les doutes d'Adam ne ressemblaient pas à un rejet pur et simple. Pas encore.

— Je suis désolé...

Emil ne supporta plus le contact d'Adam, comme si la chair chaude s'était soudain transformée en papier de verre. Il ne supportait pas d'être repoussé par la seule personne qui devait l'accepter. Mais il se sentait vraiment comme le cabot dont personne ne voulait.

Il jeta la crème dans le tiroir et commença à faire les cent pas dans la pièce, qui, pour l'instant, ressemblait à une cage. Derrière lui, Adam s'habillait en traînant les pieds, mais Emil détourna le regard, sachant qu'il risquait de craquer s'il croisait le regard bleu.

Son ombre était grande, mais allongée et pouvait se briser comme une brindille s'il s'agissait d'un être réel. Peut-être était-ce la représentation exacte de son âme ?

Derrière lui, Adam expira bruyamment.

— Emil, s'il te plaît. Dormons un peu.

Oui. Ils pourraient le faire. Dans des lits séparés.

CHAPITRE 19

ADAM

Adam était chaud comme un feu d'enfer malgré l'air qui piquait sa peau d'aiguilles de glace. La dichotomie entre la chaleur brûlante de ses entrailles et l'herbe froide créait de la vapeur dans l'esprit d'Adam, comme si quelqu'un avait jeté des glaçons dans les flammes.

Ses paumes palpitaient de douleur, mais un sentiment croissant de confusion inonda ses sens lorsqu'il ouvrit les yeux, goûtant des pommes.

Il était nu.

Il n'était pas au lit.

Il n'était même pas à l'intérieur d'une maison, et pendant de précieuses secondes, il fixa les pâles gouttes de rosée sur le tapis vert luxuriant sous lui, incapable d'expliquer ce qui s'était passé. La confusion se transforma en terreur lorsqu'il releva la tête et jeta un coup d'œil à ses mains, qui reposaient sur la surface fraîche et irrégulière d'un gros rocher.

Sa structure poreuse était striée de ce qu'Adam crut d'abord être de la peinture rouge, mais lorsqu'il se rendit compte que le liquide pénétrait encore dans la pierre, son souffle s'accéléra et il tourna les mains sans réfléchir.

Glacées à force d'être tenues contre quelque chose de si froid, elles lui semblaient à peine siennes, mais lorsqu'il vit les entailles jumelles qui traversaient ses paumes et la croûte de sang séché, son cœur se mit à galoper, comme s'il essayait de fuir cet endroit le plus vite possible.

La respiration d'Adam s'essouffla lorsqu'il reconnut le lieu. Luttant pour trouver de l'air, il leva les yeux, jusqu'au sommet de la falaise qui surplombait le Rocher du Diable sur lequel Emil et lui étaient tombés lors de la Nuit de Kupala. Le ciel était d'un gris sombre, déjà touché par la lumière du soleil, mais encore dépourvu de couleurs.

Avec une impression de déjà-vu, il vit des silhouettes en ombres chinoises autour de lui, des bougies et un panier vide sur la surface supérieure anormalement lisse du rocher. Les cimes des arbres tournaient comme un carrousel, et il ne se souvenait pas d'être arrivé ici, pas plus qu'il ne pourrait retrouver le chemin du presbytère.

La réponse était si évidente, mais il ne voulait pas l'accepter.

Il avait été à nouveau possédé. Mais cette fois, il n'avait aucune idée des choses horribles, scandaleuses ou immorales qu'il avait faites sous l'influence du démon.

Il poussa un cri lorsque de la laine douce toucha son bras, mais lorsqu'il tourna la tête, prêt à se battre, il fut plus déconcerté que terrifié.

Filip Koterski, le garde forestier, recouvrit le corps nu d'Adam d'une épaisse couverture.

— C'est bon, vous êtes en sécurité, dit-il.

— H... hein ?

Adam était si secoué qu'il n'arrivait pas à se lever, alors que la panique s'emparait déjà de lui.

Le diable l'avait-il fait coucher avec Koterski sans lui en laisser le moindre souvenir ?

— Comment suis-je arrivé ici ? demanda-t-il en s'enveloppant dans la couverture. Ses pieds étaient glacés et tout ce qu'il voulait, c'était se glisser dans le lit chaud d'Emil... mais cela n'arriverait jamais, car il y avait une chose dont il se souvenait avec certitude de la nuit dernière : la maison d'Emil avait brûlé.

Le garde forestier sourit, comme si le fait de trouver Adam nu dans les bois, les mains coupées, n'avait rien d'extraordinaire.

— Vous êtes revenu.

Adam poussa un rire aigu. Il s'enveloppa encore plus étroitement dans la couverture. Son regard se porta sur son propre sang sur le rocher, et il se leva tandis que les bouleaux autour de lui chantaient une douce mélodie.

— Alors, vous m'avez vu somnambuler ? Je sais qu'il ne faut pas réveiller les gens dans ce genre de situation, mais vous êtes allé très loin...

Le visage de Koterski ne révéla rien, mais ses yeux brillaient d'une fascination et d'une joie qui firent passer des frissons désagréables dans le dos d'Adam.

— Je suis désolé. Vous aviez l'air très en paix. Je ne vous ai vu que lorsque vous êtes entré dans cette zone et je vous ai suivi, parce que c'était inhabituel.

— Vous avez donc supposé que j'ai l'habitude de me promener nu ?

Adam essaya de faire passer cela pour une plaisanterie, mais son cœur se mit à battre la chamade lorsqu'il remarqua l'expression de contentement sur le visage de Koterski. Le trou noir de sa mémoire le terrifiait.

— Je suppose que j'étais curieux.

Koterski haussa les épaules.

— Mais c'est vous qui vous êtes coupé les mains et qui avez marqué le Rocher du Diable. Que dois-je en penser, mon Père ?

Les genoux d'Adam fléchirent et il se retourna vers Koterski qui, de paroissien comme les autres, devient un serpent qui pouvait à tout moment planter ses crocs venimeux dans sa chair.

— Je ne me souviens de rien de tout cela. J'étais somnambule, vous vous souvenez ?

Le bruit rapide des sabots affola les sens d'Adam, qui s'approcha de l'autel et se retourna juste à temps pour voir Emil entrer dans le bosquet par le même passage que celui qu'ils avaient emprunté il y a quatre mois. D'une pâleur fantomatique, vêtu du pantalon de pyjama que le Père Marek lui avait donné hier soir et d'une veste ouverte, il les regarda tous les deux, bouche bée.

— Qu'est-ce qui se passe ? Adam ? Est-ce que ça va ?

Tout le corps d'Adam avait envie de s'éloigner de Koterski et de se rapprocher d'Emil, mais même dans son état de confusion, il savait que cela pourrait suggérer la nature de leur relation, alors il resta là, bien emmitouflé dans son cocon de laine.

— Je ne sais pas, dit-il en suivant le regard d'Emil jusqu'aux taches de sang sur le rocher.

Elles avaient la forme de ses mains.

Emil n'hésita qu'une demi-seconde avant de foncer sur Koterski comme le vent du nord. Il assomma le garde forestier d'un violent coup de poing avant que Koterski n'ait pu se couvrir le visage.

— Qu'est-ce que tu lui as fait ? hurla Emil.

Il tenta de plaquer Koterski au sol, mais cette fois son adversaire était prêt et s'accrocha à Emil en grognant comme un chien enragé.

— Je l'ai trouvé ! Je lui ai donné une couverture ! Qu'est-ce qui ne va pas chez toi ?

Adam sortit de sa stupeur et attrapa le bras d'Emil si précipitamment que la couverture faillit tomber de ses épaules.

— C'est vrai. J'ai dû faire du somnambulisme.

Les narines d'Emil se dilatèrent et son regard vert passa d'Adam au garde forestier.

— Et pourquoi se promènerait-il dans la forêt la nuit avec une couverture ? Et une si belle en plus, dit-il en indiquant la finesse du tissage de la couverture. Jinx s'est échappé de l'écurie de M. Giza et a pris d'assaut le presbytère comme s'il avait des flashbacks de l'incendie. J'ai vu que tu n'étais pas là, mais il était si agité que je l'ai monté. Et il m'a amené ici.

Koterski roula des yeux et poussa la poitrine d'Emil.

— La seule raison pour laquelle je ne te rendrai pas ton coup de poing, c'est que tu en as eu assez pour aujourd'hui. Tu es ivre ? Je comprends, ça doit être une période difficile pour toi.

Emil s'assit dans l'herbe mouillée avec une expression impuissante qui faisait que tout en Adam avait envie de lui.

— Merci pour la couverture. Emil va me ramener au presbytère, dit-il à Koterski

Il voulut saisir Emil, avant de se rendre compte que ses doigts étaient couverts de sang, comme s'il avait tué un cochon à mains nues.

Koterski recula.

— Vous êtes sûr ?

— Oui, il est sûr ! Emil se leva en grognant. Ne t'approche pas de lui.

Bien que la situation soit si grave, si étrange, Koterski sourit.

— Bien sûr, je ne voudrais pas gâcher vos retrouvailles.

Les entrailles d'Adam se tordirent, et il se força à rire malgré l'effroi qui se frayait un chemin dans sa poitrine. Koterski savait-il pour Emil et lui ? Était-ce une menace ?

— Très drôle.

Emil ne voulut pas nier les accusations et serra les poings.

— Allons-y.

Dès que Koterski eut reculé dans les bois sombres comme un démon venu les narguer, Adam suivit Emil hors du bosquet, jusqu'à l'endroit où Jinx les attendait en soufflant d'impatience. Emil s'inquiétait des pieds nus d'Adam, mais même si cela n'avait aucun sens, Adam était si chaud à l'intérieur qu'il ne voulait pas emprunter les bottes d'Emil ni monter à cheval. En fait, monter l'énorme étalon tout nu était la dernière chose avec laquelle il aurait été à l'aise, et le contact frais des feuilles humides apaisait au moins la chaleur à l'intérieur de lui.

Mais alors qu'ils reprenaient le chemin qui les avait menés au Rocher du Diable lors de la Nuit de Kupala, la peur ne cessait de harceler Adam, lui rappelant constamment les coupures sur ses mains.

— Tu crois qu'il est revenu ? finit-il par s'étouffer, en posant ses mains sur sa poitrine sous la couverture.

Emil déglutit.

— Tu ne vas pas aimer entendre ça, mais je crois qu'il n'est jamais parti.

Adam s'arrêta, ses orteils s'enfonçant dans le tapis de feuilles mortes. Le doux bruissement des arbres au-dessus de lui prit une tonalité grave, comme si quelque chose au fond des bois venait de souffler dans une cor.

— Qu'est-ce que tu veux dire ?

Emil le prit dans ses bras, comme si la dispute qu'ils avaient eue hier soir était oubliée depuis longtemps. Il avait tant perdu, mais il lui restait encore assez de force pour soutenir Adam.

— C'est exactement ce que je veux dire. Tu n'as pas été exorcisée. Ce qui était en toi cette nuit-là est toujours là, et pour une raison ou une autre, ça a voulu sortir ce soir.

Dès qu'Adam entendit cela, l'étrange chaleur qui régnait en lui s'enflamma, signe d'une présence qui n'aurait pas dû être là.

— J'aurais dû le dire au Père Marek, murmura-t-il en croisant le regard d'Emil.

L'été dernier avait été le plus heureux de sa vie, et le fait de penser que la présence dérangeante avait vécu en lui pendant tout ce temps - observant et ressentant tout ce qu'il avait apprécié- était comme une agression contre son intimité. Il pouvait pratiquement sentir les marques de griffes de la bête sur son dos.

Emil lui embrassa la tempe.

— Le Père Marek est-il vraiment quelqu'un qui comprendrait cela ?

Adam se laissa aller à la caresse, se hissant jusqu'aux orteils lorsque les bras d'Emil s'enroulèrent autour de lui, l'enfermant dans un cocon qui lui promet-tait une sécurité absolue. Peut-être était-ce naïf, peut-être le démon voulait-il lui faire croire cela, mais alors qu'ils se tenaient dans la forêt tranquille, avant même que le soleil ne soit entièrement levé, il se sentait invincible.

— J'imagine que non. Mais je dois faire quelque chose, murmura-t-il en roulant son front contre le torse ferme.

La bouche sèche, Adam se rapprocha et saisit l'avant-bras d'Emil, brièvement distrait par les cheveux qui lui chatouillaient la paume.

— Nous devrions partir. Monter dans le bus et partir.

Emil pencha la tête.

— C'est la Veille des Ancêtres ce soir. Et demain, c'est la Toussaint. Il n'y aura pas de bus, et ma moto...

Il expira doucement, mais ce qui était arrivé à tout ce qu'Emil possédait n'avait pas besoin d'être dit à voix haute.

— Alors, empruntons la voiture du Père Marek et demandons-lui de venir la chercher plus tard.

Emil prit les mains d'Adam.

— Je comprends que tu sois paniqué, mais je vais garder un œil sur toi. Si tu ressens toujours la même chose dans deux jours, nous arrangerons quelque chose, d'accord ?

La poitrine d'Adam se resserra autour de son cœur et il se massa le sternum, s'efforçant de garder les idées claires.

Il faisait plus clair maintenant, et les premiers oiseaux chantaient quelque part au loin, saluant le jour qui approchait. Adam ne voulait pas encore revenir à la réalité, coincé entre la misère de la vérité et le besoin d'oublier l'être qui prenait plaisir à détruire sa vie.

L'air sentait les feuilles qui tombent. Et Emil. Leur été était presque terminé.

Peut-être était-il vraiment trop pressé ? Deux jours ne devraient rien changer.

Son regard se posa à nouveau sur Emil, et ce fut comme si son corps se souvenait de la proximité qu'ils avaient partagée la nuit où le démon avait frappé pour la première fois, réagissant avec la chair de poule et un picotement à la base de sa colonne vertébrale.

— Peut-être devrions-nous faire ce que nous avons fait la dernière fois ? Pour le contrôler ? dit Adam, essayant de ne pas trop s'étouffer avec les mots, mais c'était presque impossible quand la perspective de se séparer d'Emil pour toujours était presque sur lui.

Car une fois qu'ils auraient quitté Dybukowo, il ne serait plus question de jouer à la maison. Il retournerait vivre dans un grand presbytère, se demandant chaque jour si Emil ne serait pas en train de se lasser du secret de leur relation. La douleur frappa Adam comme une flèche et lui transperça la poitrine, le faisant saigner de la vie elle-même.

Pendant un moment, Emil le regarda en silence.

— Comme faire l'amour ? Hier soir encore, tu as refusé. Tu ne veux pas faire l'amour avec moi, mais maintenant tu le demandes, parce que tu penses que ça apaisera le démon qui est en toi ? Je le ferais pour toi, parce que... je ferais n'importe quoi pour toi, mais je n'aime pas du tout ce que tu dis.

Adam étudia l'expression sombre du beau visage d'Emil, ses sourcils forts, qui s'étaient abaissés en signe de mécontentement à cause de lui. Emil n'avait que partiellement raison. Adam avait évité de faire plus qu'embrasser et toucher, à cause de la façon dont cela s'était terminé la dernière fois. Mais il y avait aussi une voix illogique et sinistre au fond de son esprit qui lui disait que ce qu'ils avaient fait était en quelque sorte moins pécheur que la pénétration. Cela n'avait aucun sens d'un point de vue théologique, mais il continuait à se convaincre de penser ainsi, sinon il ne pourrait rien partager avec Emil.

Est-ce que cela avait encore de l'importance ?

— Tu crois que je ne veux pas de toi ?

Emil poussa un profond soupir.

— Tu l'as bien montré hier soir. Tu es sûr que tu n'as pas froid ? demanda-t-il en déplaçant son regard vers la poitrine d'Adam, ses lèvres se serrant l'une contre l'autre.

Adam déglutit difficilement, s'arc-boutant comme s'il était sur le point de traverser une paroi de verre, et rencontra le regard d'Emil.

— J'ai envie de toi. Depuis que nous nous sommes rencontrés, je ne pense pratiquement plus qu'à toi. J'ai peur de ce qui pourrait arriver, mais peut-être que le fait d'avoir ces limites m'a aussi permis d'excuser plus facilement ce que je fais.

Emil entoura les épaules d'Adam de ses bras.

— Qu'est-ce que tu veux faire, alors ? Je ne voudrais pas que nos relations sexuelles soient quelque chose que tu fais contre toi-même. J'ai envie de toi, mais pas comme ça. Pas pour les mauvaises raisons.

— Il n'y a pas de mauvaises raisons, dit Adam, ayant déjà envie d'un baiser pour chasser ses peurs. J'ai peur de faire ce pas parce que je ne sais pas ce qui m'arrive, mais je veux t'avoir en moi, que ça chasse le diable ou non. Je l'ai toujours voulu, dit-il, sachant aussitôt à quel point c'était vrai.

Emil l'embrassa plus vite qu'Adam n'aurait pu le prévoir, mais tout en lui s'illumina d'un feu liquide dès que leurs lèvres se rencontrèrent. Rien ne lui avait jamais semblé aussi juste. Il était nu dans une forêt, les mains coupées, ne portant qu'une couverture, et pourtant la peur n'avait pas sa place dans son cœur. Pas dans un moment aussi parfait. Quand Emil était à ses côtés, qu'il l'embrassait ainsi, qu'il glissait ses doigts frais contre la peau brûlante d'Adam, même les actes les plus sales étaient purs.

Adam lâcha la couverture et la laissa tomber dans les feuilles. Il enfouit son visage dans le cou de son amant et se poussa contre son corps ferme, qui lui semblait plus accueillant qu'un foyer chaud par une nuit d'hiver. La peau d'Emil était la surface la plus douce et la plus agréable qu'Adam ait jamais touchée et, dans un moment de folie, il souhaitait la porter comme son manteau.

— Montre-moi comment on fait, chuchote Adam, serrant Emil plus fort dans ses bras alors que l'embarras lui serrait l'estomac.

— I... Ici ? Tu es sûr ? Tu es brûlant.

Mais ses mains parcouraient déjà le dos d'Adam alors même qu'il regardait autour de lui à la recherche de villageois qui auraient pu s'éloigner du sentier pour aller chercher des champignons. Mais il ne s'arrêtait pas, et Adam espérait qu'il ne le ferait jamais.

Adam avait mis des mois à se décider, mais maintenant qu'il avait dit oui à voix haute, il ne pouvait pas être plus sûr de son choix. C'était comme s'il avait soudainement eu une vision à long terme et le corps nu d'Emil sur le sien était le seul objectif d'Adam.

— Peut-être que c'est le démon, peut-être qu'il m'a souillé, mais je m'en fiche. Je t'en prie. J'ai juste envie de toi. Maintenant, chuchota Adam, se hissant sur ses orteils pour frotter son sexe contre celui d'Emil. La chaleur brûlait à la base de sa colonne vertébrale, envoyant des courants chauds dans ses membres, sa queue, sa tête, jusqu'à ce qu'il puisse à peine penser.

Emil acquiesça et se pencha pour étendre la couverture sur le sous-bois frais. L'épaisse doublure en laine était une bénédiction lorsqu'ils s'y assirent.

— Tu n'es pas « souillé ». Tu es parfait.

Son baiser fit pousser à Adam un doux gémissement qu'il ne put retenir.

S'enfonçant dans la peluche qui créait une barrière entre sa peau nue et le sol, il attrapa Emil et l'attira lui aussi vers le bas, rencontrant des yeux presque aussi verts que les feuilles de la gorge cachée. La présence du démon était une pensée constante au fond de son esprit, mais il voulait l'oublier. Il voulait échapper à son horreur et s'ouvrir à la meilleure chose qui lui soit jamais arrivée.

— Tu sais que je ne suis pas parfait. Mais tu es là pour moi quand même.

Quand Emil reposa son poids sur lui, entre ses jambes, Adam n'eut plus peur. Comme si on l'avait arraché avec des sangsues et qu'on l'avait laissé sur le Rocher du Diable. Cet homme pensait toujours à Adam en premier. Il venait de perdre sa maison, il avait subi un rejet amer, mais il était quand même venu quand Adam avait le plus besoin de lui, pour le sauver de Koterski, du démon, peut-être même d'Adam lui-même.

Ils s'embrassèrent encore. Et encore. La langue d'Emil prenait de la vitesse à chaque seconde, sa pénétration devenant plus intense tandis qu'il se frottait contre Adam, qui glissa ses mains sous le haut d'Emil et serra ses pectoraux avant de donner de l'attention au mamelon percé en le frottant doucement. Bientôt, ils ne feraient plus qu'un, et Adam avait hâte de se gaver de toute la chair délicieuse d 'Emil.

Ce n'est qu'à ce moment-là qu'il se souvint des cicatrices en forme de main sur le dos d'Emil et qu'il s'étouffa, fuyant brièvement le baiser.

— Et les brûlures ? Et si ça se reproduit ? demanda-t-il malgré le fait que tout en lui voulait goûter à nouveau à cette bouche délicieuse.

Emil lécha ses lèvres, si près qu'Adam aurait voulu qu'ils se fondent l'un dans l'autre.

— Je ne m'en soucie même plus. J'ai besoin d'être près de toi. C'est comme une infection qui ronge mon cerveau. Si je suis brûlé à nouveau, ça en vaudra la peine.

La façon dont son regard épinglait Adam sur la couverture témoignait d'une honnêteté si crue qu'Emil aurait pu lui dire que les porcs volaient et Adam l'aurait cru.

Les odeurs de la nature se mêlaient à l'arôme herbacé de la peau d'Emil. Adam le voyait clairement maintenant. Un jour, il voudrait lui aussi dominer Emil, mais aujourd'hui, il avait envie d'être le réceptacle de la passion de son homme, de se cacher sous lui et d'abandonner tout semblant de contrôle.

Il voulait sentir tout le désir d'Emil se déchaîner sur lui. Pas à cause de ruses, pas avec une fausse bravade. Il le voulait ici, dans l'ancienne forêt, là où ils devaient être.

Il écarta les plis de la veste et frotta la poitrine d'Emil, qui se couvrit de chair de poule dès que l'air glacial réveilla ses mamelons foncés. Ils étaient comme deux framboises mûres qu'Adam voulait goûter, et il se pencha, mordillant et tirant sur le mamelon percé tandis qu'Emil s'agitait au-dessus de lui avec un souffle.

— Tu veux que j'attrape une pneumonie et que je meure ?

Emil gloussa et fit descendre ses baisers dans le cou d'Adam. D'abord doux, ils se transformèrent en morsures tandis qu'Emil pétrissait les flancs d'Adam.

Le ciel s'illumina de nuances brillantes de violet et d'orange, et tandis qu'Emil haletait à l'oreille d'Adam, ses longues mèches taquinaient la peau d'Adam comme si elles avaient un esprit propre, la forêt étincela d'une magie qui n'avait rien à voir avec la sombre présence qui les avait rapprochés pour la première fois.

Une lumière douce révéla au monde la beauté d'Emil avec toutes ses imperfections. La cicatrice sur son sourcil, la petite bosse sur son nez, tout cela faisait partie de l'homme dont Adam avait besoin plus que tout au monde. L'homme qui lui offrait plus de paix que le Seigneur n'en avait jamais eue. Et à ce moment précis, il n'eut pas peur du blasphème qui lui traversait l'esprit.

Le péché était un concept vide lorsque son corps chantait en harmonie avec la nature.

Il perdit sa peur.

— Je te tiendrai au chaud. Tu es le bienvenu en moi, chuchota Adam.

Il frotta sa joue contre celle d'Emil dans un moment interminable d'excitation pure qui fit trembler ses jambes lorsqu'elles s'installèrent autour des hanches d'Emil.

Le ciel servit de toile de fond à la couronne de cheveux sombres sur la tête d'Emil. Qu'il s'agisse d'un démon ou d'un ange n'avait pas d'importance, car Adam l'adorerait quand même.

Emil mordit la lèvre inférieure d'Adam et tira, mais il fouilla dans la poche de sa veste et en sortit quelque chose.

— Je n'ai jamais eu autant envie de quelque chose.

Adam respira l'odeur fraîche d'Emil, sa gorge se noua sous l'effet de la faim. Il mordrait dans Emil s'il le pouvait. Le dévorerait. L'enterrerait dans son corps pour qu'ils soient ensemble pour toujours.

Lorsque les doigts glissants d'Emil se glissèrent entre ses fesses, Adam n'avait toujours aucun doute quant à son désir, même si des flashs d'impuissance à l'intérieur de son propre corps traversaient son esprit, essayant d'empiéter sur le beau moment qu'il vivait maintenant. Ce qui s'était passé cette nuit-là, il y a des mois, n'avait plus d'importance, car ce soir, il était capable de faire un choix, et il faisait entièrement confiance à Emil, tant avec son corps qu'avec son cœur.

Le regard d'Emil se posa sur son visage, doux, chaud, scrutateur. Il brillait de l'amour qu'Emil lui avait avoué hier soir, avant qu'Adam ne le repousse bêtement par peur. Il ne laisserait plus jamais cette sale émotion le dominer.

Pour une fois, tout est devenu clair. Adam n'aiderait pas Emil à s'installer dans un endroit où il pourrait trouver des gens qui le comprennent. Il ne le donnerait pas à un autre homme. Ils ne vivraient pas séparés et ne se verraient qu'en secret. Emil était à lui. À lui.

— Je veux être avec toi pour toujours.

Le petit souffle désespéré d'Emil, la façon dont ses sourcils se froncèrent et le fait qu'il n'ait même pas cligné des yeux, trop concentré à rencontrer le regard d'Adam, dirent tout à Adam sur la profondeur de l'émotion chez son amant.

— Nous allons faire en sorte que ça marche, murmura Emil en l'embrassant à nouveau.

Tandis que les orteils d'Adam se recroquevillaient en réponse au contact intime entre ses fesses, il les imagina monter Jinx ensemble, Emil travaillant aux écuries, leur minuscule appartement quelque part dans le quartier paisible de Bielany. Une vie parfaite qu'ils pourraient partager.

Bien que ce soit à peine la deuxième fois qu'Adam était sous Emil, son corps était impatient, comme s'il était déjà accro à cela, et il gémit au contact des doigts d'Emil qui frottaient son trou avec insistance.

— Nous devons le faire, dit Adam, paralysé par l'angoisse de devoir laisser Emil derrière lui.

Adam ne le supporterait pas. Ils quitteraient Dybukowo ensemble, pour qu'Emil ne passe plus jamais une heure seul dans cet endroit perdu.

— Nous nous sommes rencontrés pour une raison. Je le sens.

Son corps se sentait mûr, prêt à être cueilli, et il ouvrit plus grand ses cuisses, attrapant la main d'Emil et la rapprochant, jusqu'à ce qu'un de ses doigts s'y enfonce. Il gémit son plaisir sur les lèvres d'Emil, et il n'y avait plus de place pour l'attente.

Les yeux d'Emil s'écarquillèrent, ses mouvements devinrent plus erratiques tandis qu'il enfonçait un doigt, puis un autre, et maintenait un rythme régulier qui ne laissait aucun doute sur le fait qu'ils étaient bel et bien en train de baiser.

Mais Adam n'était pas un homme d'église en ce moment. Il était un homme de chair.

— Ça va être tellement bon, marmonna Emil contre la joue d'Adam, en le grattant avec sa barbe.

— Je veux que tu me le dises au fur et à mesure. Qu'est-ce que mon corps te fait ? chuchota Adam.

Il se déhanchait sur la main d'Emil alors que la friction à l'entrée de son trou se transformait en flammes brûlantes. Il en voulait plus. Il voulait la verge d'Emil en lui, même s'il l'avait craint hier soir. C'était comme si une chaîne invisible dans son esprit avait été brisée, laissant place à toute la liberté qu'ils voulaient.

Les pupilles d'Emil s'élargirent, et Adam put sentir que quelque chose s'ouvrait en lui avant même que son amant ne prononce un mot.

— Tu me fais perdre mon humanité. Avec toi, je ne suis qu'une bête qui veut s'enfoncer profondément dans son compagnon.

Ses narines se dilatèrent et il se retira les doigts, grimpant sur Adam et le pliant en deux. Sa queue dégoulinait déjà de présperme lorsqu'elle glissa sur l'ouverture avide d'Adam.

— Je veux te marquer. Je veux que tu rougisses, que tu gémisses et que tu supplies pour avoir une bite. Ça sonne tellement illicite venant de toi.

L'air qu'Adam respirait était comme les fumées sucrées de l'enfer. Il saisit la tête d'Emil et la fit descendre jusqu'à ce que leurs lèvres se rencontrent, tandis qu'il frottait son cul contre la verge dure. Tout dans ce moment était primal, comme s'ils étaient les seuls êtres restants dans cette vaste étendue sauvage qui existait pour les servir. Et quand Emil attrapa sa queue à la base, prêt à entrer, Adam réalisa qu'il n'y avait pas d'endroit plus approprié pour cela que cette forêt fertile grouillante de vie.

Une simple poussée suffit pour que la tête de la queue d'Emil pénètre dans le canal étroit, et même si cela causait un léger inconfort, Adam accueillit la piqûre à bras ouverts. Il voulait que l'expérience soit intense, et si elle s'accompagnait d'un peu de douleur, qu'il en soit ainsi. Il lui rendit la pareille en mordant les lèvres d'Emil.

— Oui, murmura-t-il, en décollant son dos de la couverture, pour retomber lorsque l'épaisse longueur s'avança en lui, l'ouvrant.

Il n'y avait pas beaucoup de force dans ce glissement, mais plus il avançait, plus la respiration d'Adam devenait superficielle, jusqu'à ce qu'il s'accroche à Emil, le cou tordu en arrière, haletant, éprouvant un plaisir incomparable à celui qu'il avait ressenti la première fois.

Dans le présent, il avait fait un choix et assumait la responsabilité de tout ce que cela impliquait. Si le sexe satisfaisait le démon en lui, qu'il en soit ainsi, mais ce moment était pour lui et Emil. Ils étaient ensemble comme ils devaient l'être, et Adam ne songerait plus à s'y opposer.

Emil saisit la cuisse d'Adam, le maintenant en place bien qu'ils sachent tous les deux qu'Adam n'irait nulle part avant d'avoir eu sa dose. Leurs lèvres se rencontrèrent à nouveau dans un baiser précipité et avide qui alimenta l'excitation d'Emil, le faisant bouger avec plus de vigueur.

Adam leva les yeux vers lui, appréciant les longues mèches qui tombaient en cascade le long du bras d'Emil pour caresser le visage d'Adam tandis qu'ils se déplacent à un rythme lent mais ferme. Il était submergé par la sensation de plénitude, mais chaque poussée apaisait quelque chose en lui, le rendant moins tendu, moins effrayé par l'inconnu. Il y avait des problèmes qu'il devait régler s'il voulait être avec Emil, être vraiment avec lui, mais ils pouvaient attendre, car tout ce qui comptait maintenant, c'était la confirmation de leur amour.

Adam s'accrocha au cou d'Emil et ferma les yeux, se concentrant sur la nouvelle sensation d'Emil qui s'enfonçait en lui encore et encore. Il n'avait plus de regrets, plus de honte, flottant à la surface du désir et fier que de tous les hommes, Emil l'ait choisi.

La peau d'Emil n'était plus froide. Ils étaient tous les deux en feu, et tout l'être d'Adam souhaitait s'enrouler autour d'Emil comme un boa constrictor et ne plus le lâcher.

Dans cette position, son sexe se retrouvait coincé chaque fois qu'Emil se penchait pour embrasser Adam, et chaque fois que cela se produisait, il se rapprochait de l'orgasme, jusqu'à ce que leurs langues se nouent ensemble et qu'Adam ne puisse plus surfer sur la vague. Celle-ci le porta jusqu'au rivage, le submergea et le laissa dans un glorieux désordre.

Il y avait quelque chose de différent dans son orgasme cette fois-ci. Ses soucis avaient disparu, effacés par la force de la nature qu'était Emil, et alors qu'il jouissait et que son trou se pressait autour de la longueur dure comme de la pierre en lui, pendant un moment il oublia pourquoi il avait résisté à cela en premier lieu.

Aucun grésillement ni odeur de peau brûlée ne suivirent, alors il se détendit et s'accrocha fermement tandis qu'Emil enfonçait son pénis une dernière fois.

Leurs corps palpitaient à l'unisson et lorsqu'Emil haleta, reposant son poids sur Adam, la seule chose qu'Adam regretta fut qu'ils devraient bientôt se séparer. Une nouvelle journée commençait, et ils ne pouvaient pas rester dans cet état d'harmonie parfaite pour toujours.

Il refusa de détourner les yeux d'Emil, soutenant son regard tandis que le corps fort au-dessus du sien frissonnait, chaud et transpirant malgré le froid.

— Je peux sentir ton sperme en moi, et c'est si bon, chuchota Adam, sans même avoir honte de dévoiler ses pensées.

Elles étaient en sécurité avec Emil.

— Je t'ai marqué. Maintenant, tu es à moi, râla Emil, en s'effondrant sur Adam et le prenant dans ses bras.

— À toi, murmura Adam, ne voulant pas penser aux conséquences.

Les arbres au-dessus chantaient, les accueillant dans leur royaume.

CHAPITRE 20

ADAM

Adam se réveilla avec un soleil éclatant qui entrait par la petite fenêtre de sa chambre. La chaleur qui l'enveloppait lui rappelait l'intimité qu'Emil et lui avaient partagée sur un lit de feuilles et de laine, alors que le dôme du ciel s'illuminait de couleurs. Ils étaient tellement épuisés qu'ils n'auraient probablement pas pu rentrer au presbytère sans Jinx, mais la bête les avait ramenés à la maison, où ils étaient tombés dans le lit simple, trop étroit pour deux hommes. À moins que ces deux hommes n'aiment se serrer l'un contre l'autre.

Alors que le jour le tirait lentement du sommeil, Adam réalisa qu'Emil ne le tenait plus près de lui, et l'ajustement serré de leurs corps lui manquait, tout comme le sexe d'Emil en lui, même s'ils n'avaient fait l'amour que quelques heures auparavant.

Il ouvrit les yeux.

Emil constituait le plus beau tableau près de la fenêtre. Vêtu du pantalon de pyjama de tout à l'heure, il faisait face au soleil, qui jouait avec ses cheveux emmêlés tandis que le petit couteau qu'il utilisait pour couper une pomme reflétait les rayons directement sur le visage d'Adam. L'odeur sucrée du fruit parvint à Adam et il s'étira avec un soupir de satisfaction, regardant le petit bol se remplir de petits morceaux.

Emil jeta un coup d'œil à Adam et ses lèvres se fendirent d'un large sourire.

— Bonjour.

— C'est ta version du petit déjeuner au lit ? demanda Adam en se retournant sur le dos, comme un chat avide de caresses sur le ventre.

Emil comprendrait-il l'allusion ? Ils avaient pris les clés de la chambre dans le placard de la cuisine à leur arrivée et s'étaient enfermés, alors autant profiter de l'intimité.

Emil rit, en fléchissant un peu ses bras tatoués.

— Non, c'est une offrande. Tu n'en as pas dans ta chambre. Mieux vaut prévenir que guérir.

Les lèvres d'Adam s'abaissèrent et il aspira de l'air en fixant le bol, à la fois terrifié par sa présence et salivant excessivement.

— Non... pourquoi ferais-tu cela après ce qui s'est passé hier soir ? demanda-t-il, les membres raides comme des branches de bois.

Emil fronça les sourcils.

— C'est exactement la raison pour laquelle je le fais. Cette entité t'a dit que ton Dieu n'avait pas sa place dans cette vallée. Il pourrait s'agir d'une sorte d'esprit qui était autrefois vénéré ici, et qu'il soit Chort ou autre, il doit fonctionner selon des règles préservées dans le folklore. Jusqu'à ce que nous trouvions un moyen de nous débarrasser de lui, tu dois trouver un terrain d'entente avec lui. L'apaiser.

— Je ne pense pas que l'attirer soit une bonne idée. Tu crois qu'il me déteste parce que je suis le prêtre d'un Dieu différent ? chuchota Adam en s'asseyant sur le lit et en laissant ses pieds nus toucher le sol. Sa surface fraîche était trop apaisante pour les mots et aida Adam à stabiliser son cœur agité.

Emil posa le bol dans un coin d'ombre sur le sol et s'assit à côté d'Adam.

— Pourquoi penses-tu qu'il te déteste ?

La question était si troublante qu'Adam dut se forcer pour ne pas s'éloigner. Il sentait quelque chose de frais dans sa nuque, comme si c'était le souffle du démon.

— Pourquoi suggérerais-tu qu'il ne le fasse pas ?

— Tu m'as dit toi-même qu'il te forçait à faire des choses que tu voulais déjà. Il ne t'a pas poussé à te lancer dans une folie meurtrière.

Emil embrassa la tempe d'Adam, comme s'il savait que ses paroles pouvaient être aggravantes, mais ses lèvres étaient froides et Adam recula.

— Ce n'est pas ainsi que je vois les choses. Je n'étais pas prêt. Ce qui s'est passé plus tard, c'était malgré lui, pas à cause de lui, dit-il en se levant du lit, incapable de rester immobile tant les émotions s'emmêlaient dans sa poitrine.

Emil saisit la main d'Adam et effleura de ses lèvres la coupure sur sa paume.

— Je ne veux pas que tu sois à nouveau blessé. Tu connais le dicton. Quand tu te trouves parmi les corbeaux, tu dois croasser.

— Je ne veux pas être en sa compagnie ou en train de croasser, dit Adam en retirant à contrecœur sa paume.

Tout cela était trop dur à digérer.

Emil se leva aussi et le serra dans ses bras.

— Nous trouverons une solution. En attendant, faisons en sorte qu'il soit heureux.

Adam se frotta le nez en regardant Emil enfiler un T-shirt.

— Tu me dis, à moi, un prêtre, de devenir un adorateur du diable ?

— Pas un « adorateur ». Disons... un ami - non, un allié réticent ? Je vais voir si le petit déjeuner est prêt.

Adam n'avait pas faim, mais il pouvait à peine entendre ses pensées tant qu'Emil était à ses côtés, alors il acquiesça et lui offrit un léger sourire.

Il reçut un autre bref baiser avant qu'Emil ne déverrouille la porte et laisse Adam avec un profond sentiment de confusion. Emil n'avait-il pas vu ce qui s'était passé hier soir ? N'était-il pas préoccupé par le fait que le démon avait poussé Adam à se promener nu, à se blesser et à étaler son sang sur un rocher bizarre dans les bois ? Pourquoi était-il si content tout d'un coup ? Surtout après l'incendie de sa maison hier.

Adam ressentait une méchante démangeaison qu'il ne pouvait expliquer. Quelque chose dans cette pièce n'était pas comme il le fallait, et il regarda autour de lui, incapable d'identifier quoi que ce soit d'anormal, à l'exception du bol de fruits qui, bien qu'étrange, n'était pas la source de son malaise.

Sa bouche s'assécha avec l'envie de sortir et de boire quelque chose de frais, mais il continua à observer les murs, qui semblaient déformés, leurs lignes un tant soit peu tordues, comme s'ils étaient vivants et qu'ils risquaient de lui rentrer dedans à tout moment.

Il ne devenait pas fou. Il ne l'était pas.

Le sol l'appelait, les motifs du bois brut l'invitaient à le toucher. Il se mit à genoux et fit face au lit, s'accordant lentement à ce que l'espace essayait de lui dire. Une odeur étrange lui piqua le nez et son regard suivit une ligne de lumière solaire pointant dans l'ombre, sous l'endroit même où il avait dormi depuis son arrivée à Dybukowo. Il déplaça sa main le long de cette flèche insaisissable jusque sous le lit où ses doigts rencontrèrent quelque chose qui n'aurait pas dû s'y trouver.

Il ne voulait pas la regarder, mais en prenant la petite figurine en bois avec une mèche de cheveux épinglée sur la poitrine, son pouce trouva le visage, puis les cornes sur la petite tête.

— Non.

Au moment où Adam se laissait aller à croire qu'il avait trouvé la paix, son monde s'effondra à nouveau. Emil lui avait dit qu'il avait brûlé la figurine. Adam aurait juré l'avoir vue s'enflammer et avoir senti l'odeur des cheveux brûlés, mais elle était là, à le regarder avec les taches rouges qu'il y avait en guise d'yeux.

Un sentiment d'effroi absolu s'installa dans la chair d'Adam lorsqu'il aperçut une longue mèche de cheveux noirs sur le drap découvert. C'était comme si l'univers lui soufflait la réponse. La seule réponse qu'il voulait ignorer, même si elle était logique.

Emil semblait terriblement heureux pour quelqu'un qui avait tout perdu il y a moins de vingt-quatre heures, mais c'était son attitude détendue face au fait qu'Adam avait fait du somnambulisme jusqu'au Rocher du Diable et qu'il avait fait un sacrifice de sang qui aurait dû déclencher des alarmes. Et elle l'aurait fait si Adam ne lui était pas si dévoué. Si désespérément, si stupidement envoûté par un homme qui le manipulait avec des promesses d'amour.

Si Emil se souciait vraiment des sentiments et de la santé mentale d'Adam, il aurait fait tout ce qui était en son pouvoir pour l'aider à partir dès le matin, l'éloigner des griffes d'un pouvoir que ni l'un ni l'autre ne comprenait. Au lieu de cela, il avait enfermé Adam dans un faux sentiment de sécurité et avait obscurci son jugement jusqu'à ce que rester semble être un choix viable.

Une pensée terrifiante traversa Adam comme un éclair, carbonisant l'amour et la confiance. Emil avait-il pu mettre la figurine sous le lit ? Le visage aimant pouvait-il cacher un côté de lui qui voulait garder Adam attaché à cet endroit, à jamais esclave des forces diaboliques qui maîtrisaient la volonté d'Adam avec tant de facilité ? Aurait-il pu être à l'origine de la possession ?

Adam avait toujours méprisé la façon dont certains villageois racontaient qu'Emil était un sataniste simplement parce qu'il n'était pas comme les autres jeunes de son âge, mais s'il y avait un fond de vérité qui allait au-delà des T-shirts de groupes et des cheveux longs d'Emil ? Emil pourrait être la plus grande tache aveugle d'Adam puisqu'il était si désespéré de le croire. S'il ignorait son intuition et qu'elle s'avérait vraie, il serait le plus grand imbécile de l'histoire. Même s'il ne serait pas le premier à souffrir d'un amour mal placé.

Lorsqu'Emil revint, Adam était toujours sur le plancher, mais il serra la figurine dans sa main pour la cacher. Il ne voulait pas croire ce que son esprit suggérait, mais si, peut-être, Emil s'adonnait à la magie noire, Adam ne pouvait pas encore lui faire part de ses soupçons.

Emil lui sourit et posa deux tasses de thé sur la table d'appoint, irrésistible avec ses cheveux noirs tombant en cascade sur son torse. Adam ne voulait pas croire que les sourires et les caresses affectueuses, ou la patience infinie qu'il avait offerte, n'étaient qu'une façade, mais le fait qu'il ne veuille désespérément pas que quelque chose soit vrai ne signifiait pas que ce n'était pas le cas.

— Mme Luty est d'humeur bizarre, dit Emil.

— Bizarre ? dit Adam.

— Je m'attendais à ce qu'elle soit en colère parce qu'on avait dormi trop longtemps, mais elle était tout à fait charmante. Peut-être que son petit-fils vient de se fiancer ou quelque chose comme ça ? Tu vas bien ? Tu es pâle. Tu devrais manger, allons-y.

— Vraiment ? demanda Adam en se redressant, heureux que les murs et le sol soient redevenus normaux.

Il se demanda s'il ne devrait pas d'abord prendre une douche, mais décida de ne pas le faire lorsque son estomac gronda et que l'odeur de la pomme coupée fit saliver sa bouche. Il enfila un tee-shirt et hocha la tête, ouvrant la voie vers la salle à manger.

— Père Adam !

Mme Janina lui adressa le plus grand des sourires et se dépêcha de passer devant lui en tirant la chaise comme s'il était incapable de le faire lui-même.

— Comme c'est gentil de votre part d'accueillir Emil pour le moment. Dès votre arrivée à Dybukowo, j'ai senti que nous avions un bon garçon entre les mains.

Avait-elle utilisé les mauvaises baies dans sa confiture et était-elle en train de planer ?

— J'ai fait ce qu'il fallait. Tout le monde a besoin d'un coup de main de temps en temps, dit Adam en s'asseyant et regardant discrètement Emil lui faire un clin d'œil dans le dos de la gouvernante.

— Vous voulez quelque chose de chaud ? Des œufs brouillés ? Des crêpes ? demanda-t-elle, comme si le festin étalé sur la table n'était pas assez extravagant. Elle ouvrit même un pot de moutarde maison.

— Et toi, Emil ? Tu dois te sentir très mal après ce qui s'est passé hier soir. Aussi longtemps que je vivrai, il y aura toujours un repas et un lit pour toi i ci.

Emil s'assit à côté d'Adam et, malgré la présence de Mme Janina, la scène semblait étrangement domestique. Comme si le fait de manger ensemble chaque matin pouvait devenir une nouvelle routine.

— Merci, cela signifie beaucoup, Mme Luty.

Elle sourit, les mains sur les hanches. Lorsque tous deux insistèrent pour se contenter de ce qui avait déjà été préparé, Mme Janina se souvint qu'elle avait un gâteau - la génoise aux prunes préférée d'Adam - dans le four, et elle partit, les laissant dans un silence stupéfait.

— Qu'est-ce qui se passe ? demanda Adam en jetant un coup d'œil à Emil, qui s'était déjà servi en charcuterie, comme si cette matinée n'était pas la plus étrange de mémoire d'homme.

Emil roula des yeux.

— Peut-être qu'elle s'est réveillée et qu'elle s'est rendu compte de la pitié que je suscite. Tu ne me verras pas me plaindre.

Adam observa les moindres gestes d'Emil, qui mit un œuf dur dans une tasse et utilisa la cuillère pour casser la coquille au sommet de l'œuf. Il n'y avait rien de plus banal, mais les pensées d'Adam se bousculaient et il craignait qu'Emil n'ait réussi à ensorceler Mme Janina, car sinon, pourquoi son attitude aurait-elle changé si soudainement ?

Les vêtements noirs à l'origine des rumeurs sur son satanisme pourraient avoir été choisis à dessein, simplement pour qu'il y ait moins de monde autour de sa propriété. Mais aurait-il brûlé sa propre maison ? Sa réaction était certainement impossible à feindre.

— C'est juste que... tout dans cette journée semble déplacé, dit Adam en regardant le pain frais, même si ce qu'il voulait, c'était une pomme. Il en prit une dans la corbeille de fruits placée au milieu de la table et la croqua, mais il fut déçu par son acidité. Il s'attendait à ce qu'elle soit sucrée, comme le parfum de celle qu'Emil avait laissée dans sa chambre pour Chort.

— Je veux dire...

Emil baissa la voix et regarda par-dessus son épaule.

— Nous avons affaire à de la magie maléfique. Peut-être que Mme Luty a été possédée par un ange pour équilibrer les choses.

Adam donna un coup de pied à Emil sous la table, émerveillé par le vert de ses yeux. La profondeur de leur couleur éloignait ses pensées de la figurine cachée sous son lit, loin des soupçons. Des yeux comme ceux-là étaient-ils capables de mentir ?

Adam tenta de se débarrasser du flou qui obscurcissait son esprit. Même s'il voulait désespérément faire confiance à Emil, les faits indiquaient qu'il ne devait pas le prendre pour argent comptant. Il n'était pas impossible qu'Emil lui ait menti, qu'il l'ait séduit et qu'il se soit insinué dans la vie d'Adam pour de bon. Parce que la maison ayant brûlé, Emil allait loger au presbytère. Dans la même chambre qu'Adam. Comme un serpent enroulé autour de lui.

Les corbeaux, la chèvre noire. Le fait que lorsqu'Emil ne trouvait pas de raison de ne pas quitter Dybukowo, l'univers en avait trouvé une pour lui. La façon dont des choses étranges semblaient toujours arriver à Adam quand Emil était là. Tout cela ne pouvait pas être une coïncidence. Sa grand-Mère était une Chuchoteuse, et Emil avait brûlé la maison de ses propres parents.

Peut-être qu'Adam devrait partir après tout ? Maintenant qu'il réfléchissait aux événements de ce matin, le comportement d'Emil avait de moins en moins de sens. Le démon avait encore frappé. Il avait attaqué l'homme qu'Emil prétendait aimer, et pourtant, au lieu de soutenir la décision d'Adam de partir, Emil l'avait persuadé de rester à l'endroit même où tous les problèmes avaient commencé.

Adam détestait ses propres pensées, mais n'était-ce pas exactement la façon dont l'éclairage au gaz fonctionnait ? Il ne connaîtrait la vérité que lorsqu'il serait trop tard.

Il partirait. Si Emil ne voulait pas encore le rejoindre, il pourrait partir en premier et l'appeler depuis la sécurité de la maison de ses parents à Varsovie. Si Emil était aussi innocent qu'il le prétendait, ils pourraient s'arranger par la suite.

— Adam ? Êtes-vous réveillé ? demanda le Père Marek.

Ses chaussures faisaient beaucoup de bruit sur le sol de la vieille cuisine, ce qui donna à Adam et Emil le temps de s'éloigner l'un de l'autre.

— Oui. Quelque chose ne va pas ? Je suis désolé d'être resté si longtemps au lit.

Le prêtre entra, rouge comme s'il avait couru tout le long du cimetière.

— C'est bien, mais vous devez prendre en charge la confession. L'état de M. Robak a empiré et je dois lui administrer les derniers sacrements.

Adam posa la pomme et se leva.

— Bien sûr, dit-il, même s'il n'avait pas l'intention de perdre du temps au confessionnal alors que sa vie est en train de s'effondrer.

— Vous commencez dans un quart d'heure.

C'était une bonne chose. Si Emil pensait qu'Adam était occupé, il se trouverait autre chose à faire et laisserait Adam décider de fuir Dybukowo précipitamment. Il serait beaucoup plus facile de prendre une décision loin d'Emil et de ses lèvres. Un lièvre ne resterait pas immobile pendant que le loup lui expliquerait qu'il n'a pas faim. Il s'enfuirait. Et Adam aussi.

Emil serra la main d'Adam dès que le prêtre partit.

— Tu as besoin de moi là-bas ?

Adam sourit, bien que la peur soit déjà une présence froide dans ses veines. Est-ce qu'Emil essayait de garder un œil sur lui ?

— Non, repose-toi. Je serai de retour dans une heure, dit-il, se levant avant qu'Emil n'ait pu obtenir le baiser pour lequel il s'était penché.

— Je vais peut-être aller voir la... maison plus tard dans la journée. Je le redoute. Tu veux bien venir avec moi ?

Bien sûr. Ouvrez-moi le cœur.

— Bien sûr, mentit Adam, même si tous ses instincts avaient hurlé lorsqu'il avait regardé par la fenêtre et vu le prêtre partir dans le seul véhicule auquel Adam avait accès.

Il était pris au piège, du moins jusqu'à ce que le prêtre soit de retour et puisse lui prêter la voiture.

Heureux de ne pas avoir à terminer son petit-déjeuner en compagnie d'Emil, il prit une douche rapide et s'habilla, assaillit par des soupçons qui se resserraient autour de sa poitrine et de son cou comme des tentacules sur le point de lui arracher la vie. Les ombres sombres du confessionnal étaient son réconfort, et tandis qu'il écoutait de vieilles dames confesser des choses banales et qu'il parlait à un homme en proie à des problèmes conjugaux, le malaise s'atténuait peu à peu.

Comme si le fait de prendre le temps de considérer les problèmes et les douleurs quotidiennes des autres soulageait les siens. Au moins jusqu'à un certain point.

— C'est une affaire terrible.

Adam se réveilla en sursaut et jeta un coup d'œil au visage ridé de Mme Dyzma à travers le treillis. Ses traits étaient figés et ses yeux brillaient, comme si elle avait fini de confesser ses méfaits quotidiens et voulait parler de quelque chose de moins ordinaire.

— Pardon ?

— Ce pauvre homme à Sanok. Tué par des corbeaux enragés comme notre Zofia. Mon fils a insisté pour m'accompagner jusqu'ici afin que je ne sois pas seule. C'est un bon garçon, dit-elle.

Mais l'esprit d'Adam était déjà plongé dans un puits de mercure, et chaque fois qu'il essayait de reprendre son souffle, il y était ramené.

— Un homme à Sanok ?

— Oui, un jeune agriculteur qui avait deux jolies petites filles. Nous devrions tous prier pour sa famille.

La poitrine d'Adam se soulevait et s'abaissait frénétiquement, pompant l'air à un rythme qui lui donnait le tournis. Il n'avait aucun moyen d'expliquer pourquoi, mais il savait de qui il s'agissait, et malgré l'horreur de cette nouvelle, il ne pouvait se résoudre à plaindre Piotr.

Et cela lui faisait peur. Piotr avait fait des choses terribles et était resté un être humain détestable, mais peut-être avait-il été un bon partenaire pour sa femme et un bon père ? C'étaient les choses auxquelles il savait qu'il aurait dû penser, mais au fond de lui, une voix lui disait que Piotr aurait contaminé ses enfants avec l'idéologie qui l'avait poussé à brutaliser Emil toutes ces années auparavant. Qu'il valait peut-être mieux que la société se passe de cette pomme qui semblait si brillante à l'extérieur, mais dont le cœur était pourri.

Il réconforta Mme Dyzma, mais ne promit pas de garder le fermier décédé dans ses prières.

Les pensées se bousculèrent dans sa tête, mais Adam n'eut pas le temps de se demander si le meurtre était en quelque sorte l'œuvre d'Emil, car la voix de l'homme suivant lui était familière et il s'en souvint trop bien depuis qu'ils s'étaient parlés quelques heures plus tôt.

— Béni soit Jésus-Christ.

Adam marmonna sa réponse, s'enfonça un peu plus dans le siège inconfortable au milieu du confessionnal tandis que Koterski continue.

— Pardonnez-moi, mon Père, car j'ai péché. J'étais réticent à en parler à un prêtre ici, où j'ai l'intention de fonder une famille, mais j'ai le sentiment que vous comprendrez. J'ai été tenté, et je ne suis qu'un être humain, alors j'ai cédé.

Le cœur d'Adam se figea. Lui et Koterski avaient-ils… fait quelque chose la nuit dernière ? L'idée qu'une autre paire de mains que celles d'Emil ait touché son corps lui donnait une légère nausée, comme s'il s'agissait d'un sacrilège, et il n'osait pas regarder le visage de l'homme, restant immobile dans l'intérieur sombre du confessionnal.

— Il faut que vous soyez plus précis que ça, finit-il par dire, fâché de voir à quel point sa voix semblait faible.

Aussitôt, les cicatrices fraîches de ses mains se mirent à pulser, comme si son sang voulait quitter son corps là où la peau était la plus fine.

Koterski souffla.

— Je peux être très précis, mon Père. Emil, cette engeance de Satan, m'a contraint à avoir des relations sexuelles homosexuelles. C'est de sa faute. C'est arrivé de nulle part, comme si quelque chose de non naturel m'avait dirigé directement vers lui. Je n'avais jamais pensé à ce genre de choses auparavant, mais j'ai eu des pensées impures à ce sujet. Je pensais que maintenant que je suis marié, ces pulsions disparaîtraient, mais je vous le dis, mon Père, cet homme m'a jeté un sort et m'a attirée dans sa maison.

Les oreilles d'Adam bourdonnaient au rythme de son cœur, sa tête était légère alors qu'il tentait de s'accrocher aux bords tranchants de la réalité, car sinon il tomberait et ne se relèverait jamais.

Ce n'était pas possible. Pas possible.

Mais alors qu'il s'efforçait de contenir des émotions qui faisaient déjà couler des larmes chaudes dans ses yeux, Koterski poursuivit :

— Je voulais le mordre comme s'il s'agissait du fruit le plus croquant.

Le siège s'enfonça sous Adam, et il plongea avec lui, jusqu'à la fosse de l'enfer où l'homme en qui il avait mis tant de confiance passerait une éternité à le narguer pour sa stupidité et sa naïveté.

Il n'était même plus un vrai prêtre, incapable d'offrir une véritable absolution après ce qu'il avait fait la nuit dernière. C'était un imposteur, mais Emil l'était aussi.

Koterski prit une profonde inspiration qui fit trembler le treillis de bois qui les séparait.

— Et le pire, mon Père, c'est que même si j'ai de la peine pour lui maintenant que sa maison a brûlé, j'ai aussi des idées noires. Qu'il l'a mérité. J'essaie de rester vertueux, mais il a entaché mes pensées. Chaque fois que je souhaite le voir souffrir, je finis par le regretter, comme si j'étais prisonnier de ce cercle vicieux de colère et de convoitise. Comment un seul homme peut-il être à la fois si vil et si séduisant ?

Adam se mordit l'intérieur des joues, luttant pour contrôler sa respiration lorsque Koterski révéla graduellement une facette d'Emil à laquelle Adam ne s'attendait pas. Son infidélité lui faisait mille fois plus mal que le fait qu'il avait peut-être jeté un sort à Adam aussi, causant en fin de compte la possession traumatisante. Adam n'était pas spécial, et sa compagnie, cet été qui avait tant changé la vie d'Adam, ne signifiait pas grand-chose pour Emil. Il n'avait été qu'une conquête de plus. Une autre encoche sur le cadre du lit, apaisé par des confessions d'amour et des caresses.

— Vous devriez rester loin de lui, alors.

— J'essaie, mon Père, vraiment, mais il y a quelque chose de diabolique qui se passe avec cet homme. Je me réveille à sa porte certaines nuits depuis que j'ai trouvé cette poupée bizarre sous mon lit. Je jure qu'il est derrière tout ça !

Des glaçons s'enfoncèrent dans la chair d'Adam, mais il garda son sang-froid du mieux qu'il put.

— Nous sommes tous responsables de notre vie et de notre relation avec Dieu et les autres. Essayez de faire quelque chose que vous aimez chaque fois que ces pensées reviennent, dit Adam automatiquement.

Il grimaça en voyant à quel point son propre conseil l'exaspérait. Ni la télévision, ni Internet, ni les livres ne pourraient purger son esprit des sentiments qu'il nourrissait pour Emil, le premier et le seul homme qu'il avait laissé entrer dans son cœur et dans son corps. Même si Emil avait menti, les sentiments d'Adam pour lui étaient vrais, et cela rendait les choses encore plus terribles.

Koterski semblait soulagé d'avoir obtenu sa pénitence, il promit d'éviter le péché et ce fut tout.

Mais ce n'était pas le cas, car sa confession avait tout changé.

CHAPITRE 21

EMIL

En regardant les meubles calcinés et ce qui restait des murs, Emil avait du mal à comprendre qu'il se trouvait réellement dans l'endroit qu'il appelait sa maison. La maison où des générations de sa famille avaient vécu et étaient mortes, réduite en cendres en quelques heures.

Même maintenant, au milieu de l'odeur écrasante de la fumée, il pouvait sentir les herbes que Grand-mère avait gardées dans leur maison. Elles disparaîtraient à la première pluie.

Emil n'avait pas pu s'approcher davantage et avait regardé toute une bande de corbeaux picorer de la nourriture à moitié brûlée. Quelle métaphore pour sa vie misérable. Un côté rouge et juteux, où Adam l'avait embrassé, aimé et accepté, tandis que l'autre était un gâchis mutilé et carbonisé où il était sans abri, au chômage et endetté pour une entreprise commerciale qui n'avait jamais porté ses fruits.

Le vent soufflait dans les ruines, emportant une partie de la poussière et découvrant des restes de bouteilles éparpillés dans les cendres. Il avait évité de venir ici toute la journée, même s'il était douloureusement conscient qu'ignorer le problème ne le ferait pas disparaître. Il avait été assez facile d'attendre Adam, mais lorsqu'il devint évident que l'absence du prêtre le tiendrait occupé jusqu'à tard, Emil prit la décision d'y aller seul. Il devait faire face à la destruction de tout ce qu'il connaissait et ne pouvait pas compter sur la béquille de la compagnie.

Emil serait un fardeau suffisant pour Adam dans les mois à venir. Il était sûr qu'Adam ne le verrait pas ainsi, mais c'était la réalité s'ils étaient honnêtes l'un envers l'autre. Malgré l'amour qu'ils partageaient, Emil aura besoin de soutien, de patience et d'aide. Cette tragédie mettrait leur relation à rude épreuve, et Emil ne pouvait qu'espérer qu'ils finiraient par s'en sortir, plus forts que jamais.

Forçant ses pieds à bouger, il s'avança dans les débris et respira l'odeur de charbon du bois calcifié. La vieille cheminée se dressait encore au milieu des vestiges dévastés, mais les murs et le toit en bois s'étaient effondrés autour d'elle, emportant toute la vie et l'héritage d'Emil dans la fosse en flammes. L'eau pompée par les pompiers avait transformé les cendres en boue, qui s'accrochait maintenant à ses bottes alors qu'il enjambait les morceaux survivants de la structure et s'approchait du puits en briques.

Noircie par la suie, elle révélait sa forme entière pour la première fois depuis la construction de la maison - un message caché des ancêtres d'Emil, les arrière-arrière-grands-parents qu'il n'avait jamais rencontrés.

Il s'attendait à ce que la pierre soit chaude après le feu de la nuit dernière, mais lorsqu'il la toucha, le froid qu'il ressentit lui transperça les os. Comme si la maison était restée en ruines pendant des années, le squelette d'un monstre oublié depuis longtemps. Mais alors qu'il aspirait l'air dans ses poumons, raide et au bord du désespoir, les pensées d'Adam qui l'observait depuis le lit un peu plus tôt remplirent son esprit de chaleur.

Leur amour était une lueur d'espoir dans la réalité glacée à laquelle Emil devait faire face. L'espoir d'un nouveau départ quelque part loin de ce bel endroit qui ne lui apportait que du malheur.

Il balaya du regard les prairies sans fin baignées par la lueur du soleil de l'après-midi, l'étendue sombre et dense des bois couvrant les montagnes qui s'étendaient jusqu'à l'horizon, et il essaya de lutter contre le sentiment de perte au plus profond de son cœur.

Mais s'il devait choisir entre le foyer qui n'avait jamais voulu de lui et un homme qui avait donné à Emil le sentiment qu'il avait enfin sa place quelque part, le choix était clair. Adam et lui devaient fonder un nouveau foyer dans un endroit qui les traiterait tous les deux correctement.

En se retournant, il observa les restes calcinés de sa maison. Il n'y avait pas que des cendres, et il espérait récupérer quelques souvenirs avant de partir pour toujours. La plupart des poutres épaisses qui soutenaient le toit semblaient assez solides là où elles émergeaient des cendres, mais il fut surpris de remarquer une forme étrangement régulière taillée dans l'un des épais piliers de bois. Enjambant la boîte métallique abîmée qui lui servait de cuisinière, il atteignit la poutre tombée au sol et examina de près les profondes rainures creusées dans le bois pour former un rectangle.

Sans trop réfléchir, il ouvrit son couteau de poche et enfonça la petite lame dans l'une des entailles, exerçant une pression jusqu'à ce que le bloc bien ajusté cède et tombe, révélant un compartiment secret. Emil ne sentit rien et ne pensa à rien lorsqu'il vit une forme allongée enveloppée dans du lin rangée à l'intérieur. L'objet avait survécu au brasier sans la moindre trace de carbonisation. Lorsqu'il l'attrapa, le poids et la forme cachés par le tissu révélèrent ce que c'était, mais une fois qu'il eut enlevé la couverture et tenu la dague à deux mains, il n'arriva pas à comprendre qu'elle ait été cachée dans la poutre pendant tout ce temps. Dans quel but ? Et qui l'avait mise là en premier lieu ?

La lame semblait faussement tranchante malgré sa surface mate. Faite d'un os aiguisé, elle reposait sur un manche en bois sur lequel étaient gravés un visage aux traits acérés et des cornes qui formaient la garde transversale.

Une longue mèche de cheveux, semblable à celle de la figurine qu'il avait brûlée, était attachée autour des côtés intérieurs des cornes, comme une sangle décorative.

Il frissonna, incapable d'expliquer le serrement soudain de son cœur. Il n'avait pas peur. Et de quoi ? D'un vieux couteau que Grand-mère avait dû cacher dans la poutre il y a des années ? Il avait de vrais problèmes à régler avant de quitter Dybukowo, alors à quoi bon se préoccuper de superstitions ?

Mais encore une fois, comment pouvait-il rejeter l'existence du surnaturel alors qu'il avait été témoin de la possession d'Adam, de ses conséquences, et qu'il avait vu des choses qu'il ne pouvait pas expliquer ? Jinx était sortie indemne de la grange lorsque la pauvre Leia avait brûlé vive. Un bison avait apporté à Adam la couronne d'Emil, et aussi romantique que cela ait pu être, c'était aussi sacrément bizarre. Sa grand-mère avait l'habitude de pratiquer une sorte de sorcellerie villageoise, et maintenant tout cela lui arrivait ?

Peut-être que si les affaires de Grand-mère n'avaient pas brûlé, il aurait pu trouver des réponses aux questions qu'il se posait sur la dague, mais il était trop tard pour cela.

Jinx hennit près d'un arbre voisin et Emil jeta un coup d'œil vers lui, avant d'apercevoir une silhouette familière qui s'approchait en provenance de l'église. Toujours vêtu de sa soutane, Adam faisait de longues enjambées énergiques, comme s'il était sur le point d'être en retard à un rendez-vous s'il ne se dépêchait p as.

Et malgré l'odeur de charbon et de rêves perdus qui flottait dans les ruines comme un brouillard, sourire à Adam était aussi facile que de respirer. Malgré tout ce qu'Emil avait vécu, Adam était le seul rayon de soleil encore présent alors que le soleil se couchait derrière les montagnes.

— Tu as réussi à t'enfuir après tout ? demanda-t-il de loin en s'extirpant des décombres.

Les cheveux blonds d'Adam étaient ébouriffés par le vent, ses joues rougies par la marche rapide, mais lorsqu'Emil s'apprêta à le serrer dans ses bras pour une brève étreinte socialement acceptable, il esquiva l'étreinte d'un rapide pas en arrière.

— Qu'est-ce que tu fais ? Dis-le-moi tout de suite, grogna Adam, observant Emil dont les épaules restaient voûtées, comme s'il se préparait à charger.

Emil gémit.

— Il y a un problème ? Tu as dit que tu ne pouvais pas venir avec moi, alors j'ai marché jusqu'ici. Il n'y a pas de raison d'éviter l'inévitable.

Les lèvres d'Adam s'amincirent et il les serra si fort qu'elles perdirent leur couleur, tandis que son visage s'assombrissait rapidement.

— Pourquoi ceci était sous mon lit ? Tu m'as dit que tu l'avais brûlée, commença-t-il à dire, mais sa voix s'éleva lorsqu'il sortit quelque chose de sa poche et le présenta à Emil.

Les yeux peints en rouge de la figurine du diable se moquaient de lui.

— Parce que je l'ai fait, dit Emil en fronçant les sourcils, réalisant seulement maintenant qu'il tenait toujours la dague.

— Regarde ce que j'ai trouvé dans les décombres.

Les traits d'Adam se crispèrent, sa peau pâlit comme si elle allait se déchirer sous l'effet de la tension. Ses narines se dilatèrent lorsqu'il laissa échapper un bruit étouffé.

— Qu'est-ce que c'est que ce bordel ? Pourquoi tu fais ça ?

Emil déglutit et recula d'un pas.

— Faire quoi ?

Les yeux d'Adam étaient fous, comme s'il cherchait désespérément à regarder dans toutes les directions à la fois. Ils brillaient encore plus lorsque sa poitrine se soulevait et s'abaissait à un rythme rapide.

— Tu me prends pour un idiot ? Sois honnête pour une fois ! Tu sapes délibérément ma confiance et ma santé mentale, même maintenant. Les bruits bizarres que j'ai entendus depuis que je suis ici, la possession, le fait que tu m'aies amené au Rocher du Diable en premier lieu - étaient aussi accidentels que mon jogging devant ta maison !

— Qu'est-ce que tu essaies de dire ?

Emil laissa tomber la dague. Il essaya de toucher l'épaule d'Adam. Celui-ci s'écarta, ce qui fit naître la peur dans l'estomac d'Emil.

Adam recula encore d'un pas et jeta la figurine dans les cendres boueuses aux pieds d'Emil.

— J'avais confiance en toi. Et tu... tu m'as juste broyé. Et pour quoi ? C'était seulement pour le sexe ? Pourquoi m'as-tu fait ça ? N'y avait-il pas d'autres hommes à choisir ? demanda Adam d'une voix cassée.

Il attrapa le bas de son visage d'une main et le massa, comme si la tension dans les muscles de sa mâchoire lui causait une douleur qu'il ne pouvait pas gérer autrement.

Emil ne comprenait pas ce à quoi il avait affaire, mais il devait y mettre un terme avant qu'il ne soit trop tard.

— Je ne l'ai pas fait. Je t'aime. On en a déjà parlé. La figurine n'était pas à moi. Et celle-ci ne l'est pas non plus.

— Elles ont l'étrange habitude d'apparaître dans des endroits auxquels on a facilement accès, tu ne crois pas ? demanda Adam d'une voix tendue.

Ce n'était pas possible. Emil allait-il avoir un aperçu de ce qu'était le bonheur, pour ensuite se le faire arracher ? Cela aurait été l'histoire de sa vie. Pourtant, la méfiance d'Adam lui fit plus mal que la vue de sa maison en ruines.

— La nuit dernière, Tu as somnambulé jusqu'au Rocher du Diable. Dois-je interpréter cela comme une invocation du diable ? Non. Parce que je te fais confiance.

Adam secoua la tête et ses paroles suivantes frôlent le sanglot.

— Arrête de mentir ! Koterski m'a tout dit !

Emil serra les dents. Ce salaud, toujours en train de se mêler de tout, toujours en train de mettre ses doigts là où il ne fallait pas. Connard égoïste.

— Qu'est-ce qu'il t'a dit ? demanda Emil avec les derniers lambeaux de patience qui lui restaient.

Adam déglutit, déplaçant son poids, comme s'il réfléchissait encore à ce qu'il allait dire.

— Il m'a dit que tu lui avais jeté un sort. Qu'il ne pouvait pas s'arrêter. Et c'est... c'est exactement ce que j'ai ressenti.

Le sang d'Emil se glaça et il regarda Adam droit dans les yeux.

— Putain. De. Merde. Adam, je ne sais pas de quoi il s'agit ni à quel jeu il joue, mais tu te trompes. Je n'ai forcé personne à faire quoi que ce soit...

— Je n'en sais rien !

Adam se fendit d'un regard glacial à l'encontre d'Emil.

— Pourquoi mentirait-il ? Il n'a aucune raison de confesser des péchés qu'il n'a pas commis. Lui et moi avons été possédés et conduits à toi. Comment cela peut-il être une coïncidence ? À toi de me le dire !

Emil écarta les bras avec une frustration croissante.

— Il ne s'est rien passé de tel ! Filip Koterski était plus qu'heureux de sortir avec moi alors qu'il était déjà fiancé, et c'est moi le méchant ici ?

Adam rit et se frotta le front.

— Alors tu n'es pas mieux que lui. Est-ce que vous avez fait des galipettes quand je célébrais la messe ? Quand était-ce ?

Les rouages de l'esprit d'Emil bougèrent avec un grincement rouillé, mais Emil finit par regarder Adam d'un air renfrogné à mesure que la compréhension s'installait.

— Je l'ai largué quand j'ai appris qu'il allait se marier. Je ne t'ai jamais trompé. C'est quoi ce bordel ? Peut-être qu'il nous a vus quelque part et qu'il est devenu jaloux !

Il dut prendre une grande inspiration et compter jusqu'à dix pour ne pas donner un coup de poing.

— Mais ce n'est pas la question, n'est-ce pas ? Tu veux le croire. Tu veux croire que je suis un infidèle, un sataniste et je ne sais quoi d'autre. Peut-être le diable lui-même ! Ma putain de maison a brûlé, tu as enfin vu quel fardeau je serais, et tu as réalisé que ton petit ami charitable pourrait causer de vrais problèmes dans la putain de vie paisible qui t'attend à Varsovie. Je suis gênant.

— Tu me traites de fou ? Parce que c'est toi qui penses que tous ces indices - les poupées, ce foutu couteau, Koterski - qui pointent vers toi sont accidentels. J'ai compromis tout ce en quoi je crois pour toi, et tu me mens en face, dit Adam en haussant la voix à mi-chemin.

Il respirait par à-coups, comme s'il était trop agité pour garder un ton égal.

Emil montra les décombres derrière lui.

— Ai-je aussi brûlé ma propre maison ? Crois-tu que j'ai envoyé mes corbeaux assassiner Zofia ?

Les muscles de la mâchoire d'Adam se contractèrent, et son beau visage ne réjouit plus Emil.

— Et Piotr ?

Emil fronça les sourcils, décontenancé.

— Piotr qui ?

Adam fit un pas en arrière.

— Piotr le skinhead ! Piotr le père de famille qui a menacé de trouver où tu habites ! Ce Piotr.

— Je ne te suis pas.

Le visage d'Adam est rouge comme si tout le sang de son corps s'y était précipité au même moment.

— Il est mort. Déchiqueté par des corbeaux comme Zofia ! Et toi, tu as des corbeaux tatoués sur toi. Et ces satanés oiseaux te suivent, comme s'ils s'étaient imprimés en toi !

Le sol trembla sous les pieds d'Emil, mais il resta debout malgré la nausée qui lui envahissait l'estomac comme un cafard.

— Tu veux dire que j'ai quelque chose à voir avec ça ? Sérieusement ? demanda-t-il, et pendant un instant, sa voix se brisa.

Adam regarda l'horizon.

— Je ne sais pas pourquoi tu t'en prendrais à Piotr maintenant. Peut-être que tu ne l'as pas fait, mais cela ne fait pas de toi un innocent quand il s'agit de tout le reste. En me séduisant dans la vie de pêcheur que nous menions, j'étais parfaitement bien avant notre rencontre, et toi aussi ! Peut-être que nous ne sommes pas faits l'un pour l'autre, murmura-t-il en secouant la tête.

Adam aurait tout aussi bien pu prendre la dague et le poignarder. Emil laissa échapper un rire amer.

— C'est donc de cela qu'il s'agit. Tu veux juste me larguer. Je suppose que c'est moi qui suis stupide. J'aurais dû savoir qu'il ne fallait pas s'engager avec un prêtre. C'est ce que tu as toujours voulu ? Une aventure estivale avec un paysan ?

Les dents d'Adam s'enfoncèrent dans sa lèvre inférieure et un éclair de douleur passa sur ses traits.

— Comment peux-tu dire cela après tout ce qui s'est passé ? Je voulais croire en toi, et maintenant je me sens complètement idiot. J'aurais dû m'enfuir tout de suite, dès qu'il m'a possédé la première fois !

Emil serra les poings.

— Alors tout ce discours sur le fait d'aller à Varsovie ensemble, c'était juste pour me faire patienter jusqu'à ce que tu te décides ?

La trahison le piqua plus qu'il n'aurait pu l'imaginer. Il s'était toujours considéré comme un homme cynique, qui n'attendait pas grand-chose des gens, et voilà où l'avait mené sa volonté de faire confiance à Adam. Encore une fois, avec toute l'attention dont Adam l'avait comblé, les séances de pelotage sans fin, la promesse de plus, peut-être qu'Emil ne devait pas se blâmer. Il avait été impuissant face à l'affection apparemment innocente d'Adam et ne pouvait que tomber dans le panneau.

Adam déglutit difficilement.

— Tu m'as mal compris lorsque nous en avons parlé. Je voulais t'aider à sortir de cet endroit, pour que tu puisses être avec quelqu'un qui veut vraiment avoir ce genre de relation. Je ne peux pas. Tout ce qui s'est passé ne fait que le rendre plus évident. Je vais quitter Dybukowo, et je vais faire ce que j'aurais dû faire tout de suite, au lieu de suivre mon désir comme un animal ! J'irai chercher de l'aide. Et j'irai mieux. Je ne laisserai plus jamais personne ou quoi que ce soit m'utiliser !

Emil le regarda fixement, mais le sentiment d'incrédulité avait disparu de son cœur. Il aurait déjà dû apprendre que les bonnes choses ne lui arrivaient que pour que ses espoirs soient anéantis. Son passé était rempli de promesses non tenues et de rêves rejetés, mais cette fois - perdre Adam - était la pire.

— Oh, je suis désolé que tu doives autant souffrir dans ta vie. Bouh hoo. J'en ai fini avec ça. Si je suis la cause de tous tes problèmes, considère-toi comme libéré. Toute cette merde de diable n'a toujours été qu'une excuse, n'est-ce pas ? Tu as goûté à la bite hier soir et tu as eu la frousse aujourd'hui. C'est logique, râla-t-il en attrapant la chaîne en or qu'Adam lui avait offerte pour son anniversaire.

Il n'avait pas l'intention de la déchirer, mais les maillons se brisèrent, et bientôt la petite croix pendit de son poing serré avec les deux bouts de la chaîne.

Les taches sombres sur la peau d'Adam devinrent d'un rouge rageur, et malgré la lame invisible qui blessait encore les entrailles d'Emil, il ne pouvait s'empêcher de regretter que ce soit la dernière fois qu'ils se voyaient. Il attrapa le collier brisé et le serra dans sa paume avant de le jeter à Adam, car son contact le brûlait comme une promesse non tenue.

Adam l'attrapa et leva les yeux, son cou tendu comme si les tendons à l'intérieur étaient sur le point de se rompre.

— Va te faire foutre, dit-il avant de partir en trombe vers l'église vers laquelle il ramperait toujours, même quand l'amour lui était offert sur un plateau en or.

Emil ne lui laisserait pas le dernier mot.

— Non ! Va te faire foutre ! hurla-t-il en se dirigeant vers Jinx.

Il avait son portefeuille sur lui et pouvait se débrouiller pendant quelques jours jusqu'à ce qu'il comprenne ce qu'il avait à faire. S'il partait maintenant, il pourrait atteindre la gare de Sanok en quelques heures. Ce serait un endroit assez chaud pour passer la nuit.

Il entendait déjà Mme Luty se plaindre bruyamment à tous ceux qu'elle rencontrait qu'il était une sale merde pour ne pas s'être occupé des tombes de sa famille à la Toussaint, mais il s'en fichait.

J'emmerde les tombes.

J'emmerde la maison.

J'emmerde les alcools arrangés.

Au diable l'argent.

Va te faire foutre Dybukowo.

Et surtout plus que tout, qu'Adam aille se faire foutre.

Chapitre 22

Adam

A dam avait affronté Emil en espérant que la rupture des liens atténuerait le poids dans sa poitrine, mais sa gorge se resserrait à chaque fois qu'il s'éloignait des décombres. Il avait été un imbécile. Un homme naïf qui ne pouvait pas prendre soin de lui-même, et encore moins d'un troupeau de croyants. Il avait trahi tout le monde - son Église, ses parents, lui-même - et pourtant, chaque centimètre de sa peau était parcouru par le besoin de revenir en arrière et d'avaler les mensonges d'Emil une fois de plus.

L'archevêque avait raison à son sujet, et Adam ne voulait tout simplement pas accepter le fait que sa nature était pécheresse par définition. Il aurait dû être plus vigilant, plus constant dans sa foi, mais peut-être que s'il essayait, Dieu l'accepterait à nouveau au bercail.

Peut-être que tout pouvait encore s'arranger ?

Le vent froid lui hurlait que ce n'était pas possible. Qu'il était coincé dans un vaisseau destiné au péché et qu'il ne connaîtrait jamais la paix à moins de mener une existence d'ermite, protégé de la tentation par des murs qui ne lui permettraient pas de poser les yeux sur qui que ce soit.

Les bruits de sabots qui s'approchaient le firent frissonner et il se raidit quand Emil le dépassa sur Jinx, alors qu'il aurait pu prendre un autre chemin pour se rendre à l'église. Il voulait probablement arriver au presbytère en premier, mais Adam avait l'impression qu'éclabousser sa soutane de boue était un autre des objectifs d'Emil. Comme s'il n'avait pas assez aggravé la situation.

Pourtant, le regard d'Adam restait fixé sur le dos large, sur la chevelure luxuriante qui flottait sur les épaules d'Emil alors qu'il chevauchait pour libérer Adam de sa présence à tout jamais. La blessure dans le regard d'Emil traversa l'esprit d'Adam comme un boomerang recouvert de sel pour saupoudrer ses blessures, et pendant un bref instant, le doute s'insinua dans son esprit. Mais avant qu'il n'ait pu s'exprimer librement, il secoua la tête, déterminé à s'en tenir à sa décision.

Même si Emil avait dit la vérité et n'avait jamais sciemment provoqué la possession, même si par hasard Filip Koterski avait menti, il ferait mieux de laisser derrière lui tout ce qui s'était passé à Dybukowo. Laisser derrière lui le diable, les curieux et l'homme qui avait fait oublier à Adam sa vocation.

Le ciel était couvert de nuages cotonneux qui masquaient le soleil et rendaient tout plus froid. Le presbytère, qui avait été sa maison pendant de longs mois, semblait maintenant aussi étranger que la vallée l'avait été lorsqu'il s'y était promené pour la première fois, mais il allait bientôt laisser derrière lui cet endroit devenu familier.

Il avait secrètement espéré croiser Emil à son arrivée, mais la chambre où ils avaient partagé un lit ce matin était vide, toutes les affaires d'Emil avaient disparu, y compris le T-shirt dans lequel Adam avait dormi. Seule l'odeur de l'eau de Cologne d'Emil flottait encore dans l'air, s'enroulant autour de lui dans une attraction qui aurait pu conduire Adam jusqu'à Emil s'il avait choisi de suivre l'appel muet.

L'odeur à elle seule le faisait saliver et lui rappelait les baisers sur la peau délicieuse d'Emil. Personne n'avait jamais fait ressentir à Adam ce qu'il avait éprouvé pour Emil, mais c'était pour cela que le péché était tentant. C'était bon de pécher. Lorsqu'il avait mangé six beignets d'un coup, ou lorsqu'il s'était masturbé pour la première fois, le plaisir était le parfum épais qui masquait l'odeur de la dépravation morale.

Tous les signes indiquaient qu'Emil avait des liens avec le démon, mais Adam avait choisi de les ignorer parce qu'il se sentait si bien avec lui.

Parce qu'Adam l'aimait, même si c'était mal.

Il s'enfonça dans le lit défait et regarda le mur d'en face, la croix au-dessus de l'autre lit, la vieille commode qui contenait la plupart de ses affaires. Ce n'était pas un endroit à lui, et il fallait qu'il s'y habitue, car sa maison était dans l'Église, pas dans une ville particulière, ni avec une autre personne.

C'était mieux ainsi, malgré le vide laissé par Emil qui exerçait déjà une pression sur ses côtes et lui causait une telle douleur qu'il avait l'impression qu'elles allaient se briser et transpercer ses organes.

Forcé par une envie impérieuse, Adam tire l'oreiller vers son visage et sentit l'endroit où la tête d'Emil s'était posée plus tôt. Il pouvait presque sentir les longs cheveux luxuriants contre sa peau. Il s'était renié, avait repoussé Emil parce que c'était la chose à faire, la chose sensée, mais il avait encore tellement envie d'Emil qu'il avait du mal à le supporter.

Et il n'avait même pas goûté à tout ce qu'Emil était prêt à lui offrir. Aussi rassasié qu'il l'avait été après le sexe, Adam en voulait encore plus, et il ne savait pas s'il pouvait blâmer Emil pour cela. Il s'était imaginé être sur Emil et voir son beau visage se tordre de plaisir, tout rouge et magnifique, alors qu'Adam respirait l'odeur de ses cheveux et s'enfonçait profondément en lui, balançant ses hanches contre les fesses pleines d'Emil.

Un coup frappé à la porte le fit sursauter au point qu'il poussa un glapisse-ment et se remit en position assise juste à temps avant que la tête de Mme Janina ne surgisse par la porte ouverte. Sa présence était littéralement la dernière chose dont il avait besoin, mais il joignit les mains et se racla la gorge pour tenter de se débarrasser de l'épaisseur inconfortable qui s'y trouvait.

— Tout a été un peu erratique. Emil a déménagé. Comme vous le savez, dit-il doucement.

— J'ai entendu dire qu'il avait pris son cheval avec lui. Avez-vous une idée de l'endroit où il pourrait se trouver ? C'est horrible d'être dehors une nuit comme celle-ci. Novembre commence demain.

Adam se frotta les genoux, essayant de garder un visage inexpressif, mais sa détermination s'effrita.

— Non. Je n'en ai aucune idée.

Il espérait qu'il avait donné une impression de « laissez-moi tranquille », mais Mme Janina continua.

— Ne devriez-vous pas vous renseigner ? Vous allez bien, mon Père ?

Adam serra la mâchoire, luttant contre le besoin de se confier à quelqu'un, même s'il ne pouvait partager qu'une vérité partielle.

La gouvernante poursuivie avant qu'il ne puisse parler.

— Je vais vous faire du thé, et vous voudrez peut-être contacter votre mère. Elle a appelé pendant votre absence.

Le souffle d'Adam se coupa et il se leva sans réfléchir.

— Bien sûr. Merci.

Elle lui offrit un sourire et prit la direction du couloir, Adam la suivant comme une ombre. Les murs, les planchers de bois auxquels il s'était habitué semblaient froids et peu accueillants sans la présence d'Emil.

Il traversa la grande cuisine qui sentait les biscuits, et bien qu'il sourît à Mme Janina lorsqu'elle croisa son regard, le calme de la petite salle à manger lui apporta la paix.

Mme Janina le laissa tranquille et quitta la pièce lorsqu'il appela sa mère. Ils se parlaient de temps en temps, mais ces appels étaient devenus difficiles au cours de l'été, car il n'avait pas d'autre moyen que de lui mentir sur ce qu'il faisait. Il ne lui avait pas demandé si Emil pouvait rester chez eux, ne voulant pas avoir à répondre à toutes les questions qu'elle ne manquerait pas de poser.

Son âme était un trou noir qui aspirait tout ce qui l'entourait et, s'il n'y prenait garde, elle finirait par infecter tous ceux qui lui étaient chers.

— Bonjour Mère, dit-il lorsqu'elle décrocha, bien qu'à ce stade la conversation soit une obligation plutôt qu'un plaisir.

Il voulait s'enfouir dans les draps qu'il avait partagés avec Emil la nuit dernière et ne jamais avoir à en sortir.

Il était pathétique de s'être attaché à un homme qui s'adonnait à la magie noire, qui lui mentait et l'utilisait. Qui lui avait menti et l'avait utilisé.

— Adam ! J'arrive enfin à te joindre. Je voulais juste te demander s'il n'y avait vraiment aucun moyen pour toi de nous rendre visite pour la Toussaint ? Je sais que c'est demain, mais tu pourrais prendre un train plus tôt. Le Père Marek ne serait-il pas capable de se débrouiller tout seul ?

Adam ferma les yeux et respira profondément. Être exposé à son attention à un moment aussi vulnérable était la dernière chose dont il avait besoin. Il aimait sa mère, bien sûr, mais elle avait une nature autoritaire, et il ne pouvait pas supporter cela en ce moment.

— J'ai bien peur que non. Nous en avons parlé.

— Je pensais que tu dirais cela. J'ai des obligations à l'église, mais j'ai parlé à ton Père et nous ne pouvons pas rester éloignés plus longtemps. Nous te rendrons visite la semaine prochaine. J'ai hâte de te voir, Adam. Ça fait si longtemps. Tu seras rentré avant décembre, mais nous voulons voir ce que tu as fait.

La main d'Adam se crispa sur le combiné et il s'enfonça dans le fauteuil. Les visages des saints restaient sereins sur les tableaux accrochés en face de lui, mais leurs yeux exprimaient la pitié, la certitude que, quels que soient les efforts déployés par Adam pour cacher ce qu'il était, il finirait par être démasqué.

— Tu es sûr ? J'ai beaucoup de travail à faire. Et comme tu l'as dit, nous nous reverrons bientôt, dit-il, la sueur perlant le long de son dos.

Si elle venait ici, pourrait-elle voir ce qu'il était devenu ?

Ou bien avait-il toujours été corrompu et l'influence d'Emil n'avait fait que rendre cet aspect de lui plus évident ?

— Je veux juste... m'assurer que tout va bien pour toi. Il y a cette femme... Elle vivait là quand nous sommes allés faire de la randonnée il y a des années. Mme Słowik. Serait-elle toujours là par hasard ?

Adam expira lorsqu'il réalisa que Mère lui posait des questions sur la grand-mère d'Emil, et il lui fallut plusieurs secondes pour se ressaisir avant de parler.

— Non. J'ai entendu dire qu'elle était décédée. Pourquoi ?

Maman expira profondément.

— Oh, c'est bien. Je veux dire, ce n'est pas que je ne lui souhaite pas le meilleur. C'est juste que... elle nous avait parlé, à papa et à moi, de ces rituels païens, alors c'est bien que ces choses ne soient plus un problème.

Adam ferma les yeux et s'efforça de rester calme. La grand-mère d'Emil lui avait-elle appris les choses qu'il avait... probablement faites à Adam ? Était-ce ainsi que tout avait commencé ?

— Non, tout va bien, maman. Tout le monde est très gentil.

— Reste à l'intérieur ce soir, d'accord ? La Veille des Ancêtres est... Tu vois ce que je veux dire.

Non, il ne voyait pas. Sa mère était religieuse, pas superstitieuse.

— Tu veux dire la Veille des Ancêtres, quand les fantômes des pêcheurs marchent sur la terre et que les vivants peuvent les aider à aller au paradis ? Comme dans cette pièce de théâtre que nous lisons à l'école ? C'est du folklore. Tu ne peux pas croire tout ça, dit-il, souhaitant couper court à la conversation.

— Pas exactement, mais pourquoi tenter le destin, n'est-ce pas ?

Adam se massa le front.

— Oui, c'est vrai, dit-il pour l'apaiser. Je vais rester à l'intérieur. Merci d'avoir appelé. Je te recontacterai la semaine prochaine.

Ils échangèrent encore quelques mots, mais il fut heureux de raccrocher. Mme Janina entra avant qu'il n'ait pu récupérer. Son regard lui indiqua d'emblée qu'elle avait écouté aux portes.

— Je ne voulais pas être indiscrète, mais j'aurais pu vous entendre parler de la Veille des Ancêtres, dit-elle en posant un plateau contenant des biscuits chauds et du thé sur la table en face d'Adam.

Il était trop fatigué pour la repousser efficacement et haussa les épaules.

— Elle l'a mentionné.

— Quelque chose vous préoccupe ? J'ai un petit-fils à peine plus jeune que vous. Vous pouvez me parler.

Le regard d'Adam se posa sur la pile de biscuits qui, à ce stade, ne semblait même pas appétissante. À quoi bon manger quelque chose de délicieux alors que rien ne pouvait lui apporter de la joie en ce moment ?

— C'est compliqué.

— Toutes les choses semblaient compliquées jusqu'à ce qu'elles soient faciles, dit-elle.

Et cela ressemblait à un « ne vous inquiétez pas, tout ira bien ». Exactement le genre de paroles creuses qui n'avaient jamais aidé personne.

Adam laissa échapper un rire et croisa son regard. Ses yeux inquisiteurs continuaient à l'observer, à la recherche d'indices. Il déglutit.

— Vous ne me croiriez pas de toute façon. C'est un truc de fou.

Mme Janina s'assit de l'autre côté de la table.

— Je suis en vie depuis longtemps. J'ai vu des choses.

— Quel genre de choses ? demanda-t-il doucement en prenant l'un des biscuits.

Son parfum sucré, avec juste une pointe de citron, lui rappelait Noël d'une manière si viscérale que la maison lui manqua immédiatement.

— Ici, dans les montagnes, les ombres sont plus longues en hiver et les vieux dieux aiment jouer des tours aux bons catholiques.

— C'est pour ça que vous laissez des offrandes dans les coins ? demanda Adam, l'observant avec une chaleur qui se répandait dans son corps.

Il ne pouvait pas se confier au Père Marek sans en subir les conséquences, même si le prêtre était très décontracté sur la plupart des sujets. Mais peut-être que Mme Janina pourrait l'éclairer sur ce qui se passait ici ?

Elle acquiesça.

— Ça tient le diable à distance.

— Et si le diable était déjà là ? chuchota Adam.

La chaise sembla l'aspirer, immobilisant ses bras et ses jambes.

Mme Janina ne rit pas ni ne le réprimanda pour ce qu'il avait dit. Elle se contenta de lui jeter un regard curieux.

— Comment cela ? Vous avez vu quelque chose ?

Le soulagement envahit la poitrine d'Adam, qui s'agrippa aux accoudoirs et la regarda en retenant son souffle.

— Vous devez me promettre que vous ne le direz à personne.

— Tout ce que vous direz, mon Père, restera confidentiel.

Pour une fois, elle avait l'air préoccupée, et pas seulement curieuse.

Adam hésita, ne sachant pas s'il devait lui faire confiance, mais malgré son habituel caractère grincheux, Mme Janina ne l'avait jamais traité injustement. Il y avait un bon cœur derrière un visage ridé par de fréquents regards renfrognés, et il avait si désespérément besoin de conseils.

— Des choses étranges ont commencé à se produire quand je suis arrivé ici, dit-il finalement, fixant son regard pour repérer le moment où elle montrerait des signes de mécontentement. Des bruits de sabots me suivaient la nuit. J'ai fait du somnambulisme et me réveillais au milieu des bois. J'ai même eu...

Les derniers mots restèrent coincés dans sa gorge et il déglutit en secouant la tête.

— Vous avez senti une présence en vous ? demanda Mme Janina, et sa question fit hérisser les poils du corps d'Adam.

Il cligna des yeux, incertain que la personne qui disait des choses aussi scandaleuses était vraiment Mme Janina, l'humble gouvernante du presbytère. Mais c'était bien elle. Elle écoutait. Et rien de ce qu'il avait dit ne la surprenait.

Il s'affaissa en avant, ses poumons libérant tout l'air qu'ils contenaient.

— Oui.

— Ce sont des choses qui arrivent.

Elle lui tendit la main et la serra.

— Surtout avec le genre de compagnie que vous avez eue, mon Père. Je le dis de la façon la plus gentille possible. Je sais que j'ai souvent dit des choses désagréables sur Emil, mais sa grand-mère était une Chuchoteuse. Je crois qu'il porte cela dans sa lignée. Il pourrait avoir apporté une malédiction sur vous. Même sans le savoir.

La nausée monta dans la gorge d'Adam et il reposa le biscuit à moitié mangé.

— Oh, mon Dieu...

C'était là. La dure vérité sur l'été le plus heureux de sa vie. Il avait décidé de suivre la tentation au lieu de s'en tenir au chemin qu'il avait choisi, et il avait été puni pour cela.

Mme Janina lui serra la main un peu plus fort.

— Il y a des choses que l'on peut faire pour se débarrasser de Chort. Des choses que le Père Marek n'approuverait pas. La Veille des Ancêtres, le monde des esprits est proche, mais cela signifie aussi que c'est ce soir qu'il faut agir.

Adam rit, mais le visage de Mme Janina était plus sérieux que jamais, et son estomac se serra. Alors que le regard d'Adam gravitait vers la croix sur le mur, son esprit luttait contre le sentiment qu'en suivant les conseils de Mme Janina, il ajouterait en quelque sorte une légitimité aux rituels païens, et même à la créature qui le narguait. Deux choix s'offraient à lui.

Le plus évident était d'être franc avec le Père Marek et d'en affronter les douloureuses conséquences. Mais l'autre, bien que tentant, risquait de mettre plus de distance entre lui et les vérités qu'on lui avait inculquées depuis l'enfance. Certes, il n'avait jamais été aussi fanatique que sa mère. Peut-être sa foi était-elle trop faible pour porter le fardeau de la prêtrise, mais si Mme Janina avait raison, si ce monstre pouvait être repoussé dans les bois sombres d'où il venait, alors il serait libéré à la fois de sa présence et de la surveillance de l'Église.

Il quitterait cet endroit perdu avec une âme pure, même si son cœur était brisé.

Adam prit une grande inspiration.

— Que dois-je faire ?

CHAPITRE 23

EMIL

B ien sûr, il pleuvait. C'était la chance d'Emil. Mais qu'est-ce que c'était que d'être trempé alors que sa maison avait brûlé en même temps que les alcools arrangés qu'il préparait depuis des mois ? Qu'est-ce que cela pouvait bien signifier maintenant ? La seule raison de tous ces investissements et de ce dur labeur avait été de gagner de l'argent pour déménager à Varsovie, mais ce plan n'avait plus aucun sens, puisqu'Adam ne voulait pas de lui là-bas.

Il ne voulait pas du tout de lui.

Le ciel clair avait disparu derrière un épais lit de nuages, et l'averse transformait tout ce qui entourait Emil en d'épais murs gris qu'il ne pouvait pas voir. Les arbres n'étaient plus que des silhouettes floues émergeant du brouillard qui s'épaississait, et l'air glacial poignardait la chair trempée d'Emil avec des pointes invisibles.

Pourtant, il poussa Jinx du talon, bien décidé à ne plus perdre de temps avec ce village et ces gens qui ne lui avaient apporté que du malheur. Adam avait été une lueur d'espoir, l'étranger qui n'avait aucun préjugé à son égard, mais pour toute la joie que sa présence avait apportée à Emil, les retombées de leur relation l'avaient laissé vide.

Il ne voyait plus la lumière au bout du sombre tunnel de sa vie, mais il partirait quand même. S'il était destiné à une vie de misère, au moins, il souffrirait ailleurs qu'à Dybukowo. Loin de l'homme qui l'avait brisé. Les tragédies qu'Emil avait dû endurer avaient fait plier sa volonté, mais c'était la méfiance et les accusations d'Adam qui s'étaient finalement révélées insupportables.

Les vêtements froids et mouillés s'accrochaient au corps d'Emil qui continuait à descendre le long de la route tandis que le tonnerre grondait au-dessus de lui. Les arbres nus dansaient, et lorsque des éclairs déchiraient le ciel, embrasant les nuages, Emil levait les yeux, laissant les gouttes de pluie couler sur son visage et laver le chagrin qu'il n'avait pas pu exprimer devant Adam.

Il ne pouvait pas être plus mouillé à ce stade, il était donc inutile de chercher un abri. Il endurerait cette nuit comme il en avait enduré tant d'autres, mais sa souffrance ne signifiait rien dans le grand ordre des choses. Rien ne l'attendait non plus à Dybukowo. Tout ce qu'il savait, c'est qu'il détestait l'idée de rester là où les gens le plaignaient ou le méprisaient. De rester là où son cœur s'était brisé en tant de morceaux qu'il était sûr de ne jamais pouvoir le recoller.

Il n'y avait qu'une seule route asphaltée pour sortir de la vallée. Elle serpentait entre les collines pittoresques avant de descendre vers le village voisin de Palki, et bien que la pluie jouait avec les sens d'Emil, il avait la vague idée qu'il se rapprochait de l'étroite embouchure entre les collines. Il essaya d'ignorer le brouillard laiteux qui dévalait les pentes jusqu'à ce qu'il semble que les arbres et les buissons proches émergent de la mousse. Mais une fois qu'il aurait laissé derrière lui la porte naturelle, l'étendue des collines ondulantes l'emmènerait dans un endroit où personne n'aurait de préjugés à son égard. Il ne serait pas heureux, mais peut-être, au moins, libre.

La route n'était plus qu'une traînée sombre qui se noyait dans le néant à quelques pas devant lui, aussi Emil s'écarta-t-il sur le côté, chevauchant Jinx le long de l'étendue forestière. Les corbeaux le suivaient toujours, et tandis que leurs croassements s'amplifiaient dans les hauteurs, il se demandait s'ils le laisseraient partir ou s'ils avaient l'intention de s'attaquer à sa chair comme ils l'avaient fait pour celles de Mme Zofia ou de Piotr.

Son cœur battait la chamade tandis que le bourdonnement de la pluie gagnait en intensité. Il n'avait jamais eu peur de l'obscurité, mais il ne croyait pas non plus à la magie. Qui savait ce qui se cachait vraiment au fond de la nuit, si loin de toute lumière ? Pendant un moment, la chance de découvrir quelque chose de spécial aux côtés d'Adam avait semblé réelle, mais il avait été jeté, tout comme les autres choses qu'Adam voulait oublier.

Il repensa aux jolis yeux bleus qui le fixaient avec tant d'intensité pendant qu'ils baisaient, et ne put empêcher le chagrin de s'enrouler autour de sa poitrine et de la serrer si fort qu'il lui devint impossible de respirer. Il n'aimerait jamais personne comme il aimait Adam, et la vie le torturerait à jamais.

Les déceptions amoureuses n'avaient pas manqué dans son passé. Ceux qui l'avaient quitté, ceux qui ne l'avaient jamais pris au sérieux, ceux qui l'avaient rejeté parce qu'il ne correspondait pas à leur style de vie, mais aucune de ces ruptures n'avait été aussi douloureuse que la façon dont Adam s'était joué de lui.

Après l'avoir accroché avec un mélange de vulnérabilité et de curiosité qu'Emil avait trouvé attachant, Adam l'avait eu à sa disposition, et Emil, comme le fou qu'il était, était toujours revenu aux côtés d'Adam, peu importe à quel point il avait été traité injustement. Il avait été le chien d'un maître déroutant, qui lui offrait des louanges et une place pour se blottir à ses pieds, pour ensuite le jeter sous la pluie.

À son âge, il aurait dû apprendre à avoir plus de dignité, mais il devenait douloureusement évident que, sur le plan émotionnel, il était resté cet adolescent stupide qui était tombé amoureux d'un touriste et avait imaginé que ce dernier changerait tous ses plans de vie pour lui. Ce n'était donc pas ce qui s'était produit.

Il était tellement plongé dans le puits sombre de ses pensées que seul le coup de klaxon assourdissant devant lui parvint à l'en sortir. Un camion fonçait droit sur lui, émergeant de la pluie et du brouillard comme un vaisseau fantôme au milieu d'une tempête. Emil eut à peine le temps de sursauter qu'il se fia à son instinct et poussa son cheval effrayé dans les buissons au bord de la route.

Tout le corps de Jinx se tendit lorsque son arrière-train s'inclina, et il se cabra si rapidement que le monde d'Emil se mit à tourner en rond. Le camion blanc les dépassa à toute allure et la rafale de vent qu'il envoya dans leur direction fut la dernière poussée nécessaire pour faire tomber Emil de la selle.

Il poussa un cri étouffé, avalant l'air brumeux en faisant un saut périlleux avant de tomber dans un coussin rempli de pointes. Le buisson avait des aiguilles qui transperçaient ses vêtements humides et griffaient sa chair, mais alors qu'il essayait de se relever, l'un de ses pieds glissa et il tomba face première dans une flaque d'eau. Il choisit le moment de l'impact pour exprimer son choc, et ses dents se refermèrent sur la boue.

— Putain ! hurla-t-il dans le vide orageux dès qu'il se releva, faisant des bruits d'étouffement tandis qu'il dégageait ses membres de l'épaisse boue, mais il n'abandonnerait pas.

Il quitterait Dybukowo même se cela le tuait.

Jinx courut jusqu'à l'asphalte, et quand un éclair illumina la nuit lugubre, ses yeux brillèrent comme deux phares, effrayant Emil, même si tous deux étaient amis depuis des années.

— Allez, Jinx. C'est bon. Allons-y.

Mais ça n'allait pas très bien. Quelque chose dans sa cheville s'était fissuré et bien qu'il ignorât la douleur, il était certain qu'il devrait se rendre aux urgences un jour ou l'autre. Ce soir, il se concentrerait sur la recherche d'un abri et le repos, mais il était encore bien trop près de Dybukowo à son goût. Peut-être devrait-il aller jusqu'à l'hôpital le plus proche et y dormir ? C'était une bonne idée.

Le tonnerre gronda au-dessus de sa tête, et lorsque trois éclairs étendirent leurs branches sur le paysage, la pluie gagna en férocité, comme si l'énergie électrique avait en quelque sorte ouvert le ciel, libérant davantage d'eau.

Emil recracha encore de la terre qu'il avait mordue et ouvrit grand la bouche, recueillant quelques gouttelettes pour se nettoyer la bouche de la saveur argileuse. Il ne se souciait plus que ses vêtements soient mouillés, car ils étaient complètement trempés et ressemblaient à l'étreinte d'un monstre de glace venu informer Emil de l'arrivée de l'hiver.

Jinx souffla, observant Emil à quelques pas, mais Emil se donna un moment pour regarder en arrière vers les collines qu'il ne pouvait plus voir dans l'obscurité brumeuse. Peut-être que c'était pour le mieux. Ses espoirs avaient été piétinés, mais au moins il n'aurait pas à vivre la déception du rejet d'Adam plus tard, une fois qu'Emil aurait laissé s'épanouir ses rêves d'une relation durable et d'un nouveau départ. D'une certaine manière, il devrait peut-être être reconnaissant envers ce porc de Koterski d'avoir abrégé ses souffrances.

— Jinx. Ne rends pas les choses plus difficiles. Il n'y a plus que toi et moi maintenant.

Emil s'approcha de la bête noire, mais Jinx recula au même rythme, comme s'ils jouaient à un jeu. L'idée que son cheval puisse lui aussi être possédé était malvenue et lui donnait des frissons dans le dos. Il se souvenait encore des histoires de son grand-père sur la Veille des Ancêtres, sur les fantômes des aïeux qui se trouvaient près de lui cette nuit-là. Ils avaient l'habitude de fermer tous leurs volets et de rester à l'intérieur. À l'époque, Emil considérait que c'était leur petite tradition. Ils s'asseyaient à la lumière des bougies et jouaient aux cartes en se remémorant Grand-mère ou ses parents.

Le fait de sortir seul une nuit comme celle-ci donnait des frissons à Emil, même après tant d'années, mais alors qu'il aurait pu les rejeter comme irrationnels auparavant, sa nouvelle connaissance du paranormal jetait une lumière nouvelle sur le sentiment d'être observé de quelque part dans les bois couverts de brouillard.

Surtout ce soir.

La monture d'Emil recula d'un pas pour chaque pas qu'Emil faisait vers lui, et le sentiment d'inquiétude que cela créait incita Emil à se précipiter vers son cheval.

Une lumière blanche descendit entre eux en un éclair, évaporant la pluie et frappant un petit arbre à l'orée du bois. Emil cessa de respirer lorsque le tronc mince se brisa en deux, créant un symbole en forme de Y englouti par les flammes.

Il trébucha en arrière, choqué par la proximité de l'éclair. Il aurait juré que ses cheveux se dressaient à cause de la proximité de la mort, mais Jinx s'immobilisa, ses yeux noirs observant Emil entre les bras brûlants de l'arbre brisé.

Le grondement d'un moteur qui s'approchait fit bondir Emil vers le cheval, et il réussit enfin à saisir les rênes.

— Viens par ici, espèce d'idiot !

Il tira Jinx de force sur le côté, faisant à peine de la place pour la voiture qui s'approchait. Qu'est-ce que c'était que cette circulation sur une route de campagne, la veille de la Toussaint ?

Mais au lieu de passer et de se précipiter vers l'embouchure de la vallée, la voiture s'arrêta et Emil fronça les sourcils lorsqu'il reconnut Nowak au volant. Pendant un moment, ils se regardèrent l'un l'autre. Emil, trempé, boueux et dans un état lamentable, Nowak, bien au chaud et au sec dans sa Range Rover.

Au bout de quelques secondes, la vitre du côté de Nowak se baissa et son visage rond sortit de l'ombre.

— Mauvaise nuit ? Je n'arrivais pas à le croire quand j'ai appris que tu avais emmené le cheval en promenade par un temps pareil.

— Qu'est-ce que ça peut vous faire ? grogna Emil en secouant la tête.

— Je sais que nous n'avons jamais été amis, mais j'ai de la peine pour toi. Allez, ramenons Jinx à la maison, ou il va tomber malade.

Emil serra les poings.

— Je n'ai plus de maison à Dybukowo.

Le chef du village expira.

— Viens, Emil. Tu peux dormir dans ma chambre d'amis ce soir.

— Non, merci. Je m'en vais. Vous n'avez pas à vous inquiéter pour moi.

Seule sa fierté lui permit de monter Jinx avec grâce, car sa cheville lui faisait de plus en plus mal au fil des minutes.

— L'enquête sur l'incendie de ta propriété n'est pas terminée, et en tant que chef de ce village, je ne peux pas te laisser partir alors qu'elle est toujours en cours. Rends-toi service et fais demi-tour.

Emil garda la tête haute malgré les taches de boue sur ses vêtements et fit avancer le cheval. Il ne se laisserait pas entraîner dans les problèmes de Nowak. Il s'en fichait. Il pouvait vivre dans les bois quelque part, devenir un fantôme et ne plus jamais avoir à interagir avec qui que ce soit.

— Je te parle !

Nowak cria, et Emil ne put s'empêcher d'éprouver un sentiment de satisfaction lorsqu'il entendit une portière de voiture se refermer, car cela signifiait que Nowak serait lui aussi mouillé.

Ce à quoi il ne s'attendait pas, c'est à une traction sur sa jambe si forte qu'elle le fit presque tomber de la selle.

— Allez vous faire foutre ! hurla Emil à Nowak, luttant pour se défaire de l'emprise des mains charnues.

Le sommet chauve du crâne de Nowak était une cible de choix, mais Emil ne pouvait se résoudre à lui donner un coup de poing, alors il donna un coup de pied dans le bras de Nowak à la place.

Jinx hennit et se pavana sur le côté, tentant d'échapper à l'homme, qui s'obstinait à le suivre, le visage tordu par un air renfrogné.

— Emil, ne sois pas stupide !

— Ou quoi ? Vous allez appeler la police ?

Nowak fonça sur Emil, et cette fois, il attrapa le dos de la veste d'Emil, tirant si fort qu'Emil perdit l'équilibre. Il tenta d'attraper la selle, mais ses doigts mouillés glissèrent et il tomba du cheval, manquant de peu de s'enfoncer dans la boue lorsque Nowak fit un pas en arrière.

C'était ainsi. Tout homme avait des limites à sa patience, et Emil venait d'atteindre les siennes. Il fonça sur Nowak et lui donna un coup de poing en plein visage.

La tête ronde rebondit et le corps trapu de Nowak s'écroula, éclaboussant de l'eau sale en atterrissant dans une flaque. Emil était tellement choqué par la facilité avec laquelle il avait réussi à mettre son adversaire au tapis qu'il prit le temps de regarder Nowak se relever dans le costume marron mal ajusté qui lui collait maintenant au corps.

— Tu vas le regretter, espèce de voyou !

Emil rit aux éclats et écarta les bras.

— Qu'est-ce que vous pouvez me faire ? Me tuer ? Je n'ai plus grand-chose à perdre, espèce de salaud. Je ne vais pas rester coincé à Dybukowo toute ma vie parce que, pour une raison ou une autre, vous vous souciez d'une enquête sur un incendie. Ce ne sont pas vos affaires. Vous n'êtes pas la police, et vous n'êtes pas les pompiers !

Nowak s'immobilisa, se tenant dans une position recroquevillée, les deux mains posées sur le haut de ses cuisses. Sa forme ne cessait de se dilater et de se rétrécir tandis qu'il essayait de reprendre son souffle, mais au moins il ne parlait plus. Emil secoua la tête et, ne s'attendant pas à une plus grande résistance, s'approcha de son cheval. Il était sur le point de monter à cheval lorsque Nowak prit la parole.

— Attends. Il y a autre chose.

Emil chassa un corbeau qui tentait de se poser sur son bras.

— Quoi ? Qu'est-ce qui peut encore poser problème ?

Nowak s'essuya le visage, laissant derrière lui une trace de boue.

— Tu es sûr de ne pas vouloir rester auprès du Père Adam ce soir ? demanda-t-il en baissant les épaules.

Le corps d'Emil prit racine lorsqu'il entendit le nom d'Adam.

— Est-ce que vous essayez de me faire chanter ou quelque chose comme ça ? Parce que je ne vous suis pas.

Nowak regarda sa voiture, mais une fois qu'il eut frotté le devant de sa veste de costume, il dut comprendre qu'il ne servait plus à rien d'essayer de se cacher de la pluie.

— Écoute, je sais pourquoi tu ne me fais pas confiance, mais il y a des raisons à tout ce qui t'est arrivé. Et ce qui va arriver au Père Adam ce soir.

Emil fit un pas vers Nowak, les poils de son corps se hérissèrent.

— Que va-t-il arriver à Adam ? Qu'est-ce que vous racontez ? Parlez ! Pour l'amour de Dieu, parlez !

Nowak baissa la tête avant de jeter un nouveau coup d'œil à Emil. La pluie devenait de plus en plus fine et le tonnerre de plus en plus lointain, comme si le ciel ne voulait pas qu'Emil rate un seul détail.

— Chort nous a quittés il y a vingt-six ans dans le corps d'une touriste. Son enfant le porte depuis. Mais Chort a gagné en puissance depuis qu'il est revenu dans son domaine, et ce soir, il va s'approprier son nouveau corps pour de bon. Il ne se contentera plus de partager le corps d'un prêtre humain.

Emil ne pouvait pas croire ce qu'il venait d'entendre. Et de la bouche de Nowak en plus. Un homme qui n'avait jamais manifesté d'intérêt pour le surnaturel, trop absorbé par ses affaires. Un père typique, avec une bedaine, et qui se laissait parfois pousser la moustache.

— Vous savez quelque chose sur les choses qui lui sont arrivées ? Comment ? Et... où est Adam ? Vous dites qu'il est en danger ?

Sa tête se mit à palpiter sous l'effet d'une chaleur soudaine. Peu importe à quel point Emil était déçu, furieux contre Adam, il se jetterait encore dans le feu pour lui.

Nowak s'essuya le visage lorsque la pluie ne fut plus qu'une bruine. Il s'éclaircit la gorge.

— C'est une putain de longue histoire, mais je vais faire court, dit-il en baissant les sourcils, comme s'il était offensé de devoir rapporter tout cela à des gens comme Emil. Tu connais peut-être Chort comme un démon, ou tu penses même qu'il s'agit d'un autre nom pour le diable, mais il a toujours été juste envers les siens. Les habitants de Dybukowo et de toute la vallée. Mais les gens l'ont oublié et il nous a abandonnés. Tu es trop jeune pour t'en souvenir, mais de mauvaises choses ont commencé à se produire du jour au lendemain. Les récoltes sont mortes, nous avons eu une inondation, les gens et le bétail sont morts de maladies rares. La situation était si grave que nous avons demandé de l'aide à la Chuchotteuse, ta grand-mère. Elle a convaincu certains d'entre nous qu'il fallait revenir aux anciennes méthodes et l'inviter à revenir. Elle a donc créé un leurre pour attirer Chort à Dybukowo. En toi, dit Nowak en pointant Emil du doigt.

Emil secoua la tête, incrédule, et enroula ses doigts dans ses cheveux mouillés.

— Vous venez de dire que Chort voulait Adam, pas moi !

Les pensées des parents d'Adam se bousculèrent dans sa tête. Il se souvint de l'histoire qu'Adam lui avait racontée à propos de la rencontre de sa mère avec une religieuse enceinte, de sa conception pendant le voyage à Bieszczady. Il se souvenait de la religieuse présente sur toutes les photos de la Nuit de Kupala, jusqu'à celle prise l'année où les parents d'Adam avaient visité Dybukowo.

Ses pensées bourdonnaient, envoyant des vibrations nauséabondes dans tout son corps.

— Chort est piégé à l'intérieur d'Adam, mais tu es le vaisseau prévu. C'est ce que voulait ta grand-mère. Que tu sois notre protecteur. C'est pourquoi le malheur de tout le village s'est concentré sur toi. Elle voulait que Chort se rende compte qu'il nous avait laissés en danger et qu'il revienne vite, mais il ne l'a pas fait et ta situation a empiré. Tu ne pouvais pas tout supporter, alors ta grand-mère a donné sa vie pour donner naissance à Jinx. Il subit le poids des forces obscures qui, autrement, t'auraient tuée.

La mâchoire d'Emil se décrocha et il jeta un coup d'œil aux yeux noirs de Jinx.

— Est-ce que vous venez de dire que ma grand-mère a donné naissance à un cheval ?

Nowak se rapprocha.

— Qu'est-ce que tu veux que je dise, Emil ? C'est de la putain de magie noire, et nous sommes à la dernière étape de son plan. Chort est revenu dans la vallée à l'intérieur d'Adam, mais ce qu'il veut vraiment, c'est toi, et ce soir est la seule nuit de l'année où le monde des esprits est assez proche pour que l'échange ait lieu. Tu ne peux pas partir.

Emil rit aux éclats. C'était évident. C'était pour cela que Nowak lui avait offert la voiture et que Mme Golonko avait voulu l'embaucher. Étaient-ils tous impliqués dans ce projet insensé ?

— Ou quoi ?

Nowak expira.

— Il va mourir.

La bile monta dans la gorge d'Emil et il fit un pas de plus pour saisir Nowak par les épaules.

— Et vous ne me le dites que maintenant ?

Nowak ne le regardait pas dans les yeux.

— Tu ne pourras plus jamais quitter Dybukowo après cette nuit, mais tu as été marqué et tu peux l'affronter. Il ne te consumera pas, tout comme il l'a fait pour le Père Adam.

Ils - qui que « ils » soient - avaient prévu cela depuis le début. Il n'aurait pas été surpris que ce soit un membre de cette secte qui avait mis le feu à sa maison.

— Depuis combien de temps le savez-vous ? murmura-t-il.

— Je ne l'ai appris qu'hier soir, Emil. Ta grand-mère disait que celui qui porte Chort en lui viendrait au Rocher du Diable la nuit précédant la Veille des Ancêtres et ferait une offrande de sang. Chaque année, nous avons quelqu'un qui l'attend, et à chaque fois, ce fut une déception. Jusqu'à aujourd'hui. Cela fait tellement d'années que nous avons perdu l'espoir que Chort revienne un jour. Nous avons pensé - nous pensions que le leurre n'avait pas fonctionné, mais peut-être que quelque chose l'avait retenu, parce qu'il est enfin venu pour toi

.

Emil allait être malade. Depuis des années, sa vie ne lui appartenait plus. Il avait été observé, évalué et condamné pour avoir échoué dans quelque chose qu'il ne savait pas qu'il était censé faire. Dybukowo le garderait comme l'un des siens, parce qu'il ne pouvait pas supporter de sacrifier Adam pour être libéré de cette vallée. Il aurait dû écouter la lettre de grand-mère et partir depuis longtemps.

Une vapeur glacée emplit sa poitrine lorsqu'il réalisa que l'affection d'Adam n'avait peut-être même pas été réelle. Peut-être n'était-ce que l'expression du besoin de Chort pour le corps qu'il était censé posséder, et que cela n'avait rien à voir avec le choix ou l'amour. Mais si tout cela avait été causé par la magie de Grand-mère, alors c'était à Emil de compléter le cycle. Adam méritait d'être libre, comme il le souhaitait si désespérément. Il retournerait à Varsovie, débarrassé de ce fardeau, et n'aurait plus jamais à regarder en arrière.

Emil prit une grande inspiration.

— Que dois-je faire ?

CHAPITRE 24

ADAM

Adam n'arrivait pas à croire qu'il avait accepté de s'éloigner encore un peu plus de la foi à laquelle il s'était accroché toute sa vie. Il était prêtre, la dernière personne qui devrait s'écarter du chemin de Dieu, mais les enseignements qu'il avait reçus lorsqu'il était encore jeune résonnaient à l'arrière de sa tête, l'assurant perfidement que l'Église n'offrait aucun moyen de faire face au danger qui menaçait son corps et son âme.

Dieu ne t'aidera pas si tu n'y mets pas du tien, c'est ce qu'il avait souvent entendu pendant les cours de religion lorsqu'il était encore un garçon. Dieu ne t'aidera pas à guérir si tu ne cherches pas l'aide d'un médecin. Il ne réussirait pas un examen pour toi si tu n'étudiais pas. Et aussi peu orthodoxe que puisse paraître la méthode de Mme Janina, peut-être qu'Adam ne pourrait pas être aidé s'il n'essayait pas toutes les options proposées ?

Une partie de lui savait que c'était un sacrilège, mais si cet être n'était pas Satan ou l'un de ses démons - s'il s'agissait de quelque chose de différent, d'une créature perdue dans le temps - alors peut-être pourrait-il sortir indemne de Dybukowo.

Incapable de garder son calme dans sa chambre, qui lui semblait si froide et hostile depuis le départ d'Emil, il avait passé la soirée avec le Père Marek, qui ignorait tout des deux serpents qui vivaient sous son toit. Avec le poids de la nuit qui s'annonçait sur ses épaules, Adam se sentait plus seul que jamais alors qu'il s'asseyait dans le fauteuil pendant que le prêtre regardait une vieille émission de télévision, trop absorbé par son voyage sentimental pour demander à Adam et à Mme Janina où ils allaient une fois qu'elle eut annoncé qu'ils partaient.

Adam s'attendait à ce qu'elle porte des robes noires ou une de ces robes de lin dans lesquelles les néo-païens aimaient se photographier, mais elle avait l'air faussement normal dans sa veste ajustée garnie de fils d'or et dans sa robe mauve foncé, la même tenue qu'il lui avait vue porter lors d'un mariage familial deux mois plus tôt. Son apparence n'avait rien de menaçant, et cela le rassurait, même s'il craignait ce qui allait se passer.

L'orage était passé lorsqu'ils quittèrent le presbytère et passèrent devant l'église sous le faible clair de lune qui s'échappait des épais nuages encore présents dans le ciel. À la surprise d'Adam, une voiture les attendait près du portail, et il la reconnut comme étant celle de Mme Golonko.

Son cœur se serra à l'idée qu'une personne de plus soit au courant de sa situation, mais il aurait dû savoir que Mme Janina ne se priverait pas de remuer la langue.

— Quelqu'un d'autre est au courant ? chuchota-t-il.

Mais Mme Golonko ouvrit la porte et il ne put plus tenter d'aligner son histoire sur celle de Mme Janina.

— Dépêchez-vous ! Je n'ai pas toute la nuit, dit Mme Golonko avec sa grâce habituelle.

Au moins, cette fois-ci, elle lui proposait de l'emmener.

Mme Janina prit le siège passager, laissant Adam s'asseoir à l'arrière. Le véhicule se mit en mouvement avant qu'il n'ait pu boucler sa ceinture, et un bip agaçant retentit après seulement deux secondes.

— C'est vous, mon Père, dit Mme Golonko.

Mais il ne fit aucun commentaire et se contenta de faire ce qu'on attendait de lui.

— Quelqu'un d'autre le sait-il ? demanda-t-il encore une fois alors que la voiture filait sur la route boueuse entre deux champs, laissant derrière elle la sécurité de l'église.

Mme Janina jeta un coup d'œil par-dessus son épaule.

— Nous sommes quatre croyants. Mais ne vous inquiétez pas, nous garderons votre secret, mon Père.

Adam n'avait pas confiance en elles pour garder les ragots pour elles-mêmes, mais il était maintenant trop loin dans ce trou de lapin pour protester, et il regarda Mme Golonko le conduire quelque part où ils participeraient tous les trois à un rituel païen. Avec ses sacs de grandes marques, ses vêtements coûteux et son esprit pratique, elle était la dernière personne à laquelle il aurait pu s'attendre à ce qu'elle s'adonne à l'occultisme, et pourtant, ils étaient tous là.

Alors que le SUV tremblait sur la route inégale, pénétrant l'obscurité à la lueur maladive de ses feux de route, Adam reconnut des visages et des mains dans les formes tordues des branches qui se trouvaient devant lui. Il songea à tout annuler, mais un frisson lui parcourut l'échine, comme si un doigt invisible avait tracé son dos lorsqu'il inspira pour exprimer ses pensées.

— J'ai hâte que tout cela se termine, dit Mme Golonko, comme si elle lisait dans les pensées d'Adam.

Mme Janina se moqua.

— C'est toujours la même chose avec toi. Peut-être que Chort t'accordera plus de patience quand il sera de retour parmi nous.

Le souffle d'Adam se bloqua lorsqu'il entendit à nouveau le nom du démon.

— La chose que nous sommes censés faire... qu'est-ce que cela implique, exactement ?

Il vit les yeux de Mme Golonko rouler dans le rétroviseur.

— Il vaut mieux le voir que le décrire. Mais il faut que ça se passe ce soir. C'est la Veil...

— Je lui ai déjà dit, se plaignit Mme Janina. Ça va aller, Père Adam. Nous le ferons sortir de vous en un rien de temps.

Adam déglutit difficilement, ses paumes transpiraient lorsqu'il aperçut la lueur de l'eau au loin. La voiture ralentit et continua à longer le petit lac où s'étaient déroulées les célébrations de la Nuit de Kupala. La lueur des phares pénétrait la ligne de la forêt, se faufilant à travers le treillis des troncs et des branches. Des ombres se glissaient derrière les arbres, des étrangers sans visage, impatients d'accueillir Adam en leur sein.

— C'est quelque chose qui arrive souvent ? Ma Mère... m'a dit qu'elle avait vu des choses étranges lors d'une visite ici il y a de nombreuses années.

Mme Janina secoua la tête.

— Dybukowo est un village tout à fait normal.

— Je n'irais pas aussi loin, marmonna Mme Golonko.

— Tout ce que je dis, c'est que vous êtes en sécurité, mon Père, tant que vous suivez les instructions.

Cela ne répondit à aucune des questions d'Adam, mais il resta silencieux jusqu'à ce que la voiture s'arrête à l'orée du bois.

Il respira profondément, trop raide pour bouger même lorsque Mme Janina quitta le véhicule, l'abandonnant à la compagnie de Mme Golonko, qui alluma le plafonnier et appliqua une nouvelle couche de rouge à lèvres. Avec sa robe au genou et son manteau de fourrure, elle avait l'air prête pour un rendez-vous galant, et non pour accomplir un rituel ancien dans les bois.

Il bougea finalement lorsqu'elle retira sa paire de chaussures à talons hauts et à semelles rouges pour les remplacer par des bottes noires en caoutchouc. Il comprit pourquoi au moment où sa chaussure s'enfonça dans la boue.

Mme Janina ne lui avait pas laissé plus de temps pour réfléchir. Dès que la voiture se verrouilla avec un bip, elle alluma une grosse lampe de poche et ouvrit la voie vers les bois.

La forêt murmurait à Adam, mais il restait muet à son appel, détestant chaque seconde de leur randonnée. Chaque hibou qui hululait, chaque branche qui craquait sous ses pieds, lui donnait des frissons d'impatience. Le faisceau de la lampe de poche allongeait toutes les ombres et les faisait ramper sur les bords de la vision d'Adam tandis qu'un grattement insistant résonnait à l'intérieur de son corps, comme si quelque chose se tordait sous sa peau, attendant le bon moment pour s'arracher.

Il ne pouvait pas ramener ce démon avec lui à Varsovie.

Il fallait qu'il s'en débarrasse. Ce soir.

Dans l'obscurité, Adam perdit rapidement le sens de l'orientation, mais alors qu'il suivait les deux femmes qui se hâtaient vers une crête dans le vaste vide de la forêt de hêtres, il ne pouvait s'empêcher de penser qu'il était déjà venu ici auparavant. Les feuilles humides étaient douces et accueillantes comme un tapis rouge sous ses pieds, même si les troncs argentés et les branches tordues comme les mains d'une sorcière sortaient tout droit d'un film d'horreur.

Les souvenirs de la Nuit de Kupala lui revinrent comme une impression de déjà-vu. À l'époque, tout était vert et dégageait un parfum frais alors que le paysage actuel avait été vidé de ses couleurs par l'automne, mais alors que son regard se posait sur une paroi rocheuse dépassant les arbres au loin, il s'étrangla au souvenir de l'instant magique où le bison avait surgi de nulle part pour offrir la couronne d'Emil à Adam.

Cette nuit-là, Adam n'avait pas eu peur, car la confiance qu'il avait eue en Emil avait été absolue. Des images de chair nue, de cheveux noirs, de leurs corps en mouvement dans une démonstration sauvage de vitalité défilaient à l'arrière de ses paupières, mais ses guides ne connaissaient pas la gorge cachée et l'emmenèrent plus loin, là où les bois étaient plus denses.

La main d'Emil dans la sienne lui manquait tellement qu'elle lui faisait physiquement mal, mais cela lui rappelait que c'était Emil qui lui avait causé toute cette détresse et cette douleur. S'il se débarrassait du démon en lui ce soir, ces bons souvenirs d'Emil disparaîtraient-ils aussi ?

Son amour pour Emil se dissoudrait-il dans les ondes pures de sa conscience ?

La nausée lui montait à la gorge et il luttait pour garder son dîner. Une part insouciante de lui souhaitait garder ces moments dans son cœur, s'y accrocher pour toujours, et il ne pouvait s'en empêcher. Il aurait été préférable qu'il oublie Dybukowo et tout ce qui s'y était passé, mais il ne pouvait pas supporter l'idée que l'affection qu'il portait à Emil disparaisse elle aussi. Comment pourrait-il rejeter le souvenir d'Emil lui mordant l'oreille alors qu'il enfonçait son sexe au plus profonde d'Adam, encore et encore ?

Il ne se sentirait plus jamais comme ça, et la perspective d'oublier les émotions intenses qu'il avait vécues cet été lui donnait envie de tourner les talons et de courir rejoindre le Père Marek sur le canapé.

Mais il ne pouvait pas. Pas alors que c'était sa seule chance de se libérer de la créature qui le possédait et le tourmentait.

Il eut le souffle coupé lorsqu'il aperçut une lueur chaude devant lui. Les deux femmes se dirigèrent dans cette direction et, à mesure qu'elles s'approchaient du chaume des arbres, la nature instable de la lumière provenant d'entre les branches persistantes trahissait qu'elle devait être produite par le feu.

Mme Janina porta une main à sa bouche et poussa un hurlement mélodieux, auquel répondit immédiatement un son similaire provenant de la source lumineuse cachée. Elle regarda par-dessus son épaule, un petit sourire étirant ses lèvres.

— Soyez courageux. Tout sera bientôt terminé, dit-elle avant de sortir un gros objet de son sac à main.

De l'autre côté, Mme Golonko prononça un juron, mais lorsqu'Adam jeta un coup d'œil dans sa direction, son sang abandonna sa tête et coula dans ses jambes, le poussant à fuir lorsqu'elle lui fit face avec un petit crâne de renard attaché à sa tête par un ruban. L'animal mort avait encore toutes ses dents au moment de sa mort, mais sa tête était beaucoup plus petite que celle d'un humain, de sorte que le masque d'os ne couvrait que le milieu du visage de Mme Golonko.

— Est-ce nécessaire ? demanda-t-il d'une toute petite voix, entraîné par Mme Janina qui serra ses doigts fins, mais faussement forts sur son avant-bras.

Il ne pouvait imaginer rien de plus surréaliste que la gouvernante conservatrice du presbytère, dans son élégante veste violette, enfilant un masque fait d'un crâne de cerf. Sa voix était sourde lorsqu'elle parlait.

— Oui, la Chuchoteuse nous a dit ce qu'il fallait faire avant de partir. Nous ne voulons pas prendre de risques.

— Vous voulez dire... la grand-mère d'Emil ? demanda Adam d'une toute petite voix.

Mais il suivit Mme Janina lorsqu'elle s'approcha des deux thuyas jumeaux qui poussaient à proximité.

Il pouvait à peine voir ce qu'il y avait au-delà, à part d'autres arbres et buissons, mais lorsque la gouvernante s'engagea dans l'étroit passage entre les deux arbres, et que Mme Golonko poussa dans son dos, Adam entra dans une clairière irrégulière éclairée par plusieurs torches enflammées plantées dans le sol.

D'énormes thuyas poussaient derrière un homme corpulent qu'Adam reconnut comme étant M. Nowak. Le chef du village portait un crâne de porc sur le visage. Sa forme allongée n'aurait pas pu être plus effrayante, mais Adam regarda autour de lui, à la recherche du quatrième « croyant », comme les appelait Mme Janina. Et il se doutait bien de qui il s'agissait.

— C'est bon de vous voir, mon Père, dit Koterski dans le dos d'Adam.

Il était si près que tous les poils du corps d'Adam se dressèrent en signe d'alarme. Mais Adam se retourna lentement, ne voulant pas montrer sa faiblesse au garde forestier, dont les yeux le fixaient derrière un masque de crâne dote de longues canines. Il fallut toute la volonté d'Adam pour ne pas reculer d'un coup devant le loup, même si, comme Nowak, Koterski était vêtu de son plus beau costume.

— Oui... vous aussi, dit Adam.

Et bien que ce soit le crâne qui lui souriait, il avait l'impression que Koterski le faisait aussi, derrière tous les os.

Ce n'est qu'à ce moment-là qu'Adam se rendit compte qu'il n'était pas très logique que Koterski accuse Emil de pratiques occultes alors qu'il s'y adonnait lui-même, mais il n'eut pas le temps d'y réfléchir, car Mme Golonko commençait à s'impatienter.

— Pouvons-nous continuer maintenant ? demanda-t-elle, comme si elle faisait cela uniquement par obligation, Adam se souvint qu'elle s'était comportée de la même manière lors de la Nuit de Kupala.

M. Nowak regarda sa montre.

— Il reste encore quelques minutes avant minuit.

— Alors, attendez ici jusqu'à ce moment-là, dit Mme Janina en saisissant le poignet d'Adam.

Il lui emboîta le pas sans se poser de questions, même s'il n'avait toujours pas reçu d'indications ou d'explications sur ce qui allait se passer. Une paroi rocheuse se dressait derrière les thuyas, éclairée par une lumière encore tremblante qui indiquait que quelque chose allait s'y dérouler. Au lieu d'essayer de se frayer un chemin à travers les arbres qui poussaient densément, comme s'ils avaient été plantés ainsi à dessein, Mme Janina marcha sur un sentier qui serpentait entre des buissons à feuilles persistantes. Des torches, placées dans le sol le long du chemin, transformaient la clairière en une salle de cérémonie aux murs de bois irréguliers et au plafond haut comme le ciel.

Mais alors qu'ils marchaient dans un espace plus ouvert, le Rocher du Diable émergea de derrière de grands buissons de genévriers, aussi froid et majestueux qu'il l'avait toujours été. Le cœur d'Adam s'arrêta lorsqu'il vit un corps étendu sur le rocher.

Il se précipita sur le sol couvert de mousse, le souffle coupé par les plans de peau nue, les longues jambes musclées et les bras tendus sur les côtés. Parce qu'il savait qui c'était, et que son cerveau ne pouvait accepter qu'Emil soit là, attaché au rocher par une corde et vêtu de ses seuls tatouages.

Des taches sombres apparurent aux limites de la vision d'Adam alors qu'il atteignait l'autel, celui-là même qu'il avait marqué de son sang le matin même. Cette fois, les flammes dansaient en demi-cercle autour du site, mais elles ne produisaient pas assez de chaleur pour empêcher la forme vulnérable d'Emil de trembler sur la surface rugueuse de la picrre.

La réalité frappa Adam comme un coup sur la tête, brisant son crâne épais pour qu'il réalise enfin ce qu'il avait déjà découvert il y a quelques instants. Si Emil était le cerveau maléfique qui avait orchestré sa possession, il serait de retour derrière les thuyas, portant le plus terrifiant des masques, et non pas attaché comme une offrande aux anciens dieux.

Mais alors que le regret et la honte de ses accusations antérieures se bousculaient dans la poitrine d'Adam, son regard balaya la chair musclée parsemée de chair de poule, servante de la faim qui venait du plus profond de son être. Une faim qui ne provenait ni de son estomac, ni de son cerveau, ni de ses reins, mais qui appartenait à l'être qui vivait en lui.

Le visage d'Emil, d'une pâleur mortelle à la lueur des torches, était aussi tendu que le reste de son corps, à tel point que les muscles d'Adam en souffraient. Il était conscient, mais il ne regardait pas Adam, son regard était dirigé vers les étoiles au-dessus de lui tandis qu'il pressait ses lèvres violacées l'une contre l'autre, aspirant de petites bouffées d'air par le nez.

Adam se figea, l'esprit agité par la peur de la suite des événements. Dans n'importe quelle autre situation, la solution aurait été claire, même si elle était risquée, mais rien ne lui avait été expliqué, alors la glace sur laquelle il marchait risquait d'être extrêmement mince. Malgré le besoin pressant d'enlever sa veste et d'apporter au moins un peu de chaleur à Emil, il resta immobile, envahi par des vagues de chaleur qui se propageaient dans son sang, tandis que Mme Janina s'approchait du Rocher du Diable et repoussait délicatement quelques cheveux d'Emil de son visage. Elle ne semblait pas gênée par sa nudité, mais le bateau de la pudibonderie avait dû s'envoler lorsqu'elle avait décidé d'accomplir des rituels avec un masque de crâne de cerf aux bois courts.

L'ombre qu'elle projetait sur la paroi rocheuse derrière la tête d'Emil était grande et se tenait à un angle peu naturel, les doigts écartés s'approchant de l'offrande avec une avidité qui donnait à Adam un goût de sang sur la langue.

Dans un pays si éloigné de la portée du Seigneur, Adam aurait pu être limité par des règles qu'il ne comprenait pas, et un seul faux pas pourrait le rendre incapable de sauver Emil.

— Pourquoi est-il attaché ? Emil ? demanda Adam, forçant les mots à travers sa gorge qui se rétrécissait.

Il commença à déboutonner son manteau, incapable de rester immobile plus longtemps.

Emil ne broncha pas, mais sa poitrine travaillait constamment, comme un soufflet pour allumer un feu dans le cœur d'Adam.

— C'est pour sa propre protection. Et il a accepté de participer au rituel. Dis-lui, Emil, dit Mme Janina, mais elle n'empêcha pas Adam de couvrir de son manteau la chair glacée d'Emil.

Même lorsqu'Adam se pencha sur lui, essayant de capter son regard dans une question silencieuse, Emil évita à tout prix la confrontation. Mais il parla, d'une voix rauque si pleine de résignation que la poitrine d'Adam en ressentit une douleur sourde.

— C'est vrai. Chort a quitté la vallée à l'intérieur de ta mère, mais ma grand-mère m'a marqué comme son nouveau vaisseau. Tu n'as qu'à me le rendre et tu seras libre. Tu rentreras chez toi et tu oublieras tout ça.

Emil avait parlé sur un ton monocorde jusqu'à ses derniers mots, où sa voix se fendit. Une larme coula de son œil et descendit sur sa tempe, même si la tension de ses traits laissait penser qu'il faisait tout pour cacher son désespoir.

Le cœur d'Adam battait si vite qu'il fut pris de vertiges et dut appuyer ses mains sur la surface glacée de la pierre. Essoufflé, il jeta un coup d'œil à Mme Janina, ses dents claquant déjà, mais cela n'avait rien à voir avec le froid automnal.

— Vous n'avez pas parlé de donner Chort à quelqu'un d'autre. On ne peut pas faire ça !

— Ce n'est plus votre problème, mon Père, dit-elle.

Adam voulut protester, ne pouvant plus garder son sang-froid, mais un doigt glacé glissa le long de sa colonne vertébrale lorsqu'il entendit d'autres pas s'approcher.

Mme Janina, la gouvernante acariâtre qui lui préparait toujours des gâteaux frais, l'observait derrière son masque, son attitude n'exprimant pas le moindre doute.

— Vous nous laisserez Chort et vous retournerez à Varsovie l'âme purifiée.

C'était trop surréaliste pour être vrai. Il devait s'agir d'une hallucination, provoquée par de la moisissure dans la farine du pain, des champignons, des pilules avalées accidentellement, ou quelque chose du genre. Cela ne pouvait pas être la réalité.

— Non. Vous devez le détacher, dit Adam, se retirant de l'autre côté de l'autel tandis que Koterski entrait en scène, son masque offrant un large sourire menaçant.

— Nous avons déjà attendu bien trop longtemps. Cela aurait dû arriver il y a des années, déclara M. Nowak en retirant la veste d'Emil.

Le ciel noir penchait vers eux, comme un dôme sur le point de s'effondrer. La tête d'Adam tourna lorsque les torches se mirent à brûler plus fort, leurs flammes s'élevant de seconde en seconde sans qu'aucun combustible ne soit ajouté. Leur lumière tremblotante s'insinuait entre les arbres denses, créant des ombres qui se déplaçaient par à-coups, comme des figures animées avec peu d'attention aux détails.

Adam sursauta lorsque Koterski apparut devant lui et lui serra les épaules, les canines attachées au masque de crâne constituant une menace même si elles ne pouvaient plus mordre.

— Rendez-le-nous. C'est ici qu'il doit être.

Le regard d'Adam se porta sur la chair nue d'Emil. La salive remplit sa bouche à un rythme anormal, et une partie dégoulina sur son menton comme s'il était le chien de Pavlov entendant la cloche encore et encore.

Emil laissa échapper un souffle rauque et ferma les yeux, comme s'il n'en pouvait plus de la tension et du froid. Les frissons qui parcouraient son corps affectaient son élocution, aussi garda-t-il sa voix silencieuse, à peine audible avec les ombres tournoyantes qui chuchotaient dans une langue incompréhensible pour Adam.

— Je ne pourrai jamais quitter cet endroit de toute façon. Fais ce que tu as à faire.

Mais malgré les paroles d'Emil, la nature coercitive de toute cette situation faisait hérisser les poils du dos d'Adam.

— Je n... n'ai rien à faire, dit-il en repoussant Koterski d'un seul coup.

Mais lorsque son regard passa sur les abdominaux découverts qui gonflaient sous la peau d'Emil comme une offrande, la faim lui transperça le corps, le consumant de l'intérieur dans des crampes si puissantes qu'il se plia en deux, luttant pour se maintenir debout alors que les arbres autour de lui tournaient comme les pièces d'un carrousel brisé.

Un rire rauque se répandit dans la clairière, et lorsqu'Adam leva les yeux au-delà des membres masqués de la secte, il vit un visage qui se profilait entre les arbres à feuilles persistantes qui formaient les murs du bosquet. Des ombres dansaient sur ses traits peu naturels, le long d'énormes cornes en spirale qui auraient dû s'enchevêtrer dans les branches nues. Mais l'image insaisissable disparut dans un éclair d'yeux dorés.

Adam tomba à genoux, la nausée le prenant à la gorge, mais il saisit le poing serré d'Emil, son regard se portant sur la corde qui avait été attachée trop étroitement autour de son poignet, laissant les doigts plus pâles qu'ils ne devraient l'être. Il était sur le point de trouver un moyen de desserrer les liens quand Emil murmura le nom d'Adam d'une voix très douce.

— Tu dois le faire. Ou tu mourras.

Adam déglutit et s'immobilisa lorsqu'il remarqua un léger piétinement. Derrière lui. Ce qui faisait ce bruit était énorme et si lourd qu'il n'osa pas vérifier ce que c'était et se concentra plutôt sur le regard humide d'Emil. Les larmes s'attardaient sur les cils, mais plusieurs traces humides scintillaient déjà sur le beau visage lorsqu'Emil prit une respiration sifflante, regardant enfin Adam.

— Ce n'est pas grave. Contrairement au tien, mon corps peut le supporter. C'est ma grand-mère qui l'a fait. Donne-le-moi et tu seras libre. Il ne te fera plus faire des choses que tu ne veux pas, dit Emil d'une toute petite voix.

Il ne luttait plus contre le destin et gisait là, prêt à devenir une offrande sur l'autel d'un Dieu d'une époque révolue.

Le souffle chaud taquinait la nuque d'Adam tandis qu'il soutenait le regard d'Emil, dont le volume était trop important pour avoir été produit par un humain, mais Adam refusait de faire face au monstre pour lequel ils s'étaient tous rassemblés ici. Ses doigts tremblaient comme les branches d'un jeune arbre pendant une tempête, mais il les stabilisa en entrelaçant ses doigts à ceux d'Emil.

— J'ai voulu ces choses, dit-il, accablé de chagrin.

Toute sa vie, il avait eu tellement peur de sa nature qu'il l'avait balayée sous le tapis et s'était contenté de vivre dans le mensonge. Emil avait été une lueur d'espoir dans un monde de règles sombres, le déclic qui avait permis à Adam d'ouvrir ses ailes pour la première fois.

Emil n'était pas un génie satanique. Pas un tricheur, mais un homme qui l'aimait assez pour le libérer au prix de sa propre liberté. Ils avaient tous deux été victimes de machinations sans fin depuis le jour de la conception d'Adam.

— Mange-le, dit une voix rauque derrière Adam, et cette fois, il ne pouvait ignorer qu'il y avait quelque chose qui se tenait juste derrière lui.

Le brouillard emplissant sa tête, Adam jeta un coup d'œil par-dessus son épaule et aperçut une fourrure grise. Le monstre était plus imposant qu'un ours, mais Adam refusa d'en reconnaître la présence et reporta son regard sur les membres masqués de la secte. Au moment où il détourna les yeux, une énorme main lui poussa la tête vers l'avant, le forçant à s'incliner.

De l'autre côté de l'autel, Koterski s'agenouilla.

— Il est là !

Emil cligna des yeux, se décollant du rocher autant que la corde le permettait.

— Quoi ? Qu'est-ce qu'il veut dire ?

Nowak secoua la tête et abaissa maladroitement son corps trapu jusqu'à ce que tous les membres de cette étrange congrégation païenne soient à genoux. Adam déglutit, frappé par le silence inquiétant, mais au moment où Mme Janina joignit les mains et commença une prière silencieuse, la présence derrière Adam se remit en mouvement.

Nowak, Mme Golonko et Koterski se joignirent à Mme Janina, leurs voix monotones récitant des mots étrangers qui semblaient pourtant familiers aux oreilles d'Adam.

— Tu ne le vois pas ? chuchota Adam, effleurant du dos de ses doigts la courbe tentante de la mâchoire d'Emil, tandis que des jambes épaisses et poilues passaient à la limite de sa vision, enfonçant leurs sabots dans la mousse.

— Non, dit Emil à bout de souffle, se crispant dans les liens qui ne lui permettaient pas de bouger de plus d'un centimètre.

Mais Adam ne voulait pas reconnaître le monstre et garda son attention sur Emil, même lorsque le beau visage se renfrogna.

Mme Janina apparut aux côtés d'Adam sans crier gare, et il tressaillit lorsqu'elle poussa quelque chose dans sa main droite.

— Il est temps pour vous de festoyer !

L'air inonda la poitrine d'Adam, puis il baissa les yeux sur une dague dont le manche en bois avait la forme d'une tête de diable et dont la lame était faite d'os aiguisé. Sa paume transpirait sous la poignée, mais son esprit restait vide jusqu'à ce qu'elle le pousse doucement vers Emil.

— Mangez son cœur.

— Mangez. Mangez. Mangez, fredonnaient les autres, leurs chants poussant Adam dans une frénésie de faim qu'il ne comprenait pas. La salive débordait de sa bouche et il appuya sa main libre contre le rocher, fixant la chair mûre qui avait été préparée pour lui avec tant d'amour. Un repas pour lui souhaiter la bienvenue.

Mangez.

Mangez.

Mangez.

Emil laissa échapper un souffle brusque, s'agitant soudain contre la corde, comme s'il venait seulement de comprendre sa situation.

— Mon cœur ? Vous avez dit que je survivrais à ça ! Vous avez dit que je pouvais le libérer de cette façon !

Mme Golonko était à côté de lui en un clin d'œil et enfonçait ses doigts dans les joues d'Emil, respirant péniblement tandis qu'elle maintenait sa tête en place avec une force surprenante.

— Tais-toi. Après avoir échoué à l'amener ici pendant si longtemps, tu devrais être reconnaissant que Chort veuille encore se nourrir de ta viande pourrie ! Ne nous complique pas la tâche. Tu n'as rien à perdre, et après tant d'années, nous méritons ce que ta grand-mère nous a promis !

Adam n'en croyait pas ses oreilles, mais il lui était physiquement impossible de reculer. Ses pieds étaient des dalles de plomb, sa faim un puits sans fond qui le transformerait à l'intérieur s'il n'était pas nourri rapidement.

— Continuez, mon Père, exhorta Mme Janina en prenant la même voix apaisante que lorsqu'elle parlait à son petit-fils bien-aimé au téléphone, comme si elle sentait la douleur grandissante dans les entrailles d'Adam et savait comment l'atténuer.

— Juste le cœur. Vous mourrez si nous ne procédons pas au rituel, et il a choisi de se sacrifier pour le bien de tous.

Emil respira en tremblant, les émotions traversant ses traits en vagues orageuses, mais tout son corps s'affaissa comme si on lui enlevait ses os.

— Fais-le s'il n'y a pas d'autre moyen. Golonko a raison. Je n'ai rien à perdre. Fais-le. Pars. Et oublie-moi. Tu as de meilleures choses devant toi. Tu vivras la vie qui t'est destinée et tu n'auras plus à avoir peur.

Adam regarda la dague, la lame qu'il savait être un os humain. Comme il aurait été facile de l'enfoncer dans la chair d'Emil, de voir la lumière quitter les yeux d'Emil tandis que son sang parfumé s'écoulait sur l'autel. L'odeur alléchante de sa chair rendit l'esprit d'Adam confus de soif, mais lorsqu'il croisa à nouveau le regard d'Emil, il jeta le couteau au loin. Le geste lui fit mal, comme si le manche lui avait arraché la peau, mais Adam se concentra, se souvenant de la croix qu'Emil lui avait rendue plus tôt. Luttant contre le besoin de suivre l'arôme de la viande et de mordre directement dans l'un des délicieux pectoraux, il sortit le collier brisé de sa poche et le plaça sur la poitrine d'Emil.

— Et si Dieu avait vu les souffrances que tu as endurées et m'avait envoyé ici pour te libérer de cet endroit ?

Des rires grondants résonnèrent dans le bosquet, suivis de faibles grognements de la bête. Elle se tenait derrière ses quatre apôtres, attendant d'affronter son hôte.

— Tu as toujours été à moi, Adam, né de ma semence. Tu as peut-être été contraint de suivre un Dieu étranger, mais cette terre n'est pas la sienne. C'est la mienne. Et toi aussi, tu es à moi, dit le monstre d'une voix qui ressemblait à un craquement de bois.

Le souffle d'Adam se coupa et il jeta un coup d'œil à Emil pour le soutenir, mais le torse fort et familier ne bougeait plus. La panique saisit Adam à la gorge avant qu'il ne réalise que les quatre cultistes ne bougeaient pas d'un poil non plus, figés dans une même pose comme des sculptures de cire. Le vent était mort, tout comme les ombres qui dansaient. Le temps s'était arrêté.

Chort souffla, tournant autour de l'autel à un rythme languissant qui provenait de la certitude que rien ni personne ne pourrait contrecarrer ses plans. La nature humaine d'Adam le poussait à continuer d'ignorer la bête, à faire comme si elle n'était pas là, mais le temps était venu d'affronter la pire de ses peurs. Sa propre nature.

Même dans sa position avachie rappelant celle d'un chien assis, Chort était une présence massive dans le bosquet. Humanoïde et musclé sous une épaisse fourrure, il avait de longs bras aux mains griffues et des jambes puissantes terminées par des sabots deux fois plus grands que ceux de Jinx. Le torse, aussi développé que celui d'un gorille adulte, continuait de bouger en respirant l'odeur d'Emil, mais l'estomac d'Adam ne tomba que lorsqu'il vit la tête du monstre et les cornes qui s'élevaient en spirale vers le ciel.

Chort fredonna en se penchant vers l'avant, s'étirant au-dessus de l'autel pour poser ses doigts sur l'épaule d'Adam. Ses traits étaient un mélange impie de loup et de chèvre, mais ils paraissaient toujours nobles lorsque la bête parlait, son museau poilu formant des mots sans problème.

— Je suis une partie de toi et je l'ai toujours été. Depuis le jour où tu as pris ta première respiration, nous avons partagé le corps que tes parents t'ont donné. Mais nous pouvons nous séparer, si c'est ce que tu veux. Tu peux continuer à vivre et à servir les dieux de ton choix ou aucun dieu du tout. Mais si tu veux être libre, tu dois accepter l'offrande. Mange son cœur, pour que je puisse vivre dans sa peau.

Le corps d'Adam tremblait devant l'horreur de cette vision, mais lorsqu'il rencontra les yeux de Chort, leur couleur dorée ne l'effraya plus. Même le contact de la main lourde lui était en quelque sorte... familier.

— Tu veux dire que ma mère n'a rien rêvé de tout ça ?

Le monstre baissa la tête, et les cornes qui ressemblaient à deux gros serpents sur le point de se battre à mort jetèrent une ombre sur les traits imposants aux narines plates au bout du museau allongé.

— La nuit n'a qu'un temps, mon enfant. Toute ta vie a conduit à ce moment. Soit tu m'acceptes, soit tu manges. Il est la seule autre offrande que je puisse consommer. Sa sorcière de grand-mère s'en est assurée.

Chort grogna et montra ses dents acérées.

— Allez, fais ton choix. J'ai quitté ces terres depuis trop longtemps.

Adam eut le souffle coupé en regardant le visage d'Emil, figé dans le temps et pourtant si doux qu'il avait envie de l'embrasser encore et encore. L'égoïsme de suivre la suggestion de Chort tordait toutes les fibres de son corps, mais alors il aurait pu vivre avec la honte de la lâcheté, avec la mort d'Emil sur sa conscience, ça, il ne le pouvait pas.

— Et si je m'offrais à toi à la place ? Tu vis déjà en moi.

Le grognement de la créature se transforma en rictus.

— Ta peau est confortable, mais j'ai besoin de plus que de rester en sommeil pendant que tu joues le prêtre docile. J'ai besoin d'un cœur. J'ai besoin de courir librement dans ces montagnes chaque nuit, de régner sur ma maison.

— Si je te donne le mien, tu épargneras le sien ?

Le regard d'Adam passa sur Emil, qui restait immobile, une larme à mi-chemin sur sa tempe. Adam avait envie de l'embrasser, de le détacher et de le prendre dans ses bras. Emil ne méritait pas de mourir, tout comme il n'avait pas mérité toutes les souffrances inutiles qu'il avait été forcé d'endurer. Adam l'avait terriblement mal compris au cours des dernières heures, mais il avait maintenant la chance de se rattraper en lui offrant une nouvelle vie. Une vie où il serait libre de partir et de trouver le bonheur, même si c'était sans lui. Peut-être qu'ainsi, la misérable existence d'Adam aurait au moins servi à quelque chose.

Chort pencha la tête, montrant à nouveau les dents en passant une griffe acérée sous la mâchoire d'Adam, assez doucement pour gratter sans briser la peau.

— Nous savons tous les deux que tu ne peux pas me gérer. Je ne peux pas vivre dans un corps qui m'empêche d'exprimer ma nature. Tu es épouvantable et glacial, même avec l'offrande qui a été faite pour nous. Je souhaite me régaler de son corps chaque nuit. Si tu me donnes ton cœur, je n'aurai pas à le consommer entièrement, car il m'appartient déjà, mais je ne te laisserai plus m'enfermer. Est-ce que tu comprends ?

Adam déglutit, pour la première fois face à son démon. Le contact des doigts d'Emil était sa bouée de sauvetage, et tandis qu'il écoutait, la vérité derrière les mots de Chort s'enfonçait, transperçant sa peau griffe par griffe. Dent par dent.

S'il offrait Emil à sa place, l'homme qu'il aimait serait perdu à jamais, mais il pouvait épargner la vie d'Emil en renonçant à la sienne en retour. Il ne ferait plus qu'un avec cet ancien dieu-monstre, et même si son esprit n'arrivait pas à comprendre ce que cela impliquait, il ne s'en souciait plus. Il serait courageux pour Emil, même si cela signifiait des limbes éternels dans un corps qu'il ne contrôlait pas
.

— Tu ne peux pas l'avoir, s'étouffa Adam en desserrant le col de sa soutane. Mais si tu promets de ne jamais lui faire de mal, tu peux m'avoir.

Le péché était chaud dans ses veines. L'occultisme. L'avidité. L'amour interdit. Il les avait tous embrassés, car dans cette vallée, à Dybukowo, il n'y avait qu'un seul dieu pour fixer les règles.

Eux.

Chort poussa un croassement et bondit sur Adam. La douleur semblait inévitable dans les secondes qui précédèrent l'impact, mais la bête l'éclaboussa comme une vague dans un océan tropical, et sa bouche se remplit d'une saveur à la fois salée et sucrée. La forme majestueuse se dispersa, mais lorsqu'Adam inspira profondément, l'essence de Chort pénétra dans son cœur, chassant d'un seul coup le froid nocturne.

Son sang se transforma en or liquide, ses poumons se dilatèrent, ses muscles s'épaissirent et, tandis qu'Adam devenait plus grand et plus puissant, ses cornes s'enroulèrent au-dessus des oreilles de tous.

Le monde autour de lui reprenait vie.

Mme Golonko cria, se couvrant le visage en tombant dans les feuilles, mais Koterski et Mme Janina restèrent à genoux, rugissant tous deux d'un rire maniaque tout en continuant à prier. Et cette fois, il comprit leurs paroles.

Oh Terreur, sortez !
Oh Merveille, sortez !
Oh Puissance, sortez !
Sortez des bois, des profondeurs obscures
De votre domaine où personne ne peut entrer
Là où aucun oiseau ne peut voler sans y être invité

Seigneur de la forêt
Sortez, sortez, sortez des bois !

Si grand qu'il pouvait admirer l'ensemble de son sanctuaire, Adam regarda autour de lui avec une nouvelle paire d'yeux. M. Nowak était une larve qui rampait à ses pieds jusqu'à ce qu'elle trouve la dague. Il se remit debout et s'élança vers l'autel. Il leva la main pour frapper la lame dans la poitrine d'Emil.

— Voici votre offrande ! Prenez-la et faites-nous prospérer !

C'était comme si le temps ralentissait à nouveau. Adam respira l'odeur de la vie qui s'épanouissait autour de lui malgré la couleur trouble des feuilles mortes. Tout, des vers sous ses pieds aux humains agenouillés devant lui, était soumis à sa volonté. Au loin, un groupe de cerfs l'observait à travers les arbres, prêts à s'incliner devant leur maître et, contrairement aux gens si déterminés à le ramener pour leur profit égoïste, ils n'attendaient rien en retour.

Ces quatre insectes ne méritaient pas une place dans sa cathédrale verte.

Adam tomba en avant, inclinant son corps de manière protectrice. Il arracha le bras de Nowak d'un seul coup de mâchoire.

Un sang rouge et vital inonda sa langue, et tandis qu'il croquait l'os et avalait le tout avec la dague, le monde autour de lui devint riche en couleurs.

Nowak hurla, tombant à la renverse tandis que Mme Golonko trébuchait dans ses efforts pour échapper aux griffes du dieu qu'elle prétendait vénérer.

La bouchée grasse aiguisa l'appétit de Chort, rendant l'odeur d'Emil si puissante que la faim devint comme des pointes percées dans ses entrailles. Mais il ne pouvait pas l'avoir. Pas encore, du moins, mais la chair et le sang des vauriens qui, depuis des années, profitaient de tous les malheurs tombant sur le bien-aimé d'Adam étaient à lui.

— S'il vous plaît, non ! J'ai juste fait ce que mon père m'a dit de faire ! hurla Koterski

Mais Chort savait que le cœur de cet homme n'avait ni conscience ni morale.

C'est lui qui avait mis le feu à la maison d'Emil, et Chort n'aurait pas de pitié pour lui non plus.

Il bloqua le chemin de Koterski d'un seul bond et lui enfonça une corne dans le ventre, enfonçant ses griffes dans les entrailles douces et délicieuses L'asticot qui avait trompé Adam dans le seul but de l'éloigner de son amant et de semer la zizanie ne méritait pas de prospérer.

Le cri de Koterski fut interrompu lorsque Chort l'arracha de la corne et écrasa sa tête entre ses mâchoires avant d'y enfoncer son torse. La jeune viande était un régal pour sa langue, et il jeta la partie inférieure du corps de Koterski en l'air avant de l'avaler d'un trait lorsqu'elle tomba dans sa bouche grande ouverte.

Il s'attaqua ensuite à Nowak, déchirant la chair dodue avant d'enfoncer ses dents dans la viande marbrée de graisse. Et son âme ? Délicieusement corrompue par les pots-de-vin et le chantage, qu'elle s'évanouit dans le ventre ardent d'Adam.

Il ne voulait pas non plus laisser partir les femmes, mais il fut frappé par la nature ignoble de Mme Golonko lorsqu'il l'avait vue pousser Mme Janina pour prendre de l'avance. La dame la plus âgée était tombée, mais même dans la boue, Mme Janina avait poussé un cri de fureur et avait saisi la cheville de Mme Golonko pour la faire tomber à son tour.

Adam avait l'habitude de voir Mme Janina comme une femme amère, mais assez décente, mais aucune quantité de gâteau ou de soutien occasionnel ne pouvait compenser le fait qu'elle avait été prête à faire d'Emil un sacrifice humain. Chort la déchira en deux morceaux et, tandis que le sang odorant éclaboussait la poitrine d'Emil et l'autel, Adam aspira davantage de sa chair juteuse avant de satisfaire sa faim avec la viande également.

Mme Golonko avait déjà réussi à sortir du sanctuaire, mais il prit son temps pour ronger les ligaments et les os avant de sauter au-dessus des thuyas, hors du bosquet sacré. Les feuilles flétries amortissaient son atterrissage, et une fois qu'il eut capté l'odeur de la fugitive - un parfum nauséabond - aucune offrande ou prière ne pourrait la sauver.

Elle se trouvait juste après une colline voisine, recroquevillée sous un arbre tombé dans l'espoir qu'il ne s'aperçoive pas de sa présence. Cette misérable n'avait aucune idée que Chort pouvait entendre chacune de ses respirations. Chaque battement de cœur.

Les choses coûteuses qu'elle utilisait pour s'élever aux yeux des autres ne signifiaient rien pour lui, et elles ne l'aideraient pas une fois qu'il aurait décidé de son sort. Il ne put s'empêcher de jouer avec sa nourriture. Faisant semblant d'avoir été dupé, il regarda d'abord ailleurs, mais tourna autour d'elle lorsqu'elle tenta de s'enfuir en rampant, et la traîna dans la boue dès qu'il atteignit la cachette pathétique.

— Non ! S'il vous plaît ! Je n'ai jamais voulu participer à tout cela ! Janina m'a entraîné là-dedans !

Et pourtant, elle en avait profité. Elle jubilait de sa richesse et l'étalait au visage d'Emil, alors qu'il portait le poids de tous les malheurs qui se seraient abattus sur elle et sa famille. Elle le savait depuis des années, mais n'avait montré aucune compassion envers Emil, se contentant de lui jeter suffisamment de miettes de son abondante table pour qu'il ne quitte pas Dybukowo.

— C'est vrai ? demanda-t-il en la tenant par une jambe.

Le masque de renard était depuis longtemps tombé de son visage, le laissant à découvert, avec des traces de larmes noircies par le mascara.

— S'il vous plaît, je vous donnerai tout ce que vous voulez. Vous pouvez avoir ma fille, si vous voulez. Vous pouvez tout avoir. Laissez-moi...

Les mâchoires d'Adam s'ouvrirent si largement que cela aurait dû être physiquement impossible. La terreur déformait ses traits juste avant sa mort imminente. Comme les autres, elle ne méritait pas de sépulture, mais elle serait la dernière du festin de quatre viandes qu'il était destiné à célébrer ce soir.

Emil l'avait prédit. Le sang de Chuchoteur était fort en lui, et il avait été capable de voir dans l'avenir alors que même Chort n'avait su ce qui les attendait ce soir. La viande d'un cochon, d'un loup, d'un renard et d'un cerf - un repas de quatre plats des âmes pécheresses.

Plus petite que les autres, Mme Golonko entrait dans sa bouche entière, mais malgré l'amertume de toute la bile qu'elle contenait, sa viande le rassasiait alors qu'il jetait un coup d'œil vers le ciel, où un croissant de lune l'éclairait de ses rayons.

La soif de sang avait disparu, mais il y avait d'autres désirs qu'il voulait satisfaire.

Adam cligna des yeux, regardant au loin, prenant en compte tous ses sujets, et rugit dans le ciel. Un chœur de hurlements, de hululements et de beuglements répondit à son appel, le célébrant par une prière différente.

Seigneur de la forêt, vous êtes revenu.

C'était son domaine, et une fois qu'il eut compris que l'âme de chaque être vivant dans la vallée et au-delà lui appartenait, il devint évident qu'il ne gaspillerait plus sa vie dans des superstitions étrangères. Si d'autres dieux existaient, ils n'étaient pas ici. Mais Chort était là. Adam l'était. Ils étaient là.

Il n'avait pas besoin de maîtriser ses instincts ou de se sentir coupable d'aimer la mauvaise personne, car la nature ne fait pas d'erreurs. La nature n'a rien à voir avec la morale ou les croyances, mais un homme ne peut être heureux que s'il est en paix avec ce qu'il est. L'amour d'Adam pour Emil n'avait jamais été une erreur ni un péché, et les doutes de l'homme borné qu'il était se dissipèrent lorsqu'il vit enfin le monde avec clarté.

Sa place était ici, à Dybukowo, avec Emil à ses côtés, lié à la montagne pour toujours.

CHAPITRE 25

EMIL

L es mots ne suffisaient pas à décrire la transformation d'Adam, mais lorsque l'un de ses yeux s'assombrit pour ressembler à une pièce de monnaie polie, Emil comprit qu'il l'avait perdu.

Il tira sur les liens jusqu'à ce que ses poignets lui fassent mal, sa volonté de vivre augmentant avec chaque goutte de sang versée dans le bosquet sacré. Malgré tout l'amour qu'il portait à Adam, il ne resterait pas allongé là et n'inviterait pas la bête à déchirer sa poitrine nue.

Il avait entendu des histoires sur cette créature toute sa vie, il l'avait vue dans des dessins fantastiques, mais rien n'aurait pu le préparer à voir la bête en chair et en os. Plus grand et plus musclé que tous les hommes qu'Emil n'avait jamais vus, Chort était couvert d'une fourrure grise, plus dense sur les pattes, qui avaient de grands sabots et étaient en forme de chèvre, et plus fine sur les muscles pectoraux à l'apparence faussement humaine. Les cornes épaisses et striées étaient aussi grosses que les bras d'un homme, et les traits du monstre, tachés du sang de ses dernières victimes, exprimaient une palette sauvage d'émotions en constante évolution.

Le sol trembla à l'approche de Chort, mais lorsque la montagne de bête s'arrêta à quelques pas de son sacrifice humain, l'espoir s'envola du cœur d'Emil.

Emil tira une dernière fois sur ses liens, puis se laissa tomber, résigné à son sort. Il était venu ici prêt à offrir sa liberté pour qu'Adam puisse partir, et il aurait donné sa vie pour lui, sans poser de questions, mais cette mort imminente serait un gâchis, car il n'y avait plus personne à sauver. Il serait le dessert de Chort, oublié et ne manquerait à personne.

Il imaginait les parents d'Adam revenant à Dybukowo vingt-six ans après leur première visite, désespérés de retrouver leur fils. Et tandis qu'il regardait le monstre cornu avec des yeux brûlants, il espérait qu'ils ne le trouveraient pas.

Adam était parti, consumé par la bête qui avait transformé son corps en une forme bestiale, et sans les mauvais conseils d'Emil, rien de tout cela ne serait arrivé. Le matin même, Adam était prêt à tout pour partir, même si cela impliquait d'emprunter la voiture du Père Marek sans permission. C'était Emil qui l'avait persuadé de ne pas prendre de décisions aussi irréfléchies. Il était normal qu'il paie sa transgression par le sang.

Il essaya d'être courageux lorsque le monstre s'approcha, mais ses dents claquèrent lorsque Chort se pencha au-dessus de l'autel, faisant planer son énorme patte sur la forme d'Emil. Le monstre souffla, l'observant sans la moindre urgence, comme si son appétit de sang et de violence était pour l'instant rassasié.

Ou peut-être aimait-il jouer avec sa nourriture. Emil ferma les yeux, incapable de supporter la tension. Il ne cria pas, se contenta de siffler lorsque la bête frotta son nez humide contre son estomac. Peut-être qu'elle s'attaquerait d'abord au cœur et qu'Emil n'aurait pas à souffrir trop longtemps ?

L'énorme corps dégageait une chaleur qui était en contradiction directe avec la surface glacée de la pierre, si bien qu'Emil se retrouva à s'y appuyer malgré lui. Le nez velouté s'arrêta brièvement sur son sternum, mais alors qu'il se crispait, prêt à ce que les énormes dents le mordent, Chort continua son exploration, et finit par poser son museau chaud sur le côté du cou d'Emil.

La peur se mêla à un étrange sentiment de soulagement. Il était au bout du chemin. Il n'avait plus à lutter. Le temps que Chort se retire, Emil expira.

Il était prêt.

— Tu me crains, dit la créature de cette même voix étrange qui ressemblait à un morceau de bois cassé glissant sur les cordes d'un violon dissonant.

Chort avait toujours l'un des yeux d'Adam, mais il était devenu plus brillant, comme un ciel sans nuage au cœur de l'été, et le voir briller juste à côté de celui qui était cuivré et étranger avait poussé Emil au bord des sanglots de désespoir. S'il restait une partie d'Adam dans la créature, Emil espérait qu'il était au moins en paix.

— Si tu veux me manger, fais-le ! gémit Emil, prêt à affronter son destin.

Mais les yeux brillants qui l'observaient d'en haut n'avaient rien d'agressif. Il tressaillit lorsque les pointes des griffes de Chort glissèrent sur son torse, mais sans percer la peau.

— Je ne te ferais jamais de mal. Chort ne peut pas te faire de mal. Il l'a promis, dit la créature en se penchant à nouveau pour respirer l'odeur d'Emil.

Emil déglutit, et au fur et à mesure qu'il comprenait ce qu'il venait d'entendre, l'air clair inondait sa poitrine jusqu'à ce que son esprit devienne flou. Il n'avait pas rêvé ce cauchemar. Le surnaturel faisait vraiment partie de la nature, et la preuve se fit sentir sur son torse.

— Tu ne le feras pas ?

La bête baissa la tête et s'assit à côté du rocher, ramenant ses genoux sur sa poitrine dans un geste étonnamment humain.

— Bien sûr que non. Je t'aime.

Les yeux d'Emil s'écarquillèrent et il tenta de se redresser sous le choc, mais il fut tiré en arrière par la corde qui lui enserrait les mains.

— Adam ? Quoi ? Comment ?

Les traits de la chèvre se tordirent. Comme ça, la présence monstrueuse ne semblait plus prendre autant de place, et son visage avait gagné une qualité vulnérable qui rappelait tellement Adam qu'Emil avait envie de le prendre dans ses bras. Mais il ne pouvait pas bouger. Chort - non, Adam - tendit la main et coupa la corde avec ses griffes acérées.

— Nous sommes parvenus à un accord.

Emil repoussa frénétiquement les liens relâchés de ses membres et roula hors de l'autel, recroquevillant ses orteils lorsque ses pieds atterrirent sur le sol humide qui envoya un éclair de glace le long de ses jambes.

— Non, tu n'aurais pas dû. Tu aurais dû...

Quoi ? Découper le cœur d'Emil et le manger comme un steak tartare ? Le sang coulait en lui de plus en plus vite à chaque seconde qui passait et atteignait un crescendo lorsqu'il regardait Adam, le visage enfoui entre ses genoux poilus....

— Tu as dit que tu m'aimais ?

Les yeux d'Adam s'ouvrirent. Leurs couleurs étaient vives comme les teintes néon des poissons exotiques, mais la tristesse qu'ils exprimaient était douloureusement humaine.

— Je suis désolé. C'était la seule solution. Je ne pouvais pas le laisser t'avoir.

— Tu aurais pu t'éloigner de tout ça, murmura Emil en se frottant les poignets, car il n'osait pas encore s'approcher.

Les cris des quatre cultistes résonnaient encore à ses oreilles, mais il ne trouvait pas la force de les plaindre. Ils avaient utilisé son affection pour Adam et l'avaient attiré ici sous de faux prétextes, parfaitement satisfaits de sa mort tant qu'elle ne perturbait pas leur propre prospérité. Ils n'avaient eu que ce qu'ils méritaient.

Adam expira, envoyant de la vapeur dans l'air frais.

— Non. Je n'aurais pas pu.

Emil se serra contre lui alors que le froid poignardait sa peau, lui rappelant qu'il était nu. Il n'arrivait toujours pas à croire que tout cela était réel, qu'il parlait à Chort lui-même, que Chort était vraiment Adam, et qu'Adam venait de manger quatre personnes. Mais la folie de tout cela ne le rendait pas faux.

— Je sais ce que tu penses de tout cela, mais je n'ai rien à voir avec ça. Je n'étais pas au courant de leurs manigances, dit Emil, osant enfin s'approcher de la créature massive qui, d'une certaine manière, avait les expressions et les manières de l'homme qu'Emil aimait.

Adam haussa les épaules, ce qui fit que la bête lui ressembla douloureusement.

— Je sais, je suis désolé, j'aurais dû te faire confiance. J'ai eu tort de t'accuser. J'ai paniqué et je ne savais pas ce qu'il fallait faire. Après tout ce que je t'ai dit, tu es quand même revenu m'offrir ton cœur...

Il resta silencieux quelques secondes avant de ramasser le manteau tombé à terre avec lequel il avait recouvert Emil plus tôt.

— Tu vas tomber malade.

— Tu veux dire qu'il ne te va plus ?

Emil rit, mais se sentit comme une merde juste après que ce soit sorti de sa bouche. Il n'y avait rien de drôle dans leur situation, et même si Adam faisait bonne figure, il était sûrement dévasté, même s'il avait l'impression d'avoir fait ce qu'il fallait.

Le manteau ne pouvait pas arrêter les tremblements qui parcouraient son corps, mais il lui offrait un certain soulagement, et alors qu'Emil le refermait complètement, son regard rencontra les disques dépareillés qu'Adam avait maintenant en guise d'yeux. La tendresse monta de la profondeur de la poitrine d'Emil jusqu'à son cou, et il s'approcha, passant d'abord ses doigts sur le bras poilu, puis les glissant dans la peau douce.

Adam tressaillit, comme si le contact lui faisait mal, mais il ne s'éloigna pas.

— Je t'accompagnerai hors des bois. C'est une nuit dangereuse.

Une partie d'Emil voulait accepter la proposition d'Adam - avoir un peu de temps pour se reposer et se ressaisir, mais la pensée de le laisser seul faisait trembler le cœur d'Emil de regret. Il y a quelques jours à peine, il était prêt à laisser derrière lui le seul foyer qu'il connaissait et à suivre Adam partout où il avait besoin d'aller. C'était toujours le cas, malgré la peur et l'angoisse de ce soir.

Il fit un pas en avant et entoura de ses bras le cou de la forme monstrueuse d'Adam.

— Je n'ai nulle part où aller, murmura-t-il.

Quoiqu'Adam soit maintenant, il avait toujours le même esprit, et Emil resterait à ses côtés.

Il prit une profonde inspiration, humant l'odeur de pin et de mousse qui s'accrochait à la fourrure comme si elle n'avait pas été aspergée de sang il y a quelques minutes à peine.

Adam hésita, mais la tension dans ses muscles se dissipa lorsqu'il céda et referma ses grands bras autour d'Emil. Son toucher était doux, comme si Emil était une délicate figurine de verre qui risquait de se briser avec trop de pression.

— Je ne sais pas ce qui va m'arriver maintenant, murmura-t-il.

Mais tandis qu'ils s'accrochaient l'un à l'autre dans le bosquet sacré qui sentait encore légèrement le sang, le sentiment d'appartenance emplit le cœur d'Emil d'une chaleur qui remplaça bientôt l'engourdissement de ses membres.

— Nous allons nous en sortir. Quoi qu'il arrive, je serai là pour toi.

Il caressa le cou épais, se faisant lentement à l'idée que c'était vraiment en train d'arriver. Que le corps d'Adam avait changé, mais qu'il était la même personne et qu'il avait plus que jamais besoin d'Emil.

— Merci. De ne pas m'avoir arraché le cœur.

Il voulait à tout prix ramener la situation à la normale, mais l'éclair de douleur qui traversa les yeux d'Adam lui indiqua que ses efforts n'avaient servi à rien.

— Je risque de rester comme ça pour toujours, alors tu ne devrais peut-être pas prendre de décisions hâtives, dit-il en se déplaçant de façon à ce que ses deux jambes se retrouvent d'un côté du corps d'Emil. Un profond tremblement parcourut l'ensemble de son corps et il poussa un soupir étouffé, frottant sa joue veloutée contre celle d'Emil comme un chat qui réclame de l'attention.

La chaleur qui émanait d'Adam traversait Emil à toute vitesse, comme si elle s'était infiltrée dans ses artères et avait bourdonné dans son système sanguin, chassant le froid désagréable jusqu'à ce qu'il ne le sente plus, parfaitement à l'aise malgré ses pieds nus qui touchaient encore de la mousse humide.

— Il n'y a pas d'échappatoire, Adam, dit-il, utilisant le nom de son amant pour s'assurer qu'Adam comprenne qu'Emil le considérait toujours comme la même personne - pas un monstre, mais le même homme à qui Emil avait donné son cœur cet été.

Et alors qu'ils se tenaient si près l'un de l'autre, respirant l'odeur de l'autre, Emil fut frappé par la réalisation que rien n'avait vraiment changé dans ce qu'il ressentait à l'égard d'Adam. L'excitation grimpa le long de sa jambe comme un serpent, murmurant des mots de tentation qui firent se dresser les poils du corps d'Emil. Et lorsqu'il regardait les yeux d'Adam - à la fois bleus et dorés - le besoin d'une connexion physique s'installait profondément dans les reins d'Emil, tirant sur ses tendons comme s'ils étaient des cordes, et lui une marionnette.

La voix de la raison, celle qui se rendait compte qu'Adam avait subi une transformation radicale, lui disait qu'il devrait prendre son temps, mais Emil avait toujours été un homme de passion, et lorsque les pointes des griffes acérées remontèrent le long de sa cuisse, il fit rouler sa langue sur la fourrure douce et veloutée de la joue d'Adam. La profondeur du désir qui grandissait en lui à chaque battement de cœur le surprenait, mais il n'allait pas se priver de ce qu'il voulait, pas quand il n'avait plus à craindre les dents acérées qui mordaient sa chair.

La poitrine de la bête s'abaissa, produisant un son semblable à un gémissement, et Emil ne se sentit pas du tout intimidé par elle.

Les narines d'Adam se dilatèrent et il resta assis avant de jeter un coup d'œil à Emil.

— Je ne regrette rien de ce que nous avons fait. Je veux que tu le saches. Je n'ai jamais été libre que lorsque j'étais avec toi. Quoi qu'il arrive maintenant, je suis d'accord avec ça.

Emil déglutit, envahi par le besoin de se rapprocher, de s'enfoncer dans la fourrure chaude et de sentir la force du nouveau corps d'Adam.

— Je sais que tu dois avoir peur, mais je te protégerai si nécessaire.

Adam lui sourit avec ses dents énormes qui avaient écrasé quatre adultes en quelques minutes.

— Tu vas me protéger ? demanda-t-il en rapprochant Emil jusqu'à ce que son museau, aussi doux que les lèvres d'un cheval, effleure son front.

— Des humains armés de fourches.

Emil eut le souffle coupé. Il avait l'habitude d'être plus grand et plus costaud qu'Adam, alors se sentir aussi petit à côté de lui était une expérience étrange. Mais le désir insistant qui brillait encore au plus profond de lui le poussa à se demander si le corps de Chort... La question inexprimée d'Emil trouva sa réponse lorsqu'une verge dure vint titiller sa hanche.

Adam tremblait contre lui et essayait de reculer, mais Emil le maintenait en place. Peu importe qu'ils aient été attirés l'un vers l'autre par une magie ancienne, car à présent, ils avaient développé un lien qui allait bien au-delà du désir pur et simple.

Pourtant, la convoitise était là, tout aussi réelle que l'amour. Comme les deux yeux d'Adam, bleu et doré, différents mais identiques. Il ne pouvait même pas dire si l'interférence de sa grand-mère était une malédiction ou une bénédiction.

Adam pencha la tête et frotta son pouce étrangement doux le long de la mâchoire d'Emil. La caresse était si douce, si apaisante qu'elle fit monter la chaleur jusqu'aux orteils d'Emil.

— Je peux affronter des fourches, peut-être même des fusils de chasse, mais pas la solitude.

La question non formulée restait suspendue dans l'air comme un panneau de verre, mais Emil la traversa de part en part, prenant le visage d'Adam dans ses mains et caressant ses joues avec ses pouces. L'affection dévorait déjà son cœur. Il était nerveux, mais certain qu'il était non seulement prêt à avoir encore une relation physique avec Adam, mais qu'il le voulait maintenant.

— Tu n'es plus inquiet à propos du péché ? dit-il à bout de souffle.

Adam fredonna d'un ton qui fit trembler tous les muscles du corps d'Emil.

— J'ai l'esprit beaucoup plus clair maintenant. Je suis le seigneur de cette terre, alors qui peut me dire ce que je dois faire ou ne pas faire ? demanda-t-il en les faisant rouler lentement, comme s'il voulait laisser à Emil le temps de protester.

Emil sursauta lorsque l'énorme forme d'Adam s'étendit sur lui, se pressant déjà pour partager sa chaleur. Emil ouvrit les cuisses et glissa ses mains le long de la peau d'Adam, émerveillé par sa taille, quand quelque chose de dur et de chaud toucha sa cuisse nue.

Avait-il peur ? Oui. Mais le cocktail addictif d'adrénaline et d'endorphines se répandit dans son corps, faisant disparaître toute inquiétude au profit de la luxure. Il n'avait jamais ressenti une telle énergie dominante et confiante de la part d'Adam, et même si la forme de son amant avait changé, ce qu'Emil ressentait pour lui n'avait pas changé.

La chaleur d'Adam le recouvrait comme une couverture, et il promenait ses doigts sur la poitrine couverte de poils rares, mais hérissés, désireux d'apprendre de nouvelles façons de montrer à Adam à quel point il tenait à lui.

— J'avais tort à propos de nous. Me pardonneras-tu ? demanda Adam en plaçant sa grosse main sur la queue et les bourses d'Emil. Son toucher solide était une excitation inattendue, et Emil s'accrocha aux pectoraux d'Adam, en gardant leurs regards fixés l'un sur l'autre.

— Tu m'as sauvé la vie, mais oui, je suppose que tu auras à ramper.

Mais la vérité était qu'il avait déjà pardonné à Adam. La preuve de l'amour d'Adam se trouvait dans le corps dans lequel il devait maintenant vivre.

Emil gémit quand Adam taquina son pénis, mais il ne pouvait pas se concentrer avant d'avoir un meilleur aperçu de ce qui se cachait entre les jambes poilues.

Le museau d'Adam se tordit en un sourire de prédateur lorsqu'il remarqua l'intérêt d'Emil. Ses narines se dilatèrent lorsqu'il huma à nouveau les cheveux d'Emil, mais il se redressa, présentant à Emil une énorme hampe émergeant de l'épaisse pilosité qui entourait ses cuisses et son abdomen.

Emil se raidit, un instant tenté de fermer les cuisses, mais en étudiant la longueur en érection, s'émerveillant de la tête et de sa couleur rose foncé, il s'aperçut qu'elle n'était pas aussi énorme que le reste de Chort. En fait, elle ressemblait plus à une très, très grosse queue humaine qu'à quelque chose provenant des photos érotiques de monstres qui circulaient sur certaines parties d'Internet.

Ce qui fut un soulagement.

Emil se lécha les lèvres.

— Qu'est-ce que tu... ?

Adam le fit rouler sur le ventre avec une telle facilité que le cœur d'Emil se mit à battre la chamade en réaction à la grande différence de leur force physique. Il aimait se considérer comme un dur à cuire qui ne reculait jamais, mais la confiance d'Adam était comme le miel le plus doux qui soit, et il cambra le dos d'excitation. La veste qu'Adam lui avait donnée n'était pas assez longue pour couvrir ses fesses, et il poussa ses hanches vers l'extérieur, hyper conscient de la vue obscène qu'il offrait à son amant.

Pourtant, un malaise s'agrippait à sa nuque alors que la longueur dure frottait sa fente, mais Adam l'apaisa en faisant glisser sa langue chaude sous le col d'Emil.

Ils n'avaient encore rien fait, mais Emil se sentait déjà pris alors qu'il dégrafait et jetait la veste.

Le souffle d'Adam taquinait la peau exposée, mais lorsque son museau passa entre les omoplates d'Emil, la bite de ce dernier tressaillit, réclamant d'être touchée.

— Je me régalerai de toi tous les soirs, chuchota Adam.

Le sol n'était plus froid, et les pierres et les feuilles sous les genoux et les paumes d'Emil ne lui causaient aucune gêne. Tout ce qu'il voulait, c'était la preuve qu'ils pouvaient encore se rapprocher, s'aimer comme ils l'avaient fait le matin précédent.

— Et tu n'auras même pas besoin de manger mon cœur.

— Non. Je peux te consommer d'autres façons. Des façons si délicieuses, chuchota Adam, en balançant son corps sur celui d'Emil et en pressant sa queue contre son cul, encore et encore.

Son visage doux se déplaçait le long de l'épaule d'Emil, puis il tira sur les cheveux d'Emil et frotta son nez contre le cou exposé, reniflant bruyamment.

— Fais-le, râla Emil malgré la peur qui bourdonnait dans ses veines.

Il était allé trop loin pour s'en soucier. Cela faisait longtemps qu'il n'avait pas été pénétré, mais tout ce qu'il voulait, c'était sentir Adam près de lui, l'avoir à l'intérieur. Les bras géants, la fourrure dense, les griffes, tout cela était nouveau, mais le lien qu'ils partageaient semblait ancien. Comme s'ils avaient été destinés l'un à l'autre avant leur naissance et qu'ils resteraient ensemble même des années après leur mort.

Adam trembla au-dessus de lui et recula, mais avant qu'Emil n'ait pu se plaindre de la perte de chaleur, les grandes mains saisirent ses hanches, et la langue longue et chaude d'Adam plongea entre les fesses d'Emil, faisant fondre son esprit comme s'il débordait de vin chaud et de miel.

La luxure envahit son corps comme une vague tropicale, et il s'agrippa aux feuilles mortes tandis que la langue glissante et agile le taquinait sans pitié. Elle poussa à l'intérieur, se frayant un chemin plus profond jusqu'à ce qu'il puisse à peine penser et laisse son visage tomber dans la mousse odorante.

Son esprit était imprégné de joie, comme s'il s'était enivré et avait oublié que la douleur et la souffrance existaient encore quelque part au-delà de ce moment parfait. Chort le protégerait à partir de maintenant. Il consommerait la malchance qui avait frappé Emil toute sa vie et l'aimerait jusqu'à ce qu'aucun d'eux ne se souvienne de la sensation de solitude.

Il laissa échapper un son brisé lorsque les bras couverts de fourrure entourèrent sa taille, mais toutes ses pensées se noyèrent dans une mélasse brûlante lorsque le sexe dur vint heurter l'entrée de son corps.

— Oui, marmonna-t-il, étourdi par l'attente.

Ses genoux étaient enfoncés dans la boue et les feuilles, mais il n'échangerait pas leur lit naturel contre du coton égyptien. Ce moment était primal, excitant, et exactement ce qu'il devait être.

Adam était Chort, le dieu de ces terres, et Emil serait son amant.

La tête d'Emil palpitait sous l'effet de l'excitation d'être maintenu en place par les bras massifs, mais lorsque le gland s'enfonça, son corps s'anima, se balançant en arrière avec avidité. Adam lui lécha l'arrière de la tête, haletant bruyamment dans l'oreille d'Emil, et lorsque leurs corps se rencontrèrent, la satisfaction résonna jusque dans les testicules d'Emil.

Il gémissait, essayant de s'adapter à la circonférence de la queue d'Adam, mais il ne demanderait pas à son amant de ralentir ou d'être plus doux. Il voulait qu'Adam prenne ses droits et qu'il se régale de lui alors quand la grosse bite s'enfonça profondément dans son corps détendu, tout ce qu'il put faire fut de se laisser dériver sur les vagues de leur désir.

Les bras d'Adam se refermèrent autour de lui, et Emil en saisit un tandis que la colonne de chair dure forçait son chemin d'avant en arrière, faisant céder son corps avec une telle facilité qu'Emil cessa de respirer et se contenta de s'accorder à la façon dont elle le remplissait. Le monde autour d'eux s'illumina de couleurs vives, et une fois qu'Adam eut atteint le fond de son corps, le sentiment de plénitude fut si complet qu'Emil eut vraiment l'impression qu'ils ne faisaient qu'un.

Ils se déplaçaient ensemble comme une bête composée à la fois d'humain et de monstre. Emil acceptait tout ce qu'Adam avait à lui donner, et le rythme croissant des poussées rendait le sexe sauvage. Ils existaient dans la chair, dans la réalité. La fourrure. La peau. Des dents. De la sueur. Des griffes. Des halètements. Et pourtant, ils avaient l'impression d'avoir laissé le temps derrière eux, concentrés l'un sur l'autre alors que le monde autour d'eux cessait de bouger.

Ils étaient censés se rencontrer comme ça et se connecter, et à ce moment-là, toute la douleur et la déception de leurs vies se dispersèrent dans le néant.

Adam serra ses bras autour d'Emil pendant qu'il jouissait, pompant la chaleur liquide dans son corps jusqu'à ce que la sensation de plénitude devienne trop difficile à supporter et pousse Emil jusqu'à un point culminant qui s'étendit jusqu'à une extase sans fin.

Emil était haletant dans les bras d'Adam, mais il ne pouvait pas se sentir plus en sécurité. La nature monstrueuse qu'Adam avait choisi d'embrasser était de leur côté, et elle les rendrait heureux aussi longtemps qu'ils la respecteraient en retour.

Emil n'avait pas les mots pour exprimer la profondeur de son émotion, mais pour la première fois de sa vie, non seulement il espérait ou croyait, mais il savait que son partenaire était en phase avec lui.

Le grognement venant de derrière Emil était doux, apaisant, mais il glapit quand même quand Adam le retourna d'un seul coup avant de nicher son visage massif contre celui d'Emil.

Les traits étranges du visage de Chort ne lui étaient pas encore familiers, mais Emil l'aimait déjà comme il aimait le beau visage d'Adam. En fait, plus il regardait la tête qui était un croisement entre celle d'une chèvre et celle d'un loup-garou, plus elle lui paraissait mignonne. Les griffes et les dents acérées n'avaient rien d'effrayant non plus, alors il déposa un baiser sur le doux museau et frotta sa jambe contre la cuisse poilue d'Adam en signe d'appréciation.

— Je t'aime, dit Emil en se blottissant contre Adam, comme s'il se trouvait sous un ours en peluche trop grand.

— Tu es le seul à pouvoir aimer ce visage, dit Adam en posant sa tête sur l'épaule d'Emil.

Elle était lourde et le bras d'Emil allait bientôt s'engourdir, mais il ne pouvait pas se résoudre à repousser Adam pour l'instant.

— Nous pouvons construire une petite cabane dans la forêt. Je ferai pousser des fruits et des légumes. Je deviendrais un ermite. Je ferai fuir les touristes qui s'approchent trop près, songea Emil en caressant les immenses cornes striées. Cette partie d'Adam était vraiment nouvelle, mais il était prêt à s'y habituer.

Adam poussa un rire grinçant, mais à mesure qu'ils s'allongeaient ensemble, leurs corps se rafraîchissant sur le lit de feuilles, son visage se décomposa peu à peu.

— Il y a encore une chose. Et tu ne vas pas l'aimer, dit-il en enroulant une mèche de cheveux d'Emil autour de son énorme index.

— Je deviens difficile à choquer.

Adam expira et frotta le menton d'Emil avec ses jointures.

— Jinx doit mourir avant la fin de la nuit. Je suis désolé.

L'estomac d'Emil s'effondra, comme s'il avait avalé une douzaine de pierres.

— Pourquoi ?

Jinx était avec lui depuis l'enfance. Il avait été son ami le plus proche, celui qui n'avait jamais quitté ou trahi Emil, son protecteur contre les malheurs qui frappaient sa vie. Mais quelle que soit l'intensité de la douleur de devoir l'abattre, il n'y avait pas lieu de discuter. Grand-mère lui avait demandé de tuer Jinx aussi dans cette étrange lettre qu'Emil aurait dû recevoir il y a longtemps, et alors que cette nuit aurait pu se terminer bien plus mal, l'intensité de l'amour s'estompait face à ce qu'ils étaient sur le point de faire.

Adam se blottit contre Emil, comme s'il essayait de paraître plus petit qu'il ne l'était.

— Chort ne partage pas toutes ses pensées. Je sais juste que cela doit arriver. Jinx a fait son temps.

Bien qu'Adam soit beaucoup plus grand maintenant, Emil entoura sa nouvelle forme de ses bras dans un geste protecteur. Quelle que soit la puissance de Chort, Adam aurait besoin de son soutien.

— Ce qui doit être fait, doit être fait, dit-il, ignorant la douleur qui lui brûlait le cœur. Ce porc de Nowak m'a promis de s'occuper de lui. Il est attaché à un arbre tout près.

Adam déglutit, mais ne détourna pas le regard.

— C'est la dernière partie du rituel.

Emil rougit lorsqu'il essaya de se lever, mais il trébucha sur ses jambes flageolantes. Il était endolori par le sexe, mais ce n'était pas le moment de se détendre. Il trouva les vêtements qu'il avait enlevés avant que Nowak et Koterski ne l'attachent au Rocher du Diable et s'habilla, même s'il aurait plus apprécié une pomme de pin jetée à son visage plutôt que le contact d'un tissu humide. Le couteau en os avec lequel Nowak avait essayé de le poignarder gisait encore dans l'herbe, et Emil le ramassa avec une sensation d'étouffement dans la gorge. À côté de lui, Adam poussa un soupir de sympathie.

Malgré son extérieur changé, il était toujours le même homme, et au lieu de la peur ou du dégoût, Emil ne ressentait que de la tendresse lorsque la bête le touchait et le caressait.

Il essayait de ne pas penser à ce qu'ils devaient faire, mais la tristesse s'installait dans sa poitrine comme un démon vengeur, pétrissant son cœur jusqu'à ce qu'il doive lutter contre les larmes qui lui montaient aux yeux. La main d'Adam, lourde comme une armure, se posa sur son épaule, lui apportant un réconfort qui aida Emil à se ressaisir sur le chemin vers l'animal qui avait été le compagnon le plus fidèle d'Emil.

Jinx hennit dès qu'il les aperçut, son pelage noir s'illuminant de la lueur du jour naissant. La clarté avait déjà dessiné les contours des montagnes, créant une toile de fond crépusculaire.

Il s'arrêta lorsque les yeux de l'étalon rencontrèrent les siens, et il voulut immédiatement battre en retraite, même si cela signifiait que sa vie resterait misérable pour toujours. Mais Adam lui serra l'épaule.

— Je peux le faire.

Emil inspira profondément, se stabilisant pour une bataille à laquelle il ne s'était pas préparé.

— Non, c'est moi.

Il s'approcha de Jinx et serra l'encolure du cheval, écoutant une dernière fois les battements de son cœur. Il s'efforça de parler d'une voix posée.

— Je serais mort s'il n'avait pas été là. Grand-mère l'a créé pour me sauver, mais c'est aussi elle qui m'a fait sacrifier à Chort. Je ne sais vraiment pas trop quoi penser d'elle.

Adam fredonna sa sympathie, mais Emil l'ignora, se concentrant sur l'animal qui avait été un compagnon si proche tout au long de sa vie.

Il prit son temps, caressant le cou de Jinx et murmurant des mots apaisants, mais peu importe si cela lui piquait les yeux et lui tordait le cœur, Jinx devait mourir avant le lever du soleil, et le ciel s'éclaircissait à vive allure.

Il prit une grande inspiration. Puis une autre, et il trancha la gorge du cheval avec le couteau en os.

Le cri brisé de Jinx resterait à jamais une cicatrice dans son cœur. Le sang gicla sur les feuilles, et l'étalon trébucha en avant, avant de tomber sur le côté, frissonnant et donnant des coups de pied alors que le sol absorbait sa vie.

Emil trembla, lâchant le couteau alors que ses yeux se brouillaient, mais Adam le tira en arrière, le serrant dans ses bras alors qu'ils regardaient l'animal rendre son dernier souffle avant de s'immobiliser dans le creux qu'il avait créé pendant la brève lutte qu'il n'avait pas pu gagner.

Le fait qu'il soit mort si vite serait la consolation d'Emil.

La nausée monta dans la gorge d'Emil alors qu'il fixait les taches rouges sur le devant de son haut, sur ses mains. Il tressaillit devant l'arrière-goût cuivré de sa langue, mais les bras d'Adam l'enveloppèrent et leur solidité donna à Emil la confiance nécessaire pour garder les yeux ouverts et mesurer les conséquences de son acte.

Mais alors qu'il osait regarder ce qu'il restait de l'énorme étalon, quelque chose bougea dans le ventre gonflé de Jinx, comme un chat pris au piège dans un sac.

CHAPITRE 26

EMIL

Les membres de Jinx cessèrent de battre et de trembler à mesure que son sang sombre s'imprégnait dans la terre, mais les protubérances de son bas-ventre ne cessaient de se déplacer, comme s'il y avait là un nid de serpents sur le point d'être libérés. Les muscles d'Emil étaient raides comme d'épaisses branches de bois, mais il tressaillit quand Adam s'agenouilla à côté de lui, le regard fixé sur le mouvement à l'intérieur des cavités de l'animal.

Emil désigna le couteau.

— Dois-je... ?

Adam lui jeta un coup d'œil, son visage animal tendu.

— Non. Reste en arrière, murmura-t-il.

Et malgré son envie d'agir, Emil suivit cette fois la demande de son amant et regarda sa forme géante s'approcher du cadavre. Ils sursautèrent tous les deux lorsque quelque chose poussa de l'intérieur, comme si elle essayait d'atteindre Chort, mais ne parvenait pas à percer la chair de l'animal.

Adam enfonça la griffe de son index dans l'abdomen dénudé et la fit glisser le long du corps de Jinx, coupant les tissus et dégageant une odeur de sang et de... mousse ?

Emil poussa un cri lorsqu'une petite main sortit des entrailles de l'animal. Couverte de sang, elle bougea avant qu'Emil n'ait pu imaginer toutes les horribles façons dont elle avait pu arriver là. Ses doigts s'enfoncèrent dans le sol comme des ancres, et une femme nue jaillit du ventre du cheval comme le contenu d'un œuf quittant sa coquille brisée. Avec ses cheveux noirs pour seule couverture, elle regardait autour d'elle, hébétée, comme si c'était la première fois qu'elle voyait le m onde.

Ses jambes étaient encore à l'intérieur de l'abdomen ouvert, révélant qu'au lieu d'intestins et d'organes, le cheval était rempli de mousse et de champignons, comme si sa monture était vide à l'intérieur, un écosystème vivant et respirant pour faire vivre une petite femme.

— Qu... Qu'est-ce que vous êtes ?

Emil ne put s'empêcher de penser qu'il y avait quelque chose de familier dans son visage. Elle n'était ni très jeune ni très vieille, avec une peau claire qui laissait apparaître des veines bleues et des ridules au niveau des yeux et de la bouche. Elle s'agenouilla frénétiquement et se couvrit de ses longs cheveux, assez épais pour former un manteau autour de ses formes élancées.

Lorsque son regard rencontra celui d'Emil, tout s'arrêta. Même les premiers oiseaux du matin se turent en respect du moment merveilleux qui se déroulait devant leur Seigneur.

— C'est ta grand-mère, dit Adam.

Emil ne cillait pas, fixant l'étrangère sans la moindre pensée. Il se souvenait de la jeune femme qu'était sa grand-mère sur les vieilles photos, et la ressemblance était indéniable. Si l'on tenait compte du fait que sa grand-mère s'adonnait également à la magie, ou que Chort existait, Emil n'avait pas la force de remettre en question ce qu'il voyait.

— C'est... c'est vrai ? Je suis Emil Słowik.

Il lui tendit la main, mais tressaillit rapidement et enleva le manteau d'Adam, qu'il portait pour se réchauffer par-dessus le sien.

Elle accepta le vêtement de laine, mais son regard ne quitta pas le blouson de cuir marron qui couvrait la poitrine d'Emil.

— C'est celui de Zenon.

Emil poussa un soupir étouffé et se frotta le visage, submergé par des émotions qu'il ne parvenait pas à identifier. Cette femme, bien qu'elle soit sans aucun doute une étrangère pour lui, était aussi sa grand-mère, qui avait été une présence si importante dans sa vie, même sans être là.

— C'est vrai. Mais il... Grand-père me l'a donné, murmura-t-il en se penchant vers Adam, qui le serra contre lui avec l'un de ces bras forts qu'il apprenait à aimer.

Elle baissa le regard, réfléchissant à ses paroles pendant quelques instants.

— J'espérais le revoir, mais cela a pris beaucoup plus de temps que prévu. Quel âge as-tu ?

— Trente ans.

Grand-mère fronça les sourcils et serra les mains sur le manteau qu'elle n'avait toujours pas enfilé.

— Tu n'as pas reçu ma lettre ? Je pensais… Je pensais que si cela n'arrivait pas avant tes vingt et un ans, ramener Chort serait une cause perdue. Et trop dangereux pour toi.

Emil secoua la tête, empli d'une colère soudaine.

— Ce n'est qu'à ce moment-là que ce serait trop dangereux ? As-tu la moindre idée de ce que j'ai vécu ?

Ses lèvres pâlissent lorsqu'elle les presse l'une contre l'autre, mais elle finit par couvrir sa nudité avec le manteau.

— La vallée souffrait. Nous devions faire quelque chose, et à qui aurais-je dû offrir tout ce pouvoir si ce n'est à mon propre petit-fils ? demanda-t-elle, posant brièvement son regard sur Adam. Je pensais que ton grand-père t'aurait protégé de la colère des autres croyants jusqu'à ce que Chort revienne. Est-il vraiment mort si jeune ?

Emil déglutit et se prit la tête, la gorge pleine de la colère qu'il avait envie d'exprimer, mais il n'arrivait pas à le faire, parce qu'il s'agissait encore de sa grand-mère.

— Emil, je t'en prie, murmura-t-elle en s'approchant d'un pas, les traits déformés par la douleur. Je sais que cela a dû être dur pour toi, mais nous faisons tous des sacrifices.

Ce fut la goutte d'eau qui fit déborder le vase.

— Quoi ? Personne ne m'a demandé si je voulais en faire un ! J'ai perdu ma maison, ma vie a été une suite d'événements merdiques, et maintenant mon petit ami est littéralement le diable, alors ne me parle pas de putain de sacrifices !

Grand-mère pinça ses lèvres pleines, scrutant Adam de la corne au sabot.

— Ton petit ami ?

Le fait qu'elle n'ait pas suivi secrètement chaque minute de la vie privée d'Emil en tant que Jinx était en fait un soulagement.

— Oui, je suis gay. Cela veut dire homosexuel, si je ne suis pas assez clair. Et Adam est mon partenaire.

Elle prit une grande inspiration, les observant tous les deux pendant un long moment.

— Adam ira bien.

Adam grogna, mais c'est Emil qui écarta les bras, de plus en plus frustré.

— Bien ? Regarde-le !

Elle expira, debout dans la boue sanglante qui tachait ses pieds d'un rouge profond chaque fois qu'elle bougeait les orteils.

— Comme Sœur Teodora, il prendra cette forme seulement après le coucher du soleil.

— Seulement ?

Emil grogna, mais la colère quittait lentement son corps, remplacée par un sentiment de joie.

Il serra la main d'Adam et le regarda avec un sourire plein de larmes.

— Seulement la nuit.

Adam poussa un grognement étouffé et l'entraîna dans une étreinte si brusque qu'Emil perdit le sol sous ses pieds. Il appuya plusieurs fois son museau doux sur le visage d'Emil avant de le remettre à terre. Son regard dépareillé trahissait un soulagement, même s'il avait semblé accepter son sort quelques instants aupar-avant. Ce serait toujours une contrainte pour Adam de se transformer en cette créature chaque nuit, mais au moins, pendant la journée, il pourrait vivre une vie normale parmi les gens. Ils le pouvaient tous les deux.

Grand-mère soupira et les regarda avec un regard triste.

— Ces montagnes avaient besoin qu'il revienne, Emil. J'ai fait ce qui me sem-blait nécessaire. Mais je ne pensais pas que tu souffrirais autant. J'ai cru que tu le ferais revenir et que vous partageriez un seul corps. Que vous seriez puissants, en sécurité, et que vous ne feriez qu'un avec la nature. Je suis tellement désolée, Emil...

— Tu as donc risqué nos vies, en jouant avec une magie que tu ne comprenais même pas entièrement ?

Emil secoua la tête en signe d'incrédulité, mais son cœur s'adoucit lorsqu'il vit les larmes rouler sur les joues tachées de sang.

— Je suis désolée. Je croyais savoir, mais quand tes parents sont morts dans l'incendie, j'ai réalisé que je n'avais aucun contrôle sur tout cela. Tu serais mort en attendant le retour de Chort, alors j'ai fait un pacte avec la forêt et je t'ai donné le cheval pour te protéger.

Emil se dégagea des bras d'Adam pour la serrer dans ses bras dès qu'il entendit le tremblement de sa voix. Il lui en voulait toujours, et il ne l'avait pas vue depuis plus de vingt ans, mais quoi qu'il en dise, elle était la seule famille qui lui restait. C'était peut-être naïf de sa part, mais il voulait croire que ses actions malencontreuses étaient basées sur l'amour.

— J'ai voulu cela pour le bien de ton avenir. Le monde moderne empiétait sur le nôtre, et les gens se sont détournés des anciens dieux. Nous avions besoin de retrouver notre protecteur. Mais si tu as été si durement frappé par la malchance malgré la présence de ton étalon, les autres ont dû abuser du sort qui t'a transformé en leurre pour obtenir des bénédictions pendant que tu souffrais. Je suis vraiment désolée, Emil.

Elle resserra ses bras autour d'Emil, et il n'eut même plus la force d'argumenter, même s'il s'opposait fermement à ce que quelqu'un d'autre prenne les décisions concernant son avenir. Ce lait avait été renversé il y a si longtemps qu'il avait tourné.

— Ce n'est pas bien, mais nous trouverons un moyen d'aller de l'avant.

Elle resta dans son étreinte pendant de longues secondes, mais la réunion de famille était terminée lorsqu'elle se dégagea pour faire face à Adam, qui était assis les jambes croisées, ses sabots massifs s'enfonçant dans la terre. C'était encore étrange de le voir ainsi, mais le soleil allait bientôt se lever et, si Grand-mère avait raison, ils pourraient alors tous deux retourner à la chaleur et à la sécurité du presbytère.

— Vous êtes de retour, dit Grand-mère en s'agenouillant devant la forme majestueuse d'Adam.

Le regard d'Adam rencontra celui d'Emil, mais il tendit la main et la posa quelques secondes sur sa tête.

— Merci, Wanda. Ma maison et mon peuple me manquaient.

Un frisson parcourut Emil lorsqu'il réalisa que ce n'était pas seulement quelque chose qu'Adam avait dit pour répondre aux attentes de Grand-mère. Il connaissait en fait son prénom, et le ton étrange et neutre était de retour dans sa voix, signifiant que malgré la présence d'Adam, son âme était mêlée à celle de Chort pour toujours.

Grand-mère se leva et salua Adam avant de se tourner à nouveau vers Emil.

— Je ne peux pas retourner au village avec vous. Le pacte que j'ai conclu avec la forêt me lie à elle, mais je serai là quand vous aurez besoin de moi. Tu peux me rendre visite. Chort te montrera le chemin.

— Tu es sûre ? demanda Emil, mais elle se détournait déjà, un petit sourire se dessinant sur sa bouche tandis qu'elle repoussait sa longue crinière.

Emil ne pouvait s'empêcher de penser qu'elle lui rappelait celle de Jinx. Elle avait été avec lui pendant tout ce temps, en chair et en os, et même s'il détestait encore la façon dont elle s'était immiscée dans sa vie, il savait aussi qu'elle tenait à lui, sinon elle n'aurait pas offert sa vie à la forêt pour que Jinx puisse revivre et protéger Emil d'un malheur fatal.

Il se demanda s'il ne devrait pas la suivre, mais Adam saisit l'avant-bras d'Emil et tira dessus.

— Nous la verrons bientôt. Il est peut-être préférable que tu rassembles d'abord tes idées.

Emil tomba dans les bras d'Adam et son corps se détendit instantanément dans leur chaleur.

— Au moins, il y avait un but à tout ce que j'ai vécu. Et ce que tu as vécu. Je ne sais pas si c'est sa magie qui nous a réunis, mais ça n'a pas d'importance. Ma vie semble enfin complète.

Adam le souleva avec des bras aussi solides que les branches d'un arbre ancien et appuya son front sur celui d'Emil dans un geste tendre qui fit danser les papillons à l'intérieur de l'estomac d'Emil.

— C'est peut-être pour cela que je n'ai jamais pu trouver la paix ? Quelque chose me rappelait toujours à la maison. Vers toi.

Emil ferma les yeux tandis qu'Adam le portait entre les arbres, sa chaleur chassant le froid de l'automne. Les oiseaux chantaient plus fort que jamais, et lorsqu'il regarda autour de lui, émerveillé par les rayons lumineux qui transformaient les bois en un palais doré, il vit que les sujets de Chort étaient venus accueillir le retour de leur roi.

Cerfs, lapins, blaireaux, loups, bisons et ours les observaient depuis toutes les nefs latérales de la glorieuse demeure de Chort. Et des corbeaux. Oh, tellement de corbeaux qu'ils ressemblaient à des guirlandes noires drapées sur le chemin du retour.

— Tu devras rester ici pour toujours, dit Emil, qui n'était plus inquiet ni gêné par l'étrangeté de sa situation.

Qu'il le veuille ou non, Chort était son amant, et c'était leur réalité.

Adam sourit et s'amusa à caresser la joue d'Emil, comme s'il ne craignait plus la créature qui partageait sa chair. Ils atteignirent la lisière du bois juste à temps pour voir le soleil émerger d'au-delà des montagnes et se refléter sur le lac. Adam reposa Emil sur le sol et s'approcha de l'eau, qui scintillait comme un étang plein de diamants dorés. Deux loups, assis de part et d'autre de sa forme géante comme des gardes personnels, poussèrent de brefs hurlements, annonçant son retour.

— Il n'y a rien de tel qu'un chez-soi, dit Adam quand Emil entrelaça leurs doigts.

Ils affrontèrent ensemble le soleil levant.

ÉPILOGUE

ADAM

Huit mois plus tard

Le soleil de l'après-midi grésillait sur la peau de la nuque d'Adam. Emil avait fini de vérifier le bois livré pour leur nouvelle maison et passait devant Adam d'une démarche si délicieuse qu'il était inutile de résister à l'attrait qu'il exerçait. Adam lui saisit le poignet et le rapprocha de lui.

— J'aime quand tu te promènes torse nu, dit-il en pressant leurs poitrines nues l'une contre l'autre.

La bouche d'Emil se recourba en un sourire et il glissa ses bras autour du cou d'Adam, se penchant pour l'embrasser avec douceur.

— Attention. Tu ne dois pas être trop excité. Nous avons bientôt des invités, dit Emil, mais il ne se détacha pas encore, appréciant le câlin autant qu'Adam.

Quelqu'un pourrait les voir. La propriété d'Emil était assez isolée, mais c'était l'été et des touristes passaient de temps en temps. Pourtant, Adam ne s'en souciait plus. Et Emil non plus. La révélation de leur relation avait été la chose la plus naturelle à faire, et même si certains étaient opposés à ce qu'un couple gay vive dans leur village, Adam ne laisserait personne empiéter sur sa vie. Pas maintenant. Plus jamais.

Parce que cette vallée était la sienne.

— Tu veux boire quelque chose ? Il fait si chaud ici , dit Emil en s'éloignant, ajustant le bandeau qui retenait sa longue crinière.

Adam tordit doucement le piercing du mamelon d'Emil.

— Oui, s'il te plaît.

Emil lui fit un clin d'œil et se dirigea vers la petite cabane en bois qui leur servirait de domicile jusqu'à ce que la maison principale soit terminée. Il y avait encore beaucoup à faire, mais depuis qu'ils avaient gagné à la loterie - grâce à la chance divine - ils pouvaient employer une équipe de professionnels, et la vitesse de construction s'était accélérée.

Pour une fois, tout allait dans le sens d'Adam, et même si la possibilité de voyager lui manquait, puisque sa transformation nocturne lui interdisait de quitter la vallée plus de deux heures d'affilée, il était vraiment heureux dans sa maison.

Jinx, le loup qu'Adam gardait comme animal de compagnie, se leva soudainement, son nez captant une odeur inconnue. Adam le gratta derrière l'oreille, mais lorsque des corbeaux s'élevèrent en nuage au-dessus des bois voisins, il fit signe à Jinx de se cacher tout près.

Le loup s'élança vers les arbres tandis qu'Adam essuyait la sueur de son corps avec une petite serviette et enfilait son tee-shirt. Il réussit à se couvrir juste à temps avant que la Toyota rouge de ses parents n'apparaisse.

Il s'approcha du chemin de terre entre la propriété et un champ de blé appartenant au voisin qui avait recueilli le cheval d'Emil après l'incendie et fit signe à la voiture qui approchait, bien qu'il sût déjà qu'il n'y avait qu'une seule personne qui venait vers lui.

Père gara le véhicule sur le bord de la route et en sortit dès que le moteur s'éteignit. Ils ne s'étaient pas vus depuis plus d'un an et il serra fermement Adam dans ses bras, apportant avec lui l'odeur familière d'une eau de Cologne à l'ancienne.

— Tu as l'air en forme, mon fils !

— Mère n'a pas pu venir ?

Le corps de Père vacilla et il s'éloigna, posant ses mains sur ses hanches en regardant Adam avec une gêne évidente.

— Elle finira par revenir à elle. Tu sais qu'elle le fera.

Adam n'était pas tout à fait sûr que ce serait le cas, mais il sourit quand même et donna une dernière tape dans le dos de son Père.

— En espérant que ce soit le cas.

Père se frotta la moustache en regardant le chantier.

— Peut-être que si tu rentrais à la maison pour quelques jours, elle accepterait plus facilement tous ces changements. Tu pourrais emmener Emil avec toi,

LÀ OÙ LE DIABLE DIT BONNE NUIT

séjourner dans ce petit bed and breakfast tout près, et lui montrer où tu as grandi...

Le cœur d'Adam se serra de désir. Il n'y avait rien qu'il puisse désirer davantage, mais la vérité était que le fait d'être prisonnier dans cette vallée n'était qu'un petit prix à payer pour toute la chance qu'il avait dans sa vie.

— Nous verrons bien, mentit-il.

Père se lécha les lèvres et regarda à nouveau les matériaux de construction et les fondations.

— Ce ne serait pas plus facile pour vous deux de vivre dans une plus grande ville ? Ou peut-être même dans un endroit où les gens ne vous connaissaient pas... tu sais, avant.

Avant qu'Adam ne quitte la prêtrise et ne devienne la prochaine incarnation d'un dieu païen. Mais Père ne savait rien de la vérité qui se cachait derrière le changement de cœur d'Adam, et il ne le saurait jamais.

— C'est très bien. La plupart des gens ici sont plus tolérants qu'on ne le croit. Nous prenons soin des nôtres dans cette vallée, dit Adam en jetant un coup d'œil vers la cabane.

Emil prenait un temps étrangement long avec les boissons.

Les joues de Père rougirent, mais il croisa le regard d'Adam, soudain tendu.

— Je suis désolé.

— À propos de quoi ?

— De t'avoir laissé devenir prêtre. Je savais que tu n'étais pas vraiment heureux, mais je ne voulais pas insister.

C'était l'une des choses les plus gentilles et les plus attentionnées qu'Adam ait jamais entendues de la part de quelqu'un, et il serra son Père dans ses bras pour lui exprimer toute la profondeur de sa gratitude. Pour sa présence ici. Pour son acceptation. Pour avoir été le meilleur Père qu'Adam aurait pu avoir.

— Ce n'est pas grave. Je pense que j'avais besoin de vivre tout cela pour mieux me comprendre. J'aimerais que tu le rencontres.

La gorge de Père se noua lorsqu'il déglutit, mais il suivit l'exemple d'Adam et se dirigea vers la porte ouverte de la cabane.

Emil dut comprendre qu'il ne servait plus à rien de se cacher, car il sortit avec un T-shirt propre et des cheveux brillants qui venaient d'être peignés. Ses tatouages, eux, n'étaient pas cachés.

— M. Kwiatkowski. C'est un plaisir de vous voir enfin en personne, dit-il, mais il ne serra la main de Père que lorsque celui-ci la lui tendit.

L'échange de salutations était hilarant de maladresse, mais cela réchauffa le cœur d'Adam de voir enfin les deux hommes les plus importants de sa vie se rencontrer. Même si la femme la plus importante n'était pas prête à l'accepter tel qu'il était.

— Êtes-vous prêts pour la Nuit du Kupala ? demanda finalement Emil.

Puis il retourna dans la petite cabane avant d'en ressortir avec des verres de limonade fraîche. Ils avaient cueilli la menthe dans les bois ce matin même.

Les instruments folkloriques étaient en si belle disharmonie qu'ils frôlaient la perfection. Adam s'adossa à Emil et écouta la musique tout en enfonçant ses dents dans un délicieux morceau de gâteau aux prunes qu'un de ses nouveaux convertis lui avait offert au début de la soirée.

Père avait été trop fatigué pour rester debout, mais il ne quittait Dybukowo que dans une semaine, et Adam avait déjà hâte de le retrouver. Maintenant, il comptait bien profiter de la seule nuit de l'année qu'il pouvait passer dans sa propre chair.

Le bras d'Emil était solide dans son dos, et tandis qu'ils regardaient les gens se rassembler autour de l'immense feu de joie, Adam ne pouvait s'empêcher de se demander à quel point sa vie avait changé en l'espace d'un an.

— Si nous allions chercher la fleur de fougère ce soir ? murmura-t-il en passant la tête par-dessus l'épaule d'Emil, de façon à ce qu'ils se fassent face.

Les lèvres d'Emil se contractèrent.

— Tu veux dire que tu veux rendre visite à ma grand-mère dans les bois ?

Adam soupira et glissa discrètement ses doigts sous le tee-shirt d'Emil, chatouillant la peau chaude.

— Pas vraiment...

— C'est une belle nuit.

La voix du Père Marek fut surprenante, et Adam remarqua que le prêtre s'approchait de leur couverture. Il ne souriait pas, mais comme c'était la première fois qu'il s'approchait volontairement d'Adam depuis que la vérité sur sa relation avec Emil avait éclaté au grand jour, il semblait prêt à enterrer enfin la hache de guerre.

— Ça l'est. Comment ça se passe avec votre nouvelle gouvernante ?

Le prêtre haussa les épaules et but une gorgée d'une petite bouteille de vodka.

— C'est une personne beaucoup plus sympathique, mais personne ne peut cuisiner comme le faisait Mme Janina. Que Dieu ait son âme.

L'estomac d'Adam grogna lorsqu'il se souvint de la saveur giboyeuse de sa chair, et il enfonça profondément dans sa bouche le morceau de gâteau qui restait. Le prêtre le dévisagea, les sourcils froncés, mais il s'excusa rapidement et s'éloigna pour discuter avec quelques résidents plus âgés.

— Pas de regrets ? chuchota Emil à l'oreille d'Adam.

Mais il n'y avait pas un seul regret dans son cœur concernant la nuit de la Veille des Ancêtres.

— Non. Tu as tout prédit, tu te souviens ? demanda-t-il en se levant de la couverture alors que la foule autour du bûcher s'épaississait, s'apprêtant à passer à la suite de la cérémonie.

Et il ne la manquerait pas cette fois-ci, n'étant plus esclave de ses peurs.

— Non, mais je te crois, dit Emil en glissant ses doigts entre ceux d'Adam tandis qu'ils se dirigeaient vers les danseurs. Il y avait encore des gens qui regardaient leur relation d'un mauvais œil, mais personne ne pouvait faire de mal à l'un ou à l'autre tant que les corbeaux montaient la garde dans les arbres.

Marzena, la fille de Mme Zofia, inclina la tête à leur passage, reconnaissant le rôle d'Adam dans la vallée. Depuis le retour de Chort, la prospérité n'était plus l'apanage de quelques-uns et les habitants de Dybukowo commençaient à s'en rendre compte.

Les bavardages se calmèrent à mesure qu'ils s'approchaient du feu, mais dès que la musique reprit, gagnant en intensité, Emil serra la main d'Adam et l'attira un peu plus près. Les flammes se reflétaient dans son regard, comme si la forêt qui se cachait dans ses yeux était en feu, mais le cœur d'Adam l'était aussi. Ils se déplacèrent en même temps, courant vers le feu. Le temps d'un clin d'œil, de vieilles peurs traversèrent l'esprit d'Adam, mais Emil lui tint la main et ils sautèrent ensemble, passant au-dessus des flammes qui léchaient leurs pieds nus.

Fin

Merci d'avoir lu *Là Où Le Diable Dit Bonne Nuit*. Si vous avez passé un bon moment avec notre histoire, nous vous serions très reconnaissants de prendre quelques minutes pour laisser un commentaire sur votre plateforme préférée. C'est particulièrement important pour nous, auteurs autoédités, qui n'avons pas le soutien d'une maison d'édition établie.
Sans oublier que nous adorons recevoir des nouvelles de nos lecteurs ! :)

Kat&Agnes AKA K.A. Merikan

kamerikan@gmail.com
http://kamerikan.com
http://kamerikan.com/newsletter

Laurent ET LA BÊTE

K.A. MERIKAN

LAURENT ET LA BÊTE

K.A. MERIKAN

Rien ne peut arrêter le véritable amour. Ni le temps. Ni même le diable en personne.

1805. Laurent. Serviteur sous contrat. Il cherche désespérément à échapper à une vie qui s'écroule.

2017. Beast. Vice-président du Kings of Hell Motorcycle Club. Ses poings parlent.

Beast a été défiguré dans un incendie, mais il a recouvert sa peau de tatouages pour s'assurer que personne ne prenne ses cicatrices pour de la faiblesse. L'accident n'a pas seulement blessé son corps, mais aussi son âme et son amour-propre. Il s'est donc enfermé dans un cocon de violence et de désordre où personne ne peut l'atteindre.

Jusqu'à ce qu'un soir, il trouve un jeune homme couvert de sang dans leur clubhouse. Doux, innocent et aussi beau qu'un ange tombé du ciel, Laurent tire sur toutes les cordes sensibles de Beast. Laurent est tellement perdu dans le monde qui l'entoure, et est un mystère tellement enchevêtré, que Beast ne peut s'empêcher de laisser l'homme se frayer un chemin dans la pierre qu'est son cœur.

En 1805, Laurent est sans famille, sans ressources et sa vue baisse. Pour échapper à une vie de pauvreté, il utilise sa beauté, mais cela se retourne contre lui et le conduit à une catastrophe qui changera sa vie à jamais. Il fait un pas dans l'abîme et se retrouve transporté dans le futur, prêt à se battre pour une vie digne d'être v écue.

Ce qu'il ne s'attend pas à trouver sur son chemin, c'est un mur de muscle tatoué, brutal et bourru, avec un côté tendre que seul Laurent est autorisé à toucher. Et pourtant, si Laurent veut un jour gagner sa liberté, il devra peut-être arracher le cœur de l'homme qui a pris soin de lui quand c'était le plus important.

Thèmes : voyage dans le temps, servitude, tueur en série, cruauté, club de motards, modes de vie alternatifs, handicap, démons, tatouages, choix impossibles, tromperie, crime, découverte de soi, guérison, virginité, magie noire, gothique.
Genre : Romance sombre et paranormale
Longueur : ~130 000 mots (Livre 1 de la série, peut être lu seul)

Disponible sur AMAZON

DÉTOUR
MORTEL

K.A. MERIKAN

Détour Mortel

K.A. Merikan

Un détour mortel. Un homme parfait.

Colin : Suit les règles. Futur médecin. Témoin d'un meurtre. Captif
Taron : Survivaliste. Muet. Meurtrier. Ravisseur.

Comme chaque week-end, Colin est sur le point de rentrer à la maison, après la semaine passée à l'université, mais il est hanté par la prise de conscience qu'il ne prend jamais de risques dans la vie et qu'il suit toujours le même chemin. Sur une impulsion, il décide d'emprunter une route différente. Juste une fois. Ce qu'il ne réalise pas, c'est que ce sera la dernière fois où il aura un choix à faire.

Il finit par suivre un détour vers l'horreur absolue et se retrouve kidnappé par un homme imposant et silencieux avec une hache tachée de sang. Pourtant, ce qui ressemble à son pire cauchemar pourrait s'avérer être un chemin vers la liberté que Colin n'avait même pas envisagé.

Taron vit seul depuis des années. Ses terres, ses règles. Il a abandonné toute idée d'avoir de la compagnie depuis une éternité. Après tout, toute forme d'attachement entraîne des responsabilités. Il a bien assez à gérer avec ses propres problèmes, et la nuit où il se débarrasse d'un ennemi, il finit avec un témoin de son crime.

La dernière chose dont il a besoin, c'est d'un captif geignard. Colin ne mérite pas la mort pour avoir posé le pied sur les terres de Taron, et le retenir prisonnier n'est pas non plus ce qu'il y a de mieux à faire. C'est seulement lorsqu'il découvre que ce citadin est gay, que de toutes nouvelles options voient le jour. Dont une qui n'est pas juste, et qui pourtant le tente davantage, chaque fois que les beaux yeux de Colin l'accusent depuis le fond de sa cage.

« *Quand Taron passa le lourd collier métallique autour du cou fin et referma le verrou, son corps se mit à palpiter à l'idée de posséder ce garçon.*
Était-ce mal ? Oui, tout à fait.
Était-ce très, très agréable ? Définitivement ! »

Thèmes : vies alternatives, handicap, crime, solitude, d'ennemis à amants, proximité forcée, comme un poisson hors de l'eau, attirances contraires, enlèvement, syndrome de Stockholm, problèmes de famille.
Genre: Dark romance, thriller.
AVERTISSEMENT : Ce roman est destiné à des adultes qui savourent des histoires où la limite entre le bien et le mal est très floue. Très sexy, tordu et attirant, il n'est pas pour les âmes sensibles.

Disponible sur AMAZON

À PROPOS DE L'AUTEUR

K.A. Merikan est une équipe d'écrivains qui essaient de ne pas être nuls en tant qu'adultes, avec un certain succès. Toujours désireux d'explorer les eaux troubles de l'étrange et du merveilleux, K.A. Merikan ne suit pas de formules fixes et veut que chacun de ses livres soit une surprise pour ceux qui choisissent de se lancer dans l'aventure.

K.A. Merikan a aussi quelques romances M/M plus douces, mais elles se spécialisent dans le côté sombre, sale et dangereux du M/M, plein de bikers, de mauvais garçons, de mafieux, et de romances torrides.

FAITS AMUSANTS !

- Nous sommes polonaises
- Nous ne sommes ni des sœurs ni un couple
- Les doigts de Kat sont deux fois plus longs que ceux d'Agnès.

e-mail : kamerikan@gmail.com

Printed in France by Amazon
Brétigny-sur-Orge, FR

20471103R00210